Trans+

Trans+

Trans+

Trans+

Silent Macabre

SM 4

收集孩子的人

Der Kindersammler

作 者：莎賓娜・提斯勒（Sabine Thiesler）
譯 者：張志成
責任編輯：江怡瑩
美術編輯：蔡怡欣
校對：呂佳真
法律顧問 ：全理法律事務所董安丹律師
出版：小異出版
台北市105南京東路四段25號11樓
TEL：(02)87123898 FAX：(02)87123897
e-mail:locus@locuspublishing.com
www.locuspublishing.com
發行：大塊文化出版股份有限公司
台北市105南京東路四段25號11樓
讀者服務專線：0800-006689
TEL：(02) 87123898 FAX：(02)87123897
郵撥帳號：18955675
戶名：大塊文化出版股份有限公司

總經銷：大和書報圖書股份有限公司
地址：台北縣五股工業區五工五路2號
TEL：(02) 89902588 FAX：(02) 22901658
初版一刷：2008年11月
初版四刷：2010年7月
定價：新台幣360元
ISBN：978-986-84569-1-4

收集孩子的人

Der Kindersammler

莎賓娜・提斯勒（Sabine Thiesler）著

張志成 譯

克勞斯，

謝謝你的建議，謝謝你的愛。

序幕

一九九四年，托斯卡納

山谷裡氣氛詭譎。那兩棟房子的門窗一概緊閉，艾蘿菈從沒見過這種情形。裡面的男人和女人雙雙不見人影。但是當她靜止不動，暫停呼吸時，就聽見微微嗚咽，像極了貓在哀嚎。

艾蘿菈一邊挖著鼻孔一邊等。哀嚎聲偶爾中斷個幾分鐘，但之後總會繼續傳來。當她聽到一陣高亢刺耳的尖叫聲時，身子跟著往後一縮，顫抖了起來。恐懼從她背脊緩緩鑽了上來。發生了什麼事？她應該上前敲門詢問嗎？但她不敢。那天使可不是一般人，是的話，就可以直接過去問問他了。那天使身上有某種東西令她膽怯，好比纏著一層看不見的刺鐵絲，若有人靠得太近，就會被弄傷，會皮開肉綻。

接著她心頭首度浮現一個想法：那天使或許根本不是天使。

太陽早已西下，黑夜來臨。森林昏暗得很快，比曠野快了許多。艾蘿菈還沒興起回家的念頭，她視線鎖定在磨坊方向，門口左右兩邊的燈都沒亮，屋裡也一片漆黑。

就在艾蘿菈快看不清屋子的同時，突然發現自己忘了時間，這下她回不去了，得在林子裡過夜。

她突然聽到一聲喊叫，拉了很長的一聲，喊得不願停下似的。此刻艾蘿菈明白了，那不是貓，是人。

艾蘿菈拉長了耳朵，直到叫聲停頓爲止。隨後一片死寂，她再也沒聽到磨坊傳出絲毫聲音。她揉揉眼睛，雙眼灼熱，感覺很像坐得太靠近火堆，直視火焰太久那樣。

她全身癱軟，坐在她的地洞裡無法動彈。寒意慢慢襲上她的赤腳和雙腿。艾蘿菈把地洞挖得更深，將樹枝、葉子、苔蘚往自己四周堆放，只要不必離開洞口，能抓到的東西都拿來堆。接下來她環抱雙腿，下巴抵著膝蓋，就這樣等待下去。她呼吸均勻，心跳已慢下來。但她神智清醒，集中一切注意力在靜悄悄的磨坊上。但再也毫無動靜。無聲，無息，門窗緊閉，男人不再踏出屋子半步。

貓頭鷹啼叫著。老朱麗葉過世當晚，貓頭鷹也是這種叫聲。哦，心愛的奶奶。

隔天早晨，艾蘿菈不知道自己是否一整晚都保持清醒地這樣坐著，還是睡了過去。破曉之際，她聽到廚房木門轉軸嘎嘎作響。太陽帶著第一道曙光爬上山頭，屋裡男人踏出門來，雙臂抬著一個斷氣的男童。想當初她也是這樣抱著奶奶。男童頭部掛在男人左臂垂仰著，嘴巴張開，金髮隨風微揚。男孩屍體的膝蓋窩架在男人右臂上，雙腿軟趴趴懸在半空，就這樣被男人帶到乾涸的池塘，小心翼翼放下。

不久，水泥攪拌機轉動起來，震耳欲聾。艾蘿菈拔腿逃離現場。那男人沒發現她。從現在起她不再叫他天使了。

艾蘿菈四肢冰冷僵硬，呼吸急促，腦子不由得東想西想，想得拖累了奔跑的腳步。她花了三小時才跑到聖文千隄。沒人問起她昨夜去了哪裡。

她走進房間，顧不得手腳上的泥巴還沒洗掉，直接爬上床。她拿被子蓋住雙耳，試圖弄清目睹的景象，但百思不解。

艾弗雷

ALFRED

1

一九八六年十一月，柏林諾依肯區

他不是在尋找獵物。在這個濃霧大作、異常寒冷的十一月天，他並不打算找下一個受害者。事情自然而然發生了，連他自己也始料未及。他這天早上睡過頭，比平常晚一個半小時才出門，或許是命中注定，或許單純只是愚蠢的巧合。

街頭一陣徹骨寒風掃過，細雨濛濛。艾弗雷渾身濕冷，急忙把大衣領子拉高。手套、圍巾、帽子等，他從沒帶出門。他覺得衣服是累贅，一年到頭都穿他那件簡單毛衣和深藍色絨褲，夏天嫌厚，冬天則嫌單薄，現在也無法幫他抵禦竄進大衣袖子的寒風。

三年來，他深居簡出，隱姓埋名住在柏林老城區。他沒朋沒友，避免與人深入接觸，娛樂消遣一概拒絕，電影院劇院從沒上過，簡陋的靠內院住處也沒電視。

雖然他才三十出頭，微鬈的密實髮叢卻已冒出幾絡灰色，讓他原本個性鮮明的臉龐抹上有趣的色彩。乍看之下，他相貌英俊，平易近人，雙眸湛藍明亮，總能擄獲人心，柔中帶剛，顧盼間傳達強烈關懷。實則恰恰相反。

他稍做考慮，隨即在下一個小巷口右轉，朝運河方向前進。這段時間人不多，孩童早就在學校裡了，一般人除非迫不得已，才不會在這種天氣出門。這條街除了沙威瑪攤、酒館、麵包店各一家，其他什麼都沒有。理髮廳、書報鋪和一家小土耳其蔬果店去年全倒閉了，店面都沒再租出去。收垃圾的每週來一次，大概就這樣了。這裡的老人都死光光，也沒新住戶遷入。沒有人願意搬進這一帶，一堆房子空蕩閒置，玻璃破了也沒補，廢棄骯髒的房間和走廊任由鴿子築巢。

他的太陽穴開始悶悶拍打。他知道這可能是偏頭痛的前兆。昨晚他在廚房，臨窗而坐，一直盯著臨街那棟公寓，看著它的斑駁牆面和一道灰牆，這道牆隔開了內院和隔壁的土地。內院鋪了柏油，不知是誰在一排垃圾箱旁放了一個花盆，裡面有棵快枯的印度榕，當然，這不是綠化內院，而是要把樹丟了。這棵乾枯的樹已棄置這裡好幾個禮拜了，而它是這棟房子的住戶環顧四周唯一可見的自然景觀。

他一手拿著一封信，一遍又一遍讀，另一手拿一杯紅酒，一口接一口喝。他那對雙胞胎姊姊蕾娜和露伊莎來信簡短告知，他們母親過世，是鄰居發現的。死了，死在自己浴缸裡。葬禮過後，兩姊妹檢視母親遺物，才發現艾弗雷的郵政信箱號碼，因此才通知得到他。她們要把母親的家當悉數焚毀，並把房子賣掉。當然，這要等他點頭同意。

祝一切順利。

總有一天她們會發現她的，早在他預料之中。

十月那時，他放了一個禮拜的假，百般無聊，於是去找母親。她住在下薩克森某個村郊，房子不大。他三年沒有母親艾蒂特的消息，他想知道她過得好不好。

他開一輛白色本田去，進院子時按了喇叭，但一點回應也沒有。一片死寂。從前一有人來，狗總會吠叫，他母親會馬上奪門而出，額頭上夾帶懷疑的皺紋，每當有人未事先知會就來到家門口，她從不會往好的方面想。

但是這次沒有任何聲音傳出來。沒有絲毫動靜。樹葉一動也不動，讓他覺得連風都屏息片刻似的。也不見貓兒謹慎神祕地從屋角繞出來。

雨下了一整個早上，現在太陽從雲團中探出頭來，這麼一照，窗子玻璃之油膩，灰塵積得之厚，全部一目了然。這房子的玻璃數年來沒人擦拭。地上石縫長滿雜草，從前母親總會一絲不苟地把草除掉，如今蔓生及膝，將近淹沒整個院子。窗台的花盆裡，天竹葵早已枯死了幾個冬季，只剩一根根莖插在那裡。

乍看父母房子變成這副模樣，讓他吃驚不已。他慢慢走近，悄然無聲，以免打破死寂，心底則盤算即將面對的可怕景象。

他行經畜舍後方，穿過一畦園圃，裡面長滿及臀的蕁麻，這裡原是母親的草莓園。剛轉過畜欄的一角，他馬上看到了。是凌戈，一條雪納瑞和牧羊犬的混種狗，牠向來是母親的忠實朋友。而母親愛狗的方式，僅是於晚間幫牠盛滿一盆飼料，儘管如此，凌戈仍對女主人一往情深，但除此之外，牠別的什麼也不會。

凌戈仍綁在鍊子上，身體側躺，四條腿瘦削僵硬，看似伸展過度。原本是眼睛的地方，現已裂開，形成凹槽，四周已結成痂。先是烏鴉把那對眼珠和大部分腦子啄出來吃掉，接著蟲子進駐，在凌戈頭顱裡築起了窩。

艾弗雷彎下身去，撫摸長黴的狗皮毛，皮毛底下緊貼的那具軀體，早已乾癟得只剩皮包骨。

「你被餓死了，老傢伙。」他輕聲地說。「她還眞的讓你活活餓死了。」艾弗雷深深喘了一口氣。他打算稍後再來處理凌戈，現在要先進屋裡。他心裡擔心著即將看到的景象。

大門深鎖，他早就沒鑰匙了。他猛按電鈴，按了很久，依然毫無動靜，大聲喊叫也沒人應。門邊那扇玄關窗戶以前都只關不鎖，他小時候若忘了帶鑰匙，都是從這裡爬進屋裡，但如今也已鎖上。艾弗雷找來一塊石頭破窗而入，然後拍掉毛衣上的玻璃碎片，穿過玄關，打開通往客廳的門。

艾蒂特・海利希坐在靠窗的沙發上，面向緊閉的窗簾，整個人有如一片黑影。眼前的人，又瘦又小，身形單薄到快與沙發靠背融爲一體。

兒子進來時，她不動如山，連眼睛都不眨一下，顯得毫無意外。看她這個樣子，彷彿兒子只是出去摘個荷蘭香芹就回來。

「媽，是我，」艾弗雷說，「妳好嗎？」

「好得不得了。」她回答。嘴硬的習慣沒變，雖然聲音微弱了，語調卻維持一貫的冷硬。她視線範圍大幅縮小，動起頭來也頗吃力，所以得轉動整個上半身，才能將視線鎖定兒子，看他在房內來回走動，拉開一條條深色窗簾。日光灑滿整個房間，滿室濃密的灰塵頓時現形。

「外面陽光普照。」他說。

「普不普照關我什麼事。」陽光刺眼，她邊回答邊閉上眼睛。

艾弗雷切掉天花板燈，打開窗戶，因爲房內有一股霉味，像是放了一堆腐爛馬鈴薯的潮濕地下室。

艾蒂特隨即顫抖起來，更往沙發裡縮。艾弗雷從大沙發上拿來一條帶潮的被子幫母親蓋上。艾蒂特不置可否，任由兒子幫她蓋，同時用她那雙早已失去神采的眼睛盯著他看。

隨後艾弗雷走進廚房。母親想必很久沒吃東西了。隨便亂放的廚餘，還有他在冰箱發現的剩菜，全都不知放了幾百年，早已發霉。他在洗手槽底下找出一個塑膠袋，把剩菜掃進袋裡，準備拿到屋外丟棄。

接著他去畜舍，費了好一番工夫才把門打開，由於門已腐朽，他小心翼翼拉開時，差點被迎面倒來的門壓到。一隻豬還活著，病懨懨躺在地上，瘦得皮包骨，跟他母親一樣。他拿刀劃開豬喉嚨，豬嘰嘰哀叫，如泣如訴，孤苦伶仃的生命隨之結束。

外面沒半點東西可採收。那棵蘋果樹，他小時候曾從上面摔下，現在樹得了怪病，結的果子全部乾縮，表面布滿黑痂。

「妳必須進養老院。」他對母親說。「妳自個兒應付不來。」

「完全沒必要。」她回答。

「可是妳一個人住會餓死！妳沒起來過半次，也沒去廚房找吃的！」

「那又怎樣？」

「我總不能眼睜睜放妳在這等死！」

艾蒂特的眼睛恢復片刻活力，憤恨閃爍著。「假如魔鬼要來取我性命，讓他儘管來，你別多管閒事！」

艾弗雷很詫異，沒想到這個乾瘦矮小的人還暗藏這麼多力氣。

「妳把狗活活餓死了，還有豬。」

她只是聳聳肩。

「妳連水也不給牠，那傢伙眞可憐！」

「牠先是整天吠個不停，後來不再出聲，牠是平平靜靜睡著的。」

艾弗雷看到母親已精疲力竭，於是不再說下去。也許她好幾年沒跟別人說過話了。他看到她頭倒向一側，嘴巴微張，輕聲打起呼來了。

他在蘋果樹附近爲狗和豬挖了一個深坑。把豬狗埋葬好，之後打掃院子，也把廚房整理乾淨。接著去找母親，把她抬離沙發，開始幫她脫衣服。艾蒂特嚇得瞠目狂喊，聲音既高又尖，活似被狐狸咬在嘴巴裡的孔雀。艾弗雷不管那麼多，繼續幫她脫，毛衣一件接一件，上衣一件又一件，內衣也一件又一件。艾蒂特把絕大部分衣服層層包裹在身上，跟洋蔥沒兩樣。

「那對雙胞胎在做什麼？」他問。

艾蒂特沒回話，繼續沒命似地狂喊。

他預先刷過浴缸，陳年頑垢和鐵鏽已去除殆盡，然而微熱的洗澡水仍混濁略帶棕色。他勉爲其難地把布滿皺紋、輕如羽毛的陳年軀體抱在臂上。他母親奮力掙扎，久沒剪的鋒利指甲劃傷他的臉頰，她全力抗拒，堅決不讓人碰她、抱她、抬她、幫她洗澡。她像頭野獸四肢揮舞，吼叫得沒完沒了。艾弗雷感覺臉上有血，從臉頰流到脖子，且繼續滲進毛衣。他覺得母親像隻討人厭的蟲子，很想把她壓得稀巴爛。

一直以來，她不斷抗拒，抗拒了一輩子。給人稍碰一下、親一下都不得。要她抱孩子簡直比登天還難。此時此刻，她擁有超人的力量，艾弗雷讓她微小軀體滑進混濁的熱水時，她仍踢個不停。

她躺在浴缸裡，虛弱無力，有如蜻蜓翅膀泡水後變重，再也飛不離水面。她的白色細辮浮在水面，眼瞼火紅，像哭了幾天幾夜。

「你這齷齪小人，」她罵，「快把我抬起來，讓我出去！」

艾弗雷沒有反應。他盯著那雙浮出水面的嶙峋膝蓋，試圖告訴自己，漂浮在浴缸裡的皮包骨是他母親，但他做不到。他用手引起一陣水波，她的軀體即隨波搖曳。

「你出生時羊水是綠的。」她尖叫。「你是怪胎！」

「我知道，媽。」他輕聲回答，嘴角帶著微笑，然後離開浴室。他在客廳找車鑰匙時，盡量對母親的呼救聲充耳不聞。

憑她自己的力氣絕對爬不出浴缸。他離開房子時對此心知肚明。才過十五分鐘，他已將她拋在腦後。

他灌完第三瓶葡萄酒的同時，也將信撕個粉碎。他不但不打算聯絡那兩個姊姊，而且還要換個新郵政信箱。

他不覺得醉。他關掉廚房的燈，坐在完全漆黑裡，試著從一加到一千，以此訓練腦力。他連加到二十都沒辦法。

艾弗雷走在路上，雙手插進褲袋，身體向前微屈，風迎面直吹，讓他呼吸困難。頭痛欲裂的他，急需阿司匹靈和一杯熱咖啡。

再走幾步就到小酒館「足球俱樂部」，艾弗雷透過窗子往裡面看，吧台坐著兩名男子。其中之一頭髮雪白，留著長長的馬尾，是緯納。這個時間他當然在。緯納繼承了一筆財產，錢雖不多，但如果一直都住那間廉價公寓，那點錢已堪用，花到九十五歲都沒問題。他堅信自己會早死，不會活到那麼老，相對地也對未來信心滿滿。他每天早上九到十點之間來到足球俱樂部，先喝兩小壺咖啡，吃炒蛋配麵包，接著逐漸過渡到啤酒時間。他喝得不快但能整天連續不斷地喝。他就坐在吧台，不斷和進來的人講話，他對附近一帶的大小事情瞭若指掌，偶爾也畫畫客人的肖像。

他總在午夜時分回家，腰桿筆直，步履平穩，從沒喝醉過。緯納屬於足球俱樂部的固定一員，艾弗雷心想，緯納遲早會在這家酒吧裡倒大楣，總有一天會摔落吧椅跌死，被人抬著出去。

自從認識緯納以後，艾弗雷就盡量不去足球俱樂部。不過前一陣子他倒滿常去吃早餐或中午去吃肉餅。有次他和緯納對坐時，看見他眼中充滿期盼和興奮。緯納被他吸引住了，艾弗雷知道緯納很想畫他，可是艾弗雷偏偏不想。

再過半小時米莉的小吃攤就開了。米莉的攤子有大杯熱牛奶咖啡、全市最好吃的咖哩香腸，而且附贈阿司匹靈。離諾依肯運河不遠了，他決定再散個步，才去米莉那裡吃早餐。

雨停了，風勢強勁，不斷把雲吹著跑，厚厚的雲層偶爾被扯出一條縫隙。再走幾公尺就到運河。沿岸有條狹長的步道，艾弗雷向右朝布立茲的方向走。早上八到九點之間有很多狗主人會帶狗來這邊散步，但現在這個時間幾乎沒人。

在運河邊靜靜散步是他目前生活中唯一眞正享受的時光。他腳步緩慢，覺得什麼都不用想眞是太棒了。他眼前不時有貨船或駁運連結船開過，大部分是波蘭或俄羅斯來的，或許正開往漢堡或荷蘭、法國。他每次都會舉手打招呼，船長也會抓著帽沿回應他。幾天來，他在考慮要不要去應徵內陸航運的工作，但這一行大都是家族企業，他們的船最多只能容納三個工作人員，船長、他太太和機工，機工又大都是兄弟或連襟，他這個外人根本沒希望，況且他除了刷甲板外，其他樣樣不通。若他認眞考慮要航海，就要去漢堡試試，搭上貨櫃輪就可以航行大西洋了。

不過，有個想法讓他裹足不前；要是跑船，就會被關在船上好幾週，完全沒機會獨處、上岸或半途開溜。他不想再和別人共擠丁點大的空間，也不想忍受別人的臭味和怪脾氣，這些他全體驗過了，可不想再嘗試。

就在這時，他聽到一個小孩高聲尖叫；那孩子快被掐死了。他楞了一下，隨即轉過身去，看見不遠處有個金髮男童遭受欺負，對方是兩個至少比男童大五、六歲的青少年，正拿刀威脅他。

艾弗雷衝上前去。當時是一九八六年十一月十二日，上午十一點二十分。

2

從今天早上七點四十五分開始，本雅明．華格納就在市區裡四處遊蕩。他那頭金髮被雨打濕到捲了起來，雨滴沿著額前的西瓜皮流下，把他鼻子搔得癢癢的。腳上的運動鞋濕透了。說也奇怪，兩隻鞋子的內緣竟然都裂開，縫隙大到能讓他在鞋底和鞋身之間塞進一支尺。他在學校裡常這樣玩，尤其無聊得發慌的時候，但他越去弄，鞋子裂得越開。這是他唯一的球鞋，父親幫他買的靴子實在讓他很受不了，因爲會磨腳跟，但是母親每天早上又非逼他穿不可。

他現在冷得要命，身上穿著一件有帽夾克，雖然防水，但雨水仍從領口流進背後，汗衫黏住身體，效果不輸給一個冰冷的封套。本雅明的牙齒喀喀作響。他知道沒把帽子戴上是錯誤的決定，但他討厭這件衣服的帽子，它會擋住視線，每次只要一轉頭，都會滑下來蓋住眼睛，而且帽子的防水材質會讓他聽不清楚四周的聲音。這樣子在市區裡很危險。隨時隨地都要小心才行。

他今天從早遊蕩到現在，書包一直背著，裡面有兩份隨堂測驗，原本應該拿給父母簽名的。一份是得到六的數學小考，另一份是得五的聽寫（註：德國中小學成績評量是以一到六來計分，一爲最佳，六爲最低）。這樣下去，他會念不完五年級，然後得進少年之家，這點他很確定，因爲班上一個同學去年留級，結果就進了少年之家。本雅明不想被送進去，要他怎樣都好，就是別進少年之家。

前一天晚上，他躲在房裡，站在窗前聽著隨身聽。「拜託，爸爸，回來。拜託拜託，爸爸，快回來！」他時而坐在床上，翻閱跟好友安迪借的《讚雜誌》，反覆讀著一篇關於接吻的報導。他不太相信裡面寫的東西，彼此喜歡的人會把舌頭放進對方嘴裡，這對他來講很難想像。但他無法這樣好好坐著，坐沒幾分鐘就按捺不住，於是隨手把《讚雜誌》塞到床墊下，以防母親突然進來，接著他又走到窗口，向上天再做一次同樣的祈禱。

「拜託，爸爸，快回來啊！拜託，親愛的上帝，叫爸爸快點回家！」

可是爸爸沒有回來。

這個時候，他的母親瑪麗安娜坐在輪椅上，觀看電視播出的傍晚連續劇。三年前她還是個能跑能跳的少婦，但某天晚上雙腿突然失去知覺，導致她在浴室裡摔了一跤。一開始她的手臂和雙腿呈麻木且持續刺痛的狀態，但她不以為意，也隱瞞著丈夫，後來被診斷出罹患多發性硬化症。雖然做了物理治療，也服用重藥，但發作的次數越來越頻繁，雙腿稍有知覺、能正常走動的日子越來越少，甚至到了非坐輪椅不可的地步。憂鬱症隨之而來。瑪麗安娜一想到自己的孩子沒有健全的母親，丈夫沒有健全的太太時，就異常痛苦。她經常以淚洗面，也開始抽菸，完全不顧這樣只會加重她的病情。

本雅明常擔心會讓母親失望。他一看到母親流淚，就會非常自責，絲毫無法忍受看心愛的母親哭泣。他課業不佳，母親把此歸咎於自身的不良於行而傷心難過，所以絕對不能讓她知道他隨堂測驗考得一塌糊塗，因為她一激動起來，一定會發病，病情也會隨之惡化。

這天晚上，她在電視機前又菸一根接一根抽。看她壓熄香菸的樣子，本雅明就知道她心情如何。她雙手顫抖，整個人慌亂緊張，眼睛泛紅。顯然她哭過，心裡不斷擔心，因為丈夫彼得又沒回家了。

本雅明緊盯著街道，定神凝望街角那棟橘色房子，那是去年夏天才重新粉刷過的。父親平常下班回家時，都會走過這個街角，由於他走路很快，所以只要一失神，視線離開那裡，就很容易錯過他的身影。彼得．華格納在西門子當線上作業員，每天傍晚五點下班。下班後到西門子路地鐵站搭七號線，然後直接坐到馬克斯路或諾依肯站。到兩站的距離都一樣，他們租的房子介於兩站中間，是一棟七〇年代的簡單建築，全家在此住了五年。雖然搭地鐵上班很耗時間，從公司到家裡一共二十站，但如果沒錯過班次，一切順利的話，通常六點以前就能到家。不過他最近經常和同事艾瓦爾特去喝一杯。艾瓦爾特住在赫曼路，喝完回家時就乾脆不換車，直接和彼得一起坐到諾依肯站下車，然後走一小段路回家。

艾瓦爾特是瑪麗安娜的眼中釘。她一想到丈夫晚上去酒館，把他們微薄的錢拿去喝掉，她就非常生氣。而且只要想到自己晚上不能和丈夫一起度過，她就非常難過，因爲她覺得自己時日不多，自認絕對看不到本雅明長大成人。

彼得若是爛醉回家，從不顯得易怒或有攻擊傾向。他會扶著牆壁前進，不停傻笑，似乎覺得自己腳步搖搖晃晃非常有趣，然後直往臥室前進，一倒在床上馬上睡死。這種情況下他從不說話，也不回答問題，任人挑釁也不回應，只是不斷搖手，然後不省人事，就算天塌下來也叫不醒他。

本雅明晚上躺在床上時，常保持清醒，偷聽父母講話。他們完全沒想過要放低音量，總以爲本雅明早已睡熟。本雅明聽到父親幫他向母親辯解，父親認爲，小男生考試考不好沒什麼大不了的，只是個懶惰階段，過一兩年就會恢復正常。聽了父親的話，母親深表懷疑，本雅明也不太相信，畢竟連他都對自己相當擔心。學校老師和他說過，只有奇蹟救得了他，讓他免留級。

「假如你不學好拼字，」布勞老師說，「其他科目也會跟著糟糕，分數會一次比一次低。我們總要猜你在寫什麼，你想表達什麼，這個字到底是什麼。多讀點書，你就會知道那些字要怎麼寫。」

本雅明完全搞不懂拼字法。為什麼豆子的「Bohne」要加h？布勞老師說，「因爲裡面的o要發長音」，但大砲「Kanone」裡的o也是發長音，寫的時候卻不必加h啊。布勞老師也沒辦法爲他解釋這個問題，所以聽寫時本雅明考得一塌糊塗。鯨魚「Wal」要不要加h？是要寫成兩個a，還是只要一個？那寫Saal、Pfahl和Qual的時候呢？本雅明考慮再三，越想越沒把握，搞得亂七八糟，因此錯誤連篇，結果每次分數都得五。他怎麼學都學不會，沒半樣東西裝得進腦袋。

數學小考之所以考爛，是因爲他沒把乘法學會。當然，這是他自己的錯，但這些數字怎麼都塞不進他的腦子。他根本記不住三乘十七等於三十四，七八等於五十六，數字對他一點意義也沒有，三個小時後馬上忘得一乾二淨。

本雅明下定決心把考差的考卷拿給父親看，並且一五一十向他解釋。父親肯定會跟母親一樣失望，但他一定能諒解，而且至少不會哭。他會很傷心，但看完考卷後還是會簽名。說不定他還會冒出一句驚人的話，本雅明每次聽了總是嚇得半死：「我們必須找出解決之道，兒子。」

將近八點了，他不再往窗外看。原本期盼父親會頭腦清醒回家並能和他談談，但這希望越來越渺茫。他走去客廳坐在母親旁邊，一起看晚間新聞。對新聞展現興趣能討母親歡心。

他一言不發地坐著，偶爾看看母親，微微一笑。新聞結束時，本雅明說：「爸爸馬上就回來，一定的，別操心。」

瑪麗安娜堅強地點頭，摸摸本雅明的手。「來吃麵包夾豬肝腸你覺得怎麼樣？」

本雅明眼睛一亮，「好啊，我去做，我們一起吃。」接著跑進廚房。

他端兩份豬肝腸麵包和兩杯牛奶回到客廳時，母親已經睡著了。他試著把畫有日照山景的托盤輕聲放在茶几上，母親卻突然醒來，一把抱住他。

「我的好兒子，」她輕聲說，「你不知道我有多愛你！」

「我也很愛妳，媽媽。」本雅明低聲回應。「我也很愛妳。」他此刻十分高興，緊緊抱住母親，但同時一股情緒湧上心頭，很想嚎啕大哭，他多麼希望能對母親傾訴煩惱，但他不敢。

九點一到，母親要本雅明上床睡覺，他乖乖進房裡去。但他睡不著，不斷跳下床去看外面街道。街角一直有人轉出來，但都是陌生的臉孔，遲遲不見父親出現。到了十一點，他累壞了，再也無法保持清醒。他決定隔天蹺課，以爭取一點時間，因爲布勞老師一定會問大家有沒有把考卷拿給父母簽名。他沒多久便累得睡著，懷裡還抱著他的泰迪熊。

本雅明照常在七點十五分走進廚房，母親正幫他準備帶去學校的麵包。她的臉色蒼白，看起來很憔悴，一頭長髮散亂地披在肩上，沒有髻起來，但本雅明仍覺得這樣美極了。

「爸爸在嗎？」本雅明問。

「在啊。」

「他什麼時候回來的？」

「三點。你要喝可可嗎？」

本雅明點點頭。「那妳現在開不開心？」

「我現在心情輕鬆多了，這是當然的。」

本雅明鬆了一口氣。那麼都沒事了。今天下午他準備和父親談談。

「他今天上班嗎？」

「不去，」瑪麗安娜說，「他放假，要睡到酒醒才起來。趕快吃，快七點半了。」

本雅明不急，他明白得很，沒去上課根本不會遲到，但他不能被發現。所以他像往常一樣囫圇吞下果醬麵包，把可可灌進嘴裡，然後拿起書包，那裡面預藏了那本《讚雜誌》和兩份隨堂測驗以防萬一，再把午餐麵包放進書包裡，接著在母親臉頰上輕輕吻別，走過玄關時順手從鉤子上抓下夾克，急急忙忙跑下樓梯。

瑪麗安娜從輪椅上起身，站在窗邊。她的雙腿允許她小站一會兒，她很珍惜這個片刻。我有一個很棒的兒子，她心想，學校那邊的問題也還應付得來，我們一起想辦法絕對解決得了。她看著兒子出門，一路上蹦蹦跳跳的。這孩子是上天賜予的禮物，她對自己說，我無法再有另一個了。

她心情輕鬆愉快，望著他的背影不斷揮手，雖然他根本看不到。接著她心裡盤算著，若要做他最愛吃的菜，家裡材料夠不夠。她準備做烤絞肉排，配上很多褐醬和捲捲麵。冰箱上層冷凍庫還有一小包絞肉，蛋也還夠，舊麵包和麵包粉她總有庫存，全放在廚房櫃子裡。她一想到能把想法落實就非常興奮。由於彼得也在家，所以這是她長久以來首次能期待的全家福午餐。她慢慢動手清理廚房，腳每踏一步、手每動一次，都小心翼翼，不過這些動作今天做起來似乎特別輕鬆。

接著她為自己倒了一杯新鮮的熱咖啡，坐回輪椅，打開收音機。凱特・史蒂芬斯正唱著〈破曉〉，這是她青少年時期很喜歡的一首歌，她跟著輕輕哼唱。外面雨越下越大。

3

離卡爾許塔百貨公司已經不遠，本雅明加快腳步。該上學卻沒上學，無所事事，也不知道去哪好，這樣的時間過得眞慢。他的朋友安迪至少還有阿嬤可以找，愛什麼時候去都可以。安迪曾去他阿嬤那裡蹺了兩次上午課，閃避學校的生物和英文測驗。安迪阿嬤家隨時有餅乾可吃，她會玩「毛毛」、「羊頭」或者「人啊別生氣」等的紙牌遊戲，一玩就是幾個鐘頭。安迪想到阿嬤就很興奮，阿嬤有次甚至准他在那裡抽香菸，但更重要的是，他阿嬤向他保證絕不跟他父母洩底。這樣的阿嬤簡直是個寶。尤其在這種天氣。本雅明決定問問安迪，下次能不能也去他阿嬤家。

本雅明的外公，也就是他母親的父親幾年前已過世，他外婆在柏林市郊的呂巴斯，獨自住在一棟小房子裡，養了一條臘腸狗還有幾隻雞。要去那裡待一上午實在太遠了。他祖父母住慕尼黑附近，本雅明曾在那裡度過兩個暑假。也許能和安迪談個交換條件，安迪暑假時可以跟著他去巴伐利亞探望本雅明的祖父母，安迪則把柏林的阿嬤借給本雅明。這不失爲一個可行的辦法。

他踏進百貨公司門口，強勁風門排出的暖氣超級舒服，本雅明停在入口附近，打開夾克，希望暖風能把黏在背後的內衣吹乾，不過沒用，那件濕汗衫依然又冷又濕又黏。他索性走進去，穿過縫紉用品和絲襪區，行經各種便宜飾品攤，來到藥品區後面的手扶梯。他要上五樓，因爲他知道廁所在那裡。

他的運氣很好，男廁是空的。百貨公司這個時候還沒有很多人，開店才剛過半小時而已。他急忙把外套、毛衣和汗衫脫掉，又把毛衣穿起來，因爲光著上身讓他覺得很害羞。接著他把汗衫拿到電動烘手機底下，按了十次開關，終於把汗衫吹乾。他鬆了一口氣，把汗衫穿回去，覺得暖呼呼的乾衣服穿起來好舒服。

這個時候來了一個年紀稍大的胖男人，稀疏的頭髮從後腦勺梳到前方，眼睛畏光似的猛眨眼，但其實廁所的光線並沒有特別亮。他打量著本雅明，面露狐疑，但什麼也沒說，馬上進到其中一個隔間。本雅明一聽到男人把門閂上，立刻把一頭濕髮伸到吹風機底下，熱風只能吹到他後腦勺，其他部位就不管了，他穿回外套，拿起書包，走向玩具區。

「我告訴你，小夥子，你已經在這裡玩了整整一小時，我覺得差不多玩夠了吧。」說話的是一個留貓王頭的年輕售貨員。「我們這裡又不是幼稚園，你不必上學嗎？」

「我們老師生病了。」本雅明支支吾吾，心不甘情不願地把賽車遙控器擺回去。

「好了，放這裡就行了。」售貨員嘀咕著，把車道上的車拿走。

本雅明抓起自己的東西。十一點了。還有兩個多小時，他思考著還有什麼事情可做。他在卡爾許塔百貨已經待得夠久了，或許雨已經停了，那樣他就可以到運河邊，去餵鴨子。他有兩個午餐麵包，一個自己吃，一個餵鴨子，這樣沒問題。可憐的鴨子們在這種天氣覓食不易。

上個春季，緊鄰運河岸邊的樹全被砍光，以免它們栽進水裡，進而影響船隻航行。公園管理處把樹幹鋸得很平整，堆得整整齊齊，方便運走。儘管如此，仍有一些滾掉或留在原地沒運走的。本雅明坐在其中一塊木頭上，前方不到兩公尺處，一群鴨子在淺水區游著。剛到這裡時，只有一對鴨子在水中悠游，等本雅明丟出第一片麵包，倏然憑空出現一大群，估計有二、三十隻。餵完一個麵包後，又下起了雨。他把帽子戴上，因爲不希望汗衫再被淋濕。他拿出自己的那份麵包來餵鴨子，鴨子越來越不怕生，臉皮越來越厚，離本雅明越來越近，到後來，有幾隻直接從他手上啄走麵包屑，省得跟別隻搶。

本雅明記得自己曾經想養寵物，但從沒養過，原因是母親很怕照料寵物，怕糞便，也怕動物會傳染疾病。不過父親曾允諾讓他養貓，條件是他不可以留級，但這似乎不太可能了，他可以乾脆忘了養貓這回事。

由於越來越多鴨子游過來，本雅明興奮忘我地餵食著，竟沒注意背後有兩人慢慢靠近，加上他又戴著帽子，看不清楚也聽不太到。

那兩人看起來像光頭黨（註：Skinheads，屬次文化社群，其外在特徵，通常是黑色或墨綠短夾克、軍用褲或牛仔褲，腳穿厚重的硬頭工作靴，頂著光頭或平頭，他們當中雖有不同政治、社會傾向，但整體給人的聯想是極右、偏暴力，在德國則多被人和新納粹劃上等號），頂著大光頭，身穿黑色飛行員夾克。其中之一個子較小，光頭上有個閃電刺青。由於沒有頭髮，很難推測他們的年紀，約莫十六、七歲，也許更大一些。直到被人抓住夾克，整個人被拉起來時，本雅明才驚覺遇上麻煩，他起先傻傻看著那兩張凶神惡煞的臉，隨即張口大叫。鴨子驚慌四散。突然有個短促尖銳的聲音，是彈簧刀出鞘，個子較大的那個把刀架在本雅明的喉嚨上。

「閉嘴。」他咬牙切齒地說。

本雅明趕緊閉上嘴巴。

刺閃電的那個光頭把本雅明的夾克脫掉，大個子則緊抓住他。「錢在哪裡？」他問。

「我沒錢，」本雅明苦苦哀嚎，「眞的沒有，我上學從不帶錢，免得被偷。」

「他媽的。」

小個子拿走本雅明的書包，把裡面東西倒光，手又伸進去翻攪一頓。裡面沒錢包。

「他媽的。」

緊接著大個子一拳揮向本雅明的肚子。「把褲子口袋翻出來看看。」他大吼。「媽的，你這臭膽小鬼身上一定有錢。」

本雅明身體躬成一團，呼吸困難，數秒之間有種快窒息的感覺。他像一條在陸上的魚，嘴巴迅速開合呼吸空氣，當他呼吸稍稍恢復順暢時，就把褲子口袋掏開外翻，除了七十分尼（註：在歐元正式上路前，德國使用的基本貨幣是馬克，一馬克等於一百分尼）和一個健達出奇蛋的藍色小精靈外，什麼都沒有。

「真的沒其他錢了。」本雅明低聲地說。

大個子一氣之下，對本雅明的下巴揮了一拳，把他打得飛出兩公尺外，跌到爛泥堆裡，他手緊壓著痛得要命的下巴。那個閃電光頭已從大個子手上搶過彈簧刀，坐在本雅明身上，把刀架在他喉嚨上。

「沒帶錢就出門眞是很危險。」大個子高聲地說。「這樣我們哪受得了！」

「搶劫小孩也很危險。」突然傳來一聲男性怒吼，把兩個光頭少年嚇得縮成一團。「這樣我才受不了呢！」

小個子光頭馬上跳起來，把刀藏在背後。

站在他們眼前的是艾弗雷，他手裡拿著槍對準兩個光頭黨。

「過來我這邊。」艾弗雷對本雅明說。「你們兩個死傢伙給我站在原地別動，不然我射爛你們的豬頭！」

本雅明不安地左張右望，接著才奔向艾弗雷，站在他身旁。

「現在給我滾，快滾！以後別讓我看到你們出現在這裡！我數到三，馬上給我消失！一——二——三。」

一數到三，他馬上對他們開槍，瓦斯槍直接命中他們的臉，閃電光頭大聲哀嚎跑開，活像被鬼追。個子較大的則氣喘吁吁，試著張開灼熱的眼睛，同時雙拳緊握。

「把眼睛閉起來。」艾弗雷對本雅明說，說完繼續開槍。

大個子狂吼一聲跌坐在地，趕忙搓揉灼熱的眼睛，邊吼邊在草地上打滾，想藉此忘記疼痛。

艾弗雷說：「我們走。」他收起了槍，把正在拿外套的本雅明拉過來，隨即拔腿就跑，本雅明也跟著跑，跑了約一百公尺，過了一個彎以後，艾弗雷才停下腳步。

「把外套穿起來，你簡直是找死。」

本雅明冷得牙齒喀喀作響，以最快速度披上夾克。「我的書包……」他結結巴巴地說。

「我們晚點再來撿，等那些討厭鬼走了再說。你現在得先到溫暖的地方，才不會著涼，然後來杯熱巧克力，加上很多鮮奶油，喜不喜歡？」

此時此刻，本雅明想不出更好的方案。

艾弗雷繼續快步前進，本雅明在旁邊輕鬆跟上。

艾弗雷思緒翻騰，心臟都快迸出來了。他沒發覺自己正在跑，眼中只有身邊這個小男孩，內心感受著小男孩近距離的存在。他不知道是否應該樂得大吼大叫，也不知道這會不會是一場新噩夢的序幕。自從三年半前在布勞許維希附近的哈能沼澤區做了最後一次，他再也沒讓自己犯錯。那個丹尼爾，在復活節期間被他關在一輛建築工地的野營車裡，關了兩天才將他殺死。沒人知道是他幹的，案子一直沒破。案發後他立即切斷所有聯繫，搬到柏林，展開嶄新的生活。他每天自我磨練，把自己折磨得非常痛苦。他覺得自己像酒鬼一樣，整天既要面對威士忌，又要奮力抵抗誘惑。他要自己遠離學校、幼稚園和遊戲區，夏天時，無論早晚都有一堆人去公園消磨時間，大人在烤香腸，就任由孩子在一旁草坪撒野，而他在這個時節就把自己關在公寓裡；另外，凡是有人游泳的湖邊或露天泳池，他也一概不去，他以前到那些地方差點失去理智。

不過他覺得自己非常了不起。秋天一來，天氣變冷時，他的日子就好過多了。孩子們不上街了，公園一片蕭條。他幾乎鐵了心，準備把那股渴望撐過去。任何癮都能靠意志力克服，沒有例外。他持續鍛鍊，不曾間斷。有一次好幾個禮拜戒喝啤酒，還有一次戒喝晨間咖啡，後來有很長一段時間強迫自己吃麵包不抹奶油，讓他覺得很難受。下午他常嘴饞想吃甜食，通常都會允許自己來條乾糧棒或一塊蛋糕或者半塊巧克力，後來他連這種習慣也克制過一陣子。他嘗試中斷各種習慣，以戒除喜好。

當他發現自己習慣每天下午睡一小時覺時，就強迫自己保持清醒。每種規律都須加以抗拒，而他做到了，他是個意志堅定的人。這點他非常佩服自己。他只要不軟弱不再犯，自我意識都很穩定。

而如今這個陌生小孩正跟在他旁邊跑。純屬巧合，純屬自願。他不必去誘騙他，不必多費唇舌，不必將他麻醉，是他自己送上門的，而且還自己跟著來。艾弗雷頻頻冒汗。他正往休閒園藝區走去，裡面的小休閒屋冬天時空蕩蕩，一個人也沒有。

他的雙腿幾乎是自己在移動，他也拿它們沒轍。

他現在放慢速度，已經沒有理由繼續跑了，兩個光頭早已不見蹤影。本雅明偷偷看著身邊的男人，他的年紀肯定比父親大一點，也比較強壯，不過瘦了一些。父親在工廠生產線工作，單調又缺乏運動，因而發福，肚子明顯凸了出來。

他的眼神很奇怪，兩眼發直，本雅明心裡想著，而且這裡明明沒什麼特別的，但看他的眼神，卻好像準備做很複雜的事，例如準備降落飛機之類的。然後起霧了，本雅明很害怕。

男人非常和善，這點本雅明不疑有他。不過他覺得有點奇怪，爲什麼這人會隨身攜帶手槍，但過了幾秒他又覺得這樣很棒，就像在美國，在西部蠻荒，沒有人能對你做什麼，每個人在任何時間都能自衛，或保護其他人，好比他剛才救了自己。

「你爲什麼沒去上學？」艾弗雷突然發問。

「就沒去啊。」本雅明突然覺得很丟臉。

「什麼？就沒去？你蹺課？」

本雅明沒說話，只是點頭。

「爲什麼？怕小考？」

本雅明搖搖頭，看著地上。「不是，是我德文和數學考爛了。」

「原來是這樣，你兩科考爛了，可是考爛就考爛了，爲什麼今天不去上學？」

「我沒給父母簽名。」

「不會有事的，別擔心，我們會想辦法解決。」

本雅明沈默不語，雖然不曉得要怎麼解決，但也不想多問。

艾弗雷和本雅明來到托伊皮茲橋，本雅明停下腳步。

「我得去拿書包，那兩個男的一定走了。」他轉身就想跑，可是被艾弗雷緊緊抓住。

「等——一下。」本雅明嚇一大跳。「我們待會再去拿你的書包，好嗎？沒有人會去偷，而且掉在岸邊樹叢裡，不會有人看到，因爲沒有人會在這種鬼天氣出來散步。」艾弗雷能感受到自己全身發燙。如今他可不能走錯任何一步。「你作業簿裡有父母以前的簽名嗎？例如簽在以前的隨堂測驗底下。」

本雅明點點頭，充滿了恐懼。他的上臂好像被老虎鉗夾住一樣。

「好，那我會代你父母簽名，這個我會。我會模仿各種簽名，連你父母也認不出來喔。」

本雅明動搖片刻。

艾弗雷說：「來吧。」他向左彎，順道把本雅明拉著走。捷運軌道後面就是休閒園藝區了，甜菜尾區、市熊區、基爾地區、無憂區以及許多其他休閒園藝區。他得馬上找到一間休閒農舍，不會太荒廢或太難破門而入的，而且不要靠馬路。他必須憑直覺盡快決定，千萬別讓小男孩起疑心。

「我看我還是回家比較好。」本雅明說。「非常感謝您做的一切，剛才的事眞是多虧您了。」他試著脫身，但是艾弗雷不讓他走。

「這樣很不公平。」他說。「那些大個子剛剛想搶你東西、想扁你，我幫你擺脫了他們……可是你連陪我喝杯可可都不願意，我總是孤孤單單一個人，很高興難得有人作伴。」

本雅明一時之間有點良心不安。「您到底住在哪？」

「很遠，很北邊，在聖人湖，我在那邊有一棟漂亮的大房子，養了兩條狗。」

「什麼狗？」本雅明的興致馬上被帶了起來。

「大麥町，一隻公的一隻母的，很可愛，很討人喜歡，牠們叫小不點和安通。」

「眞屌。」本雅明臉上掛著微笑，腦海中浮現兩隻白底黑斑的大麥町睡在他床上。

「不過我姑姑在這裡有座農舍，就在後面。」艾弗雷繼續說。「現在我每天都要去那裡餵天竺鼠，因爲我姑姑住院了。我剛剛在想，如果讓你幫我餵天竺鼠，說不定你會覺得很好玩。另外，你非取取暖不可，農舍離這裡不遠了。」

本雅明的理智正在天人交戰。他感到腦子裡一堆想法竄來竄去，速度之快，根本無法一一釐清。他耳邊響起母親跟他說過很多次的話：「不准你跟別人一起走，聽到了嗎？不管那人答應你什麼，無論是動物、糖果、玩具或其他東西，全是騙人的，別跟那種人講東講西，離開就是了，明白了嗎？」

他每次聽完都點頭。其他小朋友也許會跟陌生人走，他可不會，絕對不會！他又不是白癡，才不會被拐，父母親不需要擔這種心。

父親則再三告誡：「假如有陌生人請你幫忙帶路，千萬別答應，也別上陌生人的車！別進陌生人的家！別相信別人跟你說的話，尤其會有人騙你說是我們派他來接你的，或說你媽媽或我出事了，要你快點上車一起去醫院，這你更別相信。全都別信！你絕對想不到這種壞叔叔有多少詭計。」

父親說的他也都懂。他自以爲了解種種狀況，卻總把開溜想像得太簡單，如今要溜走眞是太太太難了。

這個人不是主動找上我的，本雅明心裡想著，是他救了我，剛剛我遇到的狀況超衰的！他並不是在物色小孩準備抓走他們，他只是湊巧在附近，遇到我需要幫忙。所以他絕對不是爸媽指的「那種人」。

本雅明很能理解這男人孤單的心情，也能理解他幫了人之後，會希望對方陪他一下，並幫忙餵天竺鼠作爲回報。獨自做那些事說不定眞的無聊透頂。

上個禮拜上宗教課時，布勞老師才講過，有很多老人非常孤獨。住養老院的其實還好，他們至少能和其他老人打塔牌和毛毛牌。但有許許多多獨居老人，都沒人陪，沒孩子、沒親人也沒朋友，沒人知道他們住在哪裡。諾依肯就有一堆這樣的老人，他們連金絲雀都沒有，家裡只有一台電視，也沒什麼錢買吃的。

本雅明想到獨居老人就悲從中來，雖然他向來認爲擁有電視勝過飼養金絲雀。不過他一直以爲，人要老了才會孤獨，眼前這個人年紀其實沒多大，但竟然這麼孤單。本雅明覺得最慘莫過於此。

他現在該怎麼辦？天啊，他可沒那麼多時間，男人緊抓著他的手不放，一直將他往園藝區裡拉。應該掙脫跑掉嗎？如果男人跑得比他快呢？男人的四肢看起來比本雅明父親發達，而論跑步，父親又比本雅明快。上次參加夏天派對時，在哈森草原上和父親賽跑，結果父親跑贏了，母親因爲賭本雅明會贏，所以得請在座的人吃棉花糖。

好，我決定跑走，本雅明對自己說，我試試看，前面下一個轉彎我就跑走，能跑多快就跑多快，反正這個人不會來追我，他只會傷心或生氣，不過沒關係，反正我不會再遇見他，因爲他不住這裡，他住在很遠的聖人湖那裡。他踢了跟前一顆小圓石，石頭滾得又快又遠，本雅明想追上去繼續踢，可是陌生男子仍緊緊抓住他的手。

而且我和陌生人一起去休閒農舍被父親知道的話，他一定會氣到爆，本雅明又想到，或許比知道測驗得的分數還要生氣。對，走爲上策，我得開溜。再走十公尺我就往右跑，什麼也別說，出其不意地拔腿跑開。

「你這個孩子眞好心。」男人突然微笑著說。「我幫了你，現在換你幫我，我覺得這樣很棒，我想，我們能當朋友，你不覺得嗎？」

本雅明的心顫了一下，不行，現在他不行跑掉，這樣太壞了，這叔叔人很好，而且他相信我，我不能讓他失望。很快喝個可可，然後幫忙餵一下天竺鼠，不會太久的。他覺得這點時間他還有，絕對可以準時回家，而且不能跟父母提起這件事，免得父親因爲他不聽話而覺得他笨或沒教養。

本雅明低頭看錶。手錶是住巴伐利亞的奶奶送的耶誕節禮物，樣式非常簡單，沒什麼特別之處，很不合本雅明的喜好。之前那兩人沒搶去一定也基於同樣原因。本雅明覺得它很像少女錶，他希望有只眞正的精密錶，有秒針、計時器、會顯示日期、有鬧鈴、全球時間，還有必備的防水功能，這樣的手錶他夢寐以求，不過離眞正擁有還有得等。

現在是十二點五分，他今天應該要上六小時的課，母親知道他快兩點以後才會回到家。我還有時間，本雅明心裡想著，我可以幫這位好心的叔叔一個忙。

4

「我的天，妳在忙什麼？」彼得走進廚房時說。「有烤絞肉排、醬汁、麵和炒韭蔥啊！怪了，妳今天心情眞的這麼好？」他在太太頭上吻了一下。

「只要你在家，我心情都很好。」

這個批評彼得了然於胸。「別讓我良心不安，給我一點小小的自由空間！」

「偶一爲之還可以，成常態可就不行，一星期別來個三次以上。你有沒有想過，你喝酒要花我們多少錢？」

瑪麗安娜看得出彼得陷入了思考。他頓了一下說：「好，每個禮拜一次，但是不能連這唯一的一次也給我剝奪去，同意嗎？」

瑪麗安娜對丈夫獻出她最美的微笑。「同意。」

「妳今天爲什麼花那麼多工夫準備食物？我們有什麼事要慶祝嗎？」

「沒有，可是今天早上小本不知道是很難過還是很沒勁，也許單純只是很累，總之我想，讓他吃他喜歡的東西，他就會高興起來。反正我們也很久很久沒吃烤絞肉排了。」

「說實話，妳準備多少小時了？」

瑪麗安娜把額前一撮被汗水沾濕的頭髮撥開。「沒什麼，不成問題。」

當然成問題，她整個上午都在廚房，每抓一次東西就成一個問題，比正常人多花數倍時間，每走一小步都大費周章，必須小心翼翼。她必須不斷坐回椅子或輪椅上休息，光是爲了把肉攪拌好就花了四十五分鐘，以前十分鐘內就能解決了。不過彼得不會知道這些，她不喜歡談自己的病情，但這麼一來又感覺自己越來越脆弱。她甚至希望彼得有時能忘記一切問題，也希望他看待她的方式，仍如他們剛認識時、仍如她還健康時、仍如小本還小時那般。

瑪麗安娜疲倦地坐在廚房椅子上，點了一根菸，彼得從冰箱拿出一瓶啤酒，開始喝起來。瑪麗安娜把做好的烤絞肉排放進烤箱，開最小段保溫，麵則蓋上一塊毛巾悶著，炒韭蔥是最不耗工的，隨時加熱一下就好。

瑪麗安娜看著時鐘，「他到底去哪了？已經兩點五分了！他通常一點四十五分就在家了。」

「他知道妳要煮大餐給他吃嗎？」

瑪麗安娜搖搖頭。

「這不就得了，他或許四處溜達了一下，他一定以爲我們晚上才會一起吃。」彼得打開啤酒，一口氣就喝掉大半瓶，瓶子離嘴時，不經意地發出深沈滿足的嘆息。

「喝得可爽快？」瑪麗安娜實則非難地說。
「這樣說好了，現在我整個人比較舒暢了。」彼得促狹一笑，接著翻開報紙。「有什麼新聞？」
「不知道，我還沒翻開來看。」
瑪麗安娜靜靜地抽菸，每抽一根，緊張便跟著增加一分。

到了兩點半，她打電話去安迪家，接電話的就是安迪。
「哈囉，安迪，我是小本的媽媽，你知道他跑哪去了嗎？他還沒回到家。」
安迪嚇了一跳。小本今天根本沒去上課，他蹺課了，可是他媽媽完全不知道。他絕對不能洩漏出小本的祕密。
「我不知道小本在哪裡，」安迪說，「我們跟平常一樣回家了。」
「是在什麼時候，幾點？」
「嗯……一點半就放學了，然後我們馬上回家，今天天氣超爛的。」
「你們有在米莉那裡逗留一下嗎？」
「沒，今天沒有。」
「小本今天有沒有怪怪的？他有跟你說什麼嗎？」
「沒，都沒有，而且我們要寫一堆德文作文，至少寫三頁，真是爛得要命。」
「好吧，安迪，謝謝，先這樣吧，再見。」她把電話掛掉。
彼得站在門口等候。
「你知道的，他們兩個總是一起沿著太陽大道走，然後安迪在傅爾達路轉彎，小本一個人繼續往前，這樣頂多再走個十分鐘就到家，或許還不用那麼久，他們今天也一樣，他一點四十五分就應該到家了。」她看看時鐘。「現在已經兩點四十分了，整整晚了一個鐘頭！」

「也許他眞的在外面晃了一下子。」彼得和太太一樣不知所措，但他盡可能用無關痛癢的解釋安慰她，這樣反而讓她火大，因爲她覺得他不把這當一回事。

「你有沒有看過外面？下著雪呢！而且還是令人討厭的雪雨！小本沒有帽子，也沒帶圍巾手套，我查看過了，全都放在走道上。你覺得這種天氣他會喜歡在外面鬼混嗎？而且還是自己一個人？安迪在家呢！」

「我哪知道那麼多，那妳想他會在哪裡？」

「我什麼都沒辦法想。」瑪麗安娜臉頰上浮現紅熱斑點，在她蒼白的臉上顯得很不自然，像畫上去的一樣。

希望她不會又發病，彼得心底暗想。

「要我想什麼？」她語調提高著說。每當她激動起來，聲音總會拉得很高，聽起來就像小女生在說話。「我又沒有千里眼！很害怕倒是眞的，彼得，我有一種很奇怪的感覺！你能不能幫忙做點什麼？」

「好。」彼得做了一次深呼吸，他正擺盪在憤怒和擔心之間。「我出去看看能不能找到他，妳打電話給級任老師，說不定今天發生了什麼事……有些事情安迪當然不會馬上告訴妳。」

「你是說，小本不敢回家？」瑪麗安娜奮力搖頭。「我們又不會對他怎麼樣！別胡說八道，彼得！我們對他從不曾眞正發過脾氣。」

「我哪知道！」彼得越來越大聲。「我們兩人都不知道他腦袋裡想些什麼！」他把啤酒喝光。

「反正都沒差了。打通電話給布勞老師吧，總之問一下沒有壞處。」

瑪麗安娜靜靜地點頭，她拿起一根菸，雙手抖得很厲害，抖到必須點五次才把菸點著。彼得出門去了，烤箱裡的烤絞肉排乾掉了。

5

艾弗雷馬上看到一棟合適的，那是一棟簡陋的木造房子，是少數不是白色、淺藍或綠色的一棟，而且窗戶外層沒有加上一道遮窗門板。木頭上的塗料已隨著歲月褪成灰色，且有大片斑駁，儘管如此，這棟房子在這樣的十一月天仍散發一種溫暖。花園給人的印象是維護有加，整理得一副準備過冬的樣子，脆弱的植物放進花盆，擺放在屋後牆角下，上方有壁架遮護著。搖籃鞦韆蓋在一塊綠色塑膠防水布下，防水布的顏色雖然綠得很難看，卻足以遮風擋雨。艾弗雷深信，這座農舍會很乾淨整潔，而且能在花園裡找到所有他需要的工具。

院子入口是一扇高高的木門，夏天時會爬滿秋牡丹，現在可以看見門上寫著：「柏里斯」。

「您姓柏里斯？」本雅明問，艾弗雷點頭，這是最簡單的回答。

大門深鎖，艾弗雷刻意在口袋裡東掏西找，本雅明耐心等著。

「真笨啊，」艾弗雷嘀咕著，「我竟忘了帶鑰匙。」

「天竺鼠怎麼辦？」本雅明隨即提問。「這下牠們就沒東西吃了嗎？」

「有得吃，當然有得吃，我們會進去，沒問題的。」

艾弗雷向本雅明張開雙臂。「來，我把你抬過去。」本雅明向前踏近一步，艾弗雷把他用力一抬，放進院子裡去。

我的天，這孩子眞細嫩啊，艾弗雷心底暗想，而且好輕！

然後艾弗雷自己側身一翻，跨過了圍籬。

他快等不下去了，恨不得馬上和這個小男孩躲進農舍裡。他很怕突然被散步經過這裡的人看到，生怕目擊者事後會想起他的樣子，所以他想盡快擺脫這種恐懼。

艾弗雷繞著農舍走一圈，尋找合適的工具，可是無論石板小徑、露台還是苗圃，甚至草地，全都空空如也，除了草，其他什麼東西也沒有，連較大的石頭或木塊都沒有，遑論鐵條或忘了收拾的鏟子。

艾弗雷東找西找時，本雅明就乖乖站在搖籃鞦韆旁邊等候。他有點害羞，艾弗雷想著，但是十分聽話，很討人喜歡的小男生，或許是一個會讓大家稱心如意、且總是努力不讓父母操心的男孩，但這次恐怕免不了要讓他們擔心了。不過對艾弗雷而言，男孩父母擔不擔心根本不關他的事，他只是很驚訝這一切簡單得超乎想像。小男孩就站在那頭，安安靜靜的。他雙手插進褲袋，一邊試著看看密實的樹籬後頭有什麼東西。他平心靜氣的等候著，因爲他完全不知道接下來將會面臨什麼事。他沒有扭動掙扎，沒有大吼大叫，也沒有反抗。都還沒有。但已和丹尼爾大不相同。丹尼爾根本不讓人和他說話，還在樹林裡時，艾弗雷就必須用乙醚之類的液體弄昏他，才有辦法把他帶走。

艾弗雷一無所獲，慢慢火大了起來，但隨即看到一個鐵天使，就放在一個同樣也是鐵製的園燈旁。鐵天使大約四十公分高，樣子其醜無比，全身黑色，臉部有著蒙古症嬰兒的特徵，上半身像少年，光溜溜的臀部卻像婦女，藐小的陰莖只是做個樣子，幾乎整個埋藏在肥碩的大腿間。艾弗雷因爲這一整個缺乏品味而深深顫抖，但這尊沈重的天使幸虧不是固定在地上，簡直像是爲他的目的量身打造似的。

他拿走鐵天使，用它打破唯一的窗戶，那扇從馬路這頭看不到的窗戶。接下來他把手伸進去，轉動窗閂，打開了窗戶。「過來這裡，」他對著本雅明說，「我抱你進去！」

本雅明進到農舍裡頭後，艾弗雷全速跟著爬進屋裡。

農舍裡沒有隔間，面向馬路的那扇窗戶底下擺著一張床，床上攤著一條羊毛毯子。在這個小房子的正中央，正對入口不遠處，放著一張桌子和兩張小的單人扶手椅，桌椅都是藤製的，漆成白色，漆得稍嫌隨便。顯然農舍主人夏天喜歡坐在敞開的門口前。屋子後半部的空間擺設成廚房，有一個小吧台和兩把吧台椅，此外還有一台雙口電熱爐、一個牆掛式櫃子，吧台下則有個架子，兩個充當洗碗槽的塑膠缽，現在洗乾淨疊放在一起。整間農舍聞起來有潮濕發霉的味道，總之就是深鎖數週沒有通風的氣味。

「天竺鼠在哪裡？」本雅明問。

「沒有天竺鼠。」艾弗雷回應時避免和男童的眼神接觸，而男童正滿懷恐懼盯著他看。

這一刻本雅明恍然大悟，原來自己掉進陷阱了，眼前的正是他父母口中的壞人。不會吧，這只是個糟糕的夢，醒醒啊，他內心吶喊著，快醒來！他盼望能爬進父母溫暖的被窩，蜷曲在父親背後，確定自己什麼事都不會發生，絲毫不會有危險。可怕的夢會一直出現，但總歸不是事實，只是噩夢罷了。

但本雅明沒辦法從夢中醒來，這次是擺在眼前的事實，他真的被抓了，真的出事了，而且是他父母再三警告的事。本雅明不願也不能相信自己竟然栽在別人手裡，竟然沒了退路。

「躺在床上。」艾弗雷說。

本雅明僵硬得像顆石頭，一點反應也沒有。

艾弗雷的聲音尖銳起來。「我要你躺在床上，就給我躺在床上，聽清楚沒？」

本雅明怯怯地點頭，慢慢走到床邊，然後躺上去，一副等醫生來幫他打針的樣子。

艾弗雷走向床對面靠著牆的小衣櫃，隨即找到想找的東西：廚房抹布、毛巾和桌布。「聽著，」他邊說邊從廚房抽屜裡拿出一把剪刀，剪下一角桌巾，把桌巾撕成條狀，「我們要做的很簡單，就是你別叫，別想逃，我說什麼你做什麼，這樣我就不必把你綁起來，也不必塞住你的嘴巴，你我都輕鬆。一旦你大哭大鬧起來，或反抗掙扎，我就會讓你非常非常不舒服。」

「你要對我怎麼樣？」本雅明低聲地問，膝蓋在被子上打著顫，他沒辦法讓膝蓋停下來，實在太害怕了，無法控制自己。

「你很快就會曉得。」

「你會傷害我嗎？」

「看情況。」

本雅明覺得自己眞是笨。基本上，之前的問題根本不算是問題！兩科考爛的隨堂測驗又怎樣？那一切和他目前深陷的困境相比，眞是太可笑了。爲什麼不直接與母親談一談？爲什麼要蹺課？同班同學現在正上著音樂課，他本來也應該在那的，他會和安迪一起坐，偷偷在椅子下玩汽車四重奏牌，或許芬克斯老師會和大家一起唱「今天在這裡，明天在那裡」，這是全班最愛的一首歌。本來一切都會跟平常一樣，本來一切都會跟以前一樣，那樣他就能好好活下去。

他突然想起來，以前聽人家說過，要盡量和歹徒說話，讓歹徒認識你，這樣歹徒會覺得你人不錯，然後就不會傷害你。

「把衣服脫掉。」艾弗雷下令的同時，正伸手在廚櫃和架子裡東翻西找。他現在迫切需要喝酒，不管什麼樣的酒都好，他需要麻醉自己，讓心情平靜下來，壓力實在太大了。他有的是時間，也想好好享受這段時間。假如他找不到酒喝，整件事半小時內就會結束。

「你還沒問我叫什麼名字呢。」本雅明試著心平氣和地說，但聲音聽起來仍在高亢中帶著顫抖。

「我不想知道你叫什麼名字。」艾弗雷說。終於找到了。在架子的最外側，在綜合蔬菜罐頭、剝皮番茄罐頭以及裝著蘆筍頭的超舊玻璃罐後面，他找到一瓶櫻桃利口酒，但是剩不到四分之一。艾弗雷把利口酒倒進一個玻璃杯裡，開始喝了起來，緩慢而無間斷地喝。

「我叫本雅明．華格納，」本雅明說，「我十一歲，上五年級，住在威瑟路二十五號，我的興趣是……」

艾弗雷從吧台後衝出來大吼：「你耳聾是不是？我告訴過你，我不想知道！我不想知道你那鬼名字！我也不想知道你幾歲、上幾年級，你爸媽是胖是瘦、有錢沒錢或其他有的沒的！都不重要！一點關係都沒有！假如你不閉嘴，我就想辦法讓你閉嘴，懂了嗎？」

本雅明點點頭，心裡很害怕。這個人永遠不會成為他的朋友。

「快把衣服脫掉，你這討厭的小鬼！脫啊，快脫！」

本雅明慢慢把套頭毛衣脫掉，農舍裡並不比外頭暖多少，男子爬進來的那扇窗戶還開著。要怎樣才能把男子暫時引出農舍呢？把男子引出去，他就能從窗戶爬出去逃走！然而他一點辦法也想不出來。童書裡面的小孩也總是身陷絕望困境，但每次都能順利脫困，他們在最後關頭總有救命的好點子。可是本雅明沒有。

「還不快脫？」艾弗雷說。

本雅明慢慢把牛仔褲脫掉，然後開始脫襪子。他全身起著雞皮疙瘩。

「繼續脫！」艾弗雷下令。他坐在床前，邊喝酒邊盯著本雅明看。廚房抹布和撕成一條條的桌巾就放在他手邊。

本雅明試著忘記自己正在做的事和這裡發生的一切，他把思緒轉移到父母身上，想著非常美麗卻生重病的母親，每當他哪裡弄痛了就去找她，她很會安慰人；她長髮明亮，肌膚柔軟；她做的烤絞肉排配上自製的褐醬，是世界上最好吃的東西；她有時會在他耳邊輕聲說：「我愛你，小帥哥。」他想起了父親，父親會幫他修理腳踏車，會在慶生會上表演模仿，惟妙惟肖，他很喜歡聽鄉村音樂，每年冬天都會和他一起去茵蘇拉納滑雪橇。他不曉得要如何才能按捺對父母的這番思念。

本雅明慢慢把汗衫往上脫。

「內褲也脫掉。」艾弗雷邊說邊稍微向前傾。

床邊窗戶掛著一條薄窗簾，透過窗簾上的開口，本雅明看到了天空。他把內褲脫掉，現在全裸地躺在那裡。

「下雪了，」他小聲說，「耶誕節快到了。」說完就哭了起來。

6

米莉嚇一大跳。「小本沒回家？不可能吧！小本耶！他可是個好孩子！」

米莉五十七歲，看起來也一副五十七歲的樣子，三十年來一直在柏林老城區靠小吃攤做生意，其中二十年在諾依肯的維登布魯赫廣場上。她有一頭火紅的頭髮，每週都很講究地重染，她把頭髮盤成一個髻，這髻年年長高一公分。若這一帶老城區有什麼風吹草動，絕對逃不過米莉的耳目，同時她也樂意把她知道的傳出去。

「小本上次來是什麼時候？」

米莉想了一下。「今天絕對沒來過。昨天？有，我現在想起來了，昨天他來過一下子，吃了一塊煎肉餅。不過啊，小本現在會上哪去呢？」

「要是我知道就好了。」彼得顯得疲憊又絕望。四點半了，他在這附近已經走了兩小時，酒館、沙威瑪攤子和書報攤都去問過了，也走遍整個卡爾許塔百貨仔細找過，但都沒有結果，他也去玩具部問過本雅明的下落，還描述了他的模樣，可是沒人記得有這樣一個小男孩。這是當然的，留貓王髮型的那個售貨員只上半天班，一點鐘就回家去了。

這一路找下來，彼得明白這種搜尋方式很沒意義，因爲本雅明不是那種小孩，他不會在市區流連好幾個鐘頭而不回家，因爲本雅明會擔心母親，他會盡可能不讓母親煩惱、生氣和激動，他知道假如不準時回家，會讓媽媽操心，所以已養成習慣，若去朋友家或有其他原因晚點回家，一定會先打通電話回去。

本雅明不僅乖巧，更是個值得信任的孩子。他甚至會先跟父母說抱歉，而當父母犯錯時，他會說「沒事沒事」，或當他覺得母親傷心難過時，會帶束花回家或畫一幅畫給她，這個孩子到現在仍願意給父親擁抱。

這樣的孩子絕對不會無端端在外這麼久不回家。彼得內心深感出事了。出了可怕的事。所以他一拖再拖，遲遲不肯回家，瑪麗安娜總能從他的表情猜出發生了什麼事情。她需要的希望，他實在裝不出來。

米莉幫他倒了一杯燒酒。「來，喝下去就會覺得好過些，至少能撐個兩分鐘。」

彼得感激地接過燒酒，一口喝掉。

「米莉，妳有我們的電話號碼嗎？」

米莉抓抓她那窩凌亂的頭髮，在裡面翻來攪去，但沒把髮型弄壞。「有，可是別問我在哪。」她在吧台上推了一張紙條和一支鉛筆給彼得，「還是再寫給我一次比較妥當。」

彼得迅速寫下電話號碼。「如果有看到他，或聽到什麼消息，拜託打電話給我們，哪怕是一丁點消息都好，隨時都可以打，半夜也行。」

米莉把紙條收起來。「好，我會的。」

彼得點個頭，垂頭喪氣地走了。米莉把他叫住，「喂，彼得！」

彼得轉過身。

「抬頭挺胸，打起精神來。」米莉說，一邊努力擠出微笑。彼得對她表示感激。

7

拜託、拜託、拜託、拜託，親愛的神啊，請賜給我奇蹟，本雅明祈禱著，拜託讓爸爸找到我，讓他來救我出去。拜託，讓他來幫我，拜託、拜託、拜託、拜託，親愛的神！

小本躺在床上，手腳打直張開，四肢被撕開的桌巾綁住，碎布條分別綁死在木床的四支腳上。他嘴裡塞著一塊廚房抹布，不但無法呼喊，呼吸也很不順暢，此外眼睛被另一塊大抹布罩著，完全看不到周圍發生了什麼事。

他正仰躺著，光溜溜的身體蓋著一條粗糙的條紋被子，那是艾弗雷在抽屜櫃裡找到的。

本雅明千呼萬喚所期待的情況終於出現，壞叔叔為了找酒喝，暫時離開了農舍。可是小本逃不了，他根本擺脫不了束縛。

拜託、拜託，親愛的神，請幫幫我！我不要養貓了，而且我每天都會把垃圾桶提下樓去倒，倒一整年，天天提下去倒，你要我做什麼我都做。拜託、拜託，親愛的神，你一定有法子，你一定有辦法的！如果沒有，那直接讓我死了，別再讓那個壞人回來，拜託、拜託、拜託，親愛的神……！

8

就在艾弗雷手臂夾著一瓶百齡罈威士忌走回農舍的同時，彼得．華格納正一腳踏進太陽大道一〇七號，這裡是他們住處的轄區警局，第五分局第五十四轄區分駐所。

他從沒來過這裡，腦袋裡裝滿了刻板印象，預期會遇到四處叫囂的醉鬼、在走道抽菸的半裸娼妓，會看到四肢發達的建築工揚言毆打警察、侃侃敘述自編的謊言童話的未成年扒手、覺得被跟蹤的獨居老婦，或者被痛打一頓的流浪漢。

然而派出所的長廊空蕩蕩的，一片死寂。報案受理處只在上午開放——彼得．華格納顯然是唯一亟需協助的人。

「什麼事？」加了護欄的窗口後面，警衛一開口竟不是問候。只見他十分不悅地放下手邊的《圖畫報》，摘下眼鏡。

「我想報失蹤人口，我兒子不見了。」彼得講得格外小聲，深怕打擾對方。

「去18A室，走到最底，靠右邊，廁所對面那扇門就是了。」警衛戴起眼鏡，重新拿起報紙。

彼得．華格納拖著沈重的腳步，順著長廊直走，塑膠貼皮地板點綴著小圓點，塑膠鞋底踩在上面唧吱唧吱作響，空氣中瀰漫肝粉腸的味道，很令人納悶。這裡很像醫院的安寧病房，他從前去探望過一個罹患腸癌的同事，之後再也沒見過面。

敢對我家小本下手的那頭禽獸，我要殺了他，彼得心底暗暗發誓，我絕對說到做到。

9

瑪麗安娜已在崩潰邊緣。她坐在輪椅上，全神貫注的拉扯頭髮，藉扯髮之痛來麻醉更為痛苦的念頭，她怎麼也擺脫不了那一幕幕恐怖的想像畫面。

彼得回家時已經快過八點了。從他在玄關把鑰匙掛上衣架的方式，她就聽得出他一無所獲。她很怕正眼看他，他的悲傷比她自己的還要難以忍受。

彼得默默走進廚房，看見瑪麗安娜坐在窗邊，他打開冰箱拿出一瓶啤酒。

「他今天沒去學校。」她平靜地說。「我和布勞老師通過電話了，她還以為他生病了。」

彼得喝著啤酒，不發一語。瑪麗安娜一時之間難以啓齒。「他德文考了五，數學六，也許因此沒去上學。」她本來下定決心不哭的，可是這時根本忍不住。這是最氣人的地方，他很可能因為不敢給父母知道他考差了，所以發生了不幸。要是真的出事，那就是他們的錯，是她和彼得的錯。

彼得隨她去哭，平常她這樣總會激起他的怒氣，但今天沒有，以前他總把女性的眼淚視為要脅企圖，今天則不，她有理由哭。可是她這麼一哭讓他倍感無助。他連站起來走去安慰她的能力都沒有。他應該說些什麼？別哭，他馬上就回來？假如出了什麼事，我們早就知道了？相信我，不會有事的，每年有數千名兒童失蹤，一天內又都再度出現？

不行，這些全是廢話，不是他的內心話，一點安慰做用也沒有，況且若要他老實講，他也不抱絲毫希望。因為本雅明不是冒險型的孩子，他連做夢都不會夢到離家出走，若叫他自己一個人面對外面的世界，他反倒會恐懼起來。

這番話他全都對警察解釋過了。受理的警察戳著他那台萬年打字機，把這件失蹤人口記錄下來，完全一副事不關己的樣子，他只是聳聳肩，似乎表示：每個人都這樣說。

「他們明天才會開始找。」他突然噼哩啪啦冒出一堆話。「這群廢物死公務員，整天屁股黏在辦公室，聽到人家說，我的兒子不是那種會蹺家的孩子，他們死都不相信。他們只會按照什麼鬼規定辦理，本雅明按他們規定只是一個新的卷宗號，二十四小時後才會處理，僅此而已。妳絕對不相信，值班那個警察眞是個冷漠又惡劣的豬頭！我好想捶他那張臭臉。」彼得氣得臉紅脖子粗。

「你的感受我能想像。」她輕聲地說。

「他們認爲，他可能在朋友家過夜，是我們完全不認識的朋友，也可能坐上某班火車去找爺爺奶奶，甚至去做個小小的探險旅遊。那些人竟然跟我講這種廢話。而且由於百分之九十四的失蹤兒童會在二十四小時後出現，所以要等二十四小時後才會開始搜索。這就是我們的官僚國家。」彼得喝了一口啤酒，差點嗆到，咳了一下。「然後呢，那些廢物今晚先回家睡他們的大頭覺，除非有暴力犯罪跡象，否則官僚機器不會馬上運轉，換句話說，要先發現他隨身物品或類似東西才算數。那個笨警察說，他們人手不足，沒辦法每件人口失蹤案一報案就馬上查。但是開起違規罰單來，他們人手倒是很充足！」

「我不懂爲什麼會這樣。」瑪麗安娜喃喃說著。

「我才眞的不懂。」

「天啊，外面天都黑了，而且下著雪。」

彼得拿空啤酒瓶往餐桌上一敲，人跟著跳起來，「待在家裡我會瘋掉，我沒辦法整夜坐在這裡耗，一直想他會上哪兒、會去做什麼，我受不了！」

瑪麗安娜悄悄落淚，淚水像持續湧出的噴泉灑滿臉龐。「拜託，」她說，「拜託告訴我他可能在哪裡，告訴我他不會有事，你想得到什麼嗎？我需要一點東西，讓我能抱持一線希望。」

彼得沈默不語。他沒回答，只是伸出手，摸摸她哭濕的臉頰。

離開家前他只說：「去電話旁邊等。」接著把門關上。

瑪麗安娜坐在輪椅上，失魂落魄地盯著電話，手繼續拉扯頭髮。

10

彼得在晚上十一點五十分踏出足球俱樂部。老闆之所以事後記得這麼詳細，是因爲同一時間，緯納正用大動作向剩下的客人道別，他說：「孩子們，我去睡覺了，祝你們大家一夜好眠，我愛各位。衝著這一點，我明天還會再來。」緯納每天晚上都會來這麼一段，爲他十五小時的泡酒吧時光畫下句點，除了用詞細節稍有不同，大致不脫這幾句話。老闆也總是樂於聽他這麼說，因爲能讓大部分客人跟著起身，這樣他幾乎每天都能準時在凌晨十二點打烊。

彼得沒喝醉，但話變少了。「陪我走，兄弟，」緯納邊說邊把手搭在彼得肩上，「我冷死了。」

彼得如今才意識到自己整晚都在酒吧裡混，這一整晚時間，他應該拿來找兒子才對，如今他才深感良心不安，進而引發極度不適。他覺得過去三小時白活了。

站在酒吧前，緯納抓了臀部一下。「兄弟，你上哪去？」

「去墓園。」彼得大喊，用力一甩，隨即跑開，不停地跑，一口氣跑到運河邊。

來到最後一個交叉路口，緊鄰河水處有一座電話亭，他湊足硬幣打電話給瑪麗安娜。

「你在哪裡？」她問，「你在做什麼？」

「我在找他。」他對著話筒大吼，藉此蓋過自己的良心。

「拜託你回家來。」她輕聲淡漠地說。「我再也撐不下去了！」

「待會見。」彼得說完隨即掛掉電話。

他隨身帶了一支小手電筒，雖然小得可輕鬆放進夾克口袋，照明能力卻格外強大。他往運河靠近，慢慢走下河濱綠地，因爲他知道，本雅明很喜歡在這裡臨水坐著。其實今天下午他已經沿著整條環河道路仔細找過一遍，可是一無所獲，現在晚上又繼續來找，顯然非常荒謬，不過，他心底有某種無以名狀的感覺，讓他心跳一再加速。他用手電筒照著河堤，一步一步搜尋，感覺越來越緊張，深恐在下一個灌木叢後，本雅明就坐在石頭上說：「哈囉，爸爸，我好冷喔，今天晚餐吃什麼？」

一隻鴨子原本在矮樹叢裡睡覺，差點被彼得踩到，馬上嘎嘎嘎飛走。彼得嚇得倒退一步，他把手電筒關掉，在黑暗中靜聽四周一會後，又繼續尋找。

夜裡更冷了，彼得把襯棉夾克的拉鍊拉高，讓脖子到下巴都能藏進夾克裡。草地上有幾處積了一層薄雪，灌木叢和大樹下泥土裸露的地方，雪則已經融化。彼得被東西絆了一下，他剛剛只顧著用手電筒照著前方幾公尺處頻頻前進，沒注意自己腳下。

然後他發現了。就在水邊，隱蔽在矮木叢後，沿路走過的人完全看不到。那個書包一被手電筒的光線照到，蓋子上的反光條就反射出炫光。那是小本的書包，側邊是顯眼的紫色和藍色，上面有著小本無聊時常把玩好幾鐘頭的扣夾。書包上緣的握把連接處有原子筆的塗鴉，是小本得到書包沒多久就畫上去的，瑪麗安娜對此非常生氣，而現在，彼得一看到這些天眞的塗鴉，眼淚便不由得在眼睛裡打轉。緊鄰著書包，在快腐爛的枯葉堆裡，散落著他的鉛筆盒、幾本筆記簿、幾本課本、幾支筆以及Gameboy。

彼得激動得不停顫抖。既然他的書包在這裡，那麼小本人也應該在這裡。應該就在附近。他沒去動書包和小本的學校用品，而是繼續照明其他區域搜尋，他已有心理準備，將隨時看到孩子的身體躺在灌木叢後面或底下。他四肢並用爬過矮樹叢，把垂在地上的樹枝撥高，手伸進老舊腐爛的葉子堆裡翻找，但就是找不到小本，到處都沒有他的蹤跡。

他暫時停下一會兒，聽到運河波浪輕拍岸邊，遠處則傳來狗吠聲。在水裡，他心裡想著，有人把小本丟進運河了，他在運河裡，在諾依肯船運運河的黝黑水裡，在充滿死魚味和柴油味的運河裡。

彼得崩潰了，一時之間呆坐在潮濕的土地上，一動也不動。我要怎麼辦，他心想，這季節水太冷了。他雙手掌心用力壓住太陽穴，緊得不能再緊。我報警，他們非來不可，一定要下水找小本，他們得派潛水伕。還要帶警犬來，說不定他只是陷在茂密的矮樹叢裡。

彼得・華格納慢慢站起來，膝蓋幾乎打不直，坐在寒風中一陣子後變得非常僵硬。他知道，把小本的書包和東西留在那髒東西堆裡不去動它比較好，也比較正確，可是對他而言卻很難受。

一名男子從上方的馬路走了過去。他穿著大衣，沒戴帽子、圍巾，也沒手套，年約三十出頭，身材瘦高，體格良好，一頭鬈髮。他步伐從容不迫，察覺到河岸附近有手電筒的光線，因而不由自主微笑起來。對了，書包，他想著，他們現在才找到那個書包，我這下可不是來簽名的。總之都不重要了，我的寶貝如今什麼煩惱都沒有了，和父母、和老師都沒問題了。他在腦海中親吻掌心，朝農舍方向揮去，睡香香，我的小王子！

接著他加快腳步離開。

彼得快步跑到電話亭時，看到一個男人的黑影彎進一條小巷，但他未多加留意。

11

隔天清早，艾弗雷準時起床，花了很多時間練瑜伽，昨天沒練到的，今天要把它補回來。他感覺每練習一次，柔軟度便增加一分，熱氣逐漸貫穿全身，感覺無比暢快。

觀望窗外時，已不像從前那麼絕望，此外天氣也逐漸好轉。雪不再下了，或許中午還會出太陽呢，這個時候很適合出外散個長步，艾弗雷心想，去運河邊散步吧。

他八點半踏出家門。緯納應該還沒在那裡吧，自己或許還能在足球俱樂部喝杯早安咖啡。

卡爾海茲是足球俱樂部的老闆，椅子都還架在桌上沒放下來，在他擦拭吧台時，艾弗雷走了進來。

「我快好了，」他劈頭就說，「不介意的話，可以先點可頌。」

「太棒了。」艾弗雷脫下大衣。

「好久沒來了。」卡爾海茲邊說邊拿兩個可頌放進盤子，再從洗碗機裡取出咖啡壺，「你怎麼了嗎？」

「沒事，就很忙。」

卡爾海茲點點頭。「請慢用。」

艾弗雷很愛吃這種可頌，它包了些許布丁餡，表面淋了一層糖霜，它的甜味是咖啡的理想搭配。

「去過運河了嗎？」卡爾海茲問。

艾弗雷嘴巴塞滿食物，只是搖搖頭。

「那邊正熱鬧著，有潛水伕、警察、警犬等等，他們在找一個小男孩。」

這時緯納走了進來，他一看到艾弗雷，馬上面露喜色。

「早安，艾弗雷，我最好的兄弟！眞是意外啊！」

艾弗雷只嗯了兩聲，勉強擠出微笑。

緯納抓了一把吧椅，擠在艾弗雷身邊，貼著他說：「我好想念你，好兄弟，我非畫你不可！你有點空嗎？」

「可惜沒空。」艾弗雷說，站了起來。「我得去一趟哥廷根，我母親過世了。」

「這樣啊。」緯納喃喃自語，非常失望。卡爾海茲默默地從吧台推了一杯咖啡給他。

「多少錢？」艾弗雷問。

「兩塊四。」

艾弗雷把剛剛好的錢，直接塞到老闆手上，接著去拿大衣，「下次見，緯納，」他友善地說，「到時你就可以畫我了，假如你想的話，甚至可以畫彩色的。」

緯納大聲啜了一口咖啡，「可別騙我！」他悶悶地說。

「祝你有愉快的一天。」艾弗雷對卡爾海茲說完，便離開酒吧。反正他本來就不打算在足球俱樂部久坐，他想到現場，想看看運河那裡的最新情況。

12

卡斯騰．許維爾斯已經當了三十年警察，對於工作、職業和目前的生活已感到厭倦。三個月前，他太太海蒂帶著行李、化妝包和臘腸狗福力茲，搬到一個女性朋友家去了。她不定期會捎來一句義務性的「你好嗎？」，絲毫沒有回來的打算。卡斯騰已逐漸覺得無所謂了，不過情緒依然低落。

這一切作爲毫無意義。一整天下來，潛水伕都在運河找一個昨天沒去上學而自此失蹤的小男童，男童父親半夜在河邊找到書包。這樣的巧合很不對卡斯騰的胃口，他和男童父母詳談過了，卻依然毫無進展。男童父親不太信任他人，口風很緊，顯然不太看好刑警的工作，他請了病假，蹲坐在家，以酒度日。才中午他已無法和人理智地對話。「我知道的也許不比你們多。」這句話他重複多次。「我不知道，什麼都不知道。我只知道，小本不會蹺家。你們光一直問我問不停，只是浪費時間。」

瑪麗安娜．華格納一大早就躺在醫院裡，她多發性硬化症復發，加上精神崩潰，經施打鎮定劑後，現在仍無法對警察講些什麼。

刑事隊長許維爾斯今天準時下班，因爲在沒找到本雅明之前，他也無法做什麼。他只想睡覺，光是拿原子筆都讓他覺得很累。

他慢慢走回家。兩天前下的那場雪早已融化，天氣雖然更冷了，但至少沒下雨或下雪。他做了深呼吸，同時刻意保持嘴巴緊閉。他心想，希望不會生病。假如感冒了，又沒人照顧，讓他想到就怕。從前海蒂在時，每當他發燒躺在床上，她都會幫他煮粥煮茶，讓他全身出汗，還會幫他找出乾淨的睡衣替換，並換一床新的床單；他躺在床上時，她會讓房間保持通風，還會準備報章雜誌給他閱讀。她彷彿一個善良的精靈，能讓生病化爲一件近乎舒服的事。她走出臥房時總會微笑著說：「需要什麼東西的話，就叫我一聲。」這句話眞棒，他好想再聽一次，可是他覺得已經不可能了。海蒂離開他了，他必須習慣這麼想。

今天他突然發現，剛剛走過的那條馬路連棵樹都沒種。我要搬家，他心想，假如海蒂眞的不再回來，我就搬，搬到哪裡都好，重點是窗前要有一棵樹。

他經過足球俱樂部，考慮要不要再跟老闆談一談，可是他沒進去，繼續往前。之前老闆已證實彼得・華格納的供詞，確定他接近十二點時還在酒吧裡。

眞是一個爛得要命的故事，卡斯騰心想，而且很沒說服力，或者說得更確切一點：是一個難以想像的故事。一個父親說要找兒子，卻待在酒館裡，狂喝將近三小時，然後才突然想到應該要做的事。他在一片漆黑中沿著運河走，爬過灌木叢，接著找到失蹤兒子的書包？

依他幹警察的經驗，加上刑事隊長的直覺告訴他，這名父親和他兒子失蹤及死亡絕對脫離不了關係，卡斯騰堅信事實就是這樣，他有這種感覺。

他在住家附近的雜誌店買了《柏林晨報》、《明星》週刊和一包雙份Mars巧克力棒。他渴望泡個熱水澡、吃甜甜的焦糖巧克力棒，然後上床睡覺。假如能一覺睡上十二個小時，明天鐵定恢復健康，更加神清氣爽。

今天一如往常，每晚他把家門鎖上後，總被那片寧靜嚇一跳，因爲福力茲再也不會從角落呼嘯而出，將那小塊阿富汗毯踩離原位，向他直撲而來，在他身旁跳上跳下，一時興起還會舔他的手；福力茲再也不會把狗鍊帶到他面前，求他帶牠去散步；福力茲再也不會在窗前打鼾，他因而不必把電視音量調大。福力茲和海蒂一塊離開他的生活了，他常想，這條狗是否偶爾也會想念他。

卡斯騰一爬進熱水裡，馬上嚇得猛往半空中跳，急忙打開冷水調溫度，然後才沈入仍嫌太熱的水裡，把眼睛閉上。一個體貼、天眞的十一歲男孩到底犯了什麼錯，會讓他父親非把他除掉不可？卡斯騰的太陽穴拍動著，他覺得自己腦袋肯定脹大了好幾公分，但他仍專注思考。然而這個問題的答案已超出他的想像能力。

據本雅明的父親說，「這個孩子過去非常討人喜歡、非常和善，他曾經是那麼善良。」三十年前還在警察學校時，卡斯騰就學到要仔細注意對方的遣詞用句。彼得・華格納已經在用「過去」、「曾經」等字眼，換句話說，小本在他心裡早已死了。還有誰會比他更清楚這件事？

卡斯騰的身體越來越沈重、越來越癱軟，兩隻手臂已掛在浴缸邊緣，頭倒向一側。直到刺耳的電話聲才將他喚回現實，讓他沒在浴缸裡睡著。卡斯騰從水裡飛也似地跳出，濕淋淋、一絲不掛地直接摸著走出浴室，他不想擦乾，因爲他計畫把打電話來的人打發掉，然後馬上躺回浴缸。

「我們發現一具童屍。」他的同事瓦茲奇開門見山地說。「在無憂休閒園圃區一間農舍裡，十九號。盡快來，你得看一看，很重要。」沒等卡斯騰答腔，瓦茲奇已經掛掉電話。

「眞他媽的。」卡斯騰罵完，小心翼翼地跑回浴室以免摔跤，身體隨便擦個兩三下便穿上衣服。衣服貼在身體上了。他把巧克力棒塞進口袋，在濕頭髮上戴了一頂灰色針織帽。這頂帽子自從他數年前戴過之後，就一直埋藏在衣櫃最下層抽屜裡。

他急忙衝下樓梯，跑向那部還算新的銀灰色福斯Golf，邊跑邊期盼今天車輪不會又剛好被哪個和睦的鄰居戳破。

13

本雅明直挺挺地坐在桌前。他瘦小的身體夾在椅子和桌面中間，所以沒有倒下，頸部塞著一個枕頭，頭部靠牆，眼睛瞪大，彷彿永遠無法理解自己發生了什麼事。他前臂放在桌上，小手雙拳緊握，因被膠帶固定住，所以沒從桌面滑下。小本衣著完整，頭髮梳到前額，似乎有人刻意謹慎爲之。

這幅畫面氣氛寧靜祥和，唯一瑕疵就是小本已死亡將近十八小時。

桌上放置了兩人份餐具，可是餐具沒使用過。

刑事攝影人員拍下農舍內部，並從各種角度和每個可能的視角拍攝屍體，全身、半身，然後近拍各個細部。他感覺到，在一生經歷的許多刑案現場當中，從沒拍攝記錄得這樣詳盡仔細。儘管農舍裡冷得要命，他仍不時抹去額上汗珠，口中一邊低聲咒罵，罵什麼沒人聽得懂，他也不是要讓別人聽懂，而是要阻止自己跑到角落坐下嚎啕大哭。

負責鑑識的同事還在待命，要等許維爾斯隊長看過現場，以及攝影人員完成工作之後，他們才能收置餐具、被子、男童衣物及許多其他小物品，再帶回化驗室或就地進行刑事鑑定。現場的攝影師值得他們信賴，他經驗老到，再過幾年就要退休，他早已習慣成自然，任何東西都不去碰也不改變原狀；他還是同行中，少數工作時和證物保全刑警一樣穿著防護衣。「爲了尊重死者，」他有時會解釋，「這點不舒服根本不算什麼。」

卡斯騰·許維爾斯在小男孩前站了好幾分鐘，等待自己訓練有素的警察腦袋開工，可是腦袋裡只有一片令人難以忍受的空白。我嚇到了，他心想，我這個老傢伙居然會他媽的被嚇到，我已搞不懂這世界是怎麼回事，我無法理解這個兇手在想什麼。

瓦茲奇站在窗邊觀察著上司，讓他慢慢來。「我把潛水人員叫回去了。」他小聲地說。

「當然！」卡斯騰開口罵，「那還用說！難道還需要我同意？」

瓦茲奇沒把上司的話當作責怪的意思，他認識卡斯騰很久了。他每次只要很悲傷，火氣就容易大起來，也會失去公正。進行訊問時，他很容易像脫韁野馬一樣失控，可是瓦茲奇都會把他拉回現實。他以後衛自居，自認是一個憤怒老人的控管者，那個老人懷有夢想，想藉自己的職業改善世界，而如今，年近六十，不得不認清夢想沒達成半點。外在世界益加粗暴，尤其更虛偽陰險。

「是誰發現他的？」許維爾斯大吼，「是他父親傍晚散步時發現的嗎？」

「是一個退休老人。」瓦茲奇刻意用鎮定的語氣回答。「他叫賀伯特．克拉特，是二十三號的屋主，他經常在園圃區四處走動，查看一切是否正常。他發現路燈旁邊的醜八怪天使不見了，結果在屋外發現那東西，顯然被用來打破窗戶。然後克拉特仔細檢查了農舍，發現一扇窗戶壞了。他以為只是一般的闖入事件，流浪漢想在乾燥的地方過一夜，接著他報了警。然後我們的同仁發現了本雅明。」

卡斯騰點頭。「農舍所有人是誰？」

「一對夫婦，姓柏里斯，先生原是電工，和太太兩人都退休了，住在許德格力茲。我們試圖打電話聯絡他們，可是沒人在家。」

卡斯騰向鑑識科的同仁點頭示意。「你們可以開始了，我看夠了。」

他向屋外走去，瓦茲奇跟在後面，但保持著適當距離，以免激怒他。

這個時候，法醫走進院子，他遲到了。「要是我半小時前就知道被害人死亡時間、何時遇害，早就能逮到兇手。」卡斯騰責備著說。

「給我兩分鐘，我就能告訴你，他嚥最後一口氣時小聲講了誰的名字。」法醫還了一記，然後走進房子裡。

「他是個靠不住的王八蛋。」卡斯騰對瓦茲奇說。「可是我喜歡他。我們開車去找被害人父母。」

「確定嗎？我是指死者身分……」

「我很確定。」卡斯騰怒斥。「我看過照片，這個男孩和別人不一樣，我永遠不會忘記他那張臉，這小孩正是本雅明・華格納。」

14

電話響起時，收音機鬧鐘顯示著六點二十分。瑪萊珂・柯思維希大大哀嚎一聲，數秒之內無法做出反應或移動身子。她女友貝蒂娜用手臂纏著她往自己身上拉。貝蒂娜連半夢半醒之間都能施展難以想像的力氣，而這樣的能力，瑪萊珂要沖過澡、喝過兩杯咖啡之後才有辦法施展。

「別去接，」貝蒂娜輕聲說，「讓這臭電話去響，當妳不在家，不就得了。」

「我得去接。」瑪萊珂喃喃著，試圖從八爪章魚般的纏繞中掙脫，好去接放在床邊地上的電話。

她用兩隻手指把電話筒推離話機，從半公尺遠的距離沙啞地說：「喂？」

貝蒂娜爬近瑪萊珂，想聽她講電話，可是不果，因爲瑪萊珂隨即有所警覺，從床上一躍而起。電話線很長，所以瑪萊珂能把電話拿在手裡，在房裡幾公尺範圍內走來走去。她穿著一件短薄的睡衣，不停把額頭上的長髮撥開。

貝蒂娜左手撐著下巴，眼睛緊盯著瑪萊珂瞧。留下來陪我，她心想，我們下禮拜飛去印尼，別因爲妳的工作壞了我們的好事，留下來陪我，不然我會瘋掉。

「假如我搭上八點那班火車，就能在十一點到達柏林總局。」瑪萊珂說。貝蒂娜回身倒在床上，拿瑪萊珂的枕頭壓住臉，一來表達自己的絕望，二來深深吸入女友的香味。

「當然了，」瑪萊珂說，「我會把手邊有的文件帶去。」

她掛掉電話，往床上撲去躺在貝蒂娜身旁，將她臉上的枕頭拿開，以吻取代。「眞的很抱歉，我的寶貝，我非得去柏林不可，要做情報交流，一個小男孩遭人殺害，情況和三年前丹尼爾・多爾的案子如出一轍。說不定不必花太多時間，也許兩天就回來。」

「沒有妳我活不下去。」貝蒂娜看著瑪萊珂，輕柔地撫摸她的頭髮。

「我知道。」瑪萊珂給貝蒂娜一個吻，持久又熱情，貝蒂娜則緊緊夾住瑪萊珂，好像永遠不放開。

「別生氣，甜心，我很快沖個澡，妳去泡咖啡好嗎？」

瑪萊珂跳下床，向浴室奔去。對她的行動力，貝蒂娜深感佩服，畢竟她已年近四十，卻還能保有這番能耐。她覺得，若是有人要求瑪萊珂從床角翻個筋斗，她也能照辦。

行動遲緩許多的貝蒂娜從床上起來，套上家居袍，然後走進廚房做早餐。

二十分鐘後，瑪萊珂已喝著咖啡，純咖啡，不加牛奶不加糖，最好還是滾燙的。她穿著牛仔褲、襯衫和西裝外套，臉上化著淡妝，唇間已叼著今天的第一根菸，手上拿著塗核桃果醬的麥片餅乾。

「我一方面希望兇手是同一人，」瑪萊珂說，「因爲這樣一來，關於他的情報便多了一倍，進而有兩倍機會找出他可能犯錯的地方。另一方面，這也表示我們處理的不是個案，而是連續犯，如此一來，整件事會變得很棘手。」

「那妳就會待在柏林了？」

「不知道，不清楚。必須先看看案情發展得怎麼樣，還有那邊的同事手中握有什麼。」瑪萊珂低頭看錶，一口氣喝完咖啡。「我得走了，可惜啊。」

「這該死的兇手謀殺了我們的關係。」貝蒂娜嘀咕著，看起來很不開心。

「別說傻話了。」瑪萊珂走去抱她。「這很可能是我人生中的大案子，貝蒂娜，妳可別忘了，拜託別給我壓力。我會盡快回來的！」她手伸進貝蒂娜的袍子裡，深情地捏捏她的左乳房。「再說，我可是個非常非常專情的人，甜心。」接著吻上貝蒂娜，貝蒂娜對這一吻投入之深，彷彿這是她們的最後一吻。

「再見，保重嘍。」瑪萊珂輕聲說完，便拿著袋子離開廚房。「一有什麼消息，我馬上打電話給妳。」她臨走前還在走道上喊著，接著大門關上，瑪萊珂已經離去。

「再見，保重。」貝蒂娜輕聲回應，並給自己倒杯咖啡。

15

從哥廷根開出的火車抵達柏林動物園站時，已遲到了十七分鐘。瑪萊珂早已站在車門邊，火車緩慢行駛，一路經過熱鬧的街頭、大手筆翻新的舊建築、一個個簡陋的內院，以及林立的百貨公司，她若有所思地看著窗外。她覺得十分疲倦，想到馬上要專注於殺童案的各樣數據和細節，就很害怕。她乘坐的那節車廂裡，有個祖母一路上幾乎不停地教她孫子講一句繞口令：「在烏爾姆和烏爾姆附近和烏爾姆四周長著烏爾姆樹。」她孫子不懂那句話的意思，也許連烏爾姆是什麼都不知道，所以也記不住整句話。他不斷念念有詞，發出一些毫無關聯的「烏」音，他祖母則像台機器，一再複誦整個句子。瑪萊珂快發瘋了，不過沒去阻止，因爲她不想和那老婦進行無意義的理論。然而這句可怕的繞口令一直在她腦海裡迴盪，讓她無法重新詳閱丹尼爾．多爾兒殺案的調查檔案，也無法一一回憶起其中的細節。這下她覺得很懊惱，竟沒對案子做好萬全準備。

整個走道逐漸擠滿了人，他們都要在動物園站下車。排在瑪萊珂後面，數過去第三個的是那個帶著孫子的祖母，火車進站時，瑪萊珂還聽到她在說：「唉呀，你不知道烏爾姆是什麼？烏爾姆是一個美麗的大城，在烏爾姆和烏爾姆附近和烏爾姆四周長了很多烏爾姆樹。」

把小孩託給祖父母帶並非永遠是上上策，瑪萊珂身心疲乏地想著，同時走下車。貝蒂娜想要孩子，她想領養一個嬰兒，從兩年前開始，就一直把這個請求灌輸到瑪萊珂腦子裡。可是瑪萊珂不願意，她的工作使她陪貝蒂娜的時間非常少，也因此不斷地良心不安，這已夠讓她煩心了，哪有時間再來照顧小孩？話說回來，若有孩子，貝蒂娜就一償夙願，或許因而不再黏著她不放。貝蒂娜是學校祕書，只上半天班，下午、週六週日都沒事，她從來不覺得自己被工作壓得喘不過氣。瑪萊珂發自內心深處嘆了一口氣。有一天她們非做出決定不可。

在月台上，她四處張望進行搜尋。人潮向四面八方流動，她無法憑人潮流動的方向分辨出口在哪裡，索性朝一處樓梯走去，突然有人對著她問：「是柯思維希女士嗎？」嚇了她一跳。

「什麼事？」

卡斯騰・許維爾斯露出友善的微笑，伸手向她表示歡迎。「我叫許維爾斯，卡斯騰・許維爾斯，本雅明案的特偵組。很高興妳能來，看來一路順利。」

「我都不知道有人會來接我。」

「我也是臨時決定的。我從電腦裡找出妳的照片……這下還真的被我找到了！要不要先去喝杯咖啡？」

「好啊。」瑪萊珂明顯鬆了一口氣。卡斯騰・許維爾斯這個人馬上讓她有好感。怪咖一個，老爹模樣，嚴厲但熱心，脾氣溫和，但也有暴躁的時候，天生是個懶蟲，一碰到讓他激動的案子，工作起來會像拚命三郎。看看吧，看我預測得準不準，她心底暗想，但願如此，這種男人是我最好的合作對象。

卡斯騰幫她提行李，觀察著她步下樓梯時健步如飛的樣子，同時也根據第一印象形成自己的想像。近四十歲，喜歡運動，個性務實，非常不講究打扮。我很喜歡。和她一起辦案，至少不必擔心她會穿白癡的細高跟鞋，每次都卡在排水溝蓋裡。她看起來很有力氣，也沒戴眼鏡，說不定槍法很準，膽子也滿大的樣子，肯定是不屈不撓型的。

他們直接走進車站一家小咖啡廳。服務生很快把咖啡端來，儘管如此，咖啡也只算微熱而已。卡斯騰在咖啡裡倒了三匙滿滿的糖，瑪萊珂見狀覺得需要點時間適應，不過也沒表示意見。

「我們怎麼進行？」卡斯騰問。「先去警局，根據現場照片，比對兇手犯案的相似點，然後列出詳細清單，如何？」

「你說的那些，我們當然得做。」瑪萊珂說，「不過，若有可能，我倒想先去那間農舍看看，在現場看的印象完全不同。」

「當然可以，我有鑰匙，屋主無論如何要把農舍賣掉，本雅明案發生後，他們覺得一秒也無法待在那個院子裡，更別說待在農舍裡了。」

「我能理解，屋主是什麼樣的人？」

「屋主夫婦姓柏里斯，兩人都已經退休，不怎麼有錢。他們冬天待在許德格力茲，住公寓一樓，有花圃，夏天那座有院子的休閒農舍就是他們生活的全部，是他們走出戶外的唯一可能，哪怕只是幾步而已。夫婦倆都沒什麼力氣了。」卡斯騰向吧台望了一眼，「我想再點一個火腿麵包，妳也來一個嗎？」

「不用了，謝謝。」瑪萊珂搖搖頭，「我吃過早餐了。」

他一面用眼神示意服務生，一面說：「那妳講點丹尼爾・多爾的案子給我聽聽，媒體沒報導什麼。」

「幸好沒有，因為這樣我們首先就能確定，假如案子之間有相似性，就可以排除是刻意模仿。第二點，我們想盡量降低外界的關注，因為至今仍沒有確切掌握到什麼，連個嫌疑犯都沒有。」

「說來聽聽。」

「案發當時，丹尼爾・多爾十歲，有個六歲的妹妹，叫莎拉，還有一個三歲的弟弟，叫馬可斯。父親任職於布勞許維希市儲蓄銀行，擔任一家小分行的主管，母親是家庭主婦，孩子由她照顧。一九八三年復活節星期天，他們一家在哈能沼澤區野餐，那是敏登北邊的一個地方。他們吃著拌麵沙拉配小香腸，小孩喝芬達和可樂，大人喝啤酒。吃飽以後，他們的父親艾伯哈特小睡了一下，小馬可斯也在睡覺，母親則和莎拉玩著洋娃娃。丹尼爾離開大家，去附近探索，之後再也沒有回來。」

「那個週日很多人去哈能沼澤區野餐嗎？」

「還滿多的。雖然能找到僻靜的地方野餐，但不太可能在散步的時候完全沒遇到別人。」

「所以不利於在光天化日之下殺人。」

「的確不利，而且我們到今天還不知道兇手到底是隨機遇到受害者，還是經過挑選、觀察，最後加以綁架。本雅明案的情況是怎樣？」

卡斯騰終於叫到了服務生，順利點到火腿麵包。瑪萊珂點了一根菸。

「本雅明應該是自願和兇手一起走的。我們也搞不太清楚原因，因爲他父母一再告誡他別跟陌生人走。他去過卡爾許塔百貨，曾在玩具區流連。我們只知道這樣。接著他應該去了運河，難道兇手在違背小男孩的意願下，硬把他拖到園圃區去？距離太遠了，而且容易引人注意，開車的話，卻又進不了園圃區。」

「也許他認識兇手？」

「也許。」服務生端來火腿麵包，瑪萊珂目睹卡斯騰狼吞虎嚥的速度，簡直看傻了眼。

「你看看，」她把話題接了下去，「這下我們得到了第一項重大區別。丹尼爾先被人用乙醚迷昏，然後才放進汽車行李廂載送，我們在他手指甲找到塑膠物質，那是一種合成塑膠，常用於製造日系汽車。也許丹尼爾醒來了，想掙脫。我們知道的就這麼多。」

麵包清潔溜溜。卡斯騰兩隻手奮力在餐巾紙上擦，看起來十分心滿意足。

「百分之四十五的連續殺人兇手，會在第二次犯案時改變犯罪手法，因爲他們學到新招數而有所進步，但同時也沒喪失自己獨特的犯案特色。他很可能到這一次才發展出一套方法，能讓小孩相信他，並說服小孩跟著他走。」

「你已經認定這是連續殺人案？」瑪萊珂很意外。

「至少有納入考量的範圍。」許維爾斯表示。「請妳講下去吧！」

「接著兇手把丹尼爾載往塞爾斯豪森，大約開了十四公里以上，當地有個砂石場，裡面固定停放幾輛露營拖車，專供場區工人使用。復活節星期天想當然耳都沒人，復活節星期一也沒人。」瑪萊珂從袋子裡拿出幾張照片，放到桌上給卡斯騰看。「這張是砂石場，最後這一個拖車屋，就是我們發現丹尼爾的地方。屍體坐在桌前，桌上有兩個咖啡杯，屬於工人的，還有兩個早餐盤，丹尼爾那個盤子裡有一個復活節巧克力蛋，是用彩色錫箔紙包著的。兇手在丹尼爾死前並沒給他巧克力，那純粹只是掩人耳目，他想留一個和諧的景象給我們看，或者只是單純想擾亂我們，沒別的意思。」

「本雅明案也有一模一樣的情形。」卡斯騰放了五馬克在桌上。「來，我們到現場去。」

16

對於卡斯騰所做的解釋，瑪萊珂小至細節，完完全全能夠想像。她親眼目睹過丹尼爾・多爾坐在露營拖車屋裡，如今她在腦海中看到本雅明在這諾依肯休閒農舍裡，坐在桌前的他眼神僵滯沮喪，眼睛瞪得大大的，似乎在說：「你們為什麼不早點來？壞人用了好多時間來殺我，你們卻依然找不到我。」

她手上拿著一張本雅明的照片，一個笑容燦爛的孩子，一頭微鬈的金髮，右臉頰上有個小酒窩。他和丹尼爾的相似點很令人意外，丹尼爾遇害時，雖然比本雅明小一歲，但他們都有同樣柔弱的體格、同樣白的皮膚，也同樣是金髮，只不過本雅明的頭髮圓潤滑順，髮尾參差不齊，且比丹尼爾稍短。

瑪萊珂在農舍裡做紀錄，巨細靡遺，彷彿拍照似的，把細節一一留在腦裡。褪色的老壁紙上印有淺藍色紫羅蘭，廚房料理吧台上有繡花墊子，沙發上的椅墊有過時的繡花圖案；木門經過數度粉刷，行軍床就是本雅明受折磨的地方，床的正上方有一扇窗戶。瑪萊珂無法想像還有哪座監獄的窗戶會離自由這麼近。波斯毯是廉價的百貨公司貨，底下鋪著一層綠褐相間的破舊地毯，簡單的米白色畫框裡，裱著一幅俗氣的蒂羅爾湖光山色圖，這幅畫本雅明肯定眼睜睜看了好幾小時。

「鑑識人員化驗過的東西，回到總署後再給妳看。」卡斯騰說。他極其詳盡地對瑪萊珂說明，本雅明的屍體是坐在哪裡、坐姿如何，而他之前又躺在哪裡。說明完畢，農舍恢復寧靜，靜得讓人心情沈重。

瑪萊珂再度想起貝蒂娜。貝蒂娜最大的心願就是收養一個孩子，而且不顧瑪萊珂反對，已和數個中介機構聯絡。貝蒂娜無法理解瑪萊珂的顧慮，不過貝蒂娜也沒到過刑案現場，沒看過那些遇害孩子的臉龐，他們直到最後一分一秒仍深切盼望，堅信媽媽或爸爸會如奇蹟般出現，把他們從兇手的殘暴中救出。假如同樣事情發生在我們孩子身上，瑪萊珂心想，不，我無法承受這樣的事。貝蒂娜只看到領養孩子的正面，而瑪萊珂眼中卻只有負面。瑪萊珂無法想像她們倆在這個問題上會有所交集。

「告訴我案情發展的時間點。」她的聲音聽起來有點哽咽。雖然鑑識人員早已完成他們的工作，瑪萊珂仍戴上手套，把櫃子和抽屜打開來看。至於到底希望找到什麼，她自己也不曉得。

卡斯騰觀望著瑪萊珂的所作所為，並試圖讓自己集中注意力。「本雅明前天，亦即十一月十二日，週四，沒有回家。他因爲學校裡有兩科成績考爛了，所以蹺了課。他父親彼得．華格納才下午就向警察報案兒子失蹤，然後自行尋找。但是當晚他卻在一間酒吧裡待了好幾小時，之後，半夜十一點左右，在諾依肯運河堤防邊找到兒子的書包，那裡離本雅明家只有幾分鐘步行時間。隔天一大清早警方就動用照明燈，派潛水伕搜尋運河，員警則搜遍附近地區。傍晚六點左右，本雅明屍體才由退休老人賀伯特·克拉特意外發現，距離失蹤開始已有二十八小時。法醫的看法是，小本雅明被發現時，大約已死亡十八小時。換句話說，他遭兇手施暴期間約長達十二小時，然後在週二到週三之間的夜晚，介於十二點到一點之間遭兇手殺害。幾乎同一時間，他父親發現他的書包。」

「哦，天啊。」瑪萊珂悲從中來大聲呼喊。「不過丹尼爾·多爾的情況比這還慘。這可憐的孩子落入兇手手中三十二小時，失蹤後三十八小時被一群工人發現，當時已死亡六小時。」

「我推測，是天氣不好的緣故，就十一月而言氣溫偏低，這讓兇手不再把折磨時間拉長。要不是天氣他媽的冷得要死……也許我們還能把本雅明活著救出來。」

瑪萊珂點頭。「有可能。丹尼爾·多爾遇害時，已將近有夏天的熱度。」

瑪萊珂很高興能離開農舍，她慢慢走回車子。空氣濕冷，霧氣濃得接近乳白色，雲團間只偶爾露出微微陽光。瑪萊珂突然很想要一間獨立辦公室，讓自己能清楚想一想。冬天的園圃地空無一人，荒涼沈悶，發生過這麼可怕的事情後，更令人難以忍受。

「那個父親是怎麼一回事？」她問，「我覺得有點怪怪的，兒子都不見了，還跑去酒館鬼混狂喝。」

「我也是這麼覺得。想像一下：他在酒館裡喝了好幾小時後，沿著運河走，在黑夜裡發現兒子的書包，然後回家。本雅明的死亡時間，和他父親回到家的時間十分吻合。」

「但是他有什麼理由要殺自己兒子？」

「這我不知道。我只知道，他心裡堆積了很多問題，太太生了重病，持續的壓力讓他喘不過氣來，飲酒過量，而且常有完全失憶的情況。」

「這些都還不構成原因。」

「沒錯。」卡斯騰嘆了一口氣。所以才要妳來，他暗想，也許我們聯手能讓案子有所突破，妳可別忘了。

「還有爲什麼要把農舍現場布置成那樣？強姦又是怎麼一回事？全都說不通。」瑪萊珂繼續探究下去，「一個發了狂的父親，要嘛會用枕頭壓住兒子的臉，然後通常會自殺。」

「要是說得通的話，」卡斯騰疲倦地回答，「我早就把彼得．華格納關起來問話了。可是他仍好端端坐在家裡，在沙發上喝得不省人事。在法醫檢驗室裡，他對著死去的兒子發誓，非把下手的那傢伙殺了不可。他的話我字字相信。」

瑪萊珂默默點頭。接著他們下車。

總署裡，卡斯騰先泡了兩杯咖啡，然後把現場照片攤開在瑪萊珂面前。她看到了。她發現了確切證據，顯示兇手是同一人。

「小本雅明的右上犬齒被拔斷了。」她的頭突然刺痛起來，趕忙搓一搓額頭。

「沒錯。這件事我們至今都沒有告訴媒體和死者父母，或許也因爲如此，我忘了馬上告訴妳。」

「死後拔的？」

卡斯騰點頭，「確實如此。」

「那麼我們要抓的不是一個壓力過大的父親，而眞的是一個連續殺人犯。」瑪萊珂聲音低沈地說。「因爲丹尼爾屍體的右上犬齒也被人用鉗子拔斷。顯然兇手很重視紀念品，要小巧的紀念品，能輕易隨身攜帶，而且不顯眼，並且是受害者身體的一小部分，不會腐爛而能永遠帶在身上，也就是說能當作永久紀念。」

卡斯騰盯著她看了好幾秒，整個人傻了。突然手掌往桌面用力一拍，「他媽的該死，」他說，「眞是王八蛋，眞他媽的該死。」

「布勞許維希近郊的哈能沼澤區……柏林的園圃農舍區……他四處活動，我們連他的地緣狀況都無法掌握。」雖然門上貼著一個很醜的禁止吸菸牌子，非常醒目，瑪萊珂仍點了一根菸。「說到底，只有一件事我們很確定：他會再幹同樣的事。只要我們一天沒抓到他，他就會繼續不斷犯案。」

17

他拿著細鉛筆，在紙上畫著自行設計的廁所草圖，筆觸輕得幾乎不帶壓力。他希望沖馬桶時能盡可能不用水，並深信自己的發明假以時日完成之後，必定全球大賣。缺水已逐漸成爲全球問題，總有一天，大家將無法負擔用乾淨的飲用水來沖馬桶。

他的手在素描本上揮舞著，線條模糊不清，只是把想法迅速畫下來，對他來講這樣就夠了。癥結在於沖水裝置，他必須大大提高沖水壓力，可是一般家庭用水的水壓並不夠，他慢慢著手畫圖試驗，結果開發出兩個彼此相連的滾筒狀和球狀容器，畫到這裡思緒就完全被冰箱的嗡嗡聲打斷。

他起身去打開冰箱，吃剩的芥末放了好幾週，已經乾在玻璃容器裡，一塊豪達乳酪包在陳舊的保鮮膜裡，早已發霉到無法挽救，有一罐還沒開的牛奶，四天前已經過了保存期限。自從他搬進這間公寓後，冰箱裡的酸豆、綠胡椒和一條番茄糊皆維持在原位，他根本不敢打開蔬果室，怕裡面的東西變得太噁心。還有一小條義大利圓臘腸，硬得像石頭，旁邊擺著兩瓶他從來沒喝過的白啤酒，因爲沒有合適的杯子。

艾弗雷把冰箱的插頭拔掉，讓冰箱門開著。電費可以省下來，他心想，要吃東西可以去米莉那裡吃，或去轉角的土耳其店吃。他偶爾去土耳其店買羊乳酪、扁麵包和綠橄欖。

他發覺肚子在咕嚕叫，也發現自己很久沒去米莉那裡吃東西了，除此之外，他很好奇，想知道本雅明被發現後有沒有什麼新消息。

他拿起大衣、鑰匙，離開房子。

艾弗雷抵達小吃攤時，看到米莉正和一男一女講話，講得很投入。他站到旁邊等。

米莉友善地向他眨眨眼，問他：「跟平常一樣嗎？」

艾弗雷點頭，「跟平常一樣。」

米莉翻一翻烤架上的香腸，回頭又去招呼那兩位客人。他們只喝咖啡。

「不會吧，」米莉說，「禮拜二本雅明沒來過，我記得很清楚，因爲那天天氣很差，根本沒客人上門，更別說小孩子了，他們要是來，會被我趕回家。」

艾弗雷嚇了一跳，呼吸暫停了幾秒鐘。太棒了。他身邊這兩人，正是辦那件兇殺案的警察。

「妳禮拜二都沒看到本雅明？還是說只看到一下子，例如看到他沿著這條路走……一個人走……或者有個男人同行？」

艾弗雷看著講話的婦人，仔細端詳她的臉。他的胃隱隱作痛，他十分確定看過這個女人，卻不記得在哪裡看過。他的思緒翻騰。

「沒有，」米莉說，「絕對沒有，我完全沒看到他。我一聽到這個小孩被殺後，就問過自己同樣的問題。天啊，這小鬼很可愛，很乖很有教養，不像其他那些小流氓。現在竟然發生這種事，我實在想不通。」

「妳最後一次看到本雅明是什麼時候？」男警問。

「星期一，他放學後過來的，買了一塊煎肉排，他愛吃得要命。不過他好像有心事，看起來很鬱卒。我就問他，你怎麼了？做了什麼壞事？他什麼都沒說，一聲不吭，後來就偷偷摸摸地回家了。」

那女的從袋子裡取出一本小記事簿，在上面寫了些東西。她低頭往下看時，一撮頭髮掉到臉龐前面，就在這一刻，艾弗雷突然想起她是誰了。

他當然知道，在她也認出他之前得走開，可是米莉剛好在這時候把他點的香腸放到吧台上，往他這邊推來。

「慢用，艾弗雷。」她說，而且還畫蛇添足的講出他的名字。

艾弗雷感到自己猛冒汗。他急切地思索，想知道這代表什麼意義。所有事情都有某種意義，世界上沒有巧合這種事。

他很想直接把香腸原封不動放著，馬上開溜，可是這樣反倒欲蓋彌彰。不過那女的沒多注意他，他還有機會趁沒被認出來時開溜。

艾弗雷用破紀錄的速度連吃帶喝，米莉則在一旁罵兇手，竟能對一個小男生下這樣的毒手，還興匆匆提到中世紀時，殺人犯會被處以石刑擊斃、四馬分屍、在輪上五花大綁，或放在柴堆上活活燒死。不過她也想把殺害本雅明的兇手關進冰冷潮濕、暗無天日的地牢，讓他慢慢餓死。

「假如我們有死刑，」最後她總結，「今天這件事就不會發生了。我說的對不對，艾弗雷？」

「完全正確。」艾弗雷表示，並從吧台上把錢推給她。「保重了，米莉，我有事急著走。」

他給了一個小微笑，把大衣衣領拉高，大步向前邁進。

「剛剛那是誰？」瑪萊珂問，因爲她也覺得艾弗雷很面善。

「艾弗雷．費雪，」米莉說，「人不錯，很有禮貌，規規矩矩的，而且相當聰明。」

瑪萊珂點點頭。但這說法，她在腦裡只接受了片刻，便馬上駁回，因爲那男人的臉讓她想起一個男孩，他叫艾弗雷．海利希。她十分確定，不過又馬上把這短暫回憶拋在一旁。

艾弗雷趕忙回家，刻不容緩，他要打包。瑪萊珂．柯思維希。現在他回想起她的名字了。都是瑪萊珂的錯，艾弗雷身上發生的很多事情，都要怪罪於她。和她再度碰頭的風險太高了，最好趕快離開這個城市。

18

一九七〇年六月，波文登

即使現在已經晚上十點，空氣依舊十分悶熱，所以瑪蒂娜．貝格曼開著她嶄新的金龜車時，仍開著窗戶。她高興極了。今天是她二十一歲生日，父母、保羅哥哥、娣莉阿姨，還有外祖父母一起幫她慶生。整個下午，他們都在露台上吃吃喝喝，享受夏日陽光。一段幸福快樂的時光。在瑪蒂娜的記憶中，童年的生日多半在雨天中度過。

她半年前從家裡搬出去，在哥廷根教學醫院應徵到兒童護士的工作，賺到人生第一筆錢。金龜車是她父母送的生日禮物，她迫不及待要載娣莉阿姨回家，開去諾爾特海姆，試試新車。

此時，她已在A7道路上開了好幾分鐘，開著開著心裡越來越放鬆，因爲車子開起來既安靜又輕鬆，她感到很安全，而且非常自由暢快。

「妳可以在我家過夜，如果妳想要的話。」娣莉說。「那樣妳就不必趕著回哥廷根。」

「謝謝，娣莉，妳眞好。」瑪蒂娜說。「可是我很高興有理由開車。開車眞棒，這樣的車我夢寐以求，開起來很順，有了它，去購物也不成問題了。我從沒想過，我爸媽會送這樣瘋狂的禮物給我。」

「有什麼理由不行？」娣莉微微一笑。「其他人高中畢業就得到一輛轎車，而妳二十一歲才得到。算是當作踏入社會的禮物吧。」娣莉的聲音聽起來溫暖舒服，她比瑪蒂娜的母親大兩歲，看起來卻比實際年齡年輕很多。也許是髮型的關係，瑪蒂娜心底想著，這個髮型讓她看起來美極了。

她看著阿姨的側面，卻沒注意到有一大塊東西正朝阿姨飛過來，瞬間擊穿擋風玻璃。

瑪蒂娜猛打方向盤，車子打滑了起來，她在絕望掙扎中踩下煞車，車子先向左撞上護欄，大力撞擊下彈轉回右側，滑下微傾的壕溝，最後停在那裡。娣莉阿姨的頭只剩血肉模糊的一團，臉已無法辨識。後座躺著一塊巨大界石。瑪蒂娜・貝格曼倒在方向盤上，失去意識。當時時間二十二點三十五分。

那三個人從橋上往下看，像著魔似的入神。

「屌啊，」托司騰說，「我們擊中一個了。」

「走，趕快開溜。」艾弗雷說。

「爲什麼？」托司騰一點都不急著走的樣子。「我要看看他們接下來會做什麼。假如我們馬上跑掉，就什麼也看不到。」

「要是我們繼續待在這上面，會被逮到的！」艾弗雷心生恐懼。

「你先是丟了那塊石頭，扮演大英雄，然後突然又要夾著尾巴逃走？到底怎麼回事？」托司騰的眼睛被吸引住了，他看到意外現場停了另一輛汽車。

「這才像話，終於有看頭了。那輛金龜車裡坐著兩個人，其中一個被你正中臉部，幹得漂亮，弗仔。」

艾弗雷不知道接下去該怎麼辦，他只想離開現場。「眞是的，你聽不懂嗎，托司騰，我們得離開！」

「什麼跟什麼啊，」托司騰搖了搖手，「要抓我們必須先提出證據，誰規定不能看的！」

小貝子突然腰一彎，開始吐了起來。等他頭抬起來時，整個臉都發綠了。「這種鳥事我不幹了，我要閃人。」他話幾乎講不出來了，只能沙啞地把字擠出來。講完就轉身想跑，可是托司騰跑得更快，一把抓住小貝子的夾克，把他拉著回來。

「你瘋了你，膽小鬼。我們一手導了這場戲，接下來當然也要來看看這場戲如何走下去。還是你想親自嘗嘗從橋上飛下去的滋味？」

接著又有一輛車子停在出事現場。其中一名男子試圖把瑪蒂娜從車裡拉出來，第二輛車的男子則跑著去把三角警示牌架起來。

「我們去底下。」艾弗雷建議。「馬上就會有一堆人來圍觀，我們混在裡面不會太顯眼，而且還看得到發生了什麼事。」小貝子無助地點點頭。
「好啊，」托司騰說，「我們下去。」
艾弗雷、托司騰和小貝子來到意外現場時，警方和救護車也幾乎在同一時間抵達。其他車輛陸續停下來，好奇的群眾在綠色金龜車四周圍觀，救援直升機受命即將前來，警察封鎖了高速公路。路上出現塞車，當大家知道接下來的半小時都不可能前進時，無法後退繞道的人們便索性下車圍觀，好奇的人越聚越多。
現場混亂得不得了，警方把看熱鬧的群眾趕開，光是處理這些就忙得不可開交。
不過艾弗雷還是有瞥到金龜車內部一眼，他看到血肉模糊的一團和骨頭碎塊，這團黏著金髮、血淋淋的東西，本來是頭部的所在。
他走進樹叢，跟小貝子一樣吐了，他一生中從沒這麼痛苦過。他試著聽聽看羅爾夫會講什麼，可是一點聲音也沒有，連一丁點想法也沒有。
「到底怎麼一回事？」托司騰大膽跑去問圍觀的人，可是沒得到答案。
沒多久，來了一輛運屍車，娣莉的殘骸被置入棺材，由運屍車載走。瑪蒂娜被送上直升機，載往大學附設醫院，石塊則由警方扣留。至於那輛綠色金龜車，其實只剩一堆廢鐵，明天一早會有拖吊車來拖走。
托司騰和小貝子還留在出事現場，在他們心底，只是一塊石頭就能引發這番後果，簡直比嗑藥還令人興奮。
艾弗雷離開現場，悄悄徒步離去。他們偷來的福特停在天橋附近的州道，可是以他現在的狀況，根本沒辦法再啓動車子，開車載其他人回家了。應該讓托司騰自己試試，可是他總說自己是技術白癡，所以都叫別人下手，而小貝子呢，肯定沒做過這種事。不過現在這些都不關他的事，他們自己會想辦法回家，萬不得已就去搭便車，只不過這樣做很危險，載他們的人會認出他們。

艾弗雷氣自己還在想這些，爲什麼要花腦筋幫托司騰和小貝子設想，眼前自己麻煩都夠多了。

等會雖然要走十一公里路，但他不嫌麻煩，他有整夜時間可走，最重要的是能趕回家吃早餐，他母親就不會問東問西。

他被中午的溫暖陽光誤導了。如今夜裡冷颼颼，一陣狂風橫掃過曠野，讓人很不舒服，艾弗雷只穿一件汗衫，外加皮夾克，雖然全身顫抖，依然沒把夾克給扣起來。他殺了一個女的，媽的，沒特別原因，不是故意，也沒多動大腦，純粹一時衝動，只是爲了讓弟兄們感到佩服。他很想讓時間倒轉，只要倒回二十四小時就夠了，即可一切如故。突然之間，「一切如故」成了他心中最值得做的事。

雲被風不斷吹動著，縫隙中突然出現半輪明月。他不知道現在是上弦月還是下弦月，基本上他也不想知道那麼多，但若是羅爾夫的話，他就會知道。羅爾夫對任何事都有興趣，所以幾乎有問必答。假如剛才有他喜歡的人在身邊的話，例如羅爾夫，說不定事情會完全不同。

然而他現在是要回家，回到那個母親、姊姊們在他心中可有可無的家，他會繼續說謊，以免她們知道發生了什麼事。唯有這樣，他才不必忍受她們眼神中除了原本就有的冷漠外，還要再加上藐視。

他思念起他的父親，悲從中來，這個無名氏先生把他生下來後，竟然無緣無故死去。

他到家時已經兩點，全身冰冷，渾身無力。家裡一片漆黑，似乎沒人發現他不見了，沒人擔心他。要他母親半夜起來巡查一次，看他在不在家，簡直就是天方夜譚。

他盡量放輕腳步，爬上狹長的樓梯，進到他的小房間後，直接躺在床上。雖然累得要命，卻怎麼都睡不著。他把能祈禱的都祈禱了，希望能讓已發生的事情變成從未發生過。

瑪萊珂．柯思維希警察學校畢業後，如今步入第三年的警察生涯。兩個月前她開始跑外勤，和同事侯爾格．麥塞搭檔出外巡邏，他們一起調解家庭糾紛，把醉漢送進清醒室，記錄汽車擦撞事件。瑪萊珂雖曾目睹幾起重大意外事故，但眼前這種程度的，倒從沒見識過。她看了一眼娣莉粉碎的頭顱後，那一幕就再也擺脫不了，永遠歷歷在目。

三點二十分，他們攔下一名逆向駕駛，血液中酒精濃度二．八毫克，他根本沒發覺自己逆向行駛。四點十五分，他們繼續上路巡邏。相片沖洗出來了。瑪萊珂照了很多張娣莉的照片，各個角度都有，顯然她不假思索即反覆按著快門。藉由如此，她找到了對抗恐怖畫面的唯一可能。

其中一張照片拍到一個男孩，他滿臉恐慌，透過車窗玻璃看著兩名受害者。他一頭微鬈的深色頭髮，顴骨明顯。瑪萊珂當時在拍娣莉的側面，閃光燈照亮了男孩的臉。

「你有什麼看法？」她把照片拿到侯爾格鼻子下。

「這個嘛……有一個人從窗戶看進車裡，可是他並非唯一看熱鬧的人。」

「你再仔細看一次！他才十四歲，也許十五，頂多不超過十六。」

「那又怎樣？」侯爾格不知道她有什麼用意。

瑪萊珂起身走向牆邊的小茶几，那裡有一壺咖啡在咖啡機上持續保溫著，她倒了一杯咖啡。這應該是她今夜的第七杯。

「一個男孩，晚上十點半在高速公路上做什麼？你能告訴我爲什麼嗎？離現場最近的城鎮都在好幾公里外。」

「妳嘛幫幫忙。」侯爾格絲毫不覺得其中暗藏這麼多玄機。「也許他和父母一起被卡在車陣裡，全家人都想知道發生了什麼事。」

「開車載著青少年的父母，不會下車去看被砸得稀爛的死人！絕對不會！他們會巴不得讓兒子遠離所有暴力景象。絕不是像你說的，侯爾格，我告訴你，一個十五歲的男生，半夜在高速公路上會做什麼：在天橋上把石塊往下丟！」

侯爾格的臉上這下才露出恍然大悟的樣子。他突然陷入深思。「也許妳說得對。」

「我們得想辦法把他找出來。相片畫質不差。」

「好。」侯爾格看著掛在牆上的地圖。「這裡是事故現場，石頭是從這座橋上飛出來的。」他用紅色大頭針標出地點。「我們的刑警同事應該鎖定周圍三十公里，去各學校調查，總會有人認識他。」

「我也這麼認爲。我把照片送到刑事組那邊，再寫個簡短報告附上。」

侯爾格點頭同意，瑪萊珂坐回辦公桌前。她對自己非常滿意。

兩天後，刑警已查出照片上那張臉的身分。據他們了解，男孩的名字叫艾弗雷．海利希，就讀庫特徒賀斯基中學九年級。

六月二十三日，下午三點三十分，海利希家門口站著兩名刑警以及瑪萊珂．柯思維希。瑪萊珂其實應該在家睡覺的，她整個禮拜都值夜班，可是這個案子實在太吸引她了，陪兩位刑警同事來這裡，對她來說也很重要。況且她也在考慮要不要請調到刑事組。

「哥廷根刑事組。」魏蘭開口說。他是年紀比較大的那名刑警。「妳兒子在家嗎？」

艾蒂特默默點頭。她皺起眉頭，她臉上的表情，彷彿再過五分鐘就要執行她的死刑。

「太好了。」魏蘭說。「我們得問他幾個問題，由於他未成年，所以妳必須作陪。」

艾蒂特又點一次頭，將門打得更開，藉此允許三名警察進門。

數分鐘後，他們在廚房裡面對面坐著。艾弗雷因情緒激動而滿臉火紅，他壓根控制不了。

「你前天夜裡，大約十到十一點，人在哪裡？」問話的是科林，他是比較年輕的那個刑警。

「在家，不然會在哪裡？我住在這裡。」艾弗雷試圖採用傲慢輕浮的語氣，反而讓在場的警察不太舒服。

「青少年晚上也有可能出去，你去了朋友家、酒吧還是舞廳嗎？」

艾弗雷搖搖頭，「我在這裡。」

「你整晚都在做什麼？」魏蘭問他。

「在背臭學校交代的單字，英文單字，我們昨天有小考。」

「然後呢？考得怎麼樣？」瑪萊珂和氣地問。

「爛到爆，百分之百錯。」

「可見你沒好好地背起來。」科林酸溜溜地說。

「才不是。是因爲考的都不是我會的。」

魏蘭點點頭，明顯在說「你說的我一個字都不信」，接著轉問艾弗雷的母親。

「妳能證實，六月二十一日那天，妳兒子整晚都在家嗎？」

艾蒂特遲疑了一下，搓搓額頭，一副努力思索的樣子。「我不知道，可能在，也可能不在，他要出去就出去，要回來就回來，要做什麼就做什麼，我不管那麼多。他年紀夠大了，要是我從早到晚都要管他，那我這輩子有得忙了。況且我……我也不知道……我有別的事要做。」

媽，艾弗雷心底想著，天啊，媽媽，妳就不能幫幫我嗎？就幫這次？難道他們現在對我怎樣，妳都他媽的無所謂嗎？

「我想和妳丈夫談談。」魏蘭對艾蒂特說。

「他死了，艾弗雷一出生他就死了。」她聲音聽起來充滿怨懟。

魏蘭沈默下來。換科林上場，他轉向艾弗雷問話。

「星期一晚上十點三十分，那場重大事故發生時，你在A7公路上做什麼？你不是目睹了那場事故嗎？」

一時之間，艾弗雷不知道要說什麼，也不知如何反應，這時魏蘭已把照片拿到他面前。是娣莉粉碎的頭顱，而他的臉就在後面。

「這是你沒錯吧？」

艾弗雷默默點頭。他已經沒有閃躲的餘地。

科林的語調更加尖銳起來：「你在那裡做什麼？」

艾弗雷聳聳肩，「沒什麼。我們在那邊開車隨便亂晃，就幾個兄弟和我，我們看到那裡發生事故，就停車看看發生了什麼事。」

「你們開什麼樣的車？」

「其中一個兄弟的車。」

魏蘭把記事本打開。「他的姓名?地址?車子廠牌?車號?」

艾弗雷聲音越來越小。「我不會出賣任何人。」

科林露出笑容。「假如沒做壞事,何必出賣任何人!除非犯了什麼罪。說不說?」

艾弗雷發現自己犯了一個錯誤,索性硬著頭皮繼續下去。

「好吧,我們偷了一輛車,但只是想在附近開一開,之後就把它開回原位。」

艾蒂特深深呼了一口氣,由於上門牙分得有點開,呼吸從牙縫穿過發出口哨聲。

「然後呢?有開回原位嗎?」

「我不知道。」

「你爲什麼會不知道?」

「我用走的回家。」

「什麼?」這下瑪萊珂接話了,因爲她對那個地區很熟。「從出事現場走到這裡,也就是說從諾騰—哈登貝格到波文登,大約是十一公里!你爲什麼用走的?」

「我不知道,反正就是走回來了。我覺得他們很煩。」他明顯感受到自己應付不了這場訊問了。

「你們總共幾個人?」科林問。

「三個。」

「其他兩人叫什麼名字?」

「我不會說的。」

「好，那全都算在你頭上了，假如你甘願這樣，請便。你們那天晚上吵過架嗎？」

艾弗雷搖頭。假如他回答有，就必須解釋為什麼，那就得掰一個理由出來。他的腦子彷彿被清得一片空白，有種一路錯下去的感覺。

「好吧，換下一個問題。」魏蘭說。「你們什麼時候碰頭的？」

「七點左右。」

「在哪裡？」

「在鎮上，青年中心。」

「然後你們做了什麼？」

「沒什麼，鬼扯而已，還喝喝啤酒。」

「在哪裡？」

「噴泉那裡，天氣很好。」

「然後呢？」

「然後我們偷了那部車。」

「在哪？」

「鐵路天橋旁邊的空地，那裡的人沒發現，可能在看電視。」

「什麼樣的車？」

「一台福特。」

「什麼顏色？」

「很深的顏色，髒髒的紅。」

艾蒂特打斷問話。「我外面還有事要辦。」

「抱歉，妳得等一等，海利希太太。」科林說完，魏蘭繼續問話。

「你們做了什麼？」

「開車到處逛。」

「去了哪裡？」

「沒去哪，就在附近繞，我也不知道。」

「誰開的車？」

「我。」

艾蒂特邊喘邊說。「你什麼時候會開車的？」

「早就會了。」

「你們看到事故時，把車停在哪裡？」

「停在州道上。」

「然後你們跑上天橋，從另一邊往下走到事故現場？」

艾弗雷點頭。

瑪萊珂打斷同事問話。「我對那一帶很熟。從州道那邊看不到高速公路，這幾個男生絕不可能注意到另一邊的事故，要到橋上才看得到。」

「很有趣。」魏蘭探頭過去，直視艾弗雷的雙眼，讓他覺得很不舒服。「爲什麼你們會剛好停在那裡？你能解釋一下嗎？」

艾弗雷的手伸到背後抓癢，以便爭取時間。「我們聽到警笛聲，所以就停下來。」

科林嘲諷一笑。「坐在偷來的車裡，一聽到警笛聲，難道不會想快點閃人？」

艾弗雷聳聳肩。連這個藉口也搞砸了。

魏蘭搓搓手，「故事越來越精彩了。你們之所以停車，是因爲聽到警笛聲而好奇，然後跑上天橋，看到事故，接著跑下去事故現場，一探究竟，然後你們不是開那輛幸好沒人關心的偷來的車回家，也不是去最近的酒吧之類的，都不是，反倒你們當中一人，也就是你，竟然走了十一公里的路回家。況且你們沒吵架。這我就不懂了，艾弗雷。可別告訴我，你喜歡散步，講了我也不信。」

艾弗雷保持沈默。他不知道接下來怎麼辦了。

魏蘭勝利在望。「讓我來告訴你是怎麼一回事：你們開著偷來的車在那附近亂晃，沒特定目的地，覺得非常無聊。你們其中有人出了一個點子，想到橋上丟幾顆石頭下去。你們以前聽過人家講，現在想親自試試。反正一片黑，沒人看得到你們。你們沒打算傷人，只想嚇嚇駕駛人，然後看看會發生什麼事。點子很棒，而且當晚也確實發生了事。也許你想讓別人佩服你，也許你根本沒想到會有什麼樣的後果，總之你丟了第一塊石頭，馬上砸中一輛金龜車的擋風玻璃，接著發生了可怕的事。那輛車開始打轉，最後在路邊壕溝停下。你們全都嚇一大跳，然後跑下去看到底怎麼一回事。你從車窗看進去，看到自己幹的好事。你恍然大悟，原來你殺死了一名婦人，然後拔腿閃人。就這樣跑掉。你飽受震驚，一路跑著回家。弟兄也不管了，車子也不管了，是這樣嗎？」

海利希家的廚房一陣靜默。沒人開口說半句話。艾蒂特再也忍不住了。

「你竟然幹了這種事，艾弗雷？你啊，頭殼壞了嗎？你瘋了是不是？」

艾弗雷知道全都完了。當前處境完全不利於他，既沒藉口也沒退路了。他突然覺得很憤怒，感覺到自己的臉頰因怒火而灼熱，內心有股按捺不住的欲望，巴不得把這間死廚房裡的一切打得稀爛。然而他沒眞的動手，只是緊盯著母親看，而母親竟對他充滿憤怒的眼神處之泰然。

爲什麼妳從不站在我這邊，他心底暗想，同時雙唇緊抿，以免大吼出來。我希望妳永遠不需要我幫忙，媽媽，到時千萬別指望我會幫妳，媽媽，妳休想！

三名警察全站了起來。「海利希太太，我們必須逮捕妳的兒子。」瑪萊珂向她說明。

艾蒂特點頭。就在艾弗雷隨警察走向門口時，她對瑪萊珂說：「他的羊水是綠的，又綠又毒。我一直知道，他這個人不太對勁。」

三名警察都沒答腔，隨即帶著艾弗雷離開房子。艾弗雷哼氣一笑。又綠又毒的羊水，只有巫婆的肚子才會裝這種東西，一定是他母親原想把他毒死，可是他存活下來。如今他對這個想法更確信不疑。

19

一九八六年十一月，哈能沼澤區

動物園站風勢強勁寒冷。艾弗雷沿著月台慢慢向前邁進。下一班開往布勞許維希的火車預定十四點十五分進站，現在是十三點三十二分，他還有四十三分鐘，可是他卻沒到櫃台買車票。他討厭像申請救濟金的人那樣排隊，還要被後面的人盯著看，他不想感覺到有人在他頸後呼吸，更別說讓人無意間碰觸到他。在大排長龍中，人與人免不了會貼近，但這令他侷促不安、非常緊張。

他把所有家當塞進兩個袋子裡，一個是皮製側背袋，非常沈重，背帶深深陷入他的肩膀，另一個是藍綠相間的塑膠運動背袋，圓滾滾的樣式很難拿，容易妨礙他走路，因此把他搞得很火大。他有個念頭在腦子裡轉了好幾分鐘，考慮要不要乾脆把兩個袋子都放在月台上，直接走人，或者放到他不搭的一班火車上，這樣他就無拘無束了。即便全部財產已經縮減成兩袋，依然讓他覺得提起來像沙袋一樣厭煩。不過他隨即拋開這個念頭。他即將前往的地方，需要一些東西才能活下去，例如火柴、蠟燭、刀子、手電筒等物。

艾弗雷又離開月台，背著行李，拖著腳步走下樓梯回到車站建築。他在一個攤子上買了一條加了芥末的熱狗，配上一杯咖啡。

即使在車站大廳，火車嘎嘎的煞車聲還是很大，足以讓人耳聾。擴音機播報個不停，聲音很大卻模糊不清。想靠它，還是省省吧，艾弗雷心底想著，要是有國外來的旅客就麻煩了。

在他身邊有一個垃圾桶，裡面傳出陣陣腐肉的臭味，艾弗雷頓時覺得噁心，趕緊換個地方站。

還有三十五分鐘。

布勞許維希。很奇怪，他竟然滿期待去布勞許維希。他曾和瑪格在那裡住了三年。瑪格芮特・費雪名義上仍是他的妻子，也是他兒子吉姆的母親。

回想當時，那是一個舒適宜人的夏日。六年前的七月初，他在跑步時首度與瑪格邂逅。他夜裡在一棟辦公大樓打掃，習慣一大清早先跑個幾公里，然後才去睡覺。有一個運動型的女人，年紀明顯比他大，總是和他跑同一段路，而且能輕輕鬆鬆跟上他的腳步，所以兩人不免時常並肩跑著。他請她去喝咖啡。第一次碰面後，他得知她三十六歲，有一個十一歲的兒子，名字叫湯姆，母子倆相依為命。湯姆兩歲時，父親無緣無故拋下他們母子，沒有任何解釋，某天走了之後便音訊全無。瑪格沒有他的電話號碼，也沒有地址，連他是否還活著都不知道。

艾弗雷覺得十分有趣，在這個文明世界裡竟然有個男人就這樣從人間蒸發，不過他沒有告訴她這個想法，怕傷害到她。

據她說，她在書店上班，很滿意目前的工作。由於她大多數時間都在閱讀，所以需要藉跑步來平衡一下。

她問起他的職業，他說他念經濟系，現在第三學期。他沒什麼錢，有一戶小公寓，每晚去一棟辦公大樓做清潔工，以貼補學費。

瑪格表示很佩服。他們交換電話號碼，約好隔天清早再見。

儘管他和瑪格一開始交往時就撒了一個謊，可是對他絲毫不構成困擾。

接下來的一週，他們天天見面，每天早晨一起在森林裡，沿著固定的路線跑步，之後還能共進早餐，因爲瑪格十點到書店上班就可以。湯姆上五年級，中午大都去朋友史蒂芬家吃午餐，功課也在那裡寫，傍晚左右才會回家，瑪格也大約同時間到家。這套方法很管用，史蒂芬的媽媽很高興，這樣她兒子就不必總是孤單一個人，而且她還能親自看管這兩個孩子。瑪格則經常在週末帶他們去郊遊，作爲交換條件，讓史蒂芬的母親能輕鬆個幾小時，此外，有時週末史蒂芬也在湯姆家過夜。

第二週的星期六，瑪格邀艾弗雷到家裡晚餐，她除了本身喜歡做菜，還希望能發生點別的事情。

艾弗雷準時出現。他帶來玫瑰，還準備了一輛玩具汽車，要給湯姆做爲今晚的首次見面禮。湯姆長得很帥氣，有著烏黑的直髮，頭髮不斷落到額頭上，他每次都會甩一下頭，讓頭髮不至於擋住視線。瑪格在廚房裡做飯時，艾弗雷就陪湯姆嬉鬧。瑪格很高興他們兩個能相處融洽。菜煮出來的結果超出她預期的好，是義大利菜，做了好幾道，但艾弗雷面對佳餚卻沒太大感覺。九點半左右，湯姆依依不捨地乖乖進房睡覺，艾弗雷向瑪格稱讚她有個很棒的兒子。

晚餐之後，他們首度一起喝酒，兩個人都喝很多。艾弗雷變得興致高昂，瑪格則放得更開、更自在。

終於，她牽起他的手，把他拉進房間，雙人床的上下墊都換上了新床單，瑪格開始慢慢脫起衣服。

艾弗雷對這初夜滿懷恐懼，臉部灼熱，全身開始冒汗。雖然萌生了逃離現場的念頭，但仍把酒杯注滿，一鼓作氣喝掉，然後站在那邊困窘地微笑著。他完全不知道接下來該怎麼做。

你明明就知道，他心底想著，你明明在接受人家的晚餐邀請的時候就料到了，如今可不能臨陣退縮！可是自我譴責對他毫無幫助，瑪格早就裸體躺在床上對著他微笑。

「來，」她嬌滴滴的說，「你還在等什麼？」

對他而言，現在有如要他從十公尺高台上跳下冰冷的池水。他小時候去游泳池從不敢那麼做，所以每次在跳水平台上轉過身都會被恥笑，然後在哄堂大笑下爬下梯子。

他坐到床上，慢慢把衣服脫了，就這樣當著一個女生的面，一種赤裸裸、很陌生很奇怪的感覺油然而生。她把他遲疑的態度視爲害羞，如此一來，他在她眼裡更具魅力。

他全身脫光後，被她拉了過去，她依偎著他，極其緩慢謹慎地施展起誘惑。

不知何時，他開始忘記自己發生了什麼事。他雙眼緊閉，開始享受雙方身體接觸時，腦子裡想的不是瑪格，而是湯姆，並就此沈浸在自己的幻想當中。

在某個八月底，一個夏末炎熱的日子，一切有了變化。當天他們去湖邊郊遊，悶熱得很，艾弗雷和湯姆還有史蒂芬一起在水裡玩鬧。瑪格沒興趣下水，她留在岸邊，坐在浴巾上，忙著把西瓜籽去掉，西瓜的汁滴在浴巾上，引來黃蜂。瑪格突然身體頓了一下，趕緊一隻手壓在肚子上，臉部扭曲，顯得異常疼痛，然後吃力地把弓起來的那隻腿打直，卻沒看到腳搓到一隻黃蜂，腳上馬上被螫了一下。瑪格痛得大叫，艾弗雷正在水裡緊緊抱著湯姆，聽到嚇一大跳，以爲瑪格的大叫是衝著他來的，便馬上把湯姆放開。湯姆隨即游向史蒂芬，繼續玩鬧起來。

瑪格呼喚艾弗雷，可是他勃起了，所以不便上岸。

等他終於鼓起勇氣，就迅速衝出水面，拿了一條毛巾圍住下體，一把抱住瑪格。她專注處理腫起來的腳，所以完全沒去注意艾弗雷。

「這個死畜生……」她指著被她打死的黃蜂。

「妳得把腳伸進水裡，」他說，「能降溫。」

「我腳舉不起來，超痛的。」

艾弗雷把瑪格抱起來，往湖裡走去，一直走到水深及臀、瑪格的腳泡到水才停下。湖水冰鎮，減輕了疼痛。

瑪格的手把他脖子纏得更緊了，臉還緊抵著他的胸膛。

「我懷孕了，艾弗雷。」她輕聲地說。

艾弗雷頓時覺得自己正往湖底沙地下沈，眼睛直盯湯姆和史蒂芬，他倆在幾公尺外玩著，互相把對方壓到水底下。艾弗雷無力回應。

「怎麼了？」瑪格迷惑地問。

「沒什麼！太棒了！我只是沒料到，我沒經歷過這種事，很意外。」他講得太快了，瑪格覺得很有趣，咧嘴而笑。「怎麼會發生這種事？」

「回到家後我再告訴你。現在要走了嗎？孩子們泡在水裡也開始有點涼了。」

艾弗雷點頭，把她抱到岸邊，然後給她一吻，作爲結語。

浴巾上已布滿黃蜂，西瓜也被牠們全盤佔去。瑪格嚇得直發抖，一邊叫孩子們上岸，一邊以最快速度朝車子竄逃，同一時間，艾弗雷把西瓜丟進矮樹叢裡，把浴巾泡進湖裡攪一攪，穿好衣服後，把所有東西包一包攏進車裡。

瑪格生了一個健康小子，有三千三百克重，五十一公分高，他們爲他取名爲吉姆。艾弗雷之所以挑了這個名字，是爲了紀念父親，那個早已移民美國、未曾謀面的父親。瑪格並不反對。這個抱在懷裡不斷哭喊的嬰兒有個小獅子鼻，瑪格深信，吉姆這個名字配這孩子剛剛好。

四週後，他們舉行了婚禮。艾弗雷完全沒邀請他那一方的家屬來參加婚宴，瑪格難以理解，但最後仍由衷認爲無所謂，最重要的是她有了好丈夫，兩個兒子有了父親。

對艾弗雷而言，最重要的是他冠上了瑪格的姓。

從今天起，他叫做艾弗雷．費雪，再也不會讓人聯想起婚禮前的那個艾弗雷．海利希。

艾弗雷一抵達布勞許維希，馬上迫切需要獨處。火車上、火車站裡以及街上的人群，加上再兩天就要是「將臨期」第一主日（註：將臨期是耶誕節往回推算四週，第一主日即將臨期開始的第一個週日，大約落在十一月二十七日到十二月三日之間。在一般人的感覺中，等一個將臨期週日的來臨也意味著準備過耶誕節了），城市裡充滿耶誕節前夕的氣氛，在在讓他焦躁不已。部分人家的窗口已吊上耶誕節星星，在那裡閃啊閃，百貨公司門前，幾個耶誕老人走上走下，忙著發廣告傳單，他們的扮相隨隨便便，雖有大鬍子，但只是用橡皮筋固定在耳後。外面下著毛毛細雨，四面八方都塞車。

艾弗雷下午五點三十分搭上開往策勒的公車。他最喜歡的位置在最後一排，現在是空的，他仔細檢查塑膠椅套上有沒有黏著口香糖或沾上任何污漬，然後才靠窗坐下。

公車在瓦騰布特彎進國道二一四號。現在已一片漆黑，他雖然認不太出來哪裡是哪裡，但很喜歡這樣搭車穿越一個個小村莊，同時幻想著明亮的窗戶後，有小孩正在寫功課、看電視、和朋友玩耍，或者和父母坐在一起吃晚餐。

他在歐霍夫下車，等了三十五分鐘，搭上另一班公車，到米登之後，剩下路段他決定用走的。這附近他熟得很。他避開大馬路，用閉著眼睛走都沒問題的信心穿過樹林，走著羊腸小徑穿越沼澤地帶。在冬天，而且這個時間，絕不會有人來這裡散步，林邊雖停著車輛，也未見任何情侶在車上快活。

一路上沒遇到任何人，二十分鐘後就到了砂石場。他要找的那個露營拖車屋依然停在原來的位置。他用隨身小刀破門而入時，心臟狂跳不已，連耳朵都迴盪著心跳聲。

桌上放著一個空沙丁魚罐頭，被當作菸灰缸使用，菸蒂已經多到滿出來，此外桌上成堆空啤酒瓶。門上如今多了一張性感女郎海報，上面射滿飛鏢，主要集中在豐滿的胸部上。

那小小窗戶前，依舊掛著橘白條紋的碎長條窗簾，三年前就有了，只不過如今顏色快褪光了。他露出微笑，回想當時關上窗簾時，丹尼爾光溜溜地躺在他面前，眼睛睜得大大的，額頭汗涔涔，非常害怕的樣子。他之所以關上窗簾，絕對不是因爲怕被發現，純粹只是爲了防止別人看到這個嬌弱男孩純淨無瑕的身體，畢竟這個男孩專屬於他，專爲他而生。

艾弗雷坐在那塊木板床上，輕輕撫摸著棉被。

丹尼爾。他和他玩了兩天一夜，直到他再也無力繼續擴大那份愉悅。那一刻成了短暫的永恆，是他所經歷過最深刻最美妙的時光。只不過，那段時光對丹尼爾來說絕不美妙。三年來，這個地方經常出現在艾弗雷的夢裡，而如今，他終於回到這裡，讓他滿懷感激。接下來的幾天，在這車屋裡，他只想讓自己沈浸在回憶裡，其他什麼事都不想做。也許能重新溫存、重新享受他對丹尼爾和本雅明所做的事情，當時他對他們一而再再而三下手，直到他們苦苦哀求，請求他大發慈悲，方才罷手。他慈悲爲懷，儘管會失去他們，仍把他們送往自由，送進死亡。他擁有這種力量，也喜歡這種力量。

雨越下越大。此時此刻，雖然回憶美妙，沒有人能從他身上奪走，但他希望自己不是孤單一人。他要的不多，自認知足寡欲的他，僅期盼找到小孩，看他們在他懷裡顫抖搖晃，盼望能設法脫離命運的悲劇。而他們唯一的使命就是使他願望成眞。

他已理解自己生命的意義。他存在，並非爲了讓女性幸福快樂，也不是爲了累積財富，而是要收集孩子。孩子是上帝的玩具，只有他艾弗雷，才能避免這些玩具對生命感到失望。

對丹尼爾·多爾的種種回憶越來越眞實了，甚至讓他覺得聞到了丹尼爾的肌膚散發著陣陣陽光和溫暖的香味。在幻想中，他看到面前有一條塵土飛揚的州道，因熱氣蒸騰而空氣閃爍。艾弗雷赤腳沿著這條路走，聽著腳底下小石子嘶嘶沙沙的聲音，內心感覺著那股刺激，猶如甜蜜的劇烈疼痛。藍天有著上千隻眼，正慈祥地觀察他和丹尼爾，而此時的丹尼爾在他面前的草皮上伸著懶腰。

他渴望溫熱的小胴體，深受這股欲望煎熬著，甚至因而頭暈腦脹起來。他站了起來，手臂大張，緊緊抓住車廂的兩面牆。

三年前的復活節週一，他一直在丹尼爾身邊坐著，不斷撫摸他的屍體，直到屍體冰冷發白，肌膚不再散發香氣，方才罷手。有兩、三個鐘頭之久。至於確切多久，如今他也說不出來了。總之連那孩子嚇出的冷汗也聞不到了。丹尼爾只剩一具軀殼，冰冷的肉體已蒼白僵硬。

艾弗雷知道該走了。他希望保存在記憶裡的丹尼爾像是一抹輕柔的微風，而不是一個由翻模材料做出來的娃娃，雙眼無神，眼窩黝黑深陷。在臨死掙扎當中，丹尼爾雖能張大嘴巴，卻無力呼喊，這給了艾弗雷一個靈感，他想將之付諸實現。車廂裡有一些工具，其中包括鉗子，他拿起鉗子，拔斷丹尼爾其中一顆犬齒。過程簡單快速得令人驚訝，這下他有了一個小紀念品，讓他可以永遠紀念丹尼爾，紀念這個瘦弱小臂上有一層柔軟汗毛的天使。

丹尼爾辦到了。他解脫了。是艾弗雷幫他達成的。

之後，他穿過夜晚一片漆黑的哈能沼澤區，奔向他停在大老遠的車子，這一路上，他不斷將牙齒放在指掌間把玩，以致丹尼爾凝固的血被磨光，最後消失殆盡。

清晨四點，整棟房子無聲無息。但當他打開公寓門鎖，突然覺得有什麼不太對勁，和平常不大一樣，這使他很緊張。他踏入玄關，輕輕把門關上，刻意不把燈打開。他在黑暗中傾聽。什麼都沒有。接著他把鞋脫掉，躡手躡腳悄悄沿著走道走，直到進了廚房，把門關上，才把燈打開。

他打開冰箱，拿出一罐優格來。他總覺得有什麼不對勁，吃優格其實只是爲了讓自己平心靜氣考慮下一步該怎麼做。也許瑪格根本不在家，也許湯姆和吉姆也沒睡在他們床上，或許只有他自己一個人在家。突然之間，他很喜歡這樣的想法，同時也發覺，無論這個公寓裡發生了什麼事，對他而言都無所謂。總之和幾個鐘頭前死去的丹尼爾．多爾一點關係也沒有。

他站起身來，把手伸進口袋找他的紀念品，這時瑪格赫然出現在門口。他根本沒聽到她進來，所以嚇了一大跳。

「我幫你把東西都打包好了。」她一開口就丟出了這麼一句。「三箱行李。放在臥室。你可以滾了，最好今晚就滾，這樣可以省了和孩子們的道別儀式，也就不必裝腔作勢，反正你也受不了他們。」

艾弗雷還沒在口袋裡摸到他的紀念品，這才是目前最令他緊張的部分。他的心狂跳不已，不得不先坐下來。「對不起，我剛剛沒注意聽，」他心不在焉地說，「妳剛才說什麼？」

瑪格用力喘著氣，以免怒吼爆發出來而吵醒孩子。太過分了。「滾！」她壓低聲音呵著氣說，「馬上滾，滾出我的生活，永遠別在這裡出現！」

瑪格萬萬沒料到，此時轟他出門正合他意。他得消失，最好立即。他剛才在回家路上已經想破頭，到底要如何向瑪格交代，能給她哪些原因？為什麼要倉皇離開？為何把兩個孩子留給她一人負責？如今她自己把他掃地出門，眞是棒透了。

「為什麼？怎麼回事？」他問，並試著讓聲音別顯得太漠然。

「你的朋友賀伯特來過了。他在等你的期間，對我說了一些關於你的事。」

賀伯特，好傢伙！艾弗雷以為這傢伙早就打毒品打到死了，這下顯然還活著。不過他到底從哪弄到他的地址？也許從他母親那裡，這是唯一的可能。他曾把母親的地址給了他，要他有什麼事都可以找他。他萬萬沒想到，把母親地址給了他會是個錯誤。現在眞的是非消失不可了。連母親也不能知道他的落腳處。

「有意思，然後呢？妳知道了什麼？」

「我知道你是該死的騙子，是不折不扣的爛人。」

艾弗雷只是微微笑著，他的態度讓瑪格抓狂極了。

「你高中沒畢業，你根本沒念過經濟系。」

艾弗雷聳聳肩。

「你父親不在美國，你父親死了。」

「那又怎麼樣，很重要嗎？」他完全不能理解，瑪格竟會爲了這點小事那麼激動。

「你蹲過監獄，因爲你殺死了一個女人，對不對？」

艾弗雷默默無語。瑪格拉高嗓門，咄咄逼人的語氣讓他非常反感。

「現在我了解你爲什麼不跟我睡了。賀伯特是你的獄中情人，你是同性戀，你一直都是同性戀，我恨你。」

原來是這麼一回事。入獄服刑的部分，她或許還能按捺下來，可是和自己結婚的男人竟不跟她求歡，一次都沒有，讓人壓根吞不下那口氣。這些他都能理解。看著她現在穿著褪色的薄睡衣，站在廚房裡的樣子，他深感抱歉。

「你這期間都上哪去了？」

「我隨便逛了一下，想自己一個人。」

「兩天，將近兩夜？」她的語調尖銳冰冷。

艾弗雷站了起來，他非結束這場對話不可，越快離開這裡越好。

「你的話我一個字都不相信，我再也不相信你講的話了。」瑪格的淚水瀕臨潰堤。

「別這樣。瑪格，我們先講到這裡好嗎？再講下去只會吵架而已。也許我現在離開會比較好，我把車開走。好不好？」

這下她真的哭了。她坐在桌前，把頭倒在前臂上不斷啜泣。艾弗雷考慮片刻，是否把她抱進懷裡安慰一下，不過隨即決定撒手不管，就此離開廚房。

他在走道上停留了一下，小心翼翼徹底翻找口袋。找到了！謝天謝地！他的紀念品沒有不見。

爲了把行李提下樓，他必須來回走兩趟。最後一次上樓時，瑪格站在走道上，她在睡衣外面套了一件厚針織夾克，雙手緊握拉攏胸前的夾克開口，那個樣子，彷彿她不是在開了暖氣的屋裡，而是站在冰冷的寒風中。

艾弗雷玩著鑰匙圈，眼睛緊盯著腳踏墊。他頭一遭注意到灰色腳踏墊上還有藍色小圓點。

「保重，」他說。「我會找時間跟妳聯絡。瑪格，很抱歉，我無意傷害妳。」

他講完便轉身離去，無聲無息把大門關上，彷彿爲了這次離開早已練習了幾千次。

雨停了。哈能沼澤區一片靜謐。艾弗雷深感滿足，從而身體舒緩放鬆下來，不由得兀自微笑了起來。

20

艾弗雷因全身顫抖而從睡夢中醒來，拖車屋內部又濕又冷。他躺在木板床上，裹著大衣，回想自己什麼時候怎麼睡著的。他吃力地坐起來，一片漆黑，等了一陣，方向感才慢慢恢復。他左邊是牆，躺椅右邊是那只塑膠袋子，現在對他幫助不大，他比較需要那只提掛式的袋子，裡面應該有手電筒。他跪著前進，開始有系統地探觸地板。

他摸到好幾公分高的塵垢，很噁心，頭髮、麵包屑、蜘蛛網等積成令人倒胃的一團。他掌心被一根釘子割傷了，感覺鮮血直滴地上，乍來嚇了一跳。那隻手開始發炎，在繼續摸索當中，他把血往沙子灰塵上抹。這個舉動他並不覺得有何不妥。那件事已過了三年，絕對不會有人搜查這輛車屋，就算有，肯定不會有人認為地板上的血和丹尼爾命案及兇手有所關聯。

在髒地板上摸索了一陣後，他終於在椅子上找到袋子。往椅子摸上去一下子就找到手電筒，他先看了一下時間，五點半，還有三個半小時外面天才會亮。

他找出蠟燭，點了一根，在桌上滴幾滴蠟來固定，然後把手電筒切掉，比較省電。他得把那台立式小暖爐點起來，不然在這裡待不了幾天。他沒料到這裡竟如此又濕又冷，壓根沒想到會是這種情況，和丹尼爾·多爾在一起的日子可是暖洋洋的。

可是，暖爐會冒煙，這麼一來就洩漏出有人住在這拖車屋裡。他得避免讓人知道。

艾弗雷下定決心，天色一亮就走去最近的城鎮買點食物。傍晚再將暖爐點起。在十一月的夜晚通常不會有人在哈能沼澤區逗留，所以他要冒的風險相對較低。

但這意味著接下來的十二小時，他都不可能在拖車屋裡取暖了。

他躺回床上，按摩著僵硬麻木的手指，並試圖控制住身體，讓自己不再發抖，牙齒不再打顫。可是都失敗了。半小時後，他起床離開拖車屋，想在凌晨當中到昏暗的哈能沼澤區走走，希望藉此幫助血液循環，把些許溫暖傳送到足部。

哈能鴻鎮上有一小家艾得卡連鎖商店，九點開門，他九點半走進去。他不想當第一位客人，那樣太顯眼。不過他在店裡流連得比實際需要還久，他能感受到一絲溫暖正逐漸在體內擴散。過了足足一小時，他才帶著數條燕麥棒、一些雞蛋、一袋切片麵包、茶包、一瓶蘭姆酒、兩包義大利麵、雙倍濃縮番茄醬、一頭蒜，還有三瓶一公升的礦泉水離開。

經過一家菸店前，他突然看到一塊板子上寫著新聞頭條：「柏林正追緝一名殺人兇手」，於是懷著愉悅心情進去買了一份報紙。他很高興等一會就能讀著報紙，一邊吃著簡單卻美味的食物了。

十二點左右回到拖車屋。他鬆了一口氣，確認沒人發現他，東西完整無缺，擺在床上和桌上的位置都和他出門之前一模一樣。

他先取出單口丙烷瓦斯爐，煮個熱茶，然後把這個地方加以遮蔽一下。沒有電他也活得下去，外面隨便找都有足夠的舊木材可用來生火，唯獨水是一個大問題。最遲明天早上他得去找看看有沒有湖泊、池塘或小溪之類的，方便他取水煮沸飲用。他不十分確定，但推測哈能沼澤區屬於自然保護區，若果真如此，這裡水質想必相當潔淨，可以飲用。

他肚子已經不餓了，義大利麵留到晚上再煮。他小口小口啜飲著熱茶，對自己和這個世界十足滿意。生命眞是美好，最美妙的莫過於當前的愜意：獨處且無人打擾或糾纏。

他的目光落在《布勞許維希新聞報》的頭條上，並把報導本雅明失蹤及屍體被發現的那篇迅速瀏覽一遍。裡面沒有新消息，也沒有足以令他擔心的東西。唯獨讓他心裡不舒服的是，瑪莱珂．柯思維希也參與調查這件案子。

不過他隨即把瑪莱珂．柯思維希拋出思緒，轉而沈浸在更有趣的想像當中。他開始神遊，看著年輕的男女警察在農舍裡跌跌撞撞，沒半點經驗，沒半點識人能力，只懷著些許抱負，把現場跡證搞得無法採用，互相踩到對方的腳，並爭執職權問題。不過艾弗雷沒有想像到的是，個別調查線索很可能會貫串有序地產生交集，形成具體結果。然而出現在他腦裡的盡是一群手忙腳亂的警察，他們雖認爲一切都無比重要，但就是理不出清楚頭緒。

他腦海中的影像越來越清晰，讓他不由得露出微笑。他們永遠無法定他的罪，絕對不可能。因爲他們當中，沒有一個能與他匹敵。警察全都是公事公辦、唯命是從的凡夫俗子，論聰明機智，沒有一個在平均水準以上，哪能跟他艾弗雷比。而在他殺害本雅明・華格納及丹尼爾・多爾時，腦袋裡到底在想什麼，也沒有半個警察想像得到，就算是初步設想也沒有。正因爲他們不了解他，所以絕不可能找到他。

艾弗雷越想越渾然忘我。這一則報導警察束手無策的笨新聞，他再也沒興致讀下去，轉而翻開他唯一擁有的一本書，某些片段他都快背得出來了。他手中拿的是杜斯妥也夫斯基的《罪與罰》。

他盤腿坐在平板床上，時時注意把背挺直。書打開放在他的腳踝上，雙手因而空了出來，這樣可以時時啜一口熱茶。每當他把茶杯放下，手就十指交叉置於膝間。

艾弗雷慢慢閱讀，一字不漏吸收起來。「眞正的天才有權力殺死其他人，天才根本不應感到痛苦，也不必爲他們灑出的鮮血而痛苦。」

不不，他心裡想著，接著閉上眼睛片刻，不，我會痛苦。接著繼續讀下去：「眞正理解能力強、眞正內心擁有深刻情感的人，絕對無法避免苦難傷痛。我相信，眞正偉大的男人必須終生感受深沈的悲傷。」

正是如此，他心想，正是如此。他喜歡這本書，全本裝滿了他的想法。這些想法他滾瓜爛熟，常讓他覺得是他把這些想法書寫成冊。杜斯妥也夫斯基和他，兩人思想上是兄弟，彼此融合得越來越緊密。

他和外面的世界一點關係也沒有。他覺得這個世界很討厭，因爲它一再逼他去做某些事情。他必須付款、微笑、彬彬有禮，必須證明自己的身分，必須有問有答。他必須讓自己喜歡聽到別人跟他道早安、與他攀談，硬是拉他講話。他必須遵守法律、住戶公約和交通規則，他必須打電話、寫信、通知、拒絕、達成協議。這一切令他反感。他只想活著，全神貫注於他自認獨一無二且能自得其樂的想法。總有一天他會把他的想法都寫下來，讓自己流芳百世，如此一來他的思想絕不會遭人遺忘。

丹尼爾和本雅明……他們都是他一手創造的成果。他決定生或死，決定他們死亡的方式和時間。他被挑選出來，擁有審判他人的權力。這樣的知識賦予了他想像的能力。他的存在有其道理，有其合法性。本雅明和丹尼爾是創造物，艾弗雷則是他們的上帝。

艾弗雷突然聽到砂石場有聲音傳來，嚇了一跳。他無聲無息地把書擱下，本能地拿起他買的那瓶蘭姆酒，以便必要時能用來當作武器。他全身肌肉緊繃，暫時停止呼吸。

他透過木板牆的縫隙看出去，看到一對男女正在吵架。滾開，他心裡想著，快滾開。他沒注意聽他們在說什麼或吵什麼，只是緊盯著他們看，急促呼吸著。他覺得深受打擾，害他頭痛了起來，也開始眼冒金星。要是他有槍，一定會開槍。他很確定。快滾開，他心裡不斷想著，不然等我扯爛這死掛車的門，那就有得瞧了。

在誇張手勢和彼此滔滔不絕說話下，那對男女總算慢慢離去。他們離開艾弗雷的視線後，他還拉長耳朵聽了幾分鐘，當他什麼都沒聽到後，便走到外面，親眼確定那兩人眞的離開。接著他撒了一泡尿在沙子上，然後回到掛車裡。

木板床上有一件毛毯，聞起來刺鼻又有霉味，彷彿已數年沒洗。不過這對艾弗雷不構成困擾。反正這件不是丹尼爾躺過的那一件，這點艾弗雷很確定。那件被子可能被鑑識人員帶走了。想到這裡，他又高興了起來，心情再度變好了。

他躺在床上，裹進毯子裡，把毯緣夾在身體底下。杜斯妥也夫斯基的文句再度迴盪在他腦海：

「泛泛之輩必須順從法律過日子，他們無權觸犯法律，因爲他們是泛泛之輩。但非比尋常者有權犯任何罪，有權觸犯任何法，無非因爲他們是非比尋常者。」

我身上的一切都非比尋常，自認想通一切的艾弗雷隨之睡著。

21

一九八七年一月，柏林

瑪麗安娜．華格納知道，她七點吃完早餐後必須呑下那兩顆白藥丸，十二點午餐過後，必須把紫色大藥錠放進水裡溶解，然後一口氣喝掉，那杯藥水簡直難喝到極點。到了四點咖啡時間，她會得到三顆金光閃閃的透明膠囊，她總把它們放在指間按壓旋轉良久，這些東西看起來很美，摸起來觸感更是棒，只可惜，每次都得配一口溫的無糖山楂茶把膠囊呑下去。通常服用膠囊以後，五點左右，彼得會來探望她。假如他還站得住且勉強能走的話。他的人生完完全全毀掉了。他聲稱在放假，可是瑪麗安娜知道他在說謊，因爲本雅明過世將近兩個月了，彼得依然整天在家喝酒。他不可能再去上班了，永遠不可能了。她很確定。

彼得幾乎每天拖著沈重腳步去醫院，因爲他愛她，因爲她是他在這世界上僅存的依靠。她感覺得到，也很明白，可是現在這對她一點幫助也沒有。

他駝著背，四肢無力地坐在她的床沿，反覆敘述著他所知道的本雅明，每個細節娓娓道來，因爲她想知道一切。人一旦不必單獨承受痛苦，一旦把可怕的東西說出來，而不只是再三想個不停，痛苦就變得較易承受。他對她講述是在哪裡、怎麼找到小本的、小本在驗屍間躺在閃著金屬色澤的冰冷屍架上看起來又是如何，這些他都講了幾千遍了。要彼得認兒子的屍體，實在很困難，因爲那張小臉毫無生氣，一片慘白，他覺得全然陌生。小本的皮膚毫無血色，彷彿是用模型塑土做出來的，可以直接帶回家放在沙發上，彷彿小本再也不會改變，不會腐爛，不會消失，也許只會沾上一些灰塵。

那時彼得親了小本臉頰，他的皮膚摸起來很像剛從冰箱拿出來的冷藏乳酪。接著彼得便不省人事。

瑪麗安娜很嫉妒他有機會親吻到本雅明，而自己只保有當天早上和他道別的回憶，當時她哪會知道那一刻竟是永別。彼得由於目睹了本雅明的屍體，所以能接受兒子眞的已死的事實，但是瑪麗安娜辦不到。

兩週以來，她一直在思索自己到底還剩下什麼。失業的丈夫，整天只知道不停喝酒，自己身上有著無藥可醫的病，以及即將付不起房租的房子，還有一個死去的孩子。少於一無所有。

她每天乖乖吃藥片和膠囊，晚餐後都會塞入栓劑，除了有效讓自己昏昏欲睡，還能免除恐懼來襲。自從住進醫院後，還沒做過半次夢，這讓她心懷感激。前幾天看電視時她甚至大笑出來，雖然事後已記不起來到底當時在看什麼。

不過她已經很久沒做復健了。至少走個幾步也好，但她沒強迫自己反覆嘗試。這是個錯誤，她現在發現到了。

按照她的想像，從輪椅上站起來抓住窗戶把手其實不難，只不過抓到之後她得歇個幾秒鐘。但這不礙事，這個時間沒人在這一區走動，夜班護士正坐在護理室，讀著雨果的《悲慘世界》，這是她親口對瑪麗安娜說的，原因是能啃這麼厚的大部頭書讓她非常自豪。所以這時護士會進病房來的風險相當小。

醫院這一區無聲無息，沒人哭，沒人叫，沒人在走道上來來回回，大聲自言自語。她聽到遠處有輛車警報器大作，讓她不由得會心一笑。這些人眞是自找麻煩！竟然花大錢買警報器來防止車被偷這種毫無意義的事。

由期待而生的快樂如一股暖流充盈她全身，也使她呼吸深長，充滿力氣。她抓住這個時機，轉動窗戶握把，慢慢打開。冰冷的空氣停在她的胸口，她只穿了一件睡衣，其他什麼都沒有。現在已無改變的餘地，假如請護士幫她穿上衣服，可能會讓護士起疑心。

最高難度的部分來了。她伸手緊抓敞開的窗扉，但窗扉搖搖晃晃，難以供她支撐。她捲土重來，把身體稍往上拉，雙臂一撐，全身微微躍起，順勢坐上窗台。幸虧窗板夠寬。她用手慢慢把左腳抬高，然後把腳垂吊在屋外，同時緊抓住窗框，以免墜樓。還不到下去的時候。時候未到。她用同樣方法將右腳弄出窗外。現在雙腳都伸到窗外，垂在醫院外牆上。接下來她只需要縱身一跳。

瑪麗安娜凝視著樓下。眼前是醫院公園的一小部分，有兩塊狹長的草皮，還有兩張長椅，三盞路燈照亮了筆直的路。這裡不是作夢的好地方，她心想，也不是和最愛訣別的好地方。

說不定你還可以再有個孩子。彼得五點來看她的時候，她心裡這麼想著。和一個年紀比較輕、而且身體健康的女人再生一個。假如你能不再死命喝酒，對小本的記憶將會逐漸褪色。我絕對不會怪你的。

她最後一次撫摸他的頭髮，兩隻手指柔緩劃過他的臉頰，停在唇上。他機械式地親吻她的手指。她一句話也說不出口，要把持住淚水已經夠難了。

「我在艾爾帝超市看到草莓。」他臨走前說。「妳想想，竟有這種怪事！現在是冬天耶！不過我會帶一些來給妳吃，等我明天下午來的時候。」他嘴角一勾，那微笑跟他們十二年前在一家冰店裡認識時一模一樣。接著他關上門離開了。

現在的她，在醫院窗台上想著他說的草莓，他要幫她買，可是她永遠吃不到了。她對他深感抱歉，因而哭了起來。

她還想等一會兒，讓自己心情平靜下來。她用睡衣褶邊擦拭眼角的淚水，差點因此從窗戶掉下去。

她頓時嚇了一跳，不過很快又恢復平靜。之後她不再去想彼得，轉而想著小本，再過幾秒她就會再見到他了，母子倆將在上頭浩瀚星海中的某處重逢。她深信不疑。

她滿心歡喜，心臟噗通噗通跳了起來，就在此時，她從窗台一躍而出，飛向小本。

22

一九八九年九月，哥廷根

「我敬你。」瑪萊珂高舉杯子。

貝蒂娜微笑著說。「敬我們倆。」

今天，九月十六日，是她們在一起五週年紀念日。她們坐在兩人最喜歡的義大利餐廳慶祝週年。瑪萊珂心情十分輕鬆，也心滿意足。基本上她很幸福，有個一起生活且很愛她的女友，有份自覺很有意義的工作，而且這份工作，除了一些失意挫折，一直讓她樂在其中，她不必操心經濟問題，身體也很健康。生活若此，夫復何求。她舉杯向貝蒂娜敬酒的同時，暗暗希望一切能維持下去。

自從她們決定領養一個孩子後，貝蒂娜變成了另一個人，充滿生命熱情，精力充沛，面對青少年局和社會局對她們設下的官僚障礙，她展現了不屈不撓的戰鬥力。同性戀伴侶所遭遇的偏見，簡直荒謬至極。但貝蒂娜咬緊牙關，毫不讓步。這股執拗令人難以置信，也讓瑪萊珂很佩服。

瑪萊珂和貝蒂娜是在電影院認識的。兩人偶然並肩而坐。瑪萊珂隔壁坐了一個矮個子女人，身材圓滾，爆米花一直往嘴裡塞個不停，讓瑪萊珂很受不了。而貝蒂娜這頭，感覺也好不到哪裡去，她將隔壁女人歸類爲缺乏幽默、枯燥乏味的蠢蛋，而且令人討厭的，這女人竟在電影放映中脫鞋子。如今已沒人說得出來，她們之所以吵起來的導火線是什麼，又在什麼時候開始像獸性大發的母老虎，破口對罵起來。當兩人言行舉止丟臉丟盡後，竟開始放聲大笑，隨後離開電影院，另覓他處，以便不受打擾好好聊下去。初見時的反感迅速轉爲好感。兩人不久成爲形影不離的朋友，但第一次上床則是一年半以後的事。

「我在家冰了一瓶香檳，」貝蒂娜輕聲地說，「之後來小小放縱一下如何？」

「好極了，」瑪萊珂回答，「那我們現在得先把葡萄酒放下，否則我明天上班會頭暈腦脹，外加兩毫克的殘留酒精濃度。」

貝蒂娜咧嘴而笑，不論何人何事何物都拆不散她們。瑪萊珂現年四十二歲，貝蒂娜自己三十五，她深信前三十年的人生一路走來，一心一意不畏險阻，都只是爲了到達那一天，讓她在電影院與隔壁女人相遇，而那女人從此左右著她點滴的心思與感覺。

服務生送上食物，貝蒂娜點了蔬菜千層麵，瑪萊珂則是奶油醬汁胡椒牛排。

「祝妳胃口大開，我的小天使。」瑪萊珂話剛出口，手機就響了起來。

「不要嘛，」貝蒂娜哀怨著，「拜託現在別接，今晚別接！」
瑪萊珂只聳了聳肩，便聽看看同事要講什麼。
「我得去瑞爾特。」電話結束後她這麼說。「我們的殺童犯再度出手了，是一個金髮小男生，兩小時前在沙丘上發現的。」
「眞的能確定……」
「很確定，」瑪萊珂接過話來，「就是他幹的，他又爲自己保留了戰利品。眞的非常抱歉，貝蒂娜，別生氣。」

23

遇害男童叫弗羅里安·哈德維希，被發現時坐在一座沙堡中央的沙雕椅子上，面對著一張沙雕桌子，桌上有好幾個不同樣子的蛋糕做擺飾，包括蝸牛、魚、烏龜以及貓的形狀。
弗羅里安早上六點被一名晨跑民眾發現時，才剛斷氣幾個小時。辦案人員將案發現場的特殊異狀和細節，加上驗屍結果，一一輸入電腦，馬上出現此案和丹尼爾及本雅明案之間的關聯：最新受害人也和前兩名一樣嬌弱瘦小、頭髮金黃，也少了右上犬齒，也是死後才被人用鉗子拔斷的。
在瑪萊珂·柯思維希和卡斯騰·許維爾斯共同領軍下，新成立了一個特偵組。瑪萊珂隱約覺得這名兇手正左右著她全部的生活，讓她想到就火大。
新的特偵組共有四十位成員，其中包括數名警方犯罪心理專家，他們負責製作罪犯剖繪，並說明兇手心理歷程及其作案動機。
受害男童們遭兇手暴力相向，求他饒命、盡量乖乖聽話、任他予取予求，這麼一來，兇手對他們就握有完美控制權。所有動作、聲音、手勢、表情都逃不過他的手掌心，並會馬上獲得他的獎賞或處罰。他決定了臨死痛苦和恐懼時間的長短，他訂下了遊戲規則。他總是留給孩子一小絲希望，讓他們以為有可能贏得遊戲，這樣他們就不會死心，進而奮力反抗。他把情況推到噁心的極致，直到自己在強暴和謀殺當中享受夠支配欲方肯罷手。讓他興奮的不是強暴動作本身，而是其中的支配力。這種無所不能的時刻，能暫時抹消兇手親身經歷過的屈辱，讓他深感心滿意足，藉此，至少能暫時將他的自信裂痕悉數黏合。

行兇後他開始對屍體和現場動手腳，欲藉此將獨一無二的個人印記烙在他的犯罪結果上。他不讓任何人奪走手中的勝利，他要大家記得他。除此之外，他試圖藉這個舞台玩弄警察。他要讓警察對他留下某種印象：你們都給我看過來，我可不是頭腦簡單的普通殺人兇手，我不像他們隨處襲擊小孩，加以虐待後就放任屍體揚長而去。我不會這樣。我要派個任務給你們，向你們提出挑戰。我會使出渾身解數，讓我的犯罪行動達到完美。現在輪到你們了，我將好好觀察你們，假如我過去犯了什麼錯誤，未來將避免再犯，你們大可放心。

瑪萊珂已了解其中要傳達的信息。很明顯，他靠犯案得到活下去的力量，他儲存自我價值感的電池放電速度極其緩慢。他不必犯案一週後馬上再犯，他有的是時間，每起兇殺案都相隔三年。每次犯案都很成功，他對自己很滿意，一旦能保持自滿，就能沈得住氣。

有兩種可能：一是隨機挑個地方殺人，尋找盡可能相距遙遠的犯案地點，增加警方工作困難度，並盡可能把警方不同的部門捲入辦案。或另一可能，永遠在住家附近下手。但若是這第二種情況，那麼兇手顯然經常搬家，而且這背後必有原因。

經常搬家的人大都沒有家累。很可能他沒有太太也沒有小孩，沒有固定工作，只打臨時工維持生計。

虛有其表，廢物一個，他是可憐的小人物。瑪萊珂對此深信不疑。

卡斯騰和瑪萊珂日日夜夜坐在一起，把案發現場照片拿起來看了幾千次，苦苦推測兇手的性格和動機。

瑪萊珂還注意到一件事：三個男童都遭兇手徒手勒斃，兇手都用兩隻大拇指壓住喉頭。換句話說，兇手必定和受害人面對面，眼睜睜看他們慢慢死去。這在他心目中已不僅是權力的展現，更是令他心醉神迷的無所不能感，他是掌控生死的主宰，非一般人所能望其項背，他對一般人除了藐視還是藐視。

此外長久以來，法醫鑑識研究基本上認爲，兇手若行兇之前已熟識被害人，在殺人剎那不會正眼接觸對方。

據此而論，殺死丹尼爾、本雅明及弗羅里安的兇手雖然縝密計畫了犯行，但被害人是隨機挑選的。他和被害人非親非故，遇害孩子的親朋好友可完全從嫌犯名單中排除。

瑞爾特警方經多方奔走，仍沒找到目睹民眾。例如可疑人物，帶著一個小孩的男人，或停在沙丘上的轎車……完全沒採到任何有用或足以採信的證詞。

柏林的情況也一樣，休閒園圃區附近的住家都沒發現異狀。都沒人看到一個男人帶著一個孩子，也沒人注意到人跡罕至的園圃小徑上是否停過一輛車。

特偵組接下來開始調查過去五年從布勞許維希或附近遷到柏林，然後又遷到許雷斯維希霍斯泰州的人。瑪萊珂覺得這項工作意義不大，她不認爲兇手會去戶政機關按規定報戶口，他處於社會邊緣，才不管法律怎麼規定。

瑪萊珂想得沒錯。從戶籍這條路去追也沒結果。

警方鎖定戀童癖前科犯以及明顯有戀童癖傾向者，另外暴露癖者、假釋犯以及剛出獄者，也一概仔細清查。畢竟不能排除兇手在作案間隔期間，會另涉及其他不法行為而入獄服刑。但所有清查都沒有結果。瑪萊珂已幾近絕望。

她和卡斯騰．許維爾斯共同召開記者會。她在會中坦承，兩件案子在偵辦過程中沒有進展。「在全國某處，我們的兇手一定正坐在電視機前，看著當天報紙，喝著啤酒，像皇帝一樣逍遙，而我們對於他是誰一點頭緒也沒有，更是讓他引以為樂。」卡斯騰說。

瑪萊珂只是點頭。她心有戚戚焉。

24

一九八九年秋，漢堡

一九八六年十一月時，艾弗雷在哈能沼澤區挨過了一個月，再度證明自己不需要任何東西也活得下去。耶誕節前夕，他突然有股抑制不住的渴望，非常嚮往海的聲音、狂風和鹹空氣，沒多做考慮便出發，往北海方向前進。

到了瑞爾特島，他在李斯特鎮的人工海浪泳池找到一份工作。泳池主任是米霞艾爾森女士，她提供一間員工公寓給他，在管理區，月租三百馬克，說得好像施恩給他似的。那是一個十八平方公尺的小窩，有小到不能再小的廚房，屋門一打開就是庭院。廁所必須跟管理部門的員工共用，不過他們僅每週一到週五，上午八點到下午五點會在。要洗澡可以下班後在泳池的淋浴室解決。

那是艾弗雷最慘的一段日子。他負責清理淋浴室、更衣室、走道、廁所，泳池打烊後，還要清理室內泳池區，唯獨泳池本身和水質不關他的事。

他跟在學童背後逐一清理各區。他們會把麵包紙袋放在櫃子裡，把帽子忘在掛鉤上。他走過淋浴室時，會看小男生淋浴，他們在室內池練習跳水或在水中扮演死人時，他會在一旁觀看。

他快按捺不住了。

他幾乎每週都興起逃跑的念頭，但往往被泳池風光的吸引力蓋過。最後他接受挑戰，去抵抗持續而來的誘惑。他練習放棄，日復一日，整整兩年半。

直到一九八九年夏天。弗羅里安·哈德維希每週來上兩次學校游泳課，每週四傍晚來參加游泳社團。在他眼中，弗羅里安是所有人當中最嬌嫩最好看的一個。

後來他在海灘上遇見他。弗羅里安整個夏天都和好朋友馬克西米良一起玩。馬克西米良比他高一個頭，身體有兩倍重。弗羅里安對艾弗雷懷有信賴，他在室內泳池認識了艾弗雷。而艾弗雷幾乎天天在海邊看到他。

艾弗雷辭去海浪泳池的工作，也把那間「辦公室」退租，他告訴同事，要去巴伐利亞照顧生病的母親。實際上他根本沒離開瑞爾特半步。他藏身在沙丘區，睡在車裡，那是他買的一輛二手生鏽飛雅特。

就這樣等待他的機會來臨。

九月，時機來了。馬克西米良得了腮腺炎，弗羅里安一個人落單在玩。艾弗雷出現在海灘上，一步步走近弗羅里安的沙堡，弗羅里安看到他時非常高興。而接下來發生的事，對艾弗雷來講，一切都簡單得驚人。

殺死弗羅里安後，他隨即透過廣告找到漢堡那間房子，並馬上租下來。他付了相當三個月租金的押金，然後一切搞定。房子在聖格歐哥區，不論大小、格局還是陳設，幾乎都和柏林諾依肯區那間公寓一模一樣。柏林那間房子他一直住到一九八六年十一月為止。

兩週後，他找到一份加油站的工作。每週三次，他要從下午五點開始坐櫃台坐到凌晨兩點，負責收客人買汽油、柴油、麵包、可樂、啤酒、花和雜誌的錢。他工作認真專注，從沒犯錯。櫃台坐了九小時後，結算時絕對分毫不差，這是因為他找零時十分小心，信用卡上的簽名也一定花時間徹底檢查，他永遠不排除被人欺騙的可能。

除此之外，他還不斷注意加油區那邊的情況，試著牢記每個司機的長相和車款，以便有人沒付錢就開走時，還能把特徵準確描述出來。不過他從沒有過這樣的機會。

由於他天天都不排除有人會行搶，所以總是在袋子裡放一把瓦斯槍，需要時可以毫不遲疑掏出來用。他知道怎麼用，那年他在運河邊就證明過了。

然後在這個週四下午，迪特．德拉海駕著他那輛深藍賓士，直開到門前，這十分不尋常。他走進販賣區，直接朝著正將香菸上架的艾弗雷前進。

「很抱歉，費雪先生，」老闆面帶微笑地說，艾弗雷事後對此覺得又噁心又蠻橫。「我們很希望能繼續雇用你，可惜不行，時機歹歹，我們必須精簡人事。我順便把你的薪資結算單帶來了。」

艾弗雷呆呆地楞在那裡。他最恨聽到這個了。

「為什麼？」他問。「我做錯了什麼嗎？」

「沒有，剛好相反！」德拉海仍保持微笑。「跟你本人完全無關，只是我們不需要再雇人了。

我必須對其中一個同事說再見，而你剛來沒多久，所以不幸挑上你了。」
德拉海把未付的薪水伸過櫃台拿給他，週四當天雖然才做了四小時，但薪水給了全天。
艾弗雷二話不說，拿了錢就塞進褲袋，然後從櫃台後走出來，對德拉海正眼都不瞧一下，出店途中猛力一踹，先對一個太陽眼鏡展售架，後對一櫃地圖和車用地圖集，雙雙砰然翻倒。他隨即離開這家店。
德拉海毫無反應。沒喊沒叫，沒破口大罵，也沒追向艾弗雷。但他暗自慶幸能把會有這種反應的員工打發掉。

房屋押金幾乎耗掉他所有積蓄，他現在急需用錢。雖然他不屑跟人要錢，但還是打了電話給瑪格。
電話才響兩聲，瑪格就接起電話。
「哈囉，親愛的，」他說，賣力地讓自己的聲音很有活力，「我是艾弗雷，妳好嗎？」
「很好，感謝你關心，還有別叫我親愛的。」瑪格語氣冰冷。
天啊，艾弗雷暗想，難道不能表現得愉快點嗎？「吉姆好嗎？湯姆呢？」
「都很好，」她回答，「還有其他事嗎？你六年來不聞不問，莫非現在打來只是爲了知道吉姆有沒有流鼻涕？」
「我丟了工作。」他囁嚅道。
瑪格要不是沒聽清楚，不然就是不想搭理。
「聽著，」她說，「你這時打電話來正好。由於我不知道要去哪裡生出你的電話號碼或聯絡地址，也不知道你媽媽住在哪裡，搞得我累死了……」她張嘴重重喘了一口氣，同時艾弗雷察覺到，她很怕很怕他會掛電話。

「我想再婚，」她小聲說。「你仍然反對離婚嗎？還是我們能達成協議？你說，你想怎麼樣，我們趕快把事情解決掉，好不好？」

艾弗雷腦中千絲萬縷。他被瑪格提出的建議嚇了一大跳，尷尬地咳了一下。接著他體內流竄起一股熱流，突然心生一計，這想法太妙了。

「十萬，」他說，「妳就可以得到妳想要的離婚。」

「十萬？」瑪格嚥了一下口水。

「正是十萬。妳父親絕對很樂於幫妳出這筆錢，而且我要小額現金。這樣就可以解決。」

「十萬可不是個小數目。」

「對一個非結婚不可的人，以及有這麼有錢的父母，這簡直小意思。馬上先付五萬來，離婚判決下來後再付五萬。」

「我得先找我爸媽商量。要怎麼聯絡你？」

「我在漢堡有一個郵政信箱，號碼是一〇二三五六。不過別擔心，我兩天後會再打來。」

「好。」瑪格嘆了一口氣，聲音很明顯。

「喔，還有，這筆生意要快點進行，久了我可沒興趣，記得告訴妳父親。假如要我等個半年錢才會到手，那妳可以直接把婚禮忘了。我禮拜一去吉夫鴻，到時我就要頭期款。」

他掛掉電話，覺得自己彷彿是剛破世界紀錄的百米選手。瑪格會弄到錢的，他很清楚。

25

一週後，艾弗雷繞著艾斯特湖跑他例行的二十五公里跑步，一直維持同一條路線，一圈接著一圈地跑。他想思考一下。

瑪格的父親海茲交給他五萬馬克現金，這極可能是黑錢，不過艾弗雷沒興趣管那麼多。離婚判決最晚明年春天會出來，瑪格想在夏天和一個漢諾威的大學老師結婚。艾弗雷不會再找其他麻煩，他對吉姆沒興趣，瑪格對他而言也早已可有可無。

他感覺很不賴。一切都非常順利。可以很久不必煩惱經濟來源。不過他得想辦法讓這種情況保持下去。他得錢滾錢，才不會幾年後又口袋空空。

艾弗雷把五萬馬克帶回家小心藏好。他害怕被人闖空門，這還是頭一遭。由於家裡窗戶沒裝窗簾，所以昨晚把錢拿進被窩裡去數，以免被鄰居看到。

這麼多錢。他從沒親眼看過這麼多錢。這種感覺眞令人陶醉。羅爾夫，假如你能看到這一幕的話，他暗暗想著，那麼目不斜視的你，絕對會偷瞄過來，你的眼睛會在眼窩裡翻筋斗。

羅爾夫。他原可和羅爾夫度過一生，和他分享所有的財產，若羅爾夫還在，的確可能會像他現在所想的那樣。假如羅爾夫當時沒發生那件事，說不定一切會改觀。

艾弗雷不斷跑著，他既感覺不到自己的呼吸，也感受不到雙腿的肌肉，一點都不覺得累，還忘了數圈數。他腦袋裡想的已不是錢，而是羅爾夫。他淚盈滿眶，或許是因爲寒風刺骨，或許也是因爲回憶。

艾弗雷小時候總是孤孤單單。全家靠著微薄的遺孀養老金過日子，媽媽光是要管那些「畜生」（她口裡的動物）、「小鬼頭」（她口裡的小孩）、院子和家事，就夠她忙的。家裡的耕地她租出去了。雙胞胎姊妹覺得弟弟超無聊，而羅爾夫必須幫母親忙，傍晚得先把牛奶擠好、豬餵飽，還有等哭鬧個不停的雙胞胎上床後，才能寫功課。羅爾夫的成績越來越差，他長期操勞過度，總在學校裡睡著。結果學校來了一封信，母親用竹條打他光溜溜的小屁股，直到皮紅肉腫為止。

艾弗雷一向沒人管，他學到，自己最好躲起來，別被注意也別被看見。他會坐在黑暗的角落、廚房桌子底下、沙發後面，還會瑟縮在又濕又黏的塑膠窗簾後，身旁就是垃圾桶，或者靜靜躺在床底下，一躺就是好幾小時。他目睹哥哥被打，但沒發出半點聲音。他不知道為什麼，但也不問。羅爾夫即使被揍得很痛，卻從不流半滴眼淚，艾弗雷也盡力克制，從沒哭出來。他有一次睡在稻草堆裡被牛踩到，硬是把眼淚往回吞，從蘋果樹上掉下來時也沒哭，在院子踩到生鏽釘子，因而刺穿小腳，甚至尖尖那頭從鞋子上緣穿出來時，也同樣沒哭。

他每次做錯事都會被母親打，不過他很幸運，犯錯很少被發現。即使他在蘋果樹下做白日夢做到忘了回家吃晚飯，也從沒有人問起他。有天傍晚，羅爾夫食不下嚥，晚飯後跑出去找弟弟。他總能找到他，然後會將他抬起，緊緊抱住他說：「謝天謝地，讓我找到你了！」

艾弗雷回到床上繼續睡時，都會愉快進入夢鄉，感覺十分溫暖舒服。他心想，世界上竟然還有人知道有他這個人存在，而且還滿喜歡他的。

沒人願意跟他說話。母親不朗讀書本給他聽，也不為他講半個故事。雙胞胎姊姊只會注意自己。沒有人幫他解釋這個世界的種種，沒有人告訴他何為善惡、何為對錯。

艾弗雷生命當中最美妙的時刻，其中一例就是聽到羅爾夫說：「走，一起來，讓你看看怎麼釣魚。」

到了湖邊，他們肩並肩坐在岸邊，艾弗雷不准出半點聲音。反正他也習慣了。羅爾夫把裝上釣線的木頭伸進水裡，接著等在一旁。艾弗雷不斷觀察他，也跟著等。羅爾夫一隻手撐著下巴，目光掃過湖面，完全目不斜視。艾弗雷覺得胖胖的哥哥非常帥，此時此刻他愛死哥哥了。

釣魚線突然顫動了起來，艾弗雷轉頭看去，羅爾夫從水中拉起一條上鉤的魚，還活蹦亂跳，嘴巴可憐地不停開開合合。接著羅爾夫拿出隨身刀，朝魚頭底下深深割了一刀。艾弗雷看見深紅色的血從銀色的魚身緩緩流出，覺得樂趣橫生，那條魚彷彿正經歷著一場奇妙的蛻變。

「牠會痛嗎？」艾弗雷問。

「不會，」羅爾夫回答，「完全不會痛。媽媽用木棒打的時候才痛呢。」

「現在這條魚像爸爸一樣死掉了嗎？」

「對，」羅爾夫說，「不過你從哪裡知道爸爸的事，你根本不認識他。」他沒興致講父親的事，壓根不想去回憶，太痛苦了。

正因如此，海利希家對於紀念父親一事絕口不提，他英年早逝，生前對骨肉們愛得毫無保留。也許盡量讓艾弗雷知道越少對他比較好。

艾弗雷有自己發現世界的一套方式。他用爬的穿過院子以及附近的草坪，研究發現到的每一隻動物。他會把蜘蛛拔得四分五裂、壓死蝸牛，還把青蛙、蜥蜴、甲蟲切成碎塊，甚至學起羅爾夫，把一隻小老鼠的喉嚨割斷。那隻老鼠嚇得無聲無息地走上黃泉，其餘動物也一樣，沒半隻曾發出叫聲，更別說哀嚎或呻吟。同時他學到，有些動物會流血，有些直接變成一團爛泥，不會流血，僅從體內流出一團透明或黃黃的黏液。他覺得這種動物甚是無趣。

雙胞胎姊妹十二歲那年，幾乎同時（只相差幾天）來了第一次月經。她們自認已完全長大，變得更傲慢自大、更叫人受不了。艾蒂特買了兩包衛生棉，其餘的就讓兩姊妹自求多福。月經期間不必去上體育課，讓露伊莎和蕾娜樂在其中。除此之外，月經其實讓她們覺得很煩，就像天天要刷牙也是。

艾弗雷五歲半時，有天早晨，蕾娜姊姊出浴室後他接著衝進去。蕾娜和露伊莎睡過頭，急急忙忙去上學，連早餐都沒吃就跑了。蕾娜慌忙中忘了確認有沒有沖馬桶水，結果在馬桶裡留了一灘血。艾弗雷看著馬桶嚇呆了，姊姊顯然身受重傷，卻沒哭也沒叫。流這麼多鮮紅色的血，她卻直接跑去上學，這樣下去她可能會死，甚至撐不過今天上午。比起魚或老鼠或其他會流血的動物，她也許頂多稍微活久一點。

艾弗雷深感再也看不到姊姊了。他整個上午靜靜坐在床上玩著插座，拿著插頭不斷插進拔出，插插拔拔，持續了數個鐘頭。

後來，蕾娜和露伊莎中午回到家，一會兒大笑，一會兒嘰嘰喳喳講個不停，就像平常一樣。蕾娜沒死，眼睛也沒像魚一樣變透明，看起來一點也不痛的樣子。

艾弗雷無法理解這個世界。

艾弗雷跟著羅爾夫四處跑，僅僅當一個小影子，盡量不招搖，不犯錯，不想讓人看到卻又不甘寂寞。在他心目中，羅爾夫是朋友兼兄長，母親兼父親，是他進入另一世界的大門，沒有羅爾夫，艾弗雷的世界就到蘋果樹為止。羅爾夫會回答他提出的少量問題，一旦他得到答案，便重新閉上嘴巴三天，以免把哥哥搞煩了。

大哥哥們在踢足球時，球一飛出球場或掉進溪裡，艾弗雷便幫忙把球撿回來。羅爾夫騎腳踏車時，他就坐在置物座上。他甚至跟著進電影院，羅爾夫在買票，艾弗雷就趁售票小姐沒注意，從購票窗口底下偷進電影院。

他們去看的都是下午四點以後的場次。電影裡頭，穿著大斗篷連頭蓋住的壞人從藏在壁紙後的門衝出來，割斷美女的喉嚨；僧侶在地牢折磨囚犯；犯罪場景的序幕總是一陣雷雨交加；劇中人晚上走在森林裡或從鐵軌橋下穿過時，總會發生可怕的事。艾弗雷嚇得快瘋掉。他躲在戲院椅子後面，坐在地上抖個不停，再也不敢目視螢幕。羅爾夫邊看邊舔著掌心上的跳跳糖粉，似乎對恐怖畫面無動於衷。

艾弗雷的恐懼無限滋長，籠罩了他整個生活。他再也不敢入夜天黑後走進畜圈或地下室，睡覺非開燈不可，雷雨一來必哭。

雙胞胎姊姊取笑他，艾蒂特也說：「這個孩子一點用也沒有。」艾弗雷的腦袋瓜裡只充滿自己的死亡，而且因爲不知道死期何時來臨，又會遭到何種折磨，讓他精神錯亂。

羅爾夫教他游泳，教他雕刻樹皮船，還示範如何切斷蚯蚓，才能讓兩半都能活下去。他和羅爾夫一起把原子筆芯裝進玩具槍當子彈，瞄準生物課本上的動物射擊。羅爾夫和他用自己發明的密語聊天，彼此傳送祕密消息後，將紙條丟進洗手盆裡燒掉。

某個炎熱的八月下午，羅爾夫說：「來，我們來手爬竿。」艾弗雷以爲要去摘蘋果或是羅爾夫忘了什麼東西在二樓房間裡，但接下來羅爾夫來到他們在溪邊的祕密基地，在地上盤腿而坐，艾弗雷也面對著他坐下來。羅爾夫從褲襠裡掏出老二，艾弗雷看了心想坐著撒尿很白癡。但接著羅爾夫要他一步一步跟著做。艾弗雷跟著做了。羅爾夫一隻手握著自己老二搓上搓下，艾弗雷也握著自己那根細短的老二有樣學樣。他感受到鼠蹊部有股興奮難耐的快感，全身熱而舒暢，但就到此爲止。反觀羅爾夫，搓沒多久即顫動得越來越激烈，越搓越快，最後眼睛斜翻得很誇張，連艾弗雷都沒看過這個樣子，接著羅爾夫嘴裡冒出一聲高音，彷彿要開唱似的，然後射出一股半透明的黏糊液體，直朝艾弗雷而來。

「別擔心，」羅爾夫邊說邊露出滿意的笑容，「你以後也會這樣，只要不斷嘗試，一旦成功，會爽死你。」

艾弗雷每晚都很怕被叫去睡覺。他躺在床上，不斷顫抖，把被子拉到眼睛下方，驚恐地觀看在房內飄忽不定的陰影。那其實是風吹過屋前那棵大栗子樹，樹葉搖動所造成的。

母親曾說，死神是手持大鐮刀的男人，某天會出現在人眼前，把老人、病人，以及特別沒用的人的頭砍掉，任何人都逃不出他的手掌心，那只是遲早的問題。晚上只要聽到貓頭鷹叫，就表示他也在，而且有人會死。

艾弗雷每晚都盼望死神不會找到他。隔天早上會到工作間去，看看那把他父親過世後，母親從草地拾回的鐮刀是否仍掛在鉤子上。

艾弗雷入學後，痛苦磨難也跟著來臨。他是個草包，總逆來順受，讓人隨便鬧好玩。第一堂課開始前，已有同學把他書包裡的東西一古腦倒出來、折斷他的鉛筆、撕爛他的本子，還用墨水把他寫得工工整整的作業亂抹一通。同學把他緊緊抓住，剪下他的頭髮，將他的椅子藏起來，害他變成唯一必須站著上整節課的人。他們拿走他的午餐，當著他的面吃光，上體育課時把他褲子弄破好幾個洞，衝著他叫「傻蛋」。

艾弗雷默默忍受一切，從不反抗，也不吭一聲。他等著，等他們有朝一日覺得糾纏他已經不好玩了，自然會罷休，就像他自己，拔蚱蜢腳拔了一陣子後就覺得很乏味。不過他再等也是枉然。他們不但沒罷手，反而變本加厲。

皮歐特勒是班上最強壯的。他隨父母從白俄羅斯來到這裡，來之前已上過小學，可是在德國因為語言障礙而必須從頭開始。他比其他孩子大兩歲，高半個頭，由於天生骨架重，體格強健，所以非常強壯有力。他一頭紅髮，皮膚蒼白，接近純白，長滿大點大點的褐色雀斑，有大頭針尾那麼大，讓他臉上增添了一絲蠢氣。皮歐特勒長得十分醜陋，又完全跟不上課堂進度，但沒半個人欺負他或敢碰他一根汗毛，因為他拳頭很硬，班上無人能敵。當他發現這是自己的唯一長處後，總是第一個起頭吵架或打架。正如「幹掉」也是他學會的第一個德文詞彙。

皮歐特勒之所以藐視艾弗雷，就是因為艾弗雷很能忍，他從沒看到這隻瘦皮猴流過一滴眼淚，讓他想到就不舒服。

某個週五上完課後，艾弗雷還待在教室，把自己的東西一件件收齊，他總是得比其他同學花更多時間，因為他手腳本來就比別人慢，總是帶太多東西來，而且還要把被別人藏起來的東西一一收回來。

這時皮歐特勒走了進來，並把門關上。艾弗雷知道自己落入了陷阱。他害怕得尿了褲子，並大聲尖叫，有如一隻知道即將被割斷喉嚨的豬。

皮歐特勒露出奸笑，慢慢朝艾弗雷而來。個頭小很多的艾弗雷，連逃都來不及，便被對方一記打在臉上。他把被打斷的牙齒和著血水吞了下去，至於要如何逃出皮歐特勒的手掌心，他完全束手無策。

「三馬克，」皮歐特勒說，「每個禮拜，就沒事。不然我，你幹掉。」

「三馬克我沒有。」艾弗雷呑呑吐吐地說。

「你有你有。」皮歐特勒露出陰險微笑，揮拳又是一記。這次打在肚子上。艾弗雷由於缺乏空氣，作勢要嘔，可是沒嘔出東西來。他也沒哭。

接下來皮歐特勒一把抓住他夾克，直接舉著他往衣帽區去，在一堆掛鉤中選了中間那個把他掛了上去。艾弗雷知道掙扎也沒用，於是一動也不動。皮歐特勒走向教材存放櫃，找出一捆繩子，把艾弗雷的左右手分別綁在其他衣帽掛鉤上，像掛在十字架上，使他沒機會脫逃。皮歐特勒臨走前，還對艾弗雷的蛋蛋補踢一腳。艾弗雷首度無法招架地流出了眼淚。

皮歐特勒十分滿意地離開了教室。

艾弗雷沒回家吃午飯，讓艾蒂特直罵他是個慢呑呑的死傢伙，還說要是他還敢回家，一定要把他臭罵一頓。羅爾夫不發一語。他很擔心，把食物撥來撥去，一副興趣缺缺的樣子。雙胞胎姊妹也在做同樣的事，兩個人還談不攏她們的第二十五頓減肥餐要選何種。她們才不會白費心思在弟弟身上。

羅爾夫雖然應該去屋後割草，但午飯後即到處尋找。他不在院子裡，不在蘋果樹上，不在溪邊，也不在祕密基地。他沒藏在穀倉裡，也沒在畜圈。他沒縮在水槽後方，也沒躺在床底下。他第一次眞的失蹤了。

羅爾夫越來越緊張。他騎著腳踏車到學校去。工友住在學校隔壁一棟小房子裡，他出於謹愼，先放狗嚇退羅爾夫，然後才聽他講來龍去脈，最後才一邊嘟囔著一邊把校門打開。羅爾夫在校舍裡仔細尋找，工友叼著一根菸，在體育館的更衣室來回走動，檢查留在裡面的東西，接著把東西一一丟進一個大袋子裡。

羅爾夫不太清楚弟弟的教室在哪裡，不過他很快就找到了。艾弗雷仍然掛在衣帽架上。他的下巴垂至胸前，似乎已經死去。羅爾夫解下他後便把他帶回家。

羅爾夫對母親說，艾弗雷在溪邊摔一跤，跌斷了一顆牙齒，還昏了過去。「誰相信這種鬼話。」艾蒂特雖這麼說，但至少沒開口罵人。當晚，艾弗雷首度把內心苦悶一古腦哭出來。他躺在羅爾夫懷裡，把他發生在學校裡的事一點一滴講出來。

羅爾夫聽完，知道接下來要做什麼了。

皮歐特勒三個禮拜沒到學校上課了。他嚴重腦震盪，手臂粉碎性骨折，兩根肋骨裂開，下巴斷裂。

皮歐特勒返回學校上課後，再也不跟艾弗雷講半句話，但也不去煩他。其他同學也不再刁難艾弗雷，他們雖然不喜歡他，但至少也不會去理會他。樂子結束了。儘管是靠羅爾夫幫的忙，艾弗雷總算反擊且做了一個了結。

大難不知不覺地悄悄臨頭。羅爾夫開始吃東西沒胃口，經常嘔吐，但只有艾弗雷發現到。艾弗雷不敢告訴母親，唯恐背叛羅爾夫或陷害到他。羅爾夫日漸消瘦衰弱。突然之間，他砍不動柴了，也提不動沈重的炭桶。他臉頰深陷，骨瘦如柴，而母親卻只說，這是因爲他處於該死的青春期。雙胞胎姊妹不改嬉鬧，也不斷餓肚子，但仍擺脫不了嬰兒肥。

羅爾夫的身體布滿了藍斑，但直到夏天穿短褲時才變得顯眼。母親看了則說，以他這個年紀眞的不應再跟人打架了。

直到他頭痛欲裂，嚴重到下不了床、無法上學，艾蒂特才帶他去看醫生。

艾弗雷躺在床底下等待羅爾夫。

午夜時分，艾蒂特回到家。她單獨一個人回來。艾弗雷站在廚房，滿懷恐懼盯著她看。

「他在醫院，」她說，「他們當場把他留在那裡。別擔心，絕對不會有什麼倒楣事。醫生會把他醫好的，他只是長得太快罷了。」

艾弗雷點頭。「他們要對他怎麼樣？」他小聲問。

「他們幫他洗血，他的血有點毛病。」

血要怎麼洗？艾弗雷思考著。用水嗎？他們現在正用某種方式沖洗羅爾夫體內，有髒東西跑到他裡面嗎？他決定明天立刻拿老鼠或青蛙做實驗。

母親張開雙臂。「過來這裡，我的膽小鬼。」

艾弗雷嚇了一跳。母親從沒說過這種話，也從沒這樣叫過他。他擔心，若不順她的意去做，恐怕會被打，所以戒慎恐懼、亦步亦趨地靠近她。

她把他拉到腿上，雙手環抱，緊緊按住。

「現在你是我的大兒子了。」她壓低聲音說。她眼睛乾澀，眼瞼赤紅。

艾弗雷無法回應母親的溫柔，但他了解她說的那句話是什麼意思：羅爾夫再也不會回來了。

艾弗雷想去醫院看哥哥。非去不可。但艾蒂特從不帶他去。艾弗雷爲表抗議，開始不吃不喝。凡是被命令吃下去的，艾蒂特用暴力灌食或塞進嘴巴裡的，一律被他吐在廚房，吐得到處都是。艾蒂特因此痛打他一頓，但他寧願挨打，並千拜託萬拜託，求母親務必帶他去醫院。艾蒂特終究讓步了，雖然她仍不改初衷，認爲小孩子不該去醫院。

羅爾夫頭頂光溜溜的，一根頭髮也沒了，身形比之前更加瘦削，但他一看到艾弗雷就露出微笑。他雙唇乾燥而黏合，開口講話很吃力。

「什麼事都別默默忍受，小不點，聽到了嗎？」艾弗雷雖然悲傷得快嚎啕大哭，仍勇敢地點頭。「你現在得靠自己去闖了，不過你可以的。你需要力量和清楚的頭腦，有這些就夠了。另外別忘了，你是老大，由你決定自己的生活。千萬別把主控權丟了，這非常非常重要。自己當心點，別讓人家暗算你。這就是祕密所在。」

「我永遠沒辦法像皮歐特勒那麼強。」艾弗雷呵著氣說。

「那你得比別人更聰明。」他稍行停頓，做了幾次深呼吸。「當你扯不斷一根繩子時，你會怎麼做？」

「我會拿把刀子來。」

「這就對了。」羅爾夫勉強擠出微笑。「可見你懂我說的意思。」

「你在講什麼鬼東西？」艾蒂特說。

羅爾夫的聲音越來越微弱。「在講怎麼求生存，媽媽，我輸了，我不想艾弗雷也輸掉。」

艾弗雷撲向病床，倒入羅爾夫的懷抱裡。艾弗雷生平首度對某個不認識的人祈禱，求祂讓時間靜止、讓他永遠這樣躺著。

艾蒂特不發一語。她看著兩個兒子，想不透爲什麼他們兄弟倆會這麼相親相愛。她沒有教他們啊。

等羅爾夫睡著後，他們便離開。艾弗雷一路哭著回家。到了家門前，他走出車子時說：「媽媽，謝謝。」

事隔兩週即舉行了葬禮。在艾弗雷眼中，過去發生的種種，猶如一場電影，自己雖然也投身其中，卻還搞不清楚裡面是怎麼一回事。他無法想像羅爾夫就躺在這口鮮花圍繞的棺材裡。羅爾夫一動也不動，沒講半句話，沒敲棺材蓋，任由這一切發生在他身上。不能就這樣把他埋進土裡！在醫院的時候，羅爾夫還告訴他說，假如病魔把他幹掉，他不知道自己會在哪裡，不過一定會在某個地方，一個沒有病魔、沒有皮歐特勒、沒有必要把他們肋骨打斷的地方，一個他能靜靜旁觀地球上發生什麼事情的地方。說不定他甚至能陪在艾弗雷身旁，阻止壞事發生。他不確定能不能，不過會盡全力陪在他身邊，雖然屆時艾弗雷未必能感覺到他的存在。

而如今這口封死的棺材，等下就要用幾公尺高的泥土掩埋在洞裡了，難道羅爾夫對此不知不覺？羅爾夫要怎麼陪在他身邊，要怎麼觀察世界，要怎麼阻止壞事發生？

棺材被放進洞裡，還未埋進土裡。母親猶如惡巫婆般站在墓旁，她不想讓羅爾夫陪在艾弗雷身邊，是她策劃了這場葬禮，全是她一手安排的。一切由她決定，想到這裡艾弗雷恨死她了。媽媽身邊站的是麗塔阿姨，她從卡爾斯魯爾專程前來參加葬禮。他不認識這個麗塔阿姨，只認得她寄來的生日卡和耶誕賀卡，不過她和母親一樣，嘴巴四周布滿嚴厲，所以他不信任她。

艾蒂特拋了三鏟土在棺材上，接著轉身離開，麗塔阿姨和雙胞胎姊妹也做了同樣動作。雙胞胎在葬禮中全程沒說半句話，很不尋常。輪到艾弗雷把沙土剷進墳墓時，他說了「不要」便跑離現場。

「這小孩怎麼這樣？」麗塔小聲問。

艾蒂特聳聳肩，「他就像他父親，同一個模子出來的倔強。」

艾弗雷站在遠處觀看，鄰居、親朋好友相繼把土剷進洞裡後，墓地就此被土封埋。

羅爾夫一定是瘋了，他不可能陪在他身邊。

這下子，他感覺到了，他眞的是孤單一人了。

哥哥羅爾夫過世後，艾弗雷再也不發一語，對誰都一樣，不論學校還是家裡，完全不講話。他無所事事東看西晃，凡事無動於衷，咬著手指甲，挖挖鼻孔。他日日夜夜試圖理解死亡。竟然有人會在轉眼間永遠從地球上消失，他的腦子無論如何也不肯接受。

他想更直接體驗更多的死亡，以期發現死亡。爲此他抓來一隻烏鶇，把牠按進裝滿水的大碗，觀察牠在痛苦中慢慢淹死。他把一隻貓綁住後腳，倒吊在穀倉裡，並將牠活活剝皮。貓像個小嬰兒般哭喊。艾弗雷在一旁站立良久，滿懷樂趣看著貓遭長時間折磨後慢慢斷氣的樣子。他還把一隻老鼠關在塑膠罐裡，看著牠不屈不撓進行無意義的掙扎，企圖脫困，因而嘖嘖稱奇，等了數天後，老鼠才缺水斷糧而死。最後他掐死一隻兔子，而兔子在臨死掙扎當中眼睛脫眶彈出。牠看到的不是我，艾弗雷心想，牠看到的是死亡。

他還獲得另一個體驗：死亡來不來臨，全部操之在他。他是老大，握有主控權，正符合羅爾夫當時傳授給他的那句話：「千萬別把主控權丟了。」

只不過羅爾夫平白無故死了。沒人掌握了讓他活下去的權力。

艾弗雷喝很多牛奶，一瓶接一瓶，但拒絕吃東西。在母親眼中，他怪得可怕。她給他買了一輛紅色消防車，可是他不屑一顧，連拿都不拿。母親一摸他，馬上被他甩開，彷彿她有瘟疫，而且隨即坐到幾公尺外，文風不動，敬而遠之。他那眼神，並沒對準什麼，也不知落在何處，憑空消失在遠方。他不想繼續活下去。

十天後，艾蒂特宣告投降。她已對付不了這股執拗，決定去找神父，請他和那孩子談一談。談羅爾夫，談死亡，談生命。也許艾弗雷寧願聽神父也不願聽她的。畢竟要她挑對詞講對話，她可不大有天分。

神父來了，進到艾弗雷的房間，在他身邊坐了下來。他沒提任何問題，也不期待任何答案，更不要求艾弗雷做任何回應。他滔滔講述對死亡和永生的看法，講他在書裡讀到的東西，以及他在布道台上講過無數次的話，他講他的，絲毫不看艾弗雷一眼。他從沒認眞覺得自己的話會產生效果。但艾弗雷洗耳恭聽，神父從眼角餘光注意到了。艾弗雷虔誠吸收，隻字不漏。神父首度覺得他幹這一行有了意義。

他談及靈魂，並說當人體有殘疾或受致命傷害時，靈魂會脫離肉體，聽到這裡，艾弗雷渾身猛然一顫，激動得開始發抖。「靈魂，」神父說，「是讓人之所以為人的一切。靈魂會感覺能思考，有愛有恨，死後全然釋放解脫。然後飛離肉體，進入永生。亡者的靈魂仍在我們周圍，不過我們看不到，只偶爾感受得到。靈魂會變成守護天使，就像戴著隱身帽的人，會一直在我們身邊守護我們。靈魂四處通行無阻，能穿厚牆過鐵門，能穿越高山和海洋。若是好人的靈魂，就會很幸福快樂，那即所謂天堂；若是壞人的靈魂，則永遠不會幸福快樂，永不滿足，那就是地獄。」

「靈魂什麼時候會飛走？」艾弗雷問。自從羅爾夫的葬禮以來，這是他說的第一句話。

「人死後的瞬間，」神父回答，「當心臟停止跳動，頭腦停止思考，靈魂便瞬間消失，只留下人體空殼，這部分後來會在墓裡分解。塵歸塵，土歸土。我們的肉體終有盡頭，靈魂則沒有。」

從這天起，艾弗雷又吃起東西了，雖然話非必要不講，但總算開口了。他堅持每餐也為羅爾夫準備餐具，把最好最特別、也是他自己最愛吃的食物放到羅爾夫盤裡——但總是原封不動，飯後被他母親丟進垃圾桶裡。

母親和雙胞胎姊姊完全摸不著頭緒，三人一貫堅信羅爾夫已埋葬在地底。艾弗雷沒興趣向她們解釋，也不想同她們有任何瓜葛。總之他和她們不同。

26

一九九〇年二月，漢堡

接下來幾天，漢堡氣溫即將驟降。窗戶上已結了片片雪花，沙箱裡的沙凍得硬若磐石。這時她的同事瑪莉絲首次注意到他。他沒穿大衣也沒穿夾克，身上僅著一條黑絨褲和一件灰色圓領套頭，站在寒風中，一動也不動。

「妳來看那邊那個男的。」瑪莉絲說。「我以為他在等公車，可是已經開走三班了，他都沒上車。」

卡拉沒說話，但持續注意著他。他滿帥的。超帥。不過很難猜出他的年紀，容貌幹練卻顯得年輕，但頭髮又有些許斑白。他隔著街一直往幼稚園的方向看，視線不曾移開。在幼稚園的遊戲區裡，她們的同事羅莎陪四歲的園童們玩耍著，孩子們個個包得圓嘟嘟的，有的在剷沙，有的在遊樂設備上爬來爬去。

現在他搓起凍僵的手指來。看吧，卡拉心底暗想，他不是石頭人吧。她體內有股不對勁在隱隱竄動。只要食道一有點刺刺的，她總能馬上感覺得到。奇怪的感覺。卡拉在考慮要不要叫警察來。她是園長，要負責任，若她犯了錯，就得直接面對責難。一個男人，半小時前開始一直朝幼稚園這邊瞧……是怎麼回事？絕對不正常，但又不是眞的不正常。他沒找孩子說話，況且光用眼睛看又不犯法。

她痛恨這種不知如何是好的時刻。別人不用想多久，隨即能下決定，甚至有些人根本不必思考，馬上就能做出決定。她則只能一直想一直想，能想多久就想多久，但總是拿不定主意，從不曾做出明確的決定。她內心深處明白得很，她根本不是擔任領導職的料，可是當初是人家提供她這個職位的，她自然一口答應，不假思索。當然答應，不然回絕人家多尷尬，而且她覺得很虛榮。不過顯然目前爲止沒人注意到，要她做決定是多麼困難。

瑪莉絲走到她身邊，站在窗口說：「那人怎麼還在啊？」

「怪人一個。」卡拉喃喃自語。

瑪莉絲做了一個鬼臉。「可是妳也不能拿他怎麼樣，畢竟他什麼都沒做。」瑪莉絲很像她姊姊，堅強、樂天，永遠沈穩自如，總是反應迅速、全憑直覺，但每每正確。前幾週有個小朋友跌倒，結果一枝尖樹枝插進背部，艾兒菲正想將它拔出時，被瑪莉絲大聲阻止，她說別動樹枝，讓它插著，接著牽起小孩，不斷不斷和他說話，講笑話給他聽，牽著他的手，摸摸他的頭，不斷看著他眼睛，等候已上路的消防隊抵達。孩子根本沒發現自己發生了什麼事，也沒哭，他聽瑪莉絲講話聽得渾然忘我了。消防隊員得知樹枝還插著，大大鬆了一口氣，趕緊把孩子抬到擔架上趴著，然後送醫治療。瑪莉絲跟著上消防隊的車，一路繼續跟孩子講話。

當時卡拉十分感激瑪莉絲。她捫心自問，換作是她一個人和孩子們在一起，是否會把孩子背後的樹枝拔掉，她答不出來。

瑪莉絲對於對街男子露出毫不擔心的表情，讓卡拉稍稍安心。她說，「我去拿大衣，找他談談。」瑪莉絲對她點頭，認爲事情這樣就算解決了。

然而當卡拉穿好大衣上街時，已不見那男人蹤影。

隔天他又站在那裡，同一地點，幾乎同一時間。又沒戴帽子，沒圍圍巾，也沒手套。不過他今天至少多穿了一件大衣。雪花微飄。這回卡拉不再花半個鐘頭等了，她馬上去找他。

「很抱歉，我在對面的幼稚園上班。」眞笨啊，她心想，我跟你抱歉什麼？她也莫可奈何，習慣了。走在路上被人撞到時，她也會說抱歉；兩年前，有個駕駛人超她的車，把她撞到一旁，她一下車也是馬上向對方說抱歉。她顯然不斷因爲自己生而爲人並在這世上無恥賴活而抱歉。

「我知道，」他露出微笑說，「我常常看到妳。」

「你在這裡做什麼？」卡拉問，「爲什麼盯著幼稚園看？」

「我不是在看幼稚園。」他一直保持微笑，牙齒黃了點。「我是在看妳！我昨天也看到妳站在窗邊，看起來猶豫不決的樣子。我突然覺得妳會過來找我，所以就離開了。」

她聽了啞口無言，臉熱了起來。「爲什麼，我是說，爲什麼你要走開？」

他微笑的嘴拉得更開了。「妳眞的想知道？」她點頭。「我沒料到妳這麼想知道。好吧。昨天妳似乎被我激怒了，但我不希望在妳火氣正旺時和妳談。」

「我現在火氣也很旺。」

「不不，妳火氣不旺。」他一口斷定。反駁也沒用。他明顯扳下了一城，微笑仍持續掛在臉上。但很奇怪，他的微笑竟不屬於傲慢自大式的，不知怎麼說就是不太一樣。怎麼不一樣法？她不知道。

她心底湧起一股聲音。很好，就這樣了，跟他說再見，回到幼稚園去照顧孩子。隨他在這裡站，讓他腳凍到斷掉好了。這個男的比妳強幾百倍，妳贏不了他的。他就是那種會不停說人生大道理的人，對這種人我們無計可施。

「妳什麼時候下班？」

「晚上六點。」若他眞的在觀察她，理應知道才對。但她回答完才想到這點。

「很好，」他說，「我來接妳下班，請妳去吃飯。」

「好啊。」她結結巴巴地，臉灼熱了起來，彷彿全身泡在辣椒醬裡。接著她轉身就跑，準備過街，甚至沒張望左右有無來車，害一輛轎車差點撞上她而緊急煞車。

她踏進幼稚園之前，再度回頭，他已經不在那裡了。她覺得很可恥，可恥到極點，竟然二話不說就接受邀請。搞得好像隨便誰來約她都張臂歡迎似的。她應該要說，好，八點，不過我想先回家，洗個澡、換衣服、餵貓。可是她沒說出口。因爲她從沒說出眞心所需。這下她得穿牛仔褲和這件母親幾年前織給她的彩色條紋套頭毛衣去吃飯了。這件毛衣是橫條紋的，配上彩虹的顏色，雖然橫條讓她看起來有點肥，但整件毛衣因爲七彩繽紛，孩子們很喜歡。

我要告訴他，我改變主意，不跟他一起吃飯了，我一點都不想去。而且我現在才看到我的行事曆，發現我沒空……然而她脫下大衣的同時，已十分篤定自己不會那樣做。

瑪莉絲走向她，笑著問：「怎麼樣？他說了什麼？說他是戀童癖，但還沒決定好下禮拜要把誰拐到陰暗的林子裡？」

「才不是！他邀請我去吃飯，他觀察的是『我』，瑪莉絲，不是孩子們！」

瑪莉絲嚇一大跳。「然後呢？妳去嗎？」

卡拉點頭，又覺得可恥起來，但瑪莉絲覺得這整件事很刺激。「太棒了。妳可要幫幫忙，別再因爲裝客氣而點了最便宜的。要點前菜，也別婉拒開胃酒，要點香檳，別選雪利或幼稚的氣泡酒。盡量點妳自己吃不起的，好好犒賞自己，讓自己過個愉快的夜晚，享受人生，麻煩妳事後再考慮中不中意這個男的。等他送妳回家，妳想把他送去沙漠也不嫌遲。」

卡拉點頭，露出了微笑。

「你們要上哪去？」瑪莉絲現在興奮極了。

「不知道。他六點會來這裡接我。」

「什什什麼？妳是說，妳要穿這件可怕的小丫頭條紋毛衣去吃飯？妳不是說眞的吧！」

當然是眞的。瑪莉絲馬上發現她的罩門。換作是瑪莉絲，絕不會這樣將就，也就不會被人問得這麼措手不及。換作瑪莉絲，她一定會靠直覺做出正確反應。

「我不需要爲了這樣一個男的格外打扮。」卡拉嘗試爲自己辯解。

「不不，不是爲了這樣一個男的，是爲了妳自己。假如妳打扮得像個等人把蛋糕往妳臉上砸的小丑，這頓飯也好，這個晚上也好，妳都無法好好享受了。實用、豐滿，這樣很好，不化妝不打扮，的確是標準的幼稚園工作裝扮。可是啊，卡拉，約會吃飯時這樣是不行的！」

「那我該怎麼辦？」瑪莉絲說得完全正確。

「趁午休時回家一趟，換套衣服。這裡有我顧著，沒問題的。」

卡拉點頭。「謝謝妳，瑪莉絲。」

她走進辦公室準備整理下週班表時，一邊想著，這裡到底誰才是上司。

27

這一晚，她十點半才回到家。她關上門，脫掉鞋子，這一瞬間貓來到跟前，圍著她的腿摩挲，咕嚕咕嚕叫著乞求關愛。

她把貓抱進廚房，給牠一些貓乾糧，然後手伸進櫃子，翻找一塊遺忘許久的巧克力。接著上床躺著，摸摸貓的肚子，小聲聽著莎黛的天籟之音，嘴邊巧克力一口接一口，再度回想著當晚的情景。

他叫艾弗雷。艾弗雷，很老氣的名字，但他明明沒那麼老。她親口問他，他也答得乾脆：「三十六歲。」一個三十六歲的艾弗雷。她本以爲所有叫艾弗雷的都是她祖父那一代人，早已漸漸死光。艾弗雷．費雪。眞俗氣。

他問她要不要喝開胃酒，通常她會搖頭，但今天她點頭了。他對服務生說：「請給女士一杯香檳。」彷彿他看得到她腦袋在想什麼。她根本什麼都沒說。

前菜她選了生鮭魚薄片，接著點一道春雞鑲麵餃。雖然她覺得這樣很厚臉皮，但她謹記瑪莉絲所說的話。艾弗雷只點了一盤義大利麵，是辣香茄醬通心粉，她聽了頓時良心不安起來。她吃著生鮭魚薄片時，他在一旁注視著，讓她差點尷尬到窒息，也感到臉已成火紅一片。他說他吃素，並非不愛吃肉，而是不想成為任何一隻動物死去的共犯。他盡力在人生種種狀況下，也包括在這個城市裡，尊重普天下的生靈，不論大小、樣貌，不論是蒼蠅、蚊子還是螞蟻，一律等同視之，並盡力保障生物的存活。

他說的字字句句，讓她在吃完生鮭魚薄片後，面對接著上桌的春雞，儘管再怎麼令人食指大動，也難以下嚥。他祝她吃得開心，但她仍慚愧不已，淨在春雞裡面撥來弄去，好像生平第一次用刀叉吃東西似的。她覺得自己每個動作都笨拙混亂，越是留意自己、越是去想，就益發心慌了，

艾弗雷吃得悠緩從容，吃相之慎重，似乎每吃一口麵，都默默向那些麵說，他馬上要消滅它們敬請原諒。紅酒他也只淺酌，她喝的速度有他三倍快，雖然她注意到了，但也改不過來。喝酒讓她比較有安全感。

吃過生鮭魚薄片、春雞和一份艾弗雷也有點的提拉米蘇後，現在躺在床上的她，還拿著巧克力一口接一口吃。一大塊已經不見了三分之二。

眞累人的一晚。但讓她打聽到，他是個經理。一家大公司的經理。她準備追問下去，他便開始轉移話題，表示他什麼都願意談，就是不要談他的工作，畢竟一整個白天已處理夠多公事了，也花了太多太多心思在經營上。一個經理，卻點菜單上最便宜最簡單的菜，眞是與眾不同，因而深深吸引著她。

一個經理，竟站在公車站牌邊觀察一個幼稚園老師。瘋了。他吃素，食量小，酒喝不多，不怕冷，晚上上餐廳吃飯時穿著套頭毛衣配西裝外套，一副來滑雪度假似的。她心頭小鹿亂撞。人生多美好，隨時會有驚喜，而這驚喜，是在最大膽的夢裡都難以想像的。她認識了一個經理！誰知道，說不定她的人生會因這個男人而擁有另一番天地。

他想知道她的一切。工作、父母、姊妹，不過他最有興趣的是她的夢想。她對人生有何期待，她希望得到什麼？「孩子，」卡拉回答，「兩三個吧。還有一棟房子，要有院子，並養了很多動物。」屋裡充滿著有生命的東西，讓她可以照料、讓她負責，這樣她的人生會很有意義，至少比照顧別人的孩子還有意義。

卡拉在他眼中看到了不解。她可以感到，他想問爲什麼她這把年紀了還沒有孩子，可是他沒問。畢竟他們才剛認識幾小時。她三十五歲，看起來也像三十五歲，一天不多一天不少。歲月催人老。生理時鐘滴答滴答響著。

她微笑著幫他一把。「現在別問我，爲什麼我還沒有孩子！我只能說我自己也不知道。反正就是沒有。有時是時機不對，我剛好在受訓或者想在工作方面更上一層樓，有時又是遇到的人不對，然後是缺錢……不知怎麼，從來沒剛好對過，如今即將太遲。」

「不過呢，要有一棟房子，裡面養很多動物，永遠不嫌遲。」他說。

「這在大都市裡行不通，更別說要上班，每天九到十個鐘頭不在家。不能讓動物自己在家太久，牠們需要關懷和時間。要很多時間。不然牠們會變壞，人也一樣，獨自一人太久、太孤獨的話，人也會變壞。」

艾弗雷皺起眉頭。「很大膽的論調。」

「也許大膽，但我深信不疑。」卡拉喝了一大口紅酒。艾弗雷露出微笑，她覺得他能了解她，也覺得他有類似感覺，畢竟他也愛好動物，說不定也喜歡孩子。

坐在沙發上的她，現在才想到一件事，她忘了問對方有沒有太太。或小孩。或問他有沒有離過婚。她能接受。一個已婚男人應該不會站在幼稚園前等待一個幼稚園女老師。世上不乏更有魅力、更年輕的女人。如果他要找情人，也不乏投資報酬率更高的獵區。

他想從她身上得到什麼？這個問題她無從回答。她整夜都找不出答案。等她吃完，他馬上付帳，然後送她回家。用走的。他稍早也是走路接她下班的。「我盡量避免開車。」他那時說。「能不開就不開，走路比較健康。我搞不懂有些人爲什麼連一兩公里路也要開車。」

走到她家很遠，他們走了將近四十五分鐘，而且她費了好大一番工夫才能維持正常走路，原因是她穿著一雙很少穿的中跟鞋，腳走到起水泡了，而她不想被發現。她右腳踝那個水泡早已膨起來，在持續摩擦下，薄薄的皮膚已經磨破，每走一步，未經處理的傷口就磨一下那雙相當新的鞋子的硬皮，離她家最後五百公尺路上，嚴重跛腳，由不得她。艾弗雷眼見如此卻不發一語。也許他不想讓她尷尬。

到她家門前時，他停下腳步看著她。「謝謝。」他說。「謝謝妳接受了我的邀請。我很高興。不過，我不知道妳爲何會答應。」

「我不知道。」卡拉說。「我根本沒想那麼多。」

「這樣很好。」他說。「我喜歡這樣。」他微笑著說：「晚安。」隨即消失在黑暗中。

卡拉迷糊了，完全搞不清楚現在是什麼情況。她又不安了起來，因此讓她火大了一陣子。

我認識了一個經理，她心底想著，同時將最後一小塊巧克力塞進嘴裡，讓它在舌頭上慢慢融化。我會想盡辦法再見他一面。

她把貓從她肚子上推開，下床去拉一把椅子到書櫃前，站上去拿書櫃最上一層裡面的電話簿，那層裡面有四大本重書，最下面一本就是電話簿。當然，這樣就對了，在電話簿裡找他的名字。裡面有十三個「艾弗雷・費雪」，其中一個是水電工，一個律師，剩下的都沒註明職業。此外有十一個「艾××・費雪」以及四十三個沒刊出名字的「費雪」。所以共有六十五個可能，每個都有可能是他。接下來她一籌莫展。事實擺在眼前，她沒他的電話地址，也不知道他在哪家公司上班。這下好了。她唯一的希望就是他會出現在公車站牌邊。又是他唱獨腳戲了，他掌控全局，繼不繼續完全操之在他。

她向天空發出禱告，迫切希望能與他見面。她再也不會穿橫條套頭毛衣去上班了。現在起，她得天天準備好面對即將來臨的一切。

假如卡拉當晚已預料得到這個艾弗雷將嚴重介入她的人生的話，恐怕不會再正眼瞧半下這個公車站怪男子。

28

他從此沒出現在公車站牌旁。瑪莉絲再也沒見到他，因而深感遺憾。但隔天晚上，他打電話到卡拉家，一開口就彷彿已認識許久。「我是艾弗雷。」他說。聽他講自己的名字很怪，好生疏的樣子，彷彿他從沒或者很少說出自己的名字。「妳今晚有空嗎？我想給妳看樣東西。」

「有啊，當然有空。」卡拉說，她的心跳得快蹦出來了。

「記得穿暖一點，挑雙舒適的鞋子。我七點半到妳家門口接妳。」

她還來不及開口說話，電話已被他掛掉。

她原本計畫去看電影的，可是現在去不成了。七點半。還有兩小時，她還得洗澡洗頭，挑選衣服，化點妝，還有猜猜他要給她看什麼。這樣一通電話，完完全全出乎她的意料之外。爲什麼他的語氣如此輕鬆？對她而言，他像一匹心不甘情不願讓人牽出馬廄的馬，一到馬廄門口，即趁人毫無防備下，一溜煙飛奔而去。

她脫衣走到蓮蓬頭下，一邊淋著舒爽的熱水，一邊暗忖，假如已經到了上床的地步，自己是否接受。她想把這件事先想通，以免事到臨頭，還得瞬間做出決定。是不是要去他那裡？到他家好嗎？有個女性朋友曾告訴她：「假如妳要和一個不認識的男人上床，那就去他家，別在妳家做。原因在於，若他眞的要對妳不利，在他家他就得傷腦筋去處理妳的屍體。如果在妳家，他只要拍拍屁股溜走即可。這種事男人知道的。他或許想要殺妳，但他也不想惹麻煩，所以在他家會比較安全。」

會的，她會跟他上床。畢竟是命運把他送來的，而她也許久不曾有過如此充滿活力的感覺。她細細清洗，沐浴完畢，全身抹上乳液，然後搽了一種細緻而濃郁的香水。兩年前姊姊送她這瓶香水時附上了一句話：「壁花小姐至少得散發強烈的芳香，始能獲得蜜蜂青睞。」接下來她花了十五分鐘以上，來決定要穿丁字褲加胸罩，還是只穿丁字褲，上半身穿T恤或是連身內衣。最後她決定穿丁字褲，上面穿小可愛代替內衣。她擁有兩件胸罩，只有極少數場合才會穿，例如家長晚會，而且兩件都老氣到不行。連身內衣則有很多鉤扣，要解要扣都麻煩，每次上洗手間都會弄得手抽筋，尤其情急之下或手抖個不停時，根本無法把鉤子和扣眼搭配正確，例如上狹窄的酒館廁所，就得扭曲薦骨，又得在昏黃燈光下把黑色蕾絲向前扯，才看得到用手摸黑摸不到的東西。連身內衣這種東西，一定是遠離俗世、憎恨性愛的修士發明的。要脫只能由後往前，這樣也許在電梯裡閃電做愛很實用，但初夜的話可是愚蠢至極。

她在外面穿了一件米白色高領套頭毛衣，加上水手藍套裝，足蹬一雙內外腳踝處都有拉鍊的麂皮長靴。雖然這套裝和長靴有點不搭，但是她也沒辦法，她沒別套了。

她的化妝品也有三年歷史了，聞起來已有餿味。她怕用了壞掉的化妝品會長粉刺，所以只在眼底重要部位輕抹一些，避免自己看起來像得肺癆的夜店族。淡淡的眼影和睫毛膏使她眼睛亮麗了起來，她還塗了亮彩唇蜜，不過她也明白，過半個鐘頭或喝下第一杯紅酒後，唇蜜就會不見。頭髮則任其自然下垂。當她照第五遍鏡子、梳第十次頭髮時，門鈴正好響起。

她披上毛茸茸的棕色大衣，雖然這件絕無優雅可言，但從沒讓她在任何天氣下挨凍過。緊接著她飛奔下樓。

他站在門口，背後是一部粉紅色雪佛蘭，擋泥板和側條都是深藍色的。她簡直不敢相信自己的眼睛。

「上車吧。」他邊說邊露出微笑。

她先繞著汽車走一圈，上車坐定後有種當阻街女郎的感覺。她一關起車門，他隨即上路。

「我們開去哪裡？」她問。

「去海邊。」他回答。

他開得很快。過快了，可是她沒說什麼。她看到他的手馬虎且全然放鬆地放在方向盤上，她一點也不怕。那是一隻結實的大手，非常有力，曾做過粗活，她暗暗覺得，這手和身邊這個心思細膩的人一點都不相稱，但能讓人心安。這隻手能掌管一切，能排除萬難，指關節來回輕靈移動，猶如管風琴在輕聲演奏音樂時內部的鐘錘，令她深深著迷。她目前最渴望的，莫過於被這隻手碰觸。

「這是我最後一天開這部車。」他說。

「爲什麼？」卡拉問。

「這輛車不再適合我了，我非開這麼一輛車的人生階段已經過去。」

「一個當經理的人開這樣一部車……是有點怪……」卡拉說完，偷偷以這個想像爲樂。

「是嗎？」他邊問邊看她的側面。

「是啊。」她回答。

接下來他默默不語繼續開車。她有很多時間可以來思索這個人。他那句「這是我最後一天開這部車」絲毫沒有引起她的不安，她完全沒想到他會開這輛車去撞消波塊，拉她一起去送死。她只想到自己許久不曾感到如此怡然自在，如此無憂無慮。一切不安隨風而逝。她覺得彷彿已認識這男人多年，彷彿他那隻守護的手已庇護著她的人生一輩子，溫柔地帶領她走過全然未知、沒他帶領即不可能認識到的世界。她想要擁有他，想永久佔有他，想靜靜在他身旁，隨著他走到天涯海角。她以爲終於找到一副能倚靠的肩膀，能閉起雙眼，讓一切該發生的自然發生。

「妳餓了嗎？」艾弗雷問。

卡拉搖搖頭。她不飢不渴，無所求無所懼，既不冷也不熱。她搭著這部古怪的車，坐在這張米白色皮椅上，純粹就這樣坐著，內心無比滿足。

艾弗雷從卡拉住的漢堡埃德斯泰特區直接開上A23公路，往海德方向前進，然後狂飆上國道五號和二〇二號，繼續往聖彼得歐爾丁前進。他們停下車時已九點半，下車在一片漆黑中沿著無盡的沙灘走。卡拉一頭霧水，不知此時此刻自己將遇上什麼樣的事。

「我明早必須九點回到漢堡。」艾弗雷說。「不過我們有整夜的時間。」他似乎完全沒想到，她明天一早七點半就得到幼稚園，而她也沒說出來。她的心激動得快蹦出來，還隱約感到眼睛後面的血液正澎湃搏動著。

「其實我們根本不必大老遠開車到這裡，從漢堡到海邊很快的……」

「我喜歡這片一望無際的沙灘。」艾弗雷講得很小聲，她得非常專注才能聽清楚他在說什麼。「我一旦來到這裡，就有一種感覺，彷彿已不在德國，來到了另一個國度。我偶爾需要這樣的感覺。」

他們散步散了一個半小時，幾乎沒開口說話。回到車上之後，他們便望著窗外的海，在遙不可及的遠處已難分辨沙灘與海的界線了。

艾弗雷帶了一瓶普通的紅酒、礦泉水和鹹餅乾，還有一大塊希臘羊乳酪，據她估計少說有八百克。他們默默吃著喝著，卡拉不敢說話，以免打破這片寂靜。這一切對她而言太乏味，她期待他會伸手抱住她，或拉拉她的小手——但他都沒有。

不知何時他開始說了起來，他家裡有五個兄弟姊妹，他是老么，出生後父親隨即離母親而去，移民到美國德州，住在一個龐大的農場。幾年前，他的雙胞胎姊姊蕾娜和露伊莎也搬去和父親住，她們在美國教德文，此外農場裡還有很多事要做，她們希望父親老了以後可以照顧他。海利希哥哥是成功的婦科醫生，在弗萊堡開業，專長是早期診斷腫瘤。羅爾夫哥哥是頗負盛名的建築師，不久之前剛進入位於柏林的營建署工作。他和羅爾夫哥哥最常聯絡，羅爾夫有時會來他這裡住幾天。兩人十分合得來，羅爾夫知識廣博，幾乎對各個生活領域瞭若指掌，不但是他這一生中的好朋友，更是善意直言的好顧問。

他母親身體不是很好，已經好一段時間了，她今年六十五歲，經艾弗雷安排，住在漢諾威一家養老院裡，在那裡她至少可以獲得良好的照顧。

卡拉對艾弗雷一家子深受感動。雖然他母親幾乎獨自扶養了幾個孩子，但他們全都大學畢業，而且彼此從沒斷過聯繫。這樣的家庭故事讓她很放心，也讓她在他身邊更感幸福。

「你有孩子嗎？你結過婚了嗎？」卡拉問。她終於敢問了，這是她心裡最關切的問題。

「我有兩個很棒的兒子。」他邊說邊露出微笑。「老大今年二十一歲，小的十歲，兩人都和媽媽一起住，可惜我和他們母親已經沒聯絡了，所以我也很久很久沒見過那兩個兒子。希望他們搬出去後情況能有所改變。」

三十六歲的艾弗雷不大可能是一個二十一歲兒子的生父，不過她倒一點都沒發現。她看著月光下閃耀的海洋以及滿天星辰，看著看著眼皮沈重了起來。她身子更往毛皮大衣裡縮，很高興穿了它出門。艾弗雷從頭到尾沒碰她半下。

卡拉呼吸勻順深沈，艾弗雷看出她睡著了。正合他意，這下他終於可以停止說那捏造出來且越來越隨心所欲即能滔滔不絕的故事。為何他不直接如實告訴卡拉他自己、家人尤其他父親的事呢？其實他也不太清楚為什麼。

艾弗雷的父親也叫艾弗雷，是個單純的農民，他愛家庭勝過一切。一九五四年五月某天早上，他正在田裡工作，他九歲的兒子羅爾夫跑著過來，口裡不斷叫著「媽媽，媽媽」。

「媽媽怎麼了？」

「她大叫，」羅爾夫吼著，「還一直哭，而且滿臉通紅。」羅爾夫眼睛變斜視，一副可憐樣，每次只要心慌意亂、害怕或非常激動，就會有這種反應。

「助產婆在那裡嗎？」

「沒人在那裡，」羅爾夫嘶吼，「雙胞胎姊姊也不在，媽媽叫她們去找波瑟曼太太來，可是她們還沒回來。」

艾弗雷親了羅爾夫一下，牽起他的手。

「來，我們得快點。」

只見艾蒂特躺在廚房地上，身體底下一大灘綠色羊水，味道噁心極了。她的臉已由脹紅轉成蒼白，她伸出舌頭大力呼吸，宛如一條上了岸的魚。艾弗雷小心抓住她的手臂，很驚訝她竟然沒抵抗。平常她會抗拒一切，每句話、每次撫摸，尤其每個親暱的動作。對她而言，一把抓住她手臂簡直和強暴沒兩樣。

「眞他媽的！」她喃喃念著，讓艾弗雷把她抬上床。

她一定很難過，心底這麼想著的艾弗雷此刻也深愛著她。他已經很久沒有這樣的感覺了。即便數月前，他撲在她身上，一頭鑽進她懷裡時，也不是發自愛，而是出於貪念，希望能讓形單影隻的孤獨感暫時麻痺幾秒鐘。

艾弗雷牽著她的手，焦急地看著她呼吸困難，他輕聲問她：「我現在該怎麼辦？告訴我，爲了妳，不管做什麼我都願意……」同一時間，波瑟曼太太衝上樓，後面跟著雙胞胎姊妹，她們倆的臉色比待產的母親還要蒼白。

艾弗雷在驚嚇之中放開艾蒂特的手，波瑟曼太太把他和雙胞胎轟出房間，他乖乖聽命行事。臨走前，艾弗雷還看到波瑟曼把被子蓋回去，手伸進他太太雙腿之間，兩隻手指探進陰道去觸摸子宮頸。他嚇得顫抖起來，拔腿奪門而出。

波瑟曼太太交代備妥乾淨的毛巾、新鮮的鹽水、滾開水和熱茶，艾弗雷一切照辦，並安撫孩子們。他試圖叫雙胞胎上床睡覺，但不果，直到她們覺得蹲在深鎖的門前很無聊，方才移動腳步。羅爾夫仍在原地。他與父親坐在樓梯最上一階，眼睛斜視著，讓艾弗雷覺得他似乎已能了解緊閉的房門後發生著什麼事情。兩人像拜把兄弟一樣肩並肩坐著。

艾弗雷聽到太太大聲喊叫，也跟著哭起來，這時羅爾夫把頭靠向父親肩膀。艾弗雷看不到羅爾夫到底有沒有哭。

清晨左右，他們兩人相繼睡著，接著便被波瑟曼太太的尖叫聲吵醒，她手裡抱著小娃娃，裹在毛巾裡，很小很小。

「是男的。」她向他們報喜，一副自豪樣，彷彿小嬰兒是她生的。

「終於，」羅爾夫啜泣著說，「終於，終於，我終於有弟弟了。」

艾蒂特睡了幾個小時，這期間，艾弗雷煮了馬鈴薯和蛋給孩子們當午餐。小嬰兒躺在艾弗雷自製的木搖籃裡，每個經過的人都會給搖籃踢上一腳，讓它時時搖來晃去，小男嬰一臉滿足，不時發出喀喀聲，吸吸拇指，除此之外別無所求。他哭的時候，雙胞胎輪流把他抱在膝上，唱著「騎士騎士跳跳」，她們唱沒兩下很快就無聊了起來。然後由羅爾夫接手，把弟弟抱進懷裡，輕聲對他說些親暱的話，在那小臉蛋印上無數親吻，小男嬰就又慢慢睡著。

到了下午，艾蒂特從床上起來，走到畜舍去擠牛奶，然後回到廚房準備做晚飯。羅爾夫坐在窗邊，正把小嬰兒抱在膝上，他面露微笑看著母親。「我有弟弟了。」他不停反覆著這句話。「終於，終於，我終於有弟弟了。」他親暱地搔弟弟癢，還吸吮他的小指頭。

「別弄他了。」艾蒂特說完，搖著頭清理桌上的午餐剩菜。

「他笑了！媽，妳看，他笑了！」羅爾夫快樂極了。

「小嬰兒不會笑。」艾蒂特反駁他，雙手忙著把髒碗盤堆到洗碗槽裡。「小嬰兒只會哭和叫。」她把水開著流入水槽，人走向羅爾夫，從他懷裡抱過小嬰兒，接著屁股一坐，胸前鈕扣一鬆，把乾癟的乳房放到嬰兒面前，乳頭直接往他雙唇塞。羅爾夫看得目瞪口呆，但心中也充滿羞恥，他從沒看過母親的乳房。小嬰兒吸啊吸，艾蒂特絲毫不理會一旁的大兒子。

「好吃嗎？」他小聲問。

「不好吃，」艾蒂特說，「不過對嬰兒來說沒所謂好不好吃的問題。」

她夜裡起來三次，都是因爲襁褓中的嬰兒在哭鬧。小寶寶貪婪地緊緊抓住她的乳房，吸起奶來不僅強而有力，而且那股求生意志之強，幾乎讓她斷氣。這時，她想起那一晚，艾弗雷歷經數月後，再度在厚重且暖過頭的被子下，伸手摸向她的肉體，而她並未如往常那樣反抗，只是靜靜讓一切發生。其實她暗暗一面享受，一面祈求上帝寬恕，但上帝並未理會她的請求，反倒用這個正在吸乾她最後一點力量的嬰兒來懲罰她。她犯了過錯，就像其他犯了同樣過錯的人一樣，她因此所受的罪將長達二十年甚至更久。一開始是徹夜不得眠，她知道自己將數月不得一夜好眠，接著是孩子生病，那種害怕、那種擔心，等於上帝每天都在懲罰她。

懷孕期間，她強迫自己每天誦念三次玫瑰經，以期至少能請求聖母准她脫離四度爲人母的命運。念三次玫瑰經可要花不少時間，她每天根本沒那麼多時間，但她很頑固，執意達到自己的要求。前後長達九個月。凡是她對她的造物主許過的承諾，她都一一遵守。

嬰兒出生後，波瑟曼太太馬上爲他量身高體重、幫他洗澡，還做了簡單的檢查。根據她對這初生階段所能下的判斷，這孩子一切健康，也未因羊水污染而受傷害。但她也說，得再觀察一陣子，數個月甚至數年後都還可能出現後續傷害。

艾蒂特打從一開始就不想要這孩子，等她一聽到波瑟曼所言，就更加不想要，原因在於她隱約覺得這孩子只會爲這個家帶來煩惱和磨難。

在家照顧小嬰兒的第一天清晨，她終於在五點左右陷入昏睡，任憑嬰兒怎麼哭鬧都吵不醒。當然也聽不到丈夫小聲的呼救，艾弗雷已氣力耗盡，仍無法讓她有任何動靜。

七點鬧鐘響起時，只見艾弗雷癱倒在床沿，通常這個時候他已在田裡工作了。她將手放到他背上，正想問他發生了什麼事，只聽到他氣若遊絲地說：「去叫醫生來，快！」說完即倒地不起。

她覺得眼前情況很荒謬，思緒一片混亂。她趕忙套上晨袍，把帶子兩邊拉成等長，前後花了約四秒，接著小心打好結，沿著窄樓梯飛奔上樓，來到閣樓的小房間，把睡在裡面的羅爾夫搖醒。

「快點，快跑去找薛福勒醫生，要他趕快來，爸爸不舒服。」

羅爾夫揉揉眼睛，然後瞪著她看，露出懷疑的表情。「小寶寶？」

「不是小寶寶，是你爸！去，快點，他媽的快點！」

羅爾夫跳下床，套上褲子，穿了一件套頭毛衣，穿鞋子花了最久時間，但過沒幾秒已見他衝下樓，跑到了屋外。

艾蒂特走回臥房。艾弗雷躺在床上，眼睛緊閉，嘴巴大張。她彎下腰靠近他，但已無丁點生機，就連一絲一毫的氣息都已感覺不到。

她強壯的丈夫，那個能轉開每一根螺絲、砍樹、蓋畜舍、捕野生牛隻、抬起巨石的丈夫，就這樣死去了。

過了將近二十分鐘，才終於等到薛福勒醫生。他檢查艾弗雷才一下子便搖搖頭。「已經沒救了。」他說，「他過世了，瞬間死亡，沒得救了。只要心臟一停止不動，任何醫生都束手無策。」

艾蒂特聞言便呼天搶地，狂喊了好幾分鐘，聲音尖銳刺耳，聞者無一能夠忍受。雙胞胎站在門框邊，臉色蒼白，神情恍惚，羅爾夫按著指關節，雙眼斜視，小嬰兒則獨自在廚房，躺在搖籃裡嚶嚶哭泣。

艾蒂特正想雙手亂揮舞一通，即被薛福勒醫生抓住，並順利塞了一顆鎮定劑在她嘴裡。她把藥吐向房內梳妝鏡，整個人先是貼上鏡子，然後緩慢地往下滑。

十五分鐘後，艾蒂特停止叫喊，醫生也離開他們家。她將艾弗雷的雙腿抬到床上，細心為他蓋上被子，把黏在他額頭上的一撮頭髮撥開，開口對他說：「你竟然就這樣拋下我，我永遠不會原諒你。」

話一說完，她轉向孩子們，他們站在房內，完全被嚇壞了，在一旁驚恐地觀看眼前這一幕。

「你們父親死了。」艾蒂特說，「說不定已經到天國了。別擔心，他很好，從現在起，他會在天上看你們乖不乖。」

「可是他明明在床上躺著，怎麼可能在天上呢？」露伊莎問。

「對啊，怎麼會這樣？」蕾娜也問。

「是他的靈魂在天上，」艾蒂特解釋，「在這邊躺著的雖然是爸爸，但也不再是爸爸。」

羅爾夫點點頭，擦去眼睛上的一滴眼淚，那隻眼睛斜到彷彿要奪眶而出。

「去抱寶寶過來，」他們母親說，「我想，我們就幫他取名艾弗雷吧。」

他們竟然沒幫我取個專屬於我的名字，竟然沒有，艾弗雷憤恨地想著，隨即跟著卡拉進入短暫而深沈的夢鄉。

卡拉五點醒來，這時艾弗雷正在發動引擎。外面飄著細雪。她心想，高速公路很滑吧，接著想起了昨天一整個晚上，眼淚差點就飆了出來。都是她的錯，是她壞了好事。她竟然睡著了。說不定由於她沒聽他繼續說下去，害他非常失望難過，而且在他還來不及施展柔情攻勢之前，她便睡著，一定害他很挫敗。原本會是個大好良宵的。

「早安，公主。」他一看到她醒來馬上開口說話，而且面帶微笑。「睡得好嗎？」

「眞抱歉……」她結結巴巴地說。

「抱歉什麼？」他不是眞的很驚訝，就是裝作很驚訝的樣子。

「抱歉我睡著了，在你還在講話的時候。」

「一點關係都沒有！」這是肺腑之言，她感覺得到，也因而稍感寬心。

「我今天要把這輛車賣掉。」他說。「三個買家有興趣。」

「賣多少？」

「八千。」

她皺起眉頭。「這麼少？這輛車不是很稀有嗎？」

「沒錯，但也值不了更多錢了，能賣八千，我已經很滿意了。」

艾弗雷察覺街道很滑，因而緩慢小心地開。卡拉睡意仍濃，於是閉上眼睛。到天涯海角她都想和這男人一起，她簡直想像不出還有什麼狀況是他無法掌握的。

安利可

ENRICO

29
二〇〇四年六月，義大利席耶納

他穿著短褲爬上陽台，動作緩慢而拘謹。這裡離扇貝廣場不遠，市政大樓的高塔巍然聳立，俯瞰一片層疊交錯的民居屋頂。凱伊點了一根菸，坐了下來。太陽西下，速度快得肉眼可辨，顏色則分分秒秒越顯橘紅。羅熙路下坡那端兩小時前早已不見陽光。

天空宛若烈焰熊熊，橘、紫、粉紅交織，這種顏色組合若是入畫，必俗氣得慘不忍睹，出現在現實中卻美得令人屏息。

他喜歡在他小巧儉樸的頂樓公寓享受這段寧靜的時光。這戶公寓有兩個房間、廚房、衛浴和陽台，房價十分高昂。席耶納的物價可與紐約相比。

凱伊·葛瑞果里這個男人，身材高大，有運動員的體格，微微凸起的小腹讓現年四十五歲的他更有親和力，更討人喜歡。慢慢斑白的頭髮，總是曬得古銅的膚色，兩者相映成趣。他雖然成天追著陽光跑，但膚色主要並非陽光造成，而是先天基因使然。他兩隻眼睛長得很靠近，因為這項個人特色，使他有別於百貨公司型錄裡的男模。凱伊討厭他那雙特大號的腳，所以即使在托斯卡納的炎炎夏日，也一直穿著密不透風的半筒鞋，他鞋櫃裡沒涼鞋這種東西。

凱伊這個人，只要一踏進餐廳，馬上受人矚目，上雜貨店從不會被忽視，而且沒半個義大利媽媽有膽插這個男人的隊。去診所時，他備受禮遇，不論他怎麼穿，人家第一印象就是把他當貴族，從沒當他是窮光蛋。

整體來看，他所有特點爲個人生活帶來的好處多於壞處，凱伊自己也懂得善用這些優勢。尤其在談情說愛方面，他從未特別下工夫，都是女方主動和他接觸，而他也樂得輕鬆。

所以在他性味盎然的三十個年頭裡，從未抱怨缺乏機會，而且機會一旦來了，他一個也不會錯過或浪費，這很快爲他帶來猛男的稱號。而他並不把這個稱號視爲污辱，反而當作讚美，甘之如飴。

只不過有次他被沖昏了頭，向一個女的求婚，對方是褐髮女郎，左臉頰長著一分尼硬幣大小的疣。她用銳利的眼神直盯著他看，把他看得一時語塞，眼眶濕了起來，女生則滿臉通紅，在桌下一把抓住他的手，拉到她裙下，嬌滴滴的說：「你絕對不會後悔的。」

才過十七個月，他就後悔了。她去參加花藝師培訓的期間，他則上大學念工商管理。他很快厭倦晚餐時都得談什麼「盆花敷以苔蘚，掛植在鐵絲網上」。臥室天花板垂吊著一束束乾燥花，她時常會拿五顏六色的車用漆來噴灑，芬芳四溢的花朵這邊一盆那邊一盆，擺得到處都是，窗前掛著一圈圈花環，全家所有空位都塞滿花卉，各式品種，大大小小，全插在不同的花瓶裡，任其日漸枯萎，廢棄的花朵枝葉直接腐爛在水槽裡，進而堵住下水口，裡面塞滿了黏稠混濁、散發臭味的黏液。

翡洛妮卡每晚都用鼠尾草葉沾濕敷疣，五個月後就不再跟他上床。

某天下午，他無預警提早回家，頓時在他倆的雙人床上發現她雙腿大開，中間跪著一個年輕小夥子，這人身穿四角的格子內褲，蓄著八字鬍，鬍子異常濃厚，缺乏品味，上面還沾著嘴角流出的口水。由於他兩眼發直、興趣濃厚的樣子，看起來就像正要做子宮頸抹片。

凱伊飽受驚嚇，乃至無法讓那小夥子嘗嘗他拳頭的滋味。他離開臥室，一言不發，但是那一幕在他腦海裡不斷燃燒，好比用點著的香菸去燙受虐者的前臂。

打從這一天起，他再也無法正視翡洛妮卡。她的臉猶如一片銀幕，不斷重複上演著那部不堪入目的影片。接下來要離婚可就困難了，原因是他拒絕再和翡洛妮卡講話，連一個字都不願意。

之後，凱伊搬到科隆一戶三房公寓，附專用頂樓露台和地下停車位。公寓裡一株植物也沒有，只有玻璃和鍍鉻製品，室內一律採間接照明，地板鋪著優雅的灰色地毯，是那種踩在上面，每一步都會留下痕跡的地毯。他家裡最重要的配備是玻璃清潔劑和吸塵器。此外他在一家著名房地產仲介公司工作，經常有不同的性伴侶，廚房抽屜裡放的全是保險套和面紙，某一天起，他再也不花工夫去記與他共度週末的女性芳名爲何、電話幾號了。

至於翡洛妮卡，他聽說她和新情人相伴航海，結果某晚遇上暴風雨，落水淹死。這則消息他絲毫不感興趣，反應好比死刑犯處死前五分鐘在聽氣象報告。不過他仍走進他那超現代的布特豪波名牌廚房，獨自開香檳慶祝，從今以後他不必再付贍養費了。

隔天早晨那場頭痛是對翡洛妮卡的最後回憶，之後他再也不曾想起她。

他任職的房地產仲介公司擴張業務，五年前他獲得一份機會，可前往義大利席耶納掌管當地辦公室。由於他已厭倦家裡既不實用又容易壞的地毯，所以沒多做考慮即接下挑戰。

凱伊走進屋裡，一把抓起格拉帕酒，準備到露台上，在漆黑中喝個醉。一如往常。每次這樣喝下來，隔天總是想不起來自己如何度過夜晚，又做了些什麼。

30

凱伊・葛瑞果里隔天坐進辦公室時，首度覺得她的祕書莫妮卡根本不是眞的金髮，事實顯而易見。她的髮際有一指寬，烏黑得恰如她正放在他桌上那杯濃縮咖啡。

「先生，請慢用。」她面露微笑。他覺得她一口黃牙。她走出辦公室時，他看到她雙膝快撞在一起了，腦海中浮現她大腿摩擦，進而產生紅腫破皮的樣子。他頓時覺得很不舒服，想吐，隨即把濃縮咖啡倒進花瓶裡。從前他總覺得莫妮卡很美，如今他得數度用力嚥下口水，才不會嘔吐出來。

他揉揉太陽穴。頭很痛。他離開座位往窗戶走去。直通扇貝廣場的波立歐內路上，這個時候往來的行人不多，絕大多數義大利人老早躲在家裡吃午餐。他覺得聖瑪提諾教堂的立面今天有點陰暗冰冷。造就宏偉城牆的一塊塊巨大方石總是令他著迷，但現在卻覺得快被這些石塊砸死了。在這樣一個充斥種種灰色調的城市裡，他到底要尋找什麼？外面細雨綿綿，一個年輕人騎著偉士牌呼嘯而過，引擎的喀拉喀拉聲快把凱伊的頭撕裂了。這樣下去不行。也許該去露西亞諾餐廳吃點義式餃、喝杯吉安提紅酒，說不定頭就不會痛了。

莫妮卡把頭探進門邊，「抱歉……」

「什麼事？」

「昨天許哈德夫婦從科隆來。他們本來想去蒙奇歐尼那裡看看舊房子的。」

「我昨天人在翁布里亞，想再多看一下。那裡的石材用平常的半價就買得到。」

「我知道，可是你不是打算昨天早上就回來？」

他恨不得馬上把她轟出去。「我很想啊，可是不行。」

「許哈德夫婦是專程爲了那兩棟房子從科隆來的。」

他覺得她簡直像鬥牛犬，緊咬著他手臂不放，不但不鬆口，反倒把傷口越咬越深。

凱伊回到辦公桌前，瞄了一下敞開的行事曆，勉強擠出一絲微笑。

「他們要待多久？」

「再兩個禮拜。」

他望著她，眼神中充滿了挑釁，「唉呀，那問題到底在哪裡？」

莫妮卡非常小聲回答，「假如許哈德夫婦還有耐心，那就沒問題。」

這句話聽起來根本是責難，只是讓他更火大。他以前常考慮要不要跟她發生辦公室戀情，如今回想起來，便暗自慶幸仍能把持至今。不過，說不定莫妮卡也這麼想。

他拿起手機塞進西裝口袋。「我得出去一下，最晚三點半回來。泡杯卡布奇諾堵堵他們倆的嘴，給他們看一下型錄，這樣他們就有事做了。妳把那兩個房地產物件的文件整理好了嗎？」

她點頭。「當然。可是許哈德夫婦還強調，非要一份詳盡報表不可，其中必須列出的事項，例如說，假如要整體符合風格，用老建材整修那座廢墟需要多少花費。預算是兩萬五千歐元上下。」

他暗自嘆了一口氣。這種人的心態他了解，他們愛的不是房子，不是一塊好土地，不是令人癡迷的景觀，他們是要從中出一道計算題。若不知道器材行一個一體調溫型水龍頭賣多少錢，他們馬上給你壞臉色看。和這種客戶交涉，可以花上好幾天，因爲他們每棟古厝都要看個五遍，而且從來不會自己找到路，數週之後，就馬上消失得無影無蹤，只留下簡潔有力的一句：「誠摯感謝您的服務，我們會再與您聯絡。」

莫妮卡把全身重量放在一隻腳上，另一腳腳尖不停來回轉動，把他弄得心煩氣躁。她咧嘴微笑。

「這兩人看來購買意願甚高，但我覺得他們不好打發。」

「多謝忠告。假如他們把我惹得太煩，我會讓他們在荒郊野外罰站，我自己開車回家。」

莫妮卡噗嗤大笑。「祝你用餐愉快，凱伊，吃好一點，你臉色很差。」

他恨不得把她脖子扭斷。

「我要和馬內提博士會面，」他說謊技巧很差，「我們正考慮自己收購古厝，整修好拿去賣個好價錢。」

「喔，對了，」她把染成金色的長髮撩到耳朵後面夾著，「我完全忘了說，馬內提博士從羅馬打電話來，他想週二和你去紀諾餐廳喝杯紅酒。」

他頓時滿臉通紅。「再會。」他恨得牙癢癢，邊說邊離開辦公室，連門都沒關。

31

安娜．郭隆貝克把車停在聖馬可門正前方。她把兩件行李留在後車廂，拿了一條覆滿灰塵的桃紅色毯子，蓋在筆記型電腦和化妝箱上，最後只提了一個手提包上路。她的旅館叫托林諾豪邸，應該不遠，但她想先走去探探路，看繼續往前開是不是行得通。出發之前，旅行社的人向她保證那家旅館算中等價位，她先訂了一個禮拜，後續的看情況再說。反正她有的是時間。幾週，幾個月，甚或數年。她內心湧起某種奇怪的自由感。但也混雜了失落感。她沒有非做不可的事。明天是她四十二歲生日，將獨自在席耶納過。對此她有點害怕。

旅館前身是十七世紀的豪宅，雄偉恢弘，她看一眼，馬上喜歡這裡的環境氣氛。但房間相當狹窄，裡面擺了桌子、床和一個深色木質衣櫃。要是哈拉德有來，他一定知道那個衣櫃是真的還是仿的，她則搞不清楚。床邊牆壁掛著一幅天使，是法國畫家布格羅的畫，外框富麗堂皇，畫本身是廉價複製品，畫家署名在左下角，畫面中兩個兒童模樣的天使彼此互擁，微小的翅膀貼在赤裸的肩胛骨上，男天使親吻女天使的臉頰，女方任他親吻，目光羞怯地投向地面。安娜把畫取下，塞到床底下。

她把窗戶打開。這裡異常安靜，一道高牆加上一座亞熱帶庭園隔離了城市喧囂，空氣中瀰漫著薰衣草和迷迭香的味道。房裡沒有電視，只有一台旅館中央控制的收音機，只有一個電台，沒選擇餘地，音質聽來彷彿有人哭鬧，節目主持人和一位叩應聽眾正大聲嚷嚷，又叫又笑，她馬上把收音機關掉。

淋浴設備很不利女性使用，蓮蓬頭鎖死在天花板上，水一開就像澆花的灑水器如霧狀散開。顯然在這裡不可能好好淋浴或盆浴了。她心想，連這也是十七世紀式的，邊洗邊覺得身體根本沒沾到半滴水。儘管如此，她還是覺得洗完澡全身舒暢一些。精心化妝後，便走出了旅館。

去取車的路上，手機嗶了一聲。一封簡訊。「到了之後通知我一聲。阿嬤。」她還在用「阿嬤」，一直沒改，彷彿什麼事都沒發生，她惱火地想著。不過母親算少數年過七十還會傳簡訊的人。可是她到底是怎麼想的？是要現在回她電話，聽她講午餐有什麼得吃嗎？為什麼母親要傳簡訊，不直接撥個電話來就好？從德國打過來比這裡打過去便宜很多。

安娜坐在城牆護欄上，拿起手機輸入簡訊：「順利抵達。祝好。安娜」，然後寄出去。

接著她繼續往前走。街道死氣沈沈，現在炎炎正午，窗板全部緊閉。那家超小小吃店是她從門前走過後才發現的。她買了四分之一塊披薩，付了兩塊半，來到一塊城牆突出處，在一株無花果樹樹蔭下慢慢享用。

吃完披薩，她覺得又飽又滿足。她雙腿打直，伸到熱熱的石塊上，眼睛小閉一會。當初道別時，哈拉德都沒抱她。「妳得知道自己在做什麼。」他只說了這句話，便進去屋裡。

安娜坐在車上等了五分鐘，遲遲不見他再出來，索性就此開走。她心裡非常不舒服，良心很不安，覺得自己這次又錯得一塌糊塗。一直開了三百公里，她才開始懷疑，這一切根本是哈拉德刻意要把她搞得心神不寧。

安娜張開眼睛站了起來。漸漸地，她覺得自己夠堅強了，可以前往十年前發生那件不可思議事件的地點。

32

艾柳諾蕾．普羅沙，這個名字義大利人念得出也寫得出來，她自己對此頗爲滿意。八年前，她在結婚二十八年後，離開了丈夫，並決定將積蓄投注在南歐這邊。她身材高大結實，屬骨感型，而且從不流汗。剛剛鋸了兩小時木頭，鋸到電鋸冒煙才停下來，現在兩手撐住臀部，正思索下一步要做什麼。她深深吸一口氣，然後大聲呼出來，打算先准許自己喝一杯水。打從四年前她決定對自己好以來，她就「准許」自己想吃喝什麼就吃喝什麼。

度假屋的床單還得換，廚房抹布也得燙一燙，不過她還有時間。馬斯曼家人打過電話，說他們明天下午四點以前趕不過來。很好。她現在可以在躺椅上享受半小時午覺，或者去播新鮮的芝麻菜種。能做的事情多得很。人生眞美好。

艾柳諾蕾走進屋子時，想起很久沒做瑜伽了。之前她動背部大手術後，瑜伽把她從鬼門關拉回來。她也很懷念從前能定期進行靜坐冥想。在山羊山莊有很多事得做，多到連照顧自己的時間都不夠。現在得先喝水，大量喝水，這樣才能在晚上八點以前達到她每天喝足五公升水的目標，達成目標才准喝杯紅酒。

她抱著清涼的水瓶從廚房一走出來，便看到陽台站著一名陌生婦人。那人文風不動，定睛凝視，彷彿眼睜睜地不省人事。

艾柳諾蕾用義大利文試探性說「妳好」時，覺得好像要用手刀去把磚牆打碎一樣。

那婦人沒有反應，眼睛連眨都不眨。過了半晌才慢慢轉頭，完全無視艾柳諾蕾的存在。艾柳諾蕾猜她大概四十出頭，卻有著三十歲的身材，唯獨眼睛四周的皺紋既深且多，彷彿是用熨斗硬燙到臉上去的。她的半長鬈髮閃閃發亮，透著紅色。「萊雅，」艾柳諾蕾心裡暗想，「因爲妳値得（註：廣告詞）。栗紅色。每隔四週就必須重新染過，眞他媽的卑鄙貨。觀光客。大概迷路了吧。總之不是義大利人，義大利女人不會一直看，她們會馬上打開話匣子嘰嘰喳喳。」

「妳好，」婦人說，「妳這裡眞美。」

「嗯，謝謝。我叫艾柳諾蕾・普羅沙，需要幫忙嗎？」

「抱歉，我可以自己隨便看一下嗎……我上次來這裡是十年以前。」

「要不要喝杯水？」艾柳諾蕾把水瓶放到陽台桌上。

「妳人眞是太好了。」

艾柳諾蕾進屋去拿兩個杯子，安娜坐了下來，試圖找出這裡的景觀有何變化。橡樹林很大一片如今已變成葡萄園和橄欖樹田，從前只剩牆基的兩座廢墟，如今已蓋起來，通往湖邊的道路現在看起來也比以前寬。東邊斜坡上的柏樹，每棵幾乎都長了三倍高，屋旁的仙人掌長得又高又大，想必連野豬看了也會肅然起敬。在那年復活節前夕的週五爲止，這個地方一直是她的最愛，她可以在這裡連續坐上好幾個小時，打打瞌睡、做做夢，神遊在平緩山丘的寬廣之中，哈拉德和菲力克斯則到戶外，遊走一片片森林，在裡面觀察動物，挖掘洞穴，或者在湖裡抓魚。

艾柳諾蕾回到陽台，在桌上放了杯子和一瓶已開封的酒。

「假如妳也想喝杯酒，請別客氣。」
安娜露出微笑，表示感謝。一大杯水，配上一小杯酒——來得正是時候。
「我叫安娜·郭隆貝克，」她說，「我只是很好奇，十年前我和我先生帶兒子來這裡度假，就住這棟房子。我們每晚都在這個陽台上吃飯……這裡對我而言算是一個小小的家園。」妳到底在鬼扯什麼，她心裡暗想，不過沒關係，重點是，妳人在這裡了。
然後她小聲繼續說：「那是很特別的旅行，我畢生難忘，不過當時這裡住著一對老夫妻，叫皮諾和莎曼莎，他們把房間租人，還為客人備餐，當然，要看客人的意願。房子的另一頭，在後面，有一間小廚房也供房客用，可以自行料理。」
「房子後側現在是我在住。」艾柳諾蕾說，「一個房間，一小角當廚房，一塊睡覺的地方，加上衛浴，別的我都不需要。前面這個套房我拿來出租，這樣就夠我過日子了。」
我也想要這樣，安娜心想。一小角廚房，一小塊睡覺的地方，配上衛浴，加上一切拋諸腦後。還要拋開昔日幽魂，擺脫一切負荷。不再擁有，不再需要做任何事，不再擔負責任。只剩選擇善待自己或毀滅自我的自由。終於得以飄遊到無知無覺的世界。
「眞羨慕。」她說。
「不過有時滿孤單的。」艾柳諾蕾表示。「通常不會有人迷路走到這裡來，我是說像妳這樣。像現在夏天，有客人的話，倒是還好，讓我有很多事做，可以排遣無聊，可是冬天怎麼辦？一整天下來要做什麼？我大都會回德國，待幾個禮拜。」
「妳在這裡住多久了？」
「八年。我七年前離了婚，和我老公沒關係，那可憐的傢伙，不是他的錯，是我自己想離的。

我想在我的人生當中做點不一樣的，想再證明某些事情，至於證明什麼，我也不知道，也許要證明我能不能忍受自己。」她開懷大笑。「我現在已經學會修水電、砌磚抹水泥、做木工，覺得自己眞是了不起。完全拜這棟和廢土沒兩樣的房子之賜。」

「從前來的時候，一點都不覺得這棟房子那麼搖搖欲墜。」

「也許妳說的對，我不知道……」艾柳諾蕾聳了一下肩膀。「總之皮諾和莎曼莎已經很久沒整修房子了，他們把房子賣給我時，屋子已經快廢掉了。我那時一句義大利文也不會說，不過後來湊巧遇到一個德國男生，來歸引山林的，他手工很行，至少我當時這麼認爲。是他幫忙我安頓下來的。不過我現在發現，他做的全都只是雞毛蒜皮，所以基本上我從頭開始，不過做起來很難，有客人的時候，就不能把陽台挖開來鋪設下水管，這樣就得等到冬天，可是冬天這裡冷得要命，大多數時間都太冷，不適合修建房子。」

安娜點頭。太冷了，不適合修建房子。太冷了，也不適合躺在土地上，尤其全身光溜溜躺在潮濕或結凍的樹葉堆下。

艾柳諾蕾又把酒杯倒滿。安娜已喝起第三杯酒。

「我覺得妳做的事情眞令人佩服。」

「妳呢？」

「我才剛來這裡。想在這邊待一陣子，或許找一棟小房子，清靜一下。」

「一個人？」

「是啊……」安娜微笑得一臉無助。「也許我情況會和妳差不多。看看吧，看我會變成怎樣。」

「妳也離婚了嗎？」

「還沒正式離，不過有可能會發展到那一步。我們首先需要一點距離。」

「妳兒子呢？」

安娜把剛斟滿的酒一口飲盡。

「我兒子已經長大了。他……不在。我也不知道他目前在哪裡。」安娜顫抖了起來，艾柳諾蕾視之爲酒精作祟。

安娜把酒杯遞過去。

「可以再給我喝一杯嗎？」

艾柳諾蕾點頭，幫她倒了一杯。

「妳把車子停在哪裡？」

「停在蒙特貝尼奇，我是走路過來的，因爲擔心路況太差。不過這裡離席耶納不遠，我在席耶納訂了一間旅館，暫時住下。」

安娜把那杯酒喝完。艾柳諾蕾沒再開口說話，只是盯著對方看。我家現在到底飛來的是什麼怪鳥？她正這麼想時，安娜起身，踏著不穩的步伐往溪邊走下去。

33

一九九四年復活節，山羊山莊

時間是一九九四年耶穌受難日，週五晚上六點。這是安娜、哈拉德以及菲力克斯待在托斯卡納的最後一晚。到底要不要在屋外吃，安娜一時還拿不定主意，她準備了莫札瑞拉乳酪佐番茄，還有一種很辣的大蒜醬汁，另外因爲明天冰箱要清空，所以還端出所有剩下的小東西。哈拉德很喜歡這樣把所有東西拿一點來東拼西湊，些許豆子、一點黃瓜、一些鮭魚、幾片火腿和乾臘腸、一些炸麵條、當小零嘴的西洋芹、半株珍珠菜、最後兩顆新鮮的珍珠洋蔥，搭配冰鎮吉安提紅酒，以及給菲力克斯喝的可樂。目前她仍在猶豫要不要把全部東西拿到陽台去，因爲東南方正飄著濃黑的積雨雲，而她也隱隱覺得有陣風吹來，預告暴雨將至。哈拉德在屋後幫皮諾種幾株柏樹，菲力克斯則在坡下的溪邊玩耍，他用木頭和石頭把狹窄的溪流堵住，形成小池塘後把蠑螈養在裡面。

安娜站在陽台上，看著移動如飛的雲絮和那一團團濃黑的雲層越積越多。好可惜，他們大概得在廚房裡吃了。同一時間，她想起來，已經好幾個月沒看到半朵雲了，完全沒察覺到有雲。在德國，天氣在日常生活中只是觸發選擇的刺激物：保暖的夾克、薄夾克、雨衣、雨傘、有帽子或沒帽子的禦寒大衣、手套。還要不斷刮除車窗上的雪、開空調，下雨天總是塞車，或者豔陽高照時，把天窗打開，車窗搖下——期盼前進托斯卡納。也許和菲力克斯一起搭汽船遊河或去野餐。夏天去露天泳池游泳，好吧，和密歇埃一起去我不介意，假如他母親也一塊去的話。可是你八點就要回到家。還有泳褲濕淋淋的別穿著。再見，小可愛，你作文寫完了嗎？好，不過明天一定要寫完。一言爲定？我保證。

這一切等著他們去面對，但他們還有這一晚，這唯一的晚上。三個人一起。

雷聲乍響，安娜也開始在廚房餐桌上擺放餐具，另外還放了幾根蠟燭。假如在這裡過耶誕節和新年——她很樂於嘗試，可是哈拉德不願意，而菲力克斯比較喜歡在雪裡過節。菲力克斯今年十歲，但已跟著爸爸滑遍各種坡道，反觀安娜還一直在呆瓜坡練煞車。

哈拉德正和皮諾、莎曼莎聊天，笑得很大聲，柏樹快種好了。安娜從廚房後面那扇窗戶往外看，哈拉德一注意到安娜，便對她表示五分鐘後就來。接著安娜叫喚菲力克斯。廚房離溪邊不遠，雖然被濃密的灌木和大樹擋住視線，看不到他，但他應該聽得到母親的叫喚。通常一叫，他馬上會回來，而且他知道晚餐已經上桌了。

可是他沒回來。

接下來的幾分鐘幾小時，安娜依然歷歷在目，恍若昨日而非已過了十年。哈拉德繞過屋角回到屋裡，踏進廚房，手上拿著一個巨大的復活節蛋。

「妳看，莎曼莎和皮諾做給菲力克斯當復活節禮物。」

這個巧克力蛋有足球那麼大，包在亮晶晶、色彩斑斕的紙裡，還滾了一道金邊，紙上畫了復活節兔坐在花叢裡，花朵純為想像畫，色彩繽紛得很俗氣。

哈拉德笑說，「這樣的巨蛋很難藏，不過眞謝謝他們的一片心意。另外，我要給妳一個驚喜。」

「是什麼？」安娜喜歡驚喜。

「預定明天來的房客不會來了，先生中風了。所以復活節整個禮拜我們可以住在這裡，妳要嗎？」

這還用問！那這就不是最後一晚了。安娜高興得整個人飄飄然起來。

「我一直希望有這樣的驚喜！太棒了！當然，我們留下來。菲力克斯聽了一定也會很高興！我們即將離開讓他很不快樂。」哈拉德吻向安娜的頭。

「我先把這個巨蛋放到我們臥室去。」

安娜向陽台走去。天空幾乎一片黑，隨時都會下雨。

「菲力克斯！回家！吃晚飯嘍！」她使盡所有力氣大叫。他應該聽到了，可是沒有回應。她只聽到皮諾發動他那輛飛雅特奔騰，接著那輛車沿著坡道往下開。顯然他們倆今晚有什麼計畫，這種情形很少見。

安娜繼續叫著，越叫越大聲，越叫越頻繁。哈拉德走了出來。

「我去看一下他在哪裡玩。」

哈拉德跑過草坪，消失在溪邊的灌木叢後。雖然還不到不尋常的地步，但安娜感到心臟開始劇烈搏動。她感覺得到脖子脈搏的跳動，臉也正在發燙，總覺得有什麼不太對勁。為了掩蓋顫抖和不安，她點起一根香菸。外面下了第一滴雨。緩慢笨重的巨大雨滴，打在木桌上啪啦作響，積成好幾灘水池。哈拉德回來了。

「媽的，那頑皮蛋跑到哪去了？他沒戴手錶嗎？」

「當然有戴！而且他很怕這種暴雨！我不懂，他為什麼不回家來。」因為某種原因，安娜不希望哈拉德發現她在發抖。

哈拉德拿起手機。「我再下去湖邊那裡看看，如果他回來了，打電話給我。」走路到湖邊大約十五分鐘。安娜和哈拉德不准菲力克斯去湖邊玩，更不准他去游泳，湖裡有危險的漩渦，可能把泳客拉下水底。

哈拉德跑著離開，步伐快速，跨步大又猛。操心讓他變得怒氣沖沖。安娜走進屋裡，在廚房窗邊站著不動。外面雨下更大了，而且吹起一陣寒風。她聽到遠方雷聲隆隆。幸好暴雨還沒到屋子的正上方。她覺得有點涼意，於是穿起夾克，接著一邊抽起下一根菸，一邊無助地盯著手機：拜託打電話來說你找到他了，拜託，拜託。

手機響起，安娜馬上從來電顯示知道那不是哈拉德。「來電號碼未顯示」，可能是德國打來的。

「哈囉？」安娜的聲音顯得極度冷淡，她現在不想講電話，而打來的當然是她母親。「對，這裡一切正常，我們都很好，一切很棒。」「沒有，根本沒什麼新鮮事。」——「喔，有有，我差點忘了，我們要在這裡多待一個禮拜。」——「對，因為有房客退訂。」——「那你們好嗎？」——「嗯，那就一切都很好。」——「沒有，因為我不知道現在還有什麼要說。我們明天可以再打電話聊，或者復活節時，好，我們星期天上午通電話。」——「好，我也祝妳一切順利。還有，幫我向爸爸問候一聲。」——「好，好，當然，拜拜，保重，拜拜。」她把電話掛掉。

爲什麼她無法對母親說，她現在害怕得心臟很痛，爲什麼不說因爲很想念一個人，生活因而停擺，所以喘不過氣來？她害怕母親會用驚慌擔憂的語氣說話，並提出上千個問題。然而那些問題不是眞的問題，實則暗伏責備，那些問題是她根本不想聽到答案的問題。她無法忍受。

安娜抬頭看時鐘，哈拉德才離開了七分鐘，就算再快，來回也要半小時。也許他甚至會繞湖走一圈，這又要再加四十五分鐘。她覺得自己絕對撐不過這麼長的時間，拿起報紙打開，隨即又闔起來。拿一條濕抹布擦著廚房桌面。把亂放的刀子洗乾淨。把莫札瑞拉乳酪放回冰箱。天空在湖水相映下顯得灰暗，她已經快看不清楚溪邊的灌木叢了。說不定，菲力克斯不想冒著大雨奔跑，所以躲起來了。在森林裡能躲在哪裡呢？在溪邊呢？在草地上呢？

一定不會在村子裡，那裡沒商店，連小酒吧都沒有。他去那裡要做什麼？走路至少四十五分鐘。不可能，他不可能在村子裡。那麼他會在哪裡？可惡！追動物去了嗎？追貓？追小狗？迷路了嗎？再一小時天就黑了，喔，天啊！在這個四月天，晚上很冷。

哈拉德已經出去十一分鐘了。

她試著回想菲力克斯穿了什麼衣服。藍色長袖運動衫？不是，那件他昨天穿過了，還是只穿了一件短袖汗衫就出去了？那件白色有高飛狗的，還是她秋天從巴黎帶回來那件褐色有艾菲爾鐵塔的？快瘋了，她連兒子穿什麼都不知道！

現在要保持冷靜。別慌張。哈拉德會找到他的。哈拉德辦得到的。幾分鐘後他們倆就會沿著那條路走上來，全身濕淋淋，手牽著手。菲力克斯個頭還很嬌小，手腳都細得要命，臉還嫩得跟嬰兒一樣。他的頭髮光滑柔軟，整個呈亮金色，總會弄到他眼睛，而且現在也不再讓媽媽剪了。他說，他逐漸長大了，可以上理髮院去修理。她心裡喊著，我的天使，我的天使兒子，幾近透明，脆弱無比。

她摸了幾次他脫反放在地上的衣服褲子、髒污到硬掉的襪子，以及似乎比他大得還快的運動鞋。他擦傷的小腿，烏漆嘛黑的腳丫子，他奮力掙扎地來到人世，他的人生是從大樹、灌木叢、溪流開始的。他房裡堆滿了石頭、樹枝，將它們與火柴盒小汽車及令人望之生畏的奇幻人偶一視同仁。他那隻黃金鼠霍比特可以在這片混亂裡自由奔跑，有時一整天不見蹤影。安娜常覺得很驚訝，到底這隻小動物是怎麼活下來的。

哈拉德沿馬路走上來。安娜停止了呼吸。他一個人回來，上衣及褲子不斷滴水，濕淋淋掛在身上，腳步遲緩拖拉，完全喪失了動力。暴雨已經來到他們正上方，雷電交加，幾乎同時劈砍而下。最後幾公尺他跑著進屋子，安娜幫他開門，兩人不發一語，突然變成世上僅存的人類，孤寂之情無窮無盡，甚至連四目交接時竟會頓感羞恥。

「把濕衣服脫了吧，」安娜說，「換一套乾的。」他沒有反應。

「那他媽的湖，我整圈都跑遍了，」他上氣不接下氣地說，「都沒有，沒半個人影，實在想不出來他會在哪裡。」他一拳打在桌上，勁道之大，安娜心想他手會不會骨折。她看得出來他心裡有多痛苦。

「我們現在怎麼辦？」安娜小聲問，雖然她知道不會有答案，但這句話她不得不說。也許這句話一說出來會惹火他。

「我不知道，」他大吼，「我不知道，我完全不知道，要是我知道怎麼辦，早就去做了，偏偏我就是不知道！」他眼淚在爆發邊緣，她因此感到自己的力量正一點一滴消失。還沒眞的失去什麼，一切都還有機會。後天是復活節，他們會把蛋藏起來，在院子裡來回嬉鬧，吃草莓蛋糕，還有打戶外保齡球。在托斯卡納度過一個陽光普照溫暖的復活節週日。父親，母親，小孩，一家團聚。除了這樣，其他情況都很荒謬。不可能發生。那只會發生在電影裡，不會在現實上演。不會在這片優美的景色當中發生，更不可能發生在他們身上。我們不能胡思亂想，她嚴肅地告訴自己，現在尤其不能歇斯底里起來。

她把心裡想的都告訴哈拉德，他聽了則盯著她看，彷彿在說她失去了理智。他沒換衣服，也沒披夾克，反倒逕自拿著手電筒再度出門。他爬上屋後那座山，跑遍各角落，以求戰勝時間、戰勝逐漸昏暗的天色。

天色暗得伸手不見五指時，他回到屋裡。不過，是回來拿車鑰匙的，拿了隨即上車，開車繞行附近區域。村子去了，四處都去了，毫無目的，毫無計畫，全憑直覺。他四處問人，有否看到一個小男生，當然都沒人看到。最後他前往憲兵隊，他們接受失蹤報案的手續繁瑣，要填好幾份表格，全部又一式複寫四份，之後他們請已經快抓狂的哈拉德保持冷靜，並且表示，如今已經入夜，什麼事都不能做了，但明天一破曉他們馬上展開搜索。

暴雨早已平息，雨現在仍持續下著，不過不大。哈拉德明白，今天晚上已經不可能找到他了，所以打道回府。

菲力克斯還在外面某處，正期盼等待著他父親，他並未放棄父親會出現的希望，仍哭喊著要找父親。任他苦苦哀求，父母就是沒出現。不見半個人影出現。哈拉德沒說，但安娜知道他內心感到很挫敗。

他終於把一身濕衣服脫掉，換上乾的。安娜靜靜觀看他，一點主意也沒有，只好盡量不去打擾他。哈拉德走向櫥櫃，拿出一瓶威士忌，倒了半杯滿，深深啜了一口。接著坐在廚房桌前，背對著她，一頭倒在小臂上哭了起來。

這是最糟的情況。因為似乎已成定局。

安娜和哈拉德整夜都坐在廚房，傾聽一片寧靜中有否任何動靜。是否有踩在碎石子上的腳步聲，是否有輕輕開門的聲音，是否有聽到他的叫喚。他們沒說半個字，一味專心傾聽。難以忍受。他們希望至少能聽到車子聲、街道嘈雜聲、飛機轟轟聲，隨便什麼聲音都好……那樣還會有點生氣，但他們默默坐著，彷彿在一個完全隔音的小房間，除此之外一切寂然。雨停了，徹底死寂，連貓頭鷹都沒叫。有那麼短暫片刻，安娜覺得自己已經聾了，這片寧靜只存在於她腦海中，她與外界的聯繫已然斷絕，但這時哈拉德站了起來，走向洗手台，用冰冷的水噴灑臉部。安娜聽著流水聲，知道問題不出在自己身上，而是外面一片死寂。

旭日初升，哈拉德再度出門，繼續尋找。安娜煮了一杯卡布奇諾，躊躇著要怎麼撐過這一天。

沒多久，憲兵隊上門，她的恐懼因此被掩蓋，取而代之的是足以殺死神經，但同時有點安慰作用的大陣仗行動。憲兵隊驅車巡邏林間道路，一隊軍犬徹底搜查附近區域，潛水伕下湖仔細搜尋。安娜已經不知道自己要的是什麼，一邊希望他們能找到他，同時又希望他們找不到，想知道他發生了什麼事，卻又不想知道，不知道就不會失去希望。儘管她仔細尋遍大腦各個角落，儘管試圖啓動潛意識、第六感、直覺和預感，但無論怎麼做，她腦海裡就是浮不出這樣的影像：一個毫髮無傷的小男生，躲在一株橄欖樹下，樹抵擋住風化頹圮的牆壁，他之所以在這裡過夜，說不定是因爲他腳斷了，沒辦法跑回家。腦海裡沒有這種圖像，一片空白。她得承認，她的希望早已死光。

村裡的神父馬太歐先生登門拜訪。他穿著沈重的工作靴，結滿黏土硬塊的絨褲，條紋襯衫，外披一件軍用背心，上面有很多口袋，裡面裝了他所有家當。一看就知道，他是從田裡直接過來的。他坐在安娜身邊，執起她的手和她說話。她聽不懂神父在說什麼，不過稍後他禱告起來，這感覺很好。她不必回答他，不必解釋，他僅坐在她身邊，僅此而已。

安娜和哈拉德不只復活節期間待在這棟屋裡，還延長了兩週。憲兵隊連找了三天，然後終止搜尋。哈拉德每天一大早日出即出門，晚上天黑才回家，馬不停蹄地尋找兒子，安娜則坐在廚房或在陽台上等。什麼都沒做，光是等待，沒閱讀，沒聽收音機，哪兒都沒去。她的理智已經關閉，她已意識不到時間究竟是流逝抑或停滯，到底是過了五小時還是十五分鐘，所有相關感覺都已喪失。彷彿油盡燈枯，心已全死。整個人軟綿綿、昏沈沈，已無知無覺，連痛的感覺也沒有。她有時會想像門自己打了開來，菲力克斯就站在門口，露出燦爛的微笑。

「嗨，媽媽，有什麼可以吃？」

安娜覺得這是最動聽的一句話，沒有別句比得上，至少在她一生中找不出第二句，可是她明白已無緣再聽到。

34

二〇〇四年六月，山羊山莊

安娜回來時，臉色慘白。艾柳諾蕾很擔心地看著她。

「還好吧？」

「還好，還好，只是酒喝太快，又空腹……」

艾柳諾蕾露出微笑，接著起身。

「我去準備點吃的，一起吃。」

她走進廚房，安娜留在陽台，凝望著遠方。幾隻海鷗在天空鳴叫，但這裡其實沒牠們要找的東西。海洋太遠太遠。她心裡在想，說不定會有海風吹來，可是誰管這麼多，就算來個沙塵暴，把這塊土地掩埋在數公尺高的塵土底下，每棵橄欖樹、每株葡萄藤、每間房子，每一樣東西全部消失，我都不在乎，這些事情早已勾不起我的興趣，打從當年耶穌受難日的週五起，世界已停止轉動。

艾柳諾蕾端來麵包、一碗橄欖，還有一塊帕瑪火腿，接著坐下。安娜向她道謝，吃了一小塊乳酪。

她回旅館時，已經是十一點十五分，轉沒兩下就在附近找到停車位。路燈暖黃，爲城裡營造了舒適氣氛。此時此刻，在沒餐廳沒商店的這一區，顯得寧靜慵懶。一名老婦急急忙忙趕回家，一對看似漫無目的的情侶，緊緊交纏、細語呢喃，朝扇貝廣場信步前進。一輛老飛雅特五百正吃力爬上這條坡道，安娜趕緊閃至路邊，車子最後停在一棟陰暗的房子前，房子外觀貌似荒廢已久，一名老人費勁地鑽出小車子。他戴著一頂帽子，從前安娜的祖父上午帶狗去市場時，也會戴同樣的帽子。安娜思念起祖父，還有裝在小紙袋裡的軟糖，她很喜歡吃，祖父總是會帶來給她。這番思念使她悲從中來。因爲一切已成往事。她深深覺得，經歷過的一切已消失殆盡。現在的她，正在溫暖的夏夜走過夜色中的席耶納，感覺自己像個剛出廠的硬碟，裡面沒儲存半點資料。

那老人打開一扇碩大笨重的木門，進入半荒廢的屋子，窗板依然緊閉，從外面看不到燈光，連絲毫光線都沒有。

安娜累了。累死了。她拖著沈重的腳步緩緩踏進旅館，彷彿喝醉了酒，努力避免犯錯，盡量不踩空腳步、不引人注目。接待櫃台的太太面露微笑，還沒等她開口，就把房間鑰匙遞給她。安娜甚爲感激，感激的是今晚可以不必再說半個字。

二樓的小房間讓她覺得像個平靜祥和的小窩，遠離各種危險。她把鞋子脫掉，走去敞開窗戶。接著熄燈，脫掉衣服，由於被子緊緊夾在床墊下，所以她費了一番工夫才鑽進被窩，不久馬上睡著。

35

當時是六月二十一日的凌晨。

「請稍待一會。」莫妮卡·貝內黛緹露出微笑，指著窗邊的座位。「妳要不要稍坐幾分鐘？」

她看了一下手錶。「葛瑞果里先生馬上回來。」

安娜坐下。她昨夜睡得很沈很熟，很高興沒做夢。醒來時，房裡尙涼，但院子裡已蟬鳴不斷，造成她腦海出現惑人的幸福感。現在是夏天，盛夏，今、明、後天都是，下週也是，不像在德國，夏天只短短兩三天，稍縱即逝，緊接而來的又是秋天的濕冷。她今天生日，而且接下來有一整個夏天等著她去過。生日快樂，安娜。這樣開啓新生活是最好不過的了。

早餐在陽台上吃，樹蔭遮蔽，數棵奇異果樹枝葉蔓生成頂。從她的位子向院子望去，一尊眞人大小的女性石像立在石松下，隨著歲月已呈綠色，石像女人袒露酥胸，一手撩著裙褶，一手拿著蘋果，她凝視手中蘋果，若有所思，同時露出出神的微笑。這樣的人像，彷彿來自另一個世界，另一個時空。

這杯卡布奇諾眞出色，安娜記憶中不曾喝過這麼棒的咖啡。還附上一杯冰水和一個布丁蝸牛麵包。標準的義式早餐。

安娜環顧四周，她沒想到，這棟房子的中世紀立面雖已風化斑駁，裡面竟然有這樣超摩登的辦公室。講究機能，嚴峻冰冷。在這裡工作非凍死不可。牆上只有兩幅畫，一幅是遼闊的向日葵田，遠處藏著一棟幾乎被花海呑沒的小屋，整棟漆著托斯卡納紅。另一幅則是一片綿延無盡、寸草不生的黏土丘陵區，晨曦中薄霧瀰漫，光線散射，景色在柔焦筆觸下模糊暈散，其中一座丘陵上有座房子，旁邊種了四棵柏樹作爲防風林，整幅畫顯得虛幻不實，非屬人間。

安娜坐在一個奇特的單人沙發上，她不知道俱樂部沙發長什麼樣，但想像應該就類似她坐的這張。這間辦公室是男人布置的，從很多地方可以看出來。隔壁辦公間裡一切毫無特色，換點別的擺飾也不會有差別，例如牙醫椅，或者公證人那種一整牆書櫃，上面排滿民用法律書籍和以公尺計的法律註釋。

莫妮卡繞出辦公桌，遞給安娜一本型錄。「這裡面有我們最新的產品，也許妳有興趣先看一看。」

安娜點頭，信手從型錄中間翻起，上面寫的地名對她而言等於無字天書，於是闔上。

「這對我幫助不大，我要找的是一個特定地帶，要我光看地名，像是『新堡』或者『法蘭克堡』，我根本不知道在哪裡。」

「了解。」莫妮卡把型錄取回來，放回抽屜。「好吧，葛瑞果里先生很快就回來了。妳要喝點什麼嗎？」

「能不能給我一杯水。」

這時，凱伊．葛瑞果里踏進他辦公室的接待室，他頭髮還濕答答，臉皮泛紅，毛孔擴張。顯然剛洗過澡。他趨前主動跟安娜握手。

「郭隆貝克女士？」安娜點頭。「敝姓葛瑞果里，很抱歉讓妳久等，我有事耽擱了。」

「不要緊，我不急。」

他露出微笑，安娜也報以微笑。凱伊打開辦公室門，「請進。莫妮卡，幫我們泡杯咖啡好嗎？」

莫妮卡探詢地看著安娜。「咖啡還是水？」

「水。」安娜跟著凱伊走進辦公室。

黑色賓士吉普車的油錶顯示還有百分之二十五。通常他會先載客戶去加油站，加滿油，參觀行程結束後，把全程消耗的油記在客戶帳上。今天沒這麼做，他自問，爲什麼。或許是因爲他潛意識裡暗暗希望能藉此對她暗示，這趟行程的性質是私人大於業務，或許因爲他想給人一種隨和不複雜的觀感，免得讓對方覺得他是個勢利、過度一板一眼的仲介……或許因爲他單純只是想趕快上路，帶她上山，不拖泥帶水。

他自認了解她要找什麼。他不知道她爲何非躲到義大利，尤其非躲到這個地區不可（否則別的說法無法成立），但他一定會找出箇中原因。他心目中也已爲她找好一處房子，但他的仲介經驗教導他：最佳物件千萬別第一個端出來，也千萬別最後才介紹。打頭陣的不會被人當一回事，只有億萬富翁或瘋子會買參觀到的第一個房子，此外，人家拒絕五個物件後，早已把第一個拋在腦後，而且對它印象不好。反之，若把最好的放到最後才介紹，客戶早已失去耐性，本來信心滿滿，覺得可以找到合適的，這時也已放棄，根本不再奢望適合的房子是最好的。所謂仲介的本領，就是要猜得出客戶一定會買哪棟房子，依此排好介紹順序。按經驗法則，他至少會陪安娜·郭隆貝克看兩天房子。大有可爲，因爲安娜·郭隆貝克身上有吸引他的奇妙之處。也許是她散發的距離感，或她的神祕感。她一定有祕密，只是試圖隱藏。除此之外，他覺得她超具吸引力，她希望找房子獨居的想法令他激賞。近幾年來，他主要和六十歲上下的成對伴侶打交道，他們找度假屋或獨具風格的王宮，爲養老做打算。

他們剛駛離格洛塞托至艾列佐的主要幹道，切進往布奇內方向的路。這時安娜面帶嘲諷看著他的側面。

「在你開車載我東看西看之前，爲什麼不先讓我看看資料簡介？很有可能到頭來白費工夫，結果只是在浪費時間金錢。」

「或許這正是我的工作方式。買不動產不是桌上交易。喜不喜歡一棟房子，不能光看照片決定，必須先認識附近地區，感受周遭環境，體驗一路開過來的感覺，看看庭院，享受視野，然後得站在屋前，感受氣氛。每個人對現場氣氛的感受都不相同，甚至常和房子有沒有整修過無關，也常和坐在德國家裡所想像的截然不同。一定得親臨現場，一見鍾情，感覺深受這房子吸引，魂牽夢縈。這房子必得喚起渴望，勾起強烈佔有欲，就算這些欲望全然不切實際也無妨。接著我們會深深倒吸一口氣，心中想著：天啊，我非擁有它不可，否則我活不下去。一旦如此，管它屋頂是否缺三塊磚，或者浴室瓷磚顏色對不對，全都無關緊要。」他看一下後照鏡，腳踩煞車，後面有人要超車。

「這好比沈溺於愛情。我聽說，有人結婚十年後才發現伴侶的鼻子是歪的，換句話說，他們是愛情冷卻後才發現的。」講到這裡，他才敢往旁邊看，她兩眼發直凝視正前方，臉部表情深不可測。

「出於這個緣故，我才會載著客戶到處跑，寧可讓他們對一個物件多看幾眼，這樣才能有整體印象，而不會有種錯過什麼或漏看什麼的感覺。」

安娜點頭。「聽起來十分具有理想色彩。」

「等妳在這裡住下，不是成為一個理想主義者，就是會重返德國。當一個人愛這個國家，就會希望其他人也都能看看這個國家，也能學著愛它。在這裡做仲介對我而言不是做生意，不是那種大都會工作，每晚邊喝香檳邊和業務伙伴自吹自擂說，嘿，今天順利極了，我賣出三戶公寓和一棟出租大樓。我這裡的工作恰恰相反，唉，該怎麼說呢，也許像傳道。」

「某種程度上我喜歡你所說的。」

光禿禿的丘陵區逐漸過去，緊接著出現濃密的樹林。

「我認識這附近。」安娜說。「十年前我來這裡度過假。」

「因爲妳很喜歡這裡，所以現在非回來不可？」

安娜猶疑片刻。「大致上是這樣。」

他很意外，但沒追問下去。等到他繼續開口，與其說是對著她講，不如說是自言自語。

「這一帶景色較爲秀麗，但人煙也較稀少，缺乏管理，植物任其生長。明顯的景觀輪廓沒有了，但人在這裡更有回歸大自然的感覺。這片景色是讓人舒適、供人生活的，不是標榜苦行僧式的生活，不是某種文化的『展示』，而是在荒野之中『各得其所』，必要時又能汲取文明、奢華和我們所需的種種便利。在森林裡過日子，隱私較有保障，生活比較隱祕，但也比較孤獨。除了零星農莊外，這裡的景色並非獨一無二，這片橡樹林妳在德國也找得到，黏土丘陵區則不。」

「話是沒錯，但我喜歡森林茂密的托斯卡納勝過光禿禿的托斯卡納。」

他忍不住笑出來。這時正好開進一個小鎮，安布拉是谷地樞紐，居民生活所需這裡應有盡有：郵局、銀行、麵包店、藥局各一間，三家食品雜貨店、兩間酒吧、鞋店、花店、鐵器行、乾洗店、肉鋪、診所也各一，還有一所學校、三座教堂和一家電影院。

鎮中央廣場一如往常停滿車子，凱伊費了好一番工夫才開車越過廣場，接下來右轉往伽尼納的方向前進，要開進這個小山村，必須先經過一條雖然鋪了柏油，但非常狹窄蜿蜒的道路。

安娜往後一靠。伽尼納。沒錯。他們當時就是去那裡聽夏日音樂會的。晚上九點才開始。菲力克斯待在家裡，照顧一隻翅膀骨折的小鳥，那是他在樹叢裡發現的。他用調羹餵水給鳥喝，還親自抓了蚯蚓，剁碎後試著塞到鳥嘴裡，可是鳥拒絕吃，連喙都不願張開。後來菲力克斯在冰箱找到他們中午吃剩的玉米粉粥，似乎很合小鳥的口味，菲力克斯一拿著粥靠近，牠就大聲吱吱叫，嘴巴張得非常大，開開的咽喉看來似乎比整個鳥頭還大。於是菲力克斯不停地餵著。

他們聽完音樂會從伽尼納回到家時，小鳥似乎睡著了。菲力克斯把鳥放在手裡搖晃，輕輕對牠說些安撫的話，樣子非常開心。他們教他把鞋盒鋪滿苔蘚，把鳥放進裡面過夜。

隔天早上，鳥死了。暴斃。那一大堆玉米粉粥在牠胃裡發漲，把牠撐爆了。哈拉德和菲力克斯把牠拿去埋葬，哈拉德費心張羅了一場盡可能隆重的儀式，最後幫鳥立了一塊墓碑。接下來的三天，菲力克斯只要一想起這件事，眼淚馬上忍不住簌簌流出。

從此以後他們沒再吃過玉米粉粥。

經過伽尼納後，他們開上一條多彎道的碎石子路段，這對吉普車還不構成問題，但是這條彎彎拐拐的曲道十分狹窄，導致凱伊必須數度前後調動才拐得了彎。最後他們來到索拉塔。這個地方雖然人煙顯著，但給人一種人跡罕至、荒廢淒涼的印象。一群狗狂吠狂吼著撲向他們的車，並試圖咬輪胎，但凱伊絲毫不予理會，繼續驅車前進。

在橄欖樹林和栗子樹林中開了大約十分鐘，他們來到一座廢墟。這是馬蹄型的莊園，位於山丘上，視野優美，俯瞰遼闊的阿爾諾河谷，遠眺普拉托馬紐山，這座高山是翁布里亞和托斯卡納的分界。

安娜下車，驚惶失措地環顧四周。

「這是怎麼回事？」她問，「為什麼帶我來看這麼大的廢墟？這裡足足可蓋六棟房子，而且得花兩百萬歐元才重建得起來，更不用說還要花時間和工夫跟那些工人生氣！」

「先別管廢墟，」凱伊說，「我的重點在地點。妳喜歡嗎？這個地點？視野？跟最近城鎮的距離？」

安娜繞著廢墟慢慢走，由於黑梅樹叢生，舉步維艱。

「不喜歡。」過了一下子她說。「能俯瞰阿爾諾河谷讓我覺得太遙遠，太離群索居了，這樣我每天早上醒來，就不能馬上看到『我的森林』、『我的丘陵』、『我的村子』、『我的小教堂』等等我熟悉的東西，甚至可說什麼都看不到。偏僻到沒名字的地方。其他房子街道離那麼遠，遠到我看不清楚。在這種視野中我會迷失自我。也許阿爾諾河谷夜晚燈火點點，文明看似近在眼前，比凝望幽暗無光的漆黑森林更讓我孤寂。」

她原地打轉，張開雙臂大笑起來。「我站在這上面，把自己展示給全世界看，人人觀察得到我，從路上就可以看到我是在吃還是躺在躺椅上，看得到我在屋內或院子做事，我在這裡的生活會比在城裡更公開，我得種樹植籬，才能保護自己，我還得掛上窗簾。這一切我都不想要。」

「城鎮呢？」

她思索片刻。「嗯，我覺得城鎮也離得太遠了，我不希望收音機開太大聲會惹鄰居生氣，但是也不希望走一個鐘頭路才遇得到人。」

凱伊露出微笑，打開車門。「好了，現在我更曉得妳要尋找什麼了。請上車。我們先去吃點東西，好不好？我知道附近有一家小餐館，菜雖簡單，可是很棒，妳一定會喜歡。吃完我再帶妳去看妳的夢幻屋。」

安娜坐上車。「太棒了，不過由我請客，我今天生日呢。」

36

他們當天沒再看其他房子，就泡在貝拉登佳新堡的一家小餐館裡。剛開始彼此都很客氣，前菜吃了一些焗烤麵包，聊聊房地產。安娜覺得自己不斷重複，把辦公室講過的又拿出來講，葛瑞果里先生一定無聊死了。凱伊點了半公升吉安提酒，再加一大瓶氣泡礦泉水。他們舉杯互敬而飲，安娜邊喝邊抽菸，她的馬鈴薯麵疙瘩和凱伊的義式餃端上來時，那半公升吉安提已喝光，凱伊再點了一瓶。

他們再度想起今天是安娜生日，凱伊祝她生日快樂，還問她生日過後幾歲，安娜回說，看就知道，現在二十八。凱伊咧嘴笑著，安娜開懷大笑，笑到一些麵疙瘩從嘴裡噴出，掉到桌上，使她尷尬不已。

凱伊用自己的餐巾排除這場小意外，再把餐巾夾在花瓶後面，接下來便裝作若無其事。

「妳為什麼要在托斯卡納找房子自己一個人住？」凱伊發問。

安娜用叛逆的表情看著他。「因為我想和我兒子在一起，總算要在一起了，過了這麼多年……另外是因為我丈夫在德國上了我最好的朋友。」

一時之間，凱伊無言以對。

安娜表示，馬鈴薯麵疙瘩配青醬非常可口，人生也非常美好。她邊說邊比了一個大手勢，卻把她的紅酒杯撂倒。

「沒關係。」凱伊含糊地說並幫她倒新的一杯。

醬燒兔肉端上來時，他們點了第三瓶半公升紅酒。

「今天我生日，而且開始我的新人生。」安娜說。「可能是開始的開始，也可能是結束的開始。我對一切都很滿意。不過話說回來，我覺得我們可以不要再客套了。」

她舉起酒杯，凱伊也舉杯。眼前這個女人征服了他，不過他不在意。他注視她的眼睛，露出了微笑。她的雙眼有種不尋常的深沈，假如有人想深入探索，將會迷失在全然空虛當中。她無論怎麼裝，都無法眞正隱藏她的哀傷，那股哀愁覆蓋一切，澆熄了她眼中曾有的一切光芒。

「妳要吃點心嗎？」他問她。

「一杯濃縮咖啡。這種咖啡我喝起來覺得太苦，加糖又覺得很噁心，可是義大利人用餐後都會來杯濃縮咖啡，那我也要用餐後來一杯。假如我要在這裡住下來，別人做什麼我也要跟著做。我要每天買一份報紙來看，看完就隨便放。我會在夏天關起窗板，打開房裡的燈。我會坐在家門前面，等人經過，跟我講話。一定相當刺激。」

「兩杯咖啡，」他對著服務生叫，「還有結帳！」

「我請你。」她說。「我們事先講好的。另外關於房子的事，錢不是問題，遇上我喜歡的，假如價錢不是高到嚇死人，錢不是問題。怎麼，這話動聽嗎？你那顆仲介心臟聽到這句話有沒有跳得更厲害啊？」她突然變得好鬥起來，自己並不知道爲什麼。

他沒有生氣，反倒很溫柔地輕聲說，「小睡一會兒會讓妳舒服點。」

她凝望著他，「你會載我回旅館嗎？」

他點頭。服務生送來兩杯濃縮咖啡和帳單。安娜把錢放在帳單旁，一口氣灌下咖啡，好比在喝討厭的燒酒，雖不想喝，但不得不喝。

「我們走吧。」

從餐館走幾步路就到了偌大的停車場，裡面只停了三輛車。

「很棒的生日，」她說，「你還有辦法開車嗎？」

「可以可以，又不遠。」

她整個人沈沈地掛在他手臂上。「很好，我現在可是開不了車。」

行車途中，她把頭倒在車窗上睡著了。凱伊看著她。她集風流寡婦和黑寡婦於一身，難以捉摸。總之他想知道她在打什麼算盤。明天他要帶她去河谷看。其實他應該先讓她看看其他幾棟房子的，但遇上現在這種情況，他也顧不得原則了。她太性急，他百分之百確定河谷那邊會符合她的條件。

直到他車停在旅館門前，她才驚醒。

「要我陪妳上去嗎？」

她沒說話，只是微微一笑便下了車。「明天見。」她進旅館前還回頭含糊說了一句。凱伊的視線跟著她移動。他本來也沒多做他想。

37

她六點四十五分醒來。頭腦清醒，但嘴巴乾得很，且正饞著想吃巧克力。她進浴室，水龍頭轉開就喝，接著選了一款格外火紅顯眼的唇膏，就此出門。

此刻是城裡白天最舒爽的時間。所有商店開門營業，席耶納本地人正在狹小的雜貨店解決購物問題，遊客在街道間信步遊走，偉士牌和飛雅特競相鳴按喇叭，夕陽溫和，不再炎熱。

安娜考慮要不要去大教堂裡小坐片刻，但稍後決定不要，扇貝廣場比較吸引她。

扇貝廣場熙熙攘攘，在曬熱的石塊上，青少年或坐或躺，有的彈吉他，有的聽音樂，有的互相擁抱。環繞廣場的餐廳和咖啡廳已無空桌，不過安娜運氣好，找到一個空位，跟一對退休老夫婦同桌。她點了一杯茶、一塊水果蛋糕，蛋糕上頭疊著數公分高的彩色果凍，有如剛從塑膠工廠做好的假布丁。她懷疑店家誤把櫥窗裝飾樣品端給她，不過蛋糕是可以吃的，吃起來很可怕就是了。她沒興致和同桌夫婦打開話匣子，對方似乎也不想搭理她。他們說德文，正專心在幫相機換新底片，但屢試不成，因爲相機不過片。

「我們一生好不容易來這裡一次，就發生這樣的事……」婦人說得很小聲，彷彿害怕馬上遭天打雷劈。原來，她丈夫已臉紅脖子粗。接下來果不其然。

「我馬上把這個爛東西拿到最近的垃圾桶丟掉。」他罵著。「我本來就不想買這台的，我想買一台雅西卡。」

婦人快流淚了。「那現在錯在我就是了。」

「我可沒這麼說。」他大吼。

「可是你意思就是這樣。」她低聲說。

安娜深呼吸，順道嘆了一口氣，但她無意如此失禮，趕忙露個微笑彌補。

「妳不能把底片拉這麼出來，這樣根本過不去。妳還有別捲嗎？」婦人點頭，手伸進提袋裡面掏。她把底片遞給安娜時，眼中充滿全世界的希望，但讓安娜覺得有點誇張，好像用錯地方。

安娜將底片裝好。「現在應該好了，要我幫你們拍一張嗎？」

「好啊！」像點菜一樣，兩人的微笑一點就來，看他們樂得那副模樣，彷彿是結婚大喜。安娜按下快門，把相機交還給他們。

「眞是太、太感謝妳了。」婦人說，但她也沒放過挖苦丈夫的機會。「你剛剛還想把相機丟掉呢！」

男人沒回嘴，但臉色已恢復正常。他站起來去上廁所。

安娜點了一根菸，刻意避開婦人的目光。她心底暗想，現在什麼都別說，拜託，把嘴閉上，我想一個人靜一靜。

「妳來度假？」婦人問。

天啊，她的方言腔眞可怕，眞古怪的德文。安娜剛剛裝底片時，就擔心會遇到這種蠢問題。

「對。」她一邊說著一邊把煙吐出來，擦過老婦人的耳鬢飄散而去。「和我先生還有三個小孩一起。今天媽媽放假，爸爸打點一切。」

「天啊，眞棒。」

「是啊。」

這時是看八卦雜誌的最佳時機，但她一本都沒帶。手提包裡連筆記本都沒有，不然她就可以假裝進行沈思，一邊把重點記下來。

「我們也是來度假的，這裡眞棒，美極了。」

「是啊。」安娜說。

男人上廁所回來。「我們走吧，伊兒瑟，」他說，「妳不是還要照相。」

婦人起身。「你付帳了嗎？」

「付啦，在裡面吧台付的。」

兩人抓起大大小小袋子，穿過桌子離開。「再見。」老婦大喊，而安娜僅點頭回應。

大約十分鐘後，服務生過來，用英語問那兩人的去處。他說兩人還沒付帳。

「別擔心，」安娜說，「等會我全部一起付。」畢竟她也是德國人，不想讓人留下壞印象。

我到底在這裡做什麼，她心底想著。坐在成千上萬旅客中間，曬著夕陽，吃著難吃的蛋糕，還幫兩個陌生老人付帳，那兩人簡直比一群在加油站偷一箱可樂後開溜的青少年還卑鄙。還有，我為什麼不把他帶進房間？剛認識就上床？一夜情，有何不可？需要對任何人負責嗎？不用，一點都不必。這麼多年後的第一次。顯然她已忘記自己想做的事該怎麼做，忘記如何自尋快樂。凱伊一定也這麼想。不帶感情，沒有義務，沒有結局也沒有後續。也許沒有後續。一點都不複雜。純性愛。喔，天啊，她上次體驗性愛到底是什麼時候？超過二十年。說不定他倆昨夜共度良宵的話，她就不必坐在這裡，還被兩個老人當白癡耍，要是和凱伊一起過夜，一定很棒，她會再度充滿活力，搭配她的一元復始、她的新生活一定很完美。我真是蠢到沒救，她心想，我又搞砸了。

當她發覺她開始把自己弄得很緊張時，趕忙招手叫服務生來，心不甘情不願地付了帳，然後離開。她奮力放鬆臉部肌肉，以免廣場上迎面而來的人都看得出來，她正渴望和男人上床，且這股欲望一觸即發。

38

這一夜，他心不在焉，輸得一塌糊塗。他知道。他知道手氣很背，但他喝太多威士忌，想停都停不下來。他很難過，難過的是錯過和安娜上床的機會，而不是牌桌上不斷把鈔票往別人面前推，那些錢絕對是一去不復返，想贏錢是癡人說夢。焦爾喬看了他一眼，告訴他說，愛情是牌運的毒藥，凱伊則回問：「哪來的愛情，你說？」接著沒有人再開口，只要他從口袋掏出錢來，一切都不是問題。

兩點左右，他把桌上所有東西掃到地上，牌和紙鈔亂成一團，引發劇烈爭吵。焦爾喬手上有葫蘆，氣得要打他，艾爾瓦羅想排解混亂，但凱伊對著焦爾喬、艾爾瓦羅和塞爾喬三人叫囂，說他們全是混蛋，話一說完，塞爾喬亮出刀子，艾爾瓦羅試圖調解，焦爾喬則用力揮出一拳。

凱伊馬上倒地，鼻血直流，另外三人把他扶起來靠牆，血停後，凱伊開始嘔吐，不過，是因爲酒喝太多所致。

陽光穿過積滿油漬灰塵的酒吧窗戶射進來時，他醒了過來。躺在冷冰冰的地板上，頭嗡嗡響著，悶悶地痛，由於頭痛欲裂，讓他以爲再也站不起來。冷死了。殘留的煙臭，加上打翻而慢慢蒸發的威士忌味，讓他覺得噁心。現在是七點半，他和安娜約好十點見面。假如能順利走出這家爛酒吧，那他時間還很充裕，可以先開車回家，洗個澡，喝杯咖啡。

這樣下去不行，必須停止墮落。渾渾沌沌，有一就有二，他的生活正面臨脫序危機。

他們竟然直接讓他躺在這裡，這些白癡。他吃力地站起來，試圖忽視陣陣搥打的頭痛，想找電燈開關。找不到。他邊罵邊跌跌撞撞走到外廳櫃台那裡，在吧台後面摸到了開關。燈光給他一種彷彿又是夜晚的感覺。他雖然知道現在喝酒會覺得更想死，卻依然倒了半杯啤酒，一口氣灌掉。他不舒服到極點，連站穩雙腳都很吃力。

酒吧大門緊閉。這是當然的。他們不會爲了一個醉得不省人事的房屋仲介而讓這家店門戶大開。十點左右肯定會有清潔婦來打掃，或者店東保羅會來補貨，可是十點太晚了，不能讓安娜看到他這副德性。

他回到內廳，牌桌就在裡面。前一晚黏搭搭的牌已被丟進紙簍。塞爾喬亮出刀子來，他依稀記得，媽的刀子。這次他又走了狗運。往廁所的樓梯在電動賭博機右後方，凱伊小心走下樓梯，一階一階慢慢走，現在可不能摔跤把骨頭給跌斷。

他打開水龍頭，把頭伸過去沖了好幾分鐘，沖完覺得舒暢許多。他打開女廁的門，看到天花板下有扇窗戶仰開著一條縫隙。

他站上馬桶蓋，覺得自己活像個叫化子，接著使出渾身解數，試著沿黏漬的牆壁往上攀，然後擠過窗縫出去。只見馬桶水箱上方寫著：「Vaffanculo」——義大利文的「去你的」。

他勉強擠到外面後，馬上覺得手抓到一個軟軟的東西，嚇了一大跳。地上有隻死老鼠，身體半腐，腸胃已不知被哪隻飢餓的動物咬出吃掉。他搖搖晃晃繼續往前爬行，秉持不怕死的精神，最後來到後院，終於能挺直站立。他現在的位置大約在席耶納上方，放眼望去，全城盡收眼底，朝陽下有幾戶屋頂閃閃發亮，他放心地做了幾次深呼吸。

半小時後他回到家，澡一洗再洗，宛如在大漠黃沙中爬了半年。喝了一杯雙份卡布奇諾，吞了一大匙檸檬、半公升礦泉水、兩顆阿司匹靈後，終於覺得比較舒服。他活過來了。他發誓從現在起洗心革面，不再把時間浪費在被酒精制約的無意識狀態。

39

他們把車停在一個小停車場。與其說是停車場，不如說是路彎突出處，上面已停放一輛灰色小飛雅特，車子周圍長了又高又多的雜草，差點被淹沒，顯然已閒置數月甚至數年。但車體沒生鏽，輪胎飽滿，整輛車看來一切正常。很棒的車，彷彿專爲巷道狹小蜿蜒的義大利小山城打造的。

「你看這輛車，天啊……」安娜往車裡看，後座擺著一支鎚子，擋風玻璃後夾著一張官式表格，顯示稅已繳過。

「對啊，眞可惜。」凱伊聳聳肩。「這輛車在這裡少說也停了好幾個月，算是老爺車，有收藏價値，能賣到很漂亮的價錢。不過這種車很容易遭竊，因爲大家很覬覦。」

「眞笨，把這種車放在這裡擺到爛。」

凱伊拉著她手臂說，「先來看這棟房子，說不定買屋送這輛飛雅特。」

一條羊腸小徑通向房子，從停車場順著望過去，可以想見房屋就藏在濃密的樹葉後面。凱伊和安娜兩人緩緩朝目標前進。

其實是兩棟房子。小路右邊是一棟又大又深的房舍，沿著梯田式坡地依山而築，建物兩層，各可由高低錯落的階地進出。第二棟房子在小路左側，是一座小磨坊，非常高，非常窄，也有兩層樓。兩棟房子並排而立，與屋後相鄰的山圍出一處小內院，因而營造出整體感，並散發十足浪漫氣氛。

兩棟房子群山環繞，四周林木蓊鬱，溪谷隨著小徑止於屋後，唯一開口朝向馬路。磨坊旁，一條小溪蜿蜒而過，流經一道小瀑布後進入一座游泳池，泳池四周雜草叢生，乍看之下會誤以為是池塘。溪水在小泳池地勢低端覓得出口，繼續前行，流經原野和岩石。

兩棟房子都爬滿常春藤和西番蓮，入口兩旁種滿薰衣草、迷迭香和鼠尾草。

「這是什麼地方？」安娜輕聲問，「是天堂嗎？」

凱伊沒答腔。

最高那層階地，灑滿上午豔陽，上面坐著一個男人，正在閱讀。他對於這兩個沿小路走上來、直接闖進他視線的人，似乎毫不在意。他的背與椅背保持距離，筆直端坐，文風不動，看似十分專注，僅雙肘微頂桌沿，兩手斜持書本。

這樣哪讀得下書，安娜心底暗想，沒有人這樣看書的，既不愉快又不放鬆，根本是做苦工。裝模作樣。看書只是演給我們看的，也許我們來到山上時，他已聽到車聲。他為什麼不抬頭看看？為什麼目光不與我們接觸？為什麼不把書放下？

他看似紀念碑，像米開朗基羅刻鑿的石頭人像。那張臉色彩強烈，顯示他在戶外居多，那頭白髮在陽光照耀下閃閃發亮。

「哈囉，安利可。」凱伊大叫。「我帶了一個客戶來拜訪你，希望沒打擾到你。」

終於，他動了，慢慢把書往下移，臉上迅速露出一抹微笑。

「當然沒有，」他說，「你們儘管四處看，門全是開的，想進去哪裡看都可以。」

安利可坐在上層階地，所以握手禮就免了。安娜和凱伊站在樓下小路，安利可似乎沒打算下來找他們。

他身上有某種東西，安娜心想，有股特殊魅力，彷彿英俊驕傲的羅馬人，只不過少了一身白長袍和鞋帶高綁的羅馬鞋，否則樣子就更像了。說不定他是同性戀，這副模樣的男人一定是同性戀。

「來，」凱伊說，「我帶妳整個看一遍。」

他們踏進主屋，站在廚房裡，這裡空間小，有數百年歷史的橫梁，牆壁採天然石材，牆面傾斜，在微小的氣窗上方，窗楣嚴重歪斜，看似一幅年代久遠的畫。光線來源主要是玻璃門，現在完全敞開著。儘管外頭溫度越來越高，廚房裡面倒很涼爽。角落有一張石材砌成的長椅，它前面一張桌子，是以厚重的栗木刨製而成。石椅上方掛著一幅畫，安娜的目光馬上被吸引，畫中一名金髮婦人，年紀與她相仿，手裡拿著一杯酒，神情若有所思。這幅畫讓人沈醉，感染力十足，但擺在這棟老房子裡，卻顯得格格不入。料理台也採厚重石材砌成，後方牆面則以粗紅磚構成。置物櫃的木門顯然是手工自製，讓這間廚房更添上一世紀的農村風。廚房沒設餐具櫃，取而代之的是從天花板垂下沈重鍊子，支撐一個狹長擱架，上面擺放杯盤，風一吹來便隨之搖曳。

通往樓上的是一條狹長盤繞的石梯，一上樓，隨即映入眼簾的是很大但極樸素的壁爐。優美古樸的紅磚地板，和一個修繕過的櫥櫃以及窗前兩張單人小沙發搭配起來，可謂完美天成。站在窗前，往外望去，景色宜人，可看到地勢較低的溪流以及小磨坊。進到臥室，裡面擺著一張富麗堂皇的雙人床和一個抽屜櫃。

安利可似乎沒有太多東西。由於胡桃樹緊鄰窗戶，幾乎把光線吃掉，所以房間相當昏暗。從鑲了玻璃的門出去，即到這屋子最高階的露台，安利可依然在那裡文風不動坐著。現在安娜看清楚了，他在讀《蘇菲的世界》，她一點都不驚訝。當然嘍，他在哲思嘛，哲學家坐在親手修繕的磨坊前面，這搭配再完美不過。

有壁爐的房間可通浴室，浴室設計成兩層，上層有兩個盥洗盆，走樓梯下去，直接進入開放式的雙蓮蓬頭淋浴設備，對面則是廁所。廁所門是開的，望出去視野遼闊，可看到一塊大奇石，安利可在石上鑿出一道小梯子，另外還能看到與溪谷相接的茂盛森林。

安娜不知所措地看著凱伊。「這不是真的吧，」她說，「這景色不屬於人間。」

凱伊微微一笑。「我不知道妳有沒有發現，這房子沒裝暖氣設備。這點妳得知道。雖然十分浪漫，但沒暖氣是一大問題。」

「那在這裡怎麼洗澡？冷水澡？」

凱伊走到門外，在浴室外打開一個小棚架。「這裡都會接著一筒瓦斯，用來把水加熱。瓦斯筒得帶到安布拉去請人灌瓦斯，用是能用，不過非常麻煩。廚房也有一筒瓦斯，放在爐子底下。」

安娜點頭。也可以，爲什麼不行。假如她求的是便利舒適，那在德國工業大城找個機能便利的公寓不就得了。

他們回到院子時，安利可雙手交叉在胸前，站在小路上等著，這個舉動再度讓安娜不解。

「非常美的房子。」她說。「眞不敢相信，您才剛修好不久，卻看似數百年沒變過。」

「這棟房子，以及這裡的生活，和藝術息息相關。」安利可小聲地說。「不妨去磨坊看看。」

磨坊和主體那棟一樣，建材專挑老舊的二手材料、歪斜的橫梁和風化的石材。屋內有兩個房間，由一個搖搖欲墜的窄木梯相貫通，另外還有一間小浴室。磨坊前有一河階，每階都很平坦，順著走下去即是天然泳池，池內山泉流貫，還有一個洞穴，裡面一片漆黑，只能從外面進去，但安娜從凱伊那裡聽說，這洞穴大半年浸在水裡。純爲蟾蜍、青蛙、蛇和蠑螈的遊樂場，別無他用。

安娜走向池子，坐在一張樹幹做成的板凳上。數隻青蛙驚慌之中紛紛跳入水裡，躲在池邊厚厚的水草下。

「我要買這棟房子。」她說。「在這裡，我可以徹底改變我的人生，不知道我做不做得來，不過，至少是個契機。」

「再看看其他五、六棟房子後才做決定，妳覺得如何？換做是我，就不會這樣操之過急，或者妳眞的這麼急？」

「不急，可是如果我沒買到這棟，我會瘋掉，萬一明天別人來看，馬上把它買下怎麼辦？」

「在妳決定之前，我不會再帶人來看的。」

「不過你知道那怪物怎麼想的嗎？說不定安利可還委託了其他房地產仲介，或者去村裡跟人說過他要賣房子。不不不不。」安娜光是想到這種可能性就很緊張。「不必了，凱伊，我不必看其他房子了，這樣的房子僅此一棟，其他地方找不到了。托斯卡納這裡的房子我熟得很，都是蓋在小山丘上，景色優美，房子弄得如詩如畫，四周種幾棵柏樹，還要有一條優雅的坡道。不不，這種的我不要，我要的是這一棟，是這個地方的某種東西，但別問我是哪種東西。總之我不可能回席耶納後把這棟房子給忘了。」

「當然沒問題。」凱伊早就料到安娜會買這棟房子，不過決定下得這麼快倒令他很害怕。「還要再繞所有房間看一次嗎？」

安娜露出微笑。「我想，我們應該先和安利可談談。」

安利可站在廚房，煮了三杯濃縮咖啡。

「想喝杯咖啡嗎？」

「好啊。」凱伊說。「太棒了。」安娜回答。

「你們先到屋外栗子樹下坐坐，我馬上來。」

兩棟房子之間的內院是一大塊階地，很有一種戶外客廳的氣氛。倉卒構築的臨時木籬笆可防止有人摔落石牆跌到溪裡。安娜面對磨坊坐了下來。

「天啊，眞美，這個氣氛不是我所能形容的……平靜祥和，野趣十足，自然粗獷，寧靜而浪漫，森林一方面昏暗危險，另一方面卻有保護效果，這裡一片孤寂，但令人感到安全有保障……尤其這個地方，簡直是世外桃源。這裡讓人沈浸於往日情懷。」

「妳說的沒錯，」凱伊說，「看來妳眞的非買下這棟房子不可。」

安利可踩著碎石來到他們桌前。他步履輕盈靈活，年齡一點也不像安娜估計的五十五歲左右。

他先放下濃縮咖啡，接著把冰涼清澈的水置在一旁。

「假如妳有興趣，我們稍後也可以到森林裡，離這裡不遠，也許一百公尺，我帶妳去看山泉源頭。這泉水只有這塊谷地在用，沒有別人在用。我接了一個幫浦把水引進屋裡，保證妳不必再買礦泉水，找不到比這更好的水了。」

「眞像做夢。」

「水是最重要的，其他事情都好解決。敬各位。」安利可拿起濃縮咖啡來喝，丁點大的杯子在他皮包骨的粗糙手指之間顯得荒謬可笑。

凱伊馬上切入正題。「安利可，安娜想買你的房子。」

「我知道。」安利可微笑看著安娜。「看妳走過一間間房間的樣子就知道了，只有愛上這棟房子的人才會有那種走法。不過你們從小路上來時，我就知道了。我那時心想，房子賣出去了，速度眞快。所以我才沒陪著你們到處看，向妳逐一介紹說明。哪有需要？妳現在有的是時間，可以自己慢慢認識一切。」

40

現在九點十分，還不需要開燈。不過他比較喜歡點蠟燭，經常能不用電就盡量不用。他希望現在一顆茶蠟燭即足敷使用。兩週前，他還用了兩顆，冬夜有時甚至用四顆。用四顆大都是因爲他掉以輕心，或洗碗盤時同時點了兩顆，之所以點兩顆，是因爲隔天早上發現番茄醬還黏在盤子上，或者牛奶乾在鍋子裡。他也曾一度嘗試藉日光洗碗盤，但覺得太浪費光陰，戶外的每分每秒彌足珍貴，而且事情多到他畢生做不完。他知道關在房裡、無論晴雨皆不出外的滋味如何，所以更珍惜他這隱祕偏僻的山谷裡的大自然。

他坐著做深呼吸。現在是他的黃昏時刻，專屬他一人。卡拉不在，否則要是他們倆面對面坐著，她一定會對他投以斥責的眼神，只因為他數小時沒說半句話，讓她一分一秒倍感失落。今天，在這樣的時刻，他再度徹底明白自己不需要任何人，不需要朋友、太太，不需別人幫忙出主意，也不用人陪，不必他人協助也不必有人一起說話。假如世界必須有所改變，那麼他會獨力找出改變的方法。

他環顧四周。晚風稍歇，林裡一片寧靜，連蟬都安靜下來，原來在這塊窪地，太陽早在傍晚時分消失在山後。山丘那頭，夕陽仍照得整晚暖洋洋，空氣柔滑溫和，反觀山谷這裡，早已吹起濕冷晚風，即使正值八月也會寒意襲人。

這一切，安利可都沒感覺。他仍穿著薄襯衫加短褲，赤裸的腳穿著涼鞋。他數年來不斷自我鍛鍊，讓自己不畏寒冷疼痛、耐飢耐渴。在緩慢而吃足苦頭的過程中，他試著習慣這一切，把這些當成家常便飯，雖然辛苦，但他從中得到某種自由感。

再過幾天，螢火蟲就會照遍山谷，就像流行音樂會上，成千上萬觀眾點著打火機一樣。這種東西他不需要。他不需要電視、收音機，不需要娛樂，更不需要和人講話。也許偶爾看一本書。他腦袋裡的想法已夠他忙了，他創造了它們，他有權左右它們，有權掌控他一手開創的世界。他可以這樣坐著想好幾個小時，就算沒有蠟燭或瓦斯燈也沒問題。

晚上九點三十分。他痛恨一天當中這即將面臨的半個小時。他開啓手機，準備上路。先往下走到停車場，順著馬路到達一處小山窪，涉水通過溪流，然後右轉直走，接著來到一條顛簸陡峭的上坡小徑。他身手矯健地往上爬，輕鬆自如，上升速度很快，在黑暗中仍步履平穩。雖有半輪月亮照在崎嶇不平的石頭路上，但仍嫌黯淡。

不一會，他看到手機螢幕顯示有訊號，於是停下腳步，將手機放在一塊平坦石頭上，做起深呼吸。手機螢幕的光讓他不舒服，所以他把手機翻面。一隻貓頭鷹無聲無息地在溪流上空盤旋，此刻的他，有股情緒湧上心頭，近乎哀愁。再過不久，安娜就要搬來這裡，在王冠谷住下來了，她很可能會像他一樣，為了打電話爬到山上來。他不願去想這件事，不願讓這種感受出現。感受會摧毀一切。若他無法掌控感受，他會變得具有攻擊性，絕對不能讓這種情況發生，因為他的攻擊性發作起來猶如炸彈爆炸。

晚上九點三十二分，她打電話過來。

「卡拉，」他試圖讓自己的聲音聽起來很快樂，「妳好嗎？一切順利嗎？」

「安利可，」她說，「我告訴你。」她很激動，聲音在顫抖。這種聲音總是讓他聽了很緊張，不過從不漏聽半個字。

「我父親快過世了，身體狀況很差，我們必須有人整天陪他，二十四小時都要有人在。」

「你們為什麼不把他送進醫院？」

她倒抽了一口氣。「因為我們不想那樣對他。他意識還很清楚，知道自己發生了什麼事。我不覺得需要我跟你解釋這種事，難道你希望死在醫院裡嗎？」

不希望。他不希望死在醫院裡，而且他也不會死在醫院。他心裡清楚得很，百分之百確定。而且他也不會讓卡拉落到那種地步。

「醫生怎麼說？」

「醫生說，他還能活三小時、三天、三週或三個月。目前他非常非常虛弱……不過，說不定會出現奇蹟，讓他再度動起來。」

「回家來吧，」安利可說，「馬上回來，最好明天就搭火車回來。」

「可是我辦不到！你腦袋裡在想什麼？在這種情況下，我可不能丟下我媽和我姊不管！」她非常大聲，把他耳朵弄得很痛。他得咬緊牙關，以免情緒失控。他盡力平心靜氣回答。

「誰說的，妳可以回來。還是妳想把接下來三個月都貢獻在妳父親病榻前？基本上，他的情況和所有同年齡老人一樣，他們可能後天或一年後嗚呼哀哉。我希望妳回家來，卡拉。妳會發現妳父親到耶誕節都還活著。」

卡拉先是沈默不語，然後小聲問：「你怎麼知道？」

安利可逐漸失去耐心。「如果妳不回家來，我們就會有麻煩。妳已經三個禮拜沒在家，夠久了。」

卡拉趕忙換個話題。「還有什麼我不知道的事嗎？」

「沒有，完全沒有。」卡拉不知道他想賣房子。他準備等她回來才說。要開口可沒那麼簡單，因爲卡拉打心底認爲，這棟房子永遠是她在義大利的家。可是安利可不想有家，他想要自由，不要家產不要累贅。他希望永遠擁有隨時整裝待發的可能。

「保重，親愛的。」她說。「我盡快回家，還有，一定要想我喔。」

「當然。明天晚上九點半我會再開機。」

「好，拜拜。」她聽起來很失望，不過他心裡明白，他的要求她會一律照辦。

他把手機按掉。最討厭的例行義務終於履行完了。他討厭這樣，有義務在身，有事情非做不可。他拒斥任何規定、任何方針。他只想一覺醒來，盡情享受白天，擁有閱讀、翻土或殺雞的自由。這才是人生。不折不扣的人生。

他站起來，原路折返，到家之後，繼續往下走到溪邊。月亮被雲遮住，現在大地一片漆黑，但這裡的每塊石頭、每條樹根以及斜坡上每個不平坦處，他都瞭若指掌，甚至閉著眼睛都能在這片土地上活動自如。這是保障自身安全的基本前提，他練習了很久才有如今的成果。把房子賣掉眞笨，到其他地方又得從零開始，所有恐懼又將無可避免地浮出表面。其實已經浮現了。恐懼現在已經出籠。

他蹲坐在溪邊，喝起冰冷的溪水。他感到不舒服，只好躺在潮濕的苔蘚上。被他禁錮的那段回憶再度出現。

當小男孩領悟自己快死時，大聲哭喊著要媽媽。

要找媽媽。眞是難以理解。

不行，他現在不准繼續想下去了。

他跳起來直奔天然泳池，衣服也沒脫，直接跳進深黑冰冷的泉水裡，不顧活在池底的那些蟾蜍、青蛙、蠑螈和水蛇，直接往下潛。他在水裡待很久，憋氣憋到受不了，才被迫認輸浮出水面。

41

「妳眞是瘋到極點！」哈拉德對著電話大吼，安娜不得不把手機拿離耳朵二十公分。「妳去義大利這個他媽的國家，這個不只偷錢包、連小孩都偷的地方才兩天，就馬上說要買下妳看的第一棟房子？妳瘋了嗎？」

「你不能這樣妄下評斷，你又沒親眼看到！」

「安娜，拜託！妳要的話可以用租的，別馬上買下。」

「這棟房子不出租，要的話只能買。」

哈拉德稍微恢復平靜，顯然已感絕望。「我不懂妳在想什麼，真的不了解妳！妳說要離開家幾個禮拜，但如果找到線索知道菲力克斯的下落，也許待幾個月……如今卻……這是什麼意思？難道妳要移民？要永遠搬到義大利去？要離婚嗎？」

「我的天！」安娜哀嘆了一句，聲音很明顯。「別馬上講得這麼絕嘛！那棟房子很棒，很特別，氣氛獨特，堪稱一絕。這樣的房子不是隨便哪裡都找得到。我心想，假如不能住進去，我會死掉。萬一我心意生變，或回德國，我會把它賣了。到底有什麼問題？」

「安娜，義大利人會把妳騙得一毛不剩！妳不覺得嗎？況且妳對房子一竅不通！妳知道化糞池要怎樣才叫正常？妳知道排水溝和自來水管路有沒有鋪好？有沒有做排水系統？屋頂防水工作有沒有做好？告訴妳，要注意的事項多得很！說不定那棟房子快垮了，之後只能以三分之一買價賣出。妳義大利文沒懂幾句，又不知人心險惡，妳這樣只會上當受騙！」

「你這個差勁的唱衰王，在你眼裡，事情永遠是負面的，全世界充滿罪犯和超級大白癡。」

「我只是實事求是。我不希望妳犯下嚴重錯誤。」

「首先，賣房子的不是義大利人，是德國人……第二，我愛上那棟房子了。報告完畢。我愛上那棟房子了，親愛的！愛上那個地點、那個氣氛，愛上那棟房子散發出來的氣質。我才不管什麼排水系統和化糞池。我愛上一個人的時候，才不會管他是不是有歪腳趾或胎記。」

哈拉德的聲音變得冷冰冰。「我一直認爲妳是精明幹練的人，可是妳現在說的這些全是蠢話。」

安娜火大起來。「那你呢，不懂裝懂，憑什麼對你一無所知、從沒看過、毫無置喙餘地的東西發表高見！」

哈拉德把話拉回現實。「我只請求妳別做錯事，別操之過急！就算幫我個忙吧，去打聽清楚！找個懂房子的人一起去！張大眼睛仔細看清楚！多看幾次，找不同天氣去看。周圍環境和最近的鄉鎮都去看看！拿出妳的理智來！拜託別不經大腦就做決定！」

安娜已沒興趣聽下去了。「還有別的嗎？」

哈拉德試圖爲自己的聲音加入一點溫暖。

「安娜，妳打算做的事沒有意義，妳只是在撕裂舊傷口，把自己搞垮罷了。」

「這些話你在家已經跟我講過好幾百遍了。」

「如果這些話有意義，我還會再講幾百遍。」

「我身上沒有可被撕裂的傷口，因爲傷口從未癒合。」

「也許我們到此爲止比較好。」

「對，也許這樣比較好。晚安。」

「祝妳一夜好眠。」

安娜把手機關上，放到床頭桌上。想當初，她應該聽自己內心的聲音留下來，想當初，那是菲力克斯失蹤後兩週。

42

一九九四年，山羊山莊

那是復活節後的週四。哈拉德精疲力竭且欣喜欲狂地回家。他已經在外奔走數小時，貼了上百張尋人啓事，去過貝拉登佳新堡、蒙特貝尼奇、拉帕雷、安布拉、伽尼納、卡帕諾雷和布奇內，小布告遍貼於城牆、垃圾集中箱以及櫥窗玻璃上。

尋人啓事上有一張菲力克斯的照片，他開懷大笑，劉海被風吹開露出額頭，鼻子輕微曬傷。下面用德文和義大利文寫著：「菲力克斯·郭隆貝克，十歲，四月十六日晚上六點失蹤，身高大約一二〇公分，瘦削，金髮。失蹤時穿汗衫、牛仔褲、運動鞋。看過他的人請撥以下電話：338675432，或者和安布拉警察局聯絡。」

哈拉德在卡帕諾雷一家酒吧貼傳單時，有位老太太過來攀談。她表示看過這個小男生，在復活節前的週六，坐在一輛銀灰色保時捷前座。老婦人想當然耳沒記下車號，因爲她覺得無關緊要。那輛車之所以引起她注意，是因爲車速極慢，似乎在找停車位，可是街上不缺車位，隨處可停。但這位名爲瑪莉亞·薩奇的老太太連駕駛是男是女都說不出來，她根本沒注意那麼多。

哈拉德把瑪莉亞目睹的一切告知布奇內憲兵隊，他們態度友善，保證會處理這件事，並表示有最新狀況一定通知他。

通常哈拉德是不抽菸的，現在卻向安娜要了一根。終於有線索了，出現了一根可緊抓不放的小稻草。他激動得顫抖。

「總之他星期六還活著，這樣的話，如今還活著的可能性大為增加，而且是落入這個開銀灰色保時捷的王八蛋手中。」

安娜聽到這個想法，覺得安慰不大，於是答腔：「我們又不確定那眞的就是菲力克斯！世界上有一堆金髮小男生，誰知道那個太太到底看到什麼？說不定她看到的小男孩根本是深色頭髮，說不定在她眼中小男孩全長得一個樣。也許菲力克斯兩個鐘頭前坐在一輛飛雅特從屋前經過，可是沒人察覺，因為飛雅特載著小男孩根本就是稀鬆平常的事。」

她明白，這話一出，等於打破他的美好希望，可是覆水難收，她得繼續說下去，遂補上一句。

「要是我綁架小男孩，才不會開罕見又醒目的車子載他逛大街。」

哈拉德一面凝望窗外，一面抽菸，他拿香菸的樣子之怪異，彷彿生平第一次抽。

「那傢伙要是被我逮到，一定會被我宰了。」

「我知道。」

兩人沈默了一會兒。

「假如那位老太太沒搞錯，那麼歹徒絕對不住這一帶。」安娜一邊思索，「這裡的農民不會開著保時捷在附近繞，那麼，那人是外地人，是遊客，那麼，他會把他載出義大利。會去哪個地方呢，去比利時嗎，別問我會去哪裡。載出去後把他賣給色情犯罪集團……想到這個最讓我受不了。」

他的興奮消失了。轉而憤怒，或許也絕望，兩種心情都用同樣的方式寫在他嘴角上。安娜仍講下去。

「哈拉德，你倒是想一想……這片森林幾百年難得出現一個採菇人，更何況是雷雨交加的時候，難道會有色情人口販子專程跑來，躲在樹叢裡，期望剛好遇上幾千萬分之一的機會，有個小孩路過這片荒郊野外。不會嘛，這種綁匪會在城市，當街把玩要當中的小孩抓走。所以我不相信坐在那輛保時捷裡的是菲力克斯。」

「那會是誰？」

「不知道，這一切我無法解釋，我腦袋一片空白！那你覺得菲力克斯怎麼會上了那輛保時捷的？」

哈拉德一屁股坐在椅子上，聳了聳肩。

「也許妳眞的說對了，什麼保時捷，簡直是胡扯。所以說，嫌犯應該只是來散步的，或是盜獵者，無意間碰到在溪邊玩的菲力克斯，然後問菲力克斯往村子怎麼走最快。菲力克斯和他一塊走，想告訴他怎麼抄近路，走沒多遠，他的車就停在那裡……」

「菲力克斯不會跟陌生人一起走的……」

哈拉德拿起威士忌，「在城裡也許不會，可是在這裡，在森林裡，情況又不一樣了。在這裡，陌生人馬上會變成盟友，孤立無援時，大家必須同舟共濟，會對陌生人解除心防。最後菲力克斯之所以上了車，是因爲外面下著傾盆大雨。大概是聽了那句大家都會說的：去乾的地方躲一下等雨停。」

哈拉德就此打住。接下去的很明顯了。菲力克斯剛好挑錯時間，挑錯地點，剛好遇上兇手，而不是兇手主動來找他。兇手把巧合當良機，將菲力克斯殺了，然後埋在自己土地的某個角落，不會有人在那裡找到他，因爲不會有人去那裡找。不可能把整個托斯卡納的私人土地翻開來找。

兩週來，安娜沒踏出家門半步，假如菲力克斯回來，她可不想錯過那一刻。哈拉德花很多時間勸她一起到村子裡去，順便吃點東西。她終於答應，兩人一起來到安布拉飯店。漆成冰藍色的牆壁，天花板下噪音不斷的電視機，霓虹燈管發出的閃亮俗氣的冷色光線，在在烘托出他們的孤寂落寞。沒有菲力克斯的兩人不知何去何從，內心已不抱任何希望，也深深覺得即將失去彼此。這一切，安娜和哈拉德在這晚心知肚明，但兩人都沒說出口。

「我得回家了。」哈拉德說。「不能再讓診所休業下去了。」

安娜點頭。當然。哈拉德三年前才從一個鄉下老醫生手上接下診所，之後沒幾個月老醫生即過世。很多病人一開始對哈拉德持觀望懷疑態度，轉而去找村裡另一名醫生看病。建立忠誠的固定病患群是一件艱苦的工作。如今他度假時，施普連爾醫生再度替他看診，換句話說，所有病患皆由施普連爾醫生治療。假如哈拉德遲遲不回去，病患將再度流失。

安娜望著他，但已無絲毫愛意。她在他的臉上搜尋，在自己的記憶裡翻找，企盼重新發現、重新找回這種穩定的感覺，但一無所獲。只有空虛，以及冷漠。他讓她不斷想起菲力克斯，若沒有他就沒有菲力克斯，但對她而言，沒有菲力克斯也等於沒有他。說不定，他也跟她想的一樣。

「我繼續留在這裡。」安娜說。

他迷惘地望著她。「留下來做什麼？妳要在這裡做什麼？待在某個屋子裡等電話？在家也可以啊。去森林裡跑上跑下找他？妳兩個禮拜沒去森林裡繞了。怎麼回事，妳倒說說看？」

「不知怎麼地，我現在離不開這裡。」

「安娜，診所裡需要妳，而且比妳留在這裡重要多了，在這邊，妳只能在村子裡四處奔波，讓人看妳淚流滿面，問成千上萬遍有沒有人看到什麼。最晚四個星期以後，就不會有人記得自己復活節前做了哪些事。」

「可是我們不能就這樣打包回家！」

「誰說不行，我們可以，甚至非回家不可。因爲繼續待在這裡一點幫助也沒有，因爲憲兵隊除非不小心踩到菲力克斯才會有後續動作。我們已經貼了尋人啓事，能問的人都問過了，爲了找尋蛛絲馬跡，已把這房子四周每一吋土地翻了又翻，翻遍上百，不，上千平方公尺土地吧。潛水伕也在湖裡搜過了，警犬嗅遍附近整片樹林。沒有我們能做的了，安娜。我們不能在這裡坐以待斃，會瘋掉的。」

服務生來到桌前，哈拉德僅舉起空玻璃瓶，表示還要半公升葡萄酒。他看起來心意已決，無可撼動，憔悴的臉龐看似雕鑿在石塊裡，說不定此刻拿鐵鎚來敲他一記也不會傷他半根汗毛。

安娜覺得酒從胃裡直往上衝，在嘴邊散發一股噁心的酸味。她頓時覺得難以開口說話。

「所以說，叫我抽血、纏量血壓帶，然後說：『納可欽斯基小姐，醫生馬上來，請稍等。』這樣比較重要嘍？」

「對。」

「你眞令人作嘔。」

哈拉德沒答腔，這一夜接下來完全封口。兩人默默喝著已點的半公升酒，吉安提喝起來從來沒這麼苦澀過。酒喝完，帳結好，準備離開飯店大廳時，安娜覺得大家目光紛紛投來，彷彿在說：「就是那對夫婦，他們兒子失蹤了……」然而沒人開口說話，沒人叫住他們，沒人輕聲對他們說：「我們感到十分遺憾。」他們暢行無阻走了出去，再度成爲世上孤單的兩人。他們感覺不到任何東西，彷彿內心已遭掏空。

往山羊山莊的回程路上，兩人沈默不語，這段路顯得永無止境。安娜閉上眼睛，由於道路蜿蜒崎嶇，一股噁心感竄升。她希望能吐出來，但沒有。黑夜之中，車子呼嘯在碎石子路上，躍過凹洞與隆起，她覺得哈拉德開太快了，不過她無所謂。突然之間，懸崖峭壁對她而言已不再那麼可怕。

回到山羊山莊，她立即上床睡覺。她勉強脫好衣服，隨即爬進被窩，其實這時最想要的，莫過於有人能擁抱她，讓她大哭一場，給她企盼已久的安慰。可是沒有這樣的人。

因爲哈拉德在陽台上，一邊凝望黑暗，一邊咒罵著這整個不公平的狗屎世界。

隔天，安娜一大早起床，開始投入盛怒的忙碌中。忙著打包行李、做早餐、把食物包進保鮮袋裡準備路上吃，哈拉德則把東西拿到車上。在菲力克斯的小臥房裡，她強迫自己跟以往無數次一樣地打包他的東西，強迫自己完全不帶情緒，好像馬上就要喊說：「菲力克斯，來，別管蟾蜍了，手洗一洗，再去尿尿一次，我們要出發了……」她腦海中想像兒子就在外面，正把握最後一次機會，趕忙去溪邊泡腳、到沼澤把褲子弄得髒兮兮。

她常常因爲這樣斥責他，她從前是多麼沒耐性，脾氣多麼暴躁，而且一定也很不講理，踐踏了他幼小的心靈，僅僅因爲她很在意小孩子得乾乾淨淨才能上車。

她覺得很抱歉，覺得非常非常抱歉，她願意用盡一切去換得機會，讓一切恢復原狀，讓她再度抱著他……！她實在太蠢了，從前兒子和他的木頭、石頭和蟾蜍依依不捨，全身髒兮兮在門前嘟嘟嚷嚷，是多麼幸福的一件事，而她竟然都不了解。

如今他們即將離開他。這一走，代表他們已經放棄他，由於深知找不到他，所以他們不再尋找。他已不存在，再也不會巴著大人要蓋樹屋，晚上再也不會和哈拉德出去散步，也不會收集健達出奇蛋裡的小人了。他每一個座位，車上的、廚房的、學校的，全都是空的，他就這樣憑空蒸發，從世界上消失，沒有預警，也沒有一聲再見。

哈拉德認爲菲力克斯不會再回來，安娜則覺得背叛了兒子。

哈拉德把大門鎖好，把鑰匙連同一封給皮諾和莎曼莎的短信丟進階梯旁的花盆，放這裡是原先就指定好的，房租他們已事先付清。

往事如今已永成往事，安娜對眼前的人生提不起絲毫興趣。

該上路了。哈拉德開在一路爬升的碎石子路上，前進速度異常緩慢，但他倆都沒回頭看。

安娜重返山羊山莊時，離上次大概已隔了十年。

43

二〇〇四年，托斯卡納

通往蒙特貝尼奇的路有點曲折，光是這段路，已足以讓人對這一帶的景色留下深刻印象而著迷，這裡與吉安提十分神似，山丘平緩起伏，葡萄樹長滿其間，偶爾穿插氣派的出租度假莊園，草地上馬兒低頭吃草，一再出現的向日葵田在這個季節花團錦簇。蒙特貝尼奇位於山頂，中世紀的天然石屋櫛比鱗次，宛如戴在山上的帽子，這副景象美得令人屏息。

天氣炎熱，凱伊把只原本開一條小縫的車窗整個打開，他預期等風吹散許哈德太太的鬈髮，就會聽到大聲的抗議，但她一聲不吭，只趕忙把手伸進手提包裡翻，最後掏出一條繡花絲巾來當頭巾保護髮型。

你們來這裡準沒錯，凱伊心裡暗想，你們就是屬於那種托斯卡納德國人，多虧你們，我的飯碗才有保障，你們兩年後就會想把房子賣掉，然後去陽光海岸弄一棟平頂小別墅。

「您今天要帶我們去看哪棟漂亮房子？」許哈德太太嬌滴滴地問。她試圖掩飾因窗戶打開而變差的情緒，但是不果。

凱伊沒回答，而是問她：「要我把窗戶關起來嗎？」

「不必，這樣可以。車外吹進來的風很舒服，天氣這麼熱。」她哀嘆著說。

「我們現在去看廢墟還是成屋？」

「都看。」凱伊開到路肩停下來，讓一輛對向的胖卡車先開過這條窄路。「我帶妳去看一個三戶一起賣的，有成屋的也有沒蓋好的，可以分購，也可以用很漂亮的價錢一次全部買下。」

「我們要三棟房子做什麼？」許哈德太太顯得非常緊張，伸手拉拉不斷從膝蓋滑上來的窄裙。

「投資。過沒幾年再把其中兩戶賣掉，或者先整修才賣。妳絕對不會有損失，托斯卡納這邊的房價只漲不跌。」

後座的許哈德先生一聽到這裡，生意頭腦馬上被喚醒。「聽起來很有意思。」

凱伊開抵蒙特貝尼奇，慢慢繞著小城開。他整個上午都試圖和安娜聯絡，可是她的手機似乎沒開，害他逐漸緊張起來。

「天啊，好迷人喔。」許哈德太太囁嚅著。她丈夫在後座重新陷入昏睡狀態。

凱伊彎進一條塵土飛揚的鄉間小路，然後沿著一條曲折的碎石子路往下開，經過好幾戶農家，接著一處遼闊的谷地映入眼簾，谷地上一條小溪蜿蜒而過，到了冬天經常闊漲成大河。開過一座橋後，又變成上坡路，開到底即到達聖文千隄，凱伊直接把車停在廣場上，車旁有座不再使用的破爛電話亭。

「到了。」他說完即下車，繞到另一邊車門，去幫許哈德太太下車。

他們正對一座宮殿站著，是這個地方最大最雄偉的建築。

「這座宮殿落成於十七世紀，是我們套裝產品的一部分。兩位可以買下來，不必全面翻修，只需要稍微整修一下。進去看看嗎？」

凱伊走在前面，許哈德夫婦默默跟在後面。凱伊打開巨大的入口，伸手把前廊的燈打開，這一亮，讓白得好似拒來者於千里之外的牆壁更顯冰冷。

許哈德太太無聊地窩在一角，顯而易見她不舒服，反觀許哈德先生，每扇窗戶都打開，插在門上的每把鑰匙都轉一轉，每個水龍頭也都開開看，牆壁東敲西敲，但全程一聲不吭。凱伊沒打擾他們，在一旁等他們發問，不過從頭到尾都沒有問問題。

接下來，他看到了她。她騎著一輛米白色偉士牌，當然馬上發現宮殿的窗戶是開著的。她停車，下車，露出微笑。凱伊快速退離窗邊，但為時已晚，她早就發現他了。

艾蘿菈的年紀不知是十八、二十八還是三十八，凱伊不知道，也沒人想知道。艾蘿菈自己最不想知道。她皮膚曬得黝黑，肌肉發達，一頭白髮，髮型是自行拿剪刀剪出來的，有時長有時短，全看她的心情。

有時候注意看她的臉，看似已經度過大半人生的老太婆，有時候又像個不超過二十歲的小姑娘。艾蘿菈的年紀很難估計，她的人也同樣難以捉摸。

費艾瑪是在翡冷翠一家孤兒院發現她的，當時她坐在一個嬰兒床裡，不斷舔著床周圍的鐵欄杆。費艾瑪頓時想起老朱麗葉，她獨居在一間小屋子裡，孤苦伶仃，幾乎又聾又啞，生活上沒人協助，行動不便，難用雙腳前進而多以四肢爬行。朱麗葉已經好幾年沒到過村裡了——畢竟長路漫漫。

除此之外，村民需要一個助手，每週打掃村裡主要大街和廣場、去市場取教堂用花以及協助橄欖收成。聖文千隄有太多事得做，所以費艾瑪把艾蘿菈帶回家。艾蘿菈連個證件也沒有，沒生世證明，也沒名字。但她有口頭禪，「艾蘿菈」。她說這個詞時，意思是「好」或「不好」，「我馬上來」、「不行」、「我來做」，或者「這個我不喜歡」、「滾蛋」或是「留下別走」，但也可以表示「我好累」或者「我餓了」。她幾乎什麼都用這幾個字來表達，不過由於她說的時候面部表情和語調極其明顯誇張，所以大家都了解她要說什麼。

一定不是從費艾瑪開始的，不過很快大家都叫她「艾蘿菈」。

艾蘿菈在老朱麗葉家裡有個小房間，就在廚房後面，裡面除了一張床，其他什麼都塞不下了。她叫朱麗葉「我的奶奶」，每天幫她煮蔬菜濃湯，這是她唯一會煮的東西。用完餐後，她會把盤子湯匙仔細舔得乾乾淨淨，然後全部放回櫃子裡。奶奶會拿棉抹布綁在膝蓋上，方便在附近四處滑行。艾蘿菈幫奶奶梳那頭糾結的頭髮時，奶奶會愉悅得輕哼出聲。她是聖文千隄的老女巫，當地小孩怕她怕得要命，有些人謠傳她已年過百歲。下午時，她和艾蘿菈坐在風化的石板凳上，多年來首度把臉朝向太陽。艾蘿菈聚精會神，仔細聆聽奶奶臉上的皺紋有沒有一熱起來發出沙沙聲，就像毛髮遇火會滋滋縮成一團。

艾蘿菈把奶奶裹在腳踝上的萬年繃帶拆下，上面黏著乾掉的膿，然後把硬得像殼一樣的繃帶拿去沖水，一直沖到顏色由棕轉米白，恢復原色為止，接著一聲「艾蘿菈」，然後喃喃自語不知所云，很可能是祈禱之類的話，最後用鼠尾草葉敷在極深的傷口上，幫奶奶把腳踝重新包紮，她的傷口據說永遠痊癒不了，膿流個不停。奶奶看不到艾蘿菈在做什麼，也聽不到她在嘀嘀咕咕什麼，可是她感受得到腳踝發炎已沒那麼嚴重。

有時艾蘿菈會跑到村裡，爲奶奶偷一種叫苦酒的香料酒，只因爲奶奶很喜歡喝。艾蘿菈行竊時從沒被逮，或者說，她把酒瓶藏進裙底時，雜貨店老闆雷諾直接閉上雙眼裝作沒事。晚上時，奶奶和艾蘿菈一起坐在燭光下，奶奶邊喝苦酒邊講戰時往事。她家人全遭射殺，她因爲躲進廚房木地板下而逃過一劫。當時她一家住森林裡，那是一棟小木屋，從蒙奇歐尼往山上方向步行半小時會到。艾蘿菈聽完，挽起奶奶的手，摸摸她消瘦的手指，小哭一陣。

費艾瑪每隔不久會過來一下，帶點麵包、蔬菜，有時甚至帶火腿來。偶爾也會帶衣物來，例如給奶奶夾克，給艾蘿菈一條褲子或一雙新鞋。艾蘿菈一拿到鞋，隨即放到窗台上，擺在聖母畫像旁供奉起來。她不敢穿，怕鞋子沾上灰塵，弄出刮痕，索性繼續赤著腳。冬天她坐在壁爐邊靠著火堆時，則會穿上奶奶織的厚襪子。

村子廣場從此掃得乾乾淨淨，無可挑剔，小教堂的祭壇鮮花不斷，奶奶甚至睽違數年後重現街頭，雖然拖著腳，步履蹣跚，但總算能短暫挺直走路。艾蘿菈用推車把奶奶帶到村裡，停在老栗子樹下，小心翼翼把奶奶倒下車，然後攙扶她走。村裡小孩最怕的就是她們倆，看到就用栗子丟她們，艾蘿菈把栗子一一收好，帶回家晚上放火上烘來吃。

在一個寒冷的二月清晨，艾蘿菈從她窄小房間爬出來時，聞到奶奶房裡傳出一股臭味，覺得很奇怪。只見奶奶躺在地上，雙眼豎直盯著天花板，但嘴角帶著一抹嘲諷的微笑，似乎覺得不可思議，死神竟沒把她忘了。她懷裡抱著一瓶苦酒，像保護睡眠中的寶寶。她臨死時弄髒了自己，彷彿想把糞便大在死神頭上，但沒成功，死亡打敗了她。

艾蘿菈小心翼翼清洗奶奶的身體，然後用奶奶擁有的唯一乾淨床單把她捲進去，床單是奶奶專為自己死期而細心收藏的。她幫奶奶那頭紊亂打結、堆滿塵土，卻一直保持烏黑的頭髮梳理最後一次，然後把親愛的乾瘦奶奶抱起來，用推車載去教堂，放在祭壇前，拿花瓶裡的花撒在奶奶身上，然後把她畢生第一次，也是最後及唯一一次的吻獻在奶奶額上，說聲「艾蘿菈」，最後轉身離開教堂。

回到家時，她把窗台上的鞋子拿開，對聖母像畫十字，然後慢慢走遍各個房間，最後一把火把房子燒了。

之後，她投靠費艾瑪和貝納多，在他們家住下來。她有自己的房間，內部全白，很乾淨，有一張床、一張桌子、兩把椅子、一個櫃子和一個架子，她把鞋子擺在架上。房間很漂亮，窗外就是一棵無花果樹，早上能享受到好幾小時陽光。可是艾蘿菈不快樂。她想念在地上爬、口水流個不停的奶奶，她烏黑的頭髮會垂在蔬菜濃湯裡，只要在湯裡找到一塊胡蘿蔔，就會張開沒牙齒的嘴巴大笑；奶奶可以耐性十足地坐在窗邊，一坐就是好幾小時，只為了等隔幾天才跳進窗裡的癩皮公貓，牠會先抖抖身上的跳蚤，才爬到奶奶膝上睡覺。奶奶會用痛風的手指摸牠，一摸就好幾個鐘頭，還會餵牠吃蔬菜濃湯，然後才自己吃，吃完把盤子拿給艾蘿菈舔乾淨。有時公貓也會三更半夜來，到奶奶兩個腳丫子中間，蜷曲起來幫她取暖，活像個毛茸茸的熱水袋。

費艾瑪因為艾蘿菈把老朱麗葉的房子燒掉一直無法原諒她。她認為可以把房子賣了，拿那筆錢來做有意義的事。有好幾個禮拜，她一直暴躁易怒，完全不像從前那麼親切，反覆質問艾蘿菈為什麼燒了房子。

「艾蘿菈。」艾蘿菈回答。

費艾瑪搖搖頭，完全無法理解，甚至逐漸後悔起來，當初爲何要從孤兒院把艾蘿菈領養出來，幫她脫離那張嬰兒床。

不過艾蘿菈照舊打掃街道和廣場，幫教堂取鮮花，並爲奶奶的無名塚栽種植物。她從森林裡拿了一塊石頭放在墓上，她很想在石頭上刻「我的奶奶」，可是她不會寫。

她偶爾洗洗村長座車，除官邸前的草，同一時間，村長貝納多則忙著和重要人物，像是測量技師、地質技師、建築師、建材商等喝格拉帕酒。這群男人一邊喝酒，一邊看艾蘿菈赤腳跟在割草機後面跑，只見割草機鬼使神差般自己在草坪上來回移動，只有轉向時才需人操控。

貝納多說：「我相信，她比大家所想的更有天分。」男人們聽完哈哈大笑，艾蘿菈則心想，貝納多這樣說眞貼心。

天氣漸熱，罌粟花的季節也跟著到來，無論草地、橄欖樹田還是石板陽台，全都綻放著亮麗的花朵，彷彿莫內在畫布上輕施紅點，構成一片紅色花海。

艾蘿菈在緩坡草地上打滾，享受草的濕涼，她喜歡螞蟻在她腿上搔癢、彷彿跨越阻擋去路的樹幹地爬過她細短的汗毛。她對著天上的雲發呆，哼著從前奶奶總是在哼的游擊隊歌。這一刻眞是平靜安詳。但牧羊人的白色瑪瑞瑪犬突然衝向她，帶著飛振的嘴唇、全然露出的牙齒，一躍撲在她身上，張口咬住她手臂。艾蘿菈痛得放聲大叫，叫聲之尖銳，嚇得狗像遇到鬼一樣，馬上鬆口跑開。

貝納多發現她時，她正靠在一棵橄欖樹下，臉色蒼白，不斷舔著傷口。這一幕對迄今仍堅定不移的聖文千隄村長來說，簡直把持不住，他夜夜夢見艾蘿菈，而她就睡在同一個屋簷下，和他只隔了幾個房間，他每晚天人交戰，一直考慮要不要放膽鑽進她的被窩。但他沒那個膽。壓根不敢。雖然他那些朋友——測量技師、地質技師、建築師和建材商都認為他早已下手。不過，他倒多次趁費艾瑪張嘴鼾聲大作時，偷偷溜進浴室，邊打手槍邊對著鏡子端詳自己的臉，腦中想像艾蘿菈就在一旁注視著他。

現在他毫不猶豫，嘴唇直接貼上她滿口是血的嘴，吻得之深長，直讓艾蘿菈忘卻傷口，並試圖了解發生了什麼事。她從沒體驗過這檔事，嘴裡的舌頭嘗起來十分美味刺激，勝過舔嬰兒床欄杆、盤子、刀叉或她認為很美味的鏡中自我影像。於是她愉悅地哼啊出聲，就像奶奶那樣，而此時的貝納多欲望高漲，近乎瘋狂。艾蘿菈不由自主張開雙腿，無法也無意收起來，甚至根本沒發覺腳已張開。村長貝納多接下來所做的一切棒透了，給她一種難以言喻的感覺，她當下相信，再也沒有比此刻在她嘴裡翻攪的舌頭更棒的東西。她全身如裹針氈，感覺越來越熱，彷彿仲夏烈日爬過她每一節骨頭，彷彿天塌在頭頂，突然一陣暈眩，不知自己身在何方，她覺得飄飄然，只依稀猜測此時感受到的正是她自己，正是她認識多年卻又不認得的艾蘿菈。眞是欲死欲仙，她心想，希望永遠不要從這陶醉中醒來。可是她看了村長一眼後，覺得很對不起他，只見他滿臉通紅，不斷冒汗呻吟，讓她以爲他正和死神搏鬥，正想問他、幫他的時候，突然快感如浪襲來，把她整個人帶上半空，進入了情欲高潮，以致她再度失聲尖叫，彷彿這次是遭貝納多咬到肉。

貝納多趴在她身上，完全無聲，氣息微弱。她哭了起來，求他別死。貝納多坐起身來，手伸進褲袋，掏出一條用過無數次的超大手帕，在汗涔涔的額頭上來回擦拭。

「艾蘿菈。」她說。

貝納多微笑著站起來。「跟我來，」他說，「我們得把妳的手臂包紮起來，然後我要給妳看一樣東西。」

他把自己的舊偉士牌送她，這輛機車已經閒置在薪柴棚裡好幾年，他用不到了，不過還能騎。艾蘿菈喜出望外，隨即吻上他的唇，但貝納多把她一把推開，緊張地四下張望，態度充滿敵意，讓艾蘿菈完全摸不著頭緒。

不過艾蘿菈學得很快。她愛做的事不能跟別人說，不能讓別人看到，是祕密，是禁止的。每次只能兩個人一起做，不能三個或四個人。有次測量技師幫她添了第二塊蛋糕在盤子裡，並對她露出微笑，她一高興就跳到他大腿上，吻上他的唇，舌頭直接伸進他嘴裡，測量技師太太當場火冒三丈，把艾蘿菈嚇得逃到院子，爬進番茄藤間，茄藤的汁液如刺，讓她感到皮膚灼熱，她在那裡試圖搞清楚自己做錯了什麼。

慢慢地，她學會了遊戲規則，也徹底遵守，所以一切順利。太太們都不知道艾蘿菈性飢渴，她喜愛張開雙腿，以求一再品嘗天堂滋味。

她明白自己一心只想找男人，隨便哪個男人都好。她和神父在呵呵笑中共享寡婦布拉奇尼太太送來的櫻桃蛋糕，到了夜晚，由於神父蓋了二十年的硬毛毯不夠厚，所以艾蘿菈幫他溫冷冰冰的背脊。隔天清晨她比神父早起，煮了牛奶，還幫他洗衣服。沒人看到她離開，也沒人看到她來，貝納多也沒問她在哪裡過夜。星期天早上她從馬太歐神父手中領過聖餐時，外表看來有如活生生的處女聖母瑪利亞，而且眼神內斂，以致大家都猜不到，其實全村最了解她眼前男人者，非她莫屬。

她同地質技師去特拉西門諾湖划船，享受輕舟微搖的樂趣，日正當中她喝著高濃度紅酒，舌頭在技師身上如彈琴鍵般遊走，一直到太陽下山後才結束他們的活動。她從地質技師手中得到汽油和一台小收音機，從此每天晚上都在音樂陪伴下入睡。

她獨來獨往一如既往，但她覺得自己像個每天有機會搭雲霄飛車的人。

五月某個炎熱午後，她騎著偉士牌穿過森林，到達山脊上一座廢墟，從山下兩邊谷地都可以看到這個地方。廢墟長滿石南花和野生黑莓，牆壁如今只剩沒被天氣摧殘的部分，窗戶僅存一個木框在風中飄搖，想必是奇蹟讓它屹立數十年至今。另外，這扇窗戶後面有個男人。

他看起來活像一個幽靈，像個回到老家的鬼。艾蘿菈來個緊急煞車，差點飛過龍頭摔出去。她抬頭直盯著他看。男人露出微笑，接著閃身消失。艾蘿菈等在原地，心怦怦地跳。過了幾分鐘，他走出來，拍拍雙手把灰塵甩掉，把褲子上的棘刺彈開。他高大英俊，艾蘿菈被他那雙長得近的雙眼一看，頓時有被催眠的感覺。

「艾蘿菈。」她說。

「妳渴不渴？」凱伊問，「我車裡有水。」

他繞過屋子，走向他的吉普車，艾蘿菈默默跟著他走，活像一個被看不到的線操控的木偶。

他遞給她一瓶水，她喝得倉皇狼狽，還弄濕了汗衫，但喉嚨仍很乾渴。這裡沒有別人。全世界只剩他們倆，這裡不會有女人衝進房間大發雷霆，而且眼前這個男人，比起村長、神父、測量技師、地質技師或建材商來，都更具魅力。

她把水瓶交還給他，眼睛凝望著那輛有紅黑斑點的金龜車，這輛車儘管已走遍森林每一塊土地，但她從沒注意到。彷彿一起離奇入侵事件。

他只喝了一口，便把瓶蓋旋上，順手將水瓶丟回後座。

「我在這附近經常看到妳。」他露出微笑。

「艾蘿菈。」她回答完，彷彿被毒蜘蛛螫咬似地轉身拔腿就跑，她衝回偉士牌，一躍而上，趕緊發動後便轟隆隆離去。她滿臉通紅，像跑了五千公尺長跑。

他僅聳聳肩，覺得好玩，然後坐進車裡。這小女生怕我，他心裡想著，可憐蟲，她一定是怕我。

艾蘿菈並不害怕。她對樂園不懷恐懼。不過凱伊看著她時，讓她畢生首度意識到自己的存在，突然透過他的眼睛觀看自己，看到自己一頭亂髮，還沒上美容院做造型過。她的汗衫髒兮兮，裙子褪色，雙腿抓得疤痕累累，兩腳骯髒，長滿硬皮。她不確定嘴巴乾不乾淨，手指甲是否過短，她感到羞恥，這是她第一次不喜歡自己，也不喜歡自己的名字。她陷入愛河了。

從現在起，她不斷找他，四處追尋。她沿路埋伏，足跡起自蒙特貝尼奇，途經聖文千隄，續往貝拉登佳新堡方向的路上，或往聖朱斯莫、蒙奇歐尼、錄口山或蒙特瓦爾齊等方向。這些地方幾乎是他的必經之路，因爲他偏好載客戶走小路，開在這些碎石路上，沿途會經過優美的森林和葡萄園，反觀主要幹道，雖然較快，但風景較差。

她跟蹤他，埋伏他，觀察他，總面帶微笑，倏忽出現在他眼前，忽而消失得無影無蹤。她還沒見到他之前已語塞，一看到他更覺徬徨無助。她不知怎麼做才能引起他的注意，更不敢像吻別人一樣冒失地直接吻上去，對他朝思暮想，想得快死了。

此外她也因爲不讓村長進她房間而失寵。

凱伊把注意力拉回許哈德夫婦身上，盡量不再去想艾蘿菈。過一個小時後她一定還站在那裡。許哈德夫婦正踏進廚房，裡面有座龐大的壁爐，佔滿了廚房較長那面牆。

「超大的壁爐，寒冷的夜晚可以直接坐在壁爐邊生火取暖。」他向他們解釋。

「唉呀，我的媽呀。」許哈德太太看了沒有太大反應。她轉頭對先生說：「賀伯特，走吧，我們在這裡只是浪費時間，我對這座宮殿沒興趣。」

而宮殿正對面的小房子，他們夫婦連看都不想看，實際上，是許哈德太太不想看。許哈德先生嘴角出現一絲挫敗，由於太太反對，害他不能在托斯卡納大撈一筆，他正努力做心理調適。

接下來連番不順。他們開往丘陵山莊，這地方與聖文千隄正面對望，穿過一條森林小路即可到達，但車子不能直接開進他們要看的半廢墟，許哈德先生途中踩進田鼠洞，弄得滿腳泥巴，只能蹣跚前進，因此被太太叨念，說他每次都不注意腳步，他聽了肝火上升，就算美景當前，橄欖樹林綿延至屋前，也無心一顧。

許哈德太太儘管時時留意腳下，仍在屋前踩到一團馬糞。當她步上不高的台階，準備進屋時，塵土間竟迸出一條蝮蛇。

這下許哈德太太的不滿已達極點，想馬上返回旅館。她不想進丘陵山莊看屋了，什麼都不想看，什麼都不想買，整個托斯卡納已失去她的喜愛。不如去西班牙找個僻靜的地方，買座海景小別墅，聘個管家，都比這裡好多了。找個地方，房子打掃得清潔白淨，屋前草皮修剪得整整齊齊，不會有田鼠洞，也沒有馬大便，更別說蝮蛇了。找個地方，便宜小超市走一百公尺就到，大家都講德文。對於托斯卡納，她興致全消，恨不得馬上離開。

許哈德先生僅點頭回應。點出了順從與失望。

這是什麼鬼日子啊，凱伊心裡暗想，看來只能找個最近的酒館，坐下來喝個爛醉。他還祈禱以後不會再遇到許哈德夫婦這種人。

據他所知，丘陵山莊是這附近最美的房子之一，這裡的風光是他這種人求之不得的，但許哈德夫婦顯然無暇顧及景色。

他們回到車上，凱伊回頭看了一下，只見艾蘿菈站在窗口向他招手。她守候他已久。

他也向她招手。他現在很想安娜，試著打手機聯絡她，都試了二十遍仍沒結果。

44

安娜在夢中嘗試重現王冠谷的樣貌，但腦子一片混亂。大房子裡到底有三間還是四間房？小磨坊有沒有浴室？靠近天然泳池的那塊低窪階地到底有沒有燈？池水排放得出去嗎？可以的話，要怎麼放？

她已完全不曉得。哈拉德說的一點也沒錯，她需要更多資訊。

她用完早餐踏出旅館時，外面灰濛濛一片，且天氣悶熱。她想找個地方買酒送給安利可，以補償她這不速之客的到訪。

她走過兩條街，在一家雜貨店購買一瓶九八年份的蒙特普西安諾紅酒，接著開車上路。她順手把手機關掉。

她遇上大麻煩，找不到那塊谷地了，上次搭凱伊的車，她沒留意路怎麼走。凱伊。下午打個電話給他，她心想，也許我們今晚可以一起吃飯。

她從安布拉出發，往督朵瓦開，這次對沿途的窄路和美景更有體會。到了督朵瓦，她行經小教堂和高大的栗子樹後右轉，竟然是上坡路，她覺得很意外。可能不對。她在接近山頂的榭亭農莊迴轉。回到督朵瓦，她找了一位頭髮又灰又長又捲的老太太問路，但老婦說明王冠谷怎麼走時，安娜一個字也聽不懂，但至少搞懂了方向。道謝之後，開進一條小路，路從一個陽台底下穿越過去，感覺像是闖進私人土地。當她沿著這條路繼續前進，開過橄欖樹林，不斷下坡的同時，也回想起來該怎麼走了。

被雜草覆蓋的飛雅特仍維持原樣停在停車場上。關於車子，她也得問問安利可。她手裡拿著紅酒，緩步走向他家。除了鳥囀，沒有其他聲音，也看不到人。在上午日照下，房子顯得荒涼，卻比第一次來更引人入勝，更覺親切。

安利可在屋後，持續在一堆石頭和泉水之間跑來跑去，不斷把石頭堆到泉水邊。他只穿了一條泳褲，身體曬成古銅色，吋吋是肌肉，沒半點肥油。他一看到她來到屋前，隨即停下工作，露出微笑。

「我又來了。」她把酒遞給他。「請收下，當作打擾的補償。」

安利可把酒收下，看了看上面的標籤。「喔，太棒了，是蒙特普西安諾，我們得一起喝才行。」

兩人一起慢慢走進屋裡。

「我想幫妳用天然石材把泉水圍住。」他說。「這樣妳就不必破壞土壤層，還能保護水源，而且比較美觀。或許我還能找到舊的石雕頭像，酒神之類的頭像，會噴水的那種，有的話我也會幫妳裝上去。」

安娜心底冒出一句：眞不可思議。她略感不悅卻又有點高興。

「我今早在席耶納時已經忍不住了，」她謹愼地說，「覺得一定還要再來看這棟房子。」

「我知道妳會這麼想。」他回答。「我正等著妳來。要不要喝杯咖啡？」

「好啊。」

他走在前面，到磨坊旁邊，把掛在鼠尾草上的褲子穿起來。安娜跟他走進廚房。雖然爐子和洗碗槽附近很暗，但他沒開燈，像夢遊一樣毫無問題地摸黑做事，把咖啡和水一一倒進咖啡壺，瓦斯爐開最小火，最後把壺放上去。

「別把房子弄得太貴了。」她面露微笑地說。

「爲什麼？」他突然十分嚴肅起來。

「嗯，如果你還加蓋東西……我想，目前我付不出那麼多錢。等我付了購屋款，就破產了。未來十年房子可不能塌掉。」

安利可停下腳步，雙手交叉在肚子前。

「我減價兩萬賣給妳。凱伊的總價是隨便開的，因爲他覺得這房子值那麼多錢，可是我一直覺得他開價過高。另外，無論如何我都會加蓋那些東西，我想做，就會動手去做。妳搬進來時，整棟房子將是完美無瑕的。我還準備挖開磨坊地面，鋪設排水設施，否則磨坊過於潮濕。我只是目前還沒做到那個階段，妳也要在這裡過冬嗎？」

安娜呼吸急促起來。「也許。說不定……嗯……會啊……」

「那妳還需要暖氣設備，這裡冬天冷得要命。」

「嗯……」安娜心臟快跳出來了。

「暖氣的管路我已經做了，現在只缺散熱體，我會幫妳裝好。不過妳還需要在院子裡裝一個瓦斯箱，現有的瓦斯罐撐不了多久，不夠給暖氣設備使用。」

安娜頻冒汗。這一切她無法相信，也無法理清頭緒。若他把這些全都做好，不是她的口袋大失血，不然就是他瘋了。

她保持沈默。咖啡機的水噗嚕噗嚕冒著泡。安利可把咖啡分倒在兩個小濃縮咖啡杯裡，接著端上桌，又拿糖和一些餅乾，跟著坐了下來。

「你呢？」安娜問。「你在這裡住多久了？」

「住了十三年。」

「那你冬天從沒想過要用暖氣？」

「沒想過。我完全不需要。我之所以蓋那兩間浴室，是爲了讓房子日後比較好賣。我只要跳進天然泳池，每天一次就夠了。對我而言，浴室純粹是奢侈品，我不要奢侈品。」

「連冬天你也每天跳進池裡游泳？」

安利可點頭。「我從泉源那邊拉了一條橡皮管下來，連到泳池，可以用來沖澡。卡拉去年直到十一月還下池裡游泳，在戶外淋浴。她越來越習慣了。」

「卡拉是你太太？」

「對，我們沒結婚，不過在一起生活多年。」

安娜抬頭看座位上那幅畫。「這是她嗎？」

安利可點頭。

「是。不過她目前在德國，在她父母家。她父親生了重病，我希望她很快就能回來。」

他的聲音聽起來非常輕軟柔和。這個嚴肅、身強體壯、肌肉發達的男人，顯然情感極其豐富，儘管如此，她又覺得不安起來。安利可和女人？她邊吃著餅乾、環顧廚房時，一邊思考爲何自己腦海裡完全無法想像安利可和女人在一起的畫面。

「這個廚房眞美，沒看過更美的。」

「妳大概沒看過多少托斯卡納的廚房。」安利可微微一笑。

「你到底爲什麼要賣房子？」

「對我而言，這裡的生活已經太舒適了，妳知道……這裡我什麼都有了，而且一直新增東西。我們兩年前有電以後，住在谷裡的生活已經不好玩了。我想過得更儉樸，這些東西我都不需要，電、家具、資產全都不用，基本上也不需要房子。最期望只帶著一個行李四處漂泊，對我而言這才是自由。可是卡拉不想過這樣的生活。」

「把房子賣掉後，你想去哪裡？」

「不知道，總會找到去處，即使是輛老福斯公車也無所謂，放一個床墊就行。對即將來臨的狀況一無所知，這感覺眞棒。」

「喔，天啊。」安娜已泛起一絲良心不安。「你太太聽了你的想法後怎麼說？」

「不知道她會怎麼說，她還不知道這件事。」

「假如她想待在這裡呢？」

「她一定會想待在這裡，但是不行。妳就別操這個心了。」

安利可站起來，馬上把兩個濃縮咖啡杯都洗好，擺進吊在天花板下的架子。架子只要一碰，隨即來回晃動起來，使杯盤相互輕擊，宛如一曲廚房新世紀音樂。

「我喜歡這個架子。」

「這是我特別爲這個廚房做上去的。這幾面牆這麼斜，根本放不了櫥櫃，而且我不喜歡家具。所以啦，這裡的東西，妳想留下的儘管說，沒問題，我全都不要了。」

這個人到底怎麼一回事？

「聽你這樣講，好像想自殺一樣。」

「不不，」這下他終於又露出微笑了，「我絕對不會想自殺，完全相反，我希望至少能活到九十歲，所以嘗試過得儉樸點，這樣錢才能用得久。再說，假如我要自殺，會把房子留給卡拉，才不會賣。」

安娜覺得彷彿和安利可已是多年之交，頓時有種家的感覺。但是基本上安利可所說的並不合邏輯。

「那你何不乾脆把房子賣貴點，能賣多貴賣多貴！那你的錢就能用很久啦！我不懂你在想什麼！」

「不，不。」他變得近乎激動起來。「不。我蓋房子，修房子，擴建房子，根據我的構想設計房子，親手讓房子具體成形。我蓋的房子就是我的藝術作品。我去買人家的廢墟，親手加以擴建的，這不是第一棟。我一邊工作，腦子裡也慢慢形成欲售的房價，一旦找到合適的價碼，就決定下來，不會再改。我不討價還價，不多談，超過既定目標價我也不要。我工作速度快，做得也好，假如要用合乎我工作成果的價格來賣，那我的房子會貴得高不可攀。話說回來，反正我在乎的不是賺不賺錢，我在乎的是能不能繼續過儉樸生活，不多不少，別無所求。」

「你是哲學家。」這男人越來越吸引她了。她迷上他了，讓她著迷的不是身為男人的他，是身為人的他。他的想法、他的行事風格讓她印象深刻。

「我的天，」他回答，「說我是哲學家！不，安娜，我會讀哲學書沒錯，但我讀懂了嗎？別人的哲學對我而言是陌生的，不可能變成我自己的。我有自己的一套哲學……但可惜我還沒機會把我的哲學寫下來。」

兩人沈默片刻。接著安利可說：「我給妳一個建議：去拿妳的東西來這裡住個幾天。這山谷裡有種氣氛，必須慢慢體會，才能確定自己喜不喜歡，受不受得了。安娜，在這裡獨處是一種臨界經驗，寂靜會在不知不覺中撲向妳。文明的噪音不會侵襲到這裡來，沒有汽車噪音，沒有人聲，沒有關門聲，沒有音樂聲，什麼都沒有。接著是黑暗，這裡的夜晚非常黑，那種漆黑說不定是妳從沒體驗過的，沒有家戶燈火，沒有街燈，沒有車燈，一丁點光線也沒有，這裡完全不會有光滲進來。我們的眼睛已習慣在黑夜裡尋找光源，這是一種希望和安全感的表現，以確定我們不是孤獨活在世上。不過這裡完全沒有這種東西，妳放出去的每道目光都會迷失在全然漆黑裡，或迷失在全然虛空裡，看妳愛怎麼說都可以。這一切既吸引人又令人心生恐懼。只有終生追尋這種生活的人，才有辦法在這裡生活下去。妳應該試住看看，安娜，這房子的水龍頭出不出水或者窗戶關不關得緊，都不是那麼重要，我會幫妳搞定一切。妳是否耐得住孤寂才是關鍵。」

安娜深深覺得他說得對。「可以給我一杯水嗎？」

安利可點頭，開水龍頭裝了一杯水。

安娜想起哈拉德昨晚通電話時，要她注意化糞池、排水溝，和自來水管，還要她當心別被耍了。那是他的世界。那些是哈拉德關心的問題。安利可不一樣，對他而言，內心感受比較重要，勝於運作正常的暖氣設備。頓時之間，她感覺更貼近生命。

可是她眞的要住在這裡嗎？住在這荒郊野外，和這個陌生男人單獨在一起？畢竟對於這個人，她基本上一點都不了解，一無所知，只知道他的名字，而且名字不代表什麼。沒人知道她在哪裡。告訴人家這裡的地址也沒意義，「我住王冠谷」，一講出來，只有督朵瓦的幾個老人知道她在說哪裡，除此之外沒人知道。連郵件都不會送到這裡來。假如她在這裡住下來，等於把自己完全交到這個男人手上，她對這房子、這片樹林都不熟。如果他實際上沒那麼友善，她連後悔的機會都沒有。他不論哪方面都比她強，逃跑就不必想了，手機在山谷裡也沒有用。

想那麼多，真是瘋了，就別想了，她的理智呼喊著。「美哉義大利」再美也有黑暗的一面。可別忘了，妳兒子是在義大利失蹤的，地點也是一座森林，而且離這裡只有幾公里。話說回來，她還有什麼可以失去？她只剩下欺騙她的老公、讓她覺得十分無聊的北德芙利斯蘭生活，以及一個無法克服的傷痛。嗯，萬一安利可對她不利，那她永遠不會被找到，他可以把她埋在森林裡，讓她就此從人間消失。像菲力克斯一樣。也許他就被埋在這裡，腐爛在附近幾公尺處的地底，或者附近五百公尺，或五公里甚或五十公里。不知何處的某處。

也許她命定如此，得受同樣的苦。也許她人生最後一刻會發現菲力克斯到底出了什麼事。她的直覺告訴她說，就這樣吧，在這裡住下來，新生活會帶來新經驗，假如妳怕，大可留在芙利斯蘭就好。

「怎麼樣？」安利可問。

「我覺得你的建議很棒。」她說。由於下了決定，頓時鬆了一口氣。「假如真的不會給你添麻煩，我很樂意住幾天，可是前提是真的不會給你添麻煩。」

「買車得先試開，買房子得先試住，這是不二法門。」

「好吧。」安娜站了起來。「我現在開車去席耶納拿東西。要我帶點什麼來嗎？晚餐需要什麼嗎？」

「來點蔬菜也不錯……」

「好。」安娜走出廚房，裡面黑漆漆的待久了，一到戶外頓覺陽光刺眼。她點頭對他說：「待會見。」

「待會見。」安利可回以同樣的話，隨即轉身進屋。

安娜一邊慢慢走向車子，一邊無法相信自己是怎麼一回事。

她在席耶納買了幾顆朝鮮薊、沙拉和番茄，還買了半塊羊乳酪以及一百克新鮮青醬。採購完便走去旅館，進房收拾行李。收好以後，已經是下午兩點，不過旅館服務台的年輕小姐人很好，雖然這麼晚才退房，也沒算當天的錢。安娜結帳時突然想起，她忘了把藏在床下的天使圖拿出來掛回原位，但為時已晚。她什麼也沒說，交回鑰匙即離開旅館。誰知道，說不定她還會回來，說不定不會。

上車時，她把手機打開，看到螢幕顯示凱伊試著聯絡她許多次。她回電給他。凱伊馬上接起電話，聽到她的聲音大大鬆了一口氣，彷彿安娜已在原始森林裡失蹤了四週，如今終於平平安安出現。她很高興與他通電話，並同意和他約在「獨立披薩屋」見面。

45

她大老遠就看到他走著過來，步伐輕快，臉上掛著迷死人的微笑，身上的西裝略嫌寬鬆卻又散發動人風采，她思考片刻，考慮要不要明天才去谷裡住。明天去也不嫌遲，而且還可以和凱伊共享一夜良宵。自從哈拉德和她的好友帕美拉發生關係後，她便有個夢想，如今她終於能如願以償，盡情享受這個夢。帕美拉這個女人，乖巧、和善、樂於助人、總是隨傳隨到、會說「我好想像妳一樣天生麗質」……等等，帕美拉這個女人，不招搖、不搶鋒頭……帕美拉在安娜腦海裡，是那種即使和二十個飢渴至極的囚犯共處於一座孤島、也沒有人要碰她一下的女人。帕美拉像安全的銀行，帕美拉是可以託付的女人，要她幫忙澆花、遛狗、幫丈夫準備熱騰騰食物都沒問題，安娜大可安安心心去度假。若有必要，甚至可以讓帕美拉和哈拉德共寢一室。結果兩人還眞的睡在一起了。齷齪無恥！簡直難以置信。

安娜眞是瞎透了眼，或說被帕美拉的「賢淑端莊」給蒙蔽了，那顯然是在她面前裝出來的。那件事始於老豪克臨終期間。豪克過了四十年討海生活，是個頑固的傢伙，臨終期長達數週。哈拉德每天午飯後去舊牧師公館，趕在下午門診以前去探望豪克，爲他注射，聽他不知所云地講航海冒險故事，每次一講至少十五分鐘。哈拉德還幫他洗澡，換乾淨的床單，把牛奶放進冰箱，還幫他把晚餐的麵包塗好肝腸醬。這就是哈拉德，身兼數職：鄉村醫生兼護士，牧師兼急難救助社工。他相信這樣做能讓老豪克最後一段日子不必進養老院。

安娜明白，爲老豪克提供愛心服務很花時間。但她並不知道，這愛心服務對象並不只有一人。豪克家對面住的正是安娜的好友帕美拉。她是（也許眞的很有天賦）薩克斯風手，四處辦演奏會，多在胡松、海德及漢堡，有時也去慕尼黑、科隆或維也納，哪裡需要她，她就去哪裡演奏，場地包括教堂、音樂廳、體育館，她的CD賣得平平，不過林林總總加起來已夠當音樂家的她餬口。帕美拉外表看來很搞笑，很像漫畫版的薩克斯風手。她後腦勺留著一條長而緊密的辮子，有時也會把辮子盤成蝸牛狀，當她參加舞會或村裡慶祝活動，整個人作風大膽起來，麻花辮會變馬尾，頭髮散及腰部。她的眼鏡架從小到大都是同一副，嚴肅實際，毫不起眼，無聊至極。她平日穿襯衫和黑褲，喜慶時則變成襯衫配黑裙。腳上通常穿跑鞋，是可以穿著健行翻山越嶺的那種，喜慶時則穿平底便鞋，她沒上妝的臉即使喝整夜酒也不會變得一塌糊塗，喝太多香檳後不會有眼袋，吃油膩的食物也不會長痘痘，她明亮的臉龐只施以鄉間空氣、水和妮維雅面霜。這就是帕美拉。和藹可親。她對安娜很好，給她某種支持，安娜則需要一個像帕美拉這樣的朋友，當生活亂成一團，這個朋友總會在她身旁。

菲力克斯失蹤後，有許許多多個星期，帕美拉一直毫無怨尤地承擔安娜的淚水，忍受她不斷重複復活節期間發生在托斯卡納的那段故事，即使已經聽過幾百遍，每次仍會驚訝地張大眼睛，凝神聆聽，彷彿不知故事的悲哀結局。她宛如日記簿，可以不斷寫上相同的字句。安娜從來不覺得自己把帕美拉弄得無聊或是厭煩。帕美拉會抱抱她，把她當個孩子輕輕搖晃，讓她在懷裡哭個夠。安娜相信帕美拉的友誼，她認爲，假如世上確有忠誠這回事，那麼忠誠兩字絕對是專爲帕美拉這樣的生物創造的。

哈拉德幫老豪克洗好澡，餵完飯後，大都還會到對門去，找帕美拉喝杯茶。安娜知情時，爲時已晚，丈夫已外遇數週。帕美拉沒有男友，常獨自一人，和哈拉德喝茶對她而言是很棒的消遣。她會對他講前幾次音樂會的種種，也談布拉姆斯、興得米特及巴爾托克等她欣賞的音樂家。哈拉德對她講的一切毫無概念，音樂不曾出現在他生活中。某天在管樂聲中，他手伸到她身上那件無趣的小鳳仙花襯衫，把鈕扣一一解開。此情此景，安娜至今無法想像。

這件事在某個十月上午曝光。老豪克伸手想拿眼鏡，卻不小心碰到床邊桌上的牛奶杯，這一碰，杯子掉在硬邦邦的石地板上，應聲破碎。他怕下床時會踩到碎玻璃，所以試圖收拾碎玻璃片，但突然一陣暈眩，人滾著下床，不幸臉部正中碎玻璃堆，造成許多很深的割傷，鮮血直流，滴到床和地毯上，他一站起來，血也跟著滴到桌子和沙發上，使他恐懼起來，頓時驚惶失措，急忙用手擦拭臉上的血，看起來就像浴血奮戰後的殭屍。他忘了電話放哪裡，於是拖著沈重腳步走到窗口，邊敲窗戶邊大喊救命。

就在此時，正要去找孫子的艾爾莎·瑟仁森走過屋前。她每天下午三點到晚上八點會去照顧孫子們，讓媳婦能在海德一家美髮沙龍幫客人燙髮。她兒子在北海某個鑽油平台工作，上兩週班休兩週。

艾爾莎沒認出窗口那張可怕的臉，急忙跑進隔壁的馬丁森家，由馬丁森太太通知警察。十五分鐘後，警察來到豪克家破門而入，馬上發現整件事並非表面所見那麼嚴重，他們幫老豪克沖洗臉部，扶他回床上，並問他要不要去醫院。豪克一聽驚嚇不已，開始使出過去七十八年來未曾施展的一陣亂踢，口裡不斷喊著要找他的哈拉德·郭隆貝克醫生。哈拉德的車子停在豪克家門前，可是人不在。沒人說得出個所以然來，大家開始四處找他。不在診所，也不在家，診所助理說他沒有排其他到府看診，他手機關了，眾人一籌莫展。後來，對村裡風吹草動瞭若指掌的艾爾莎靈機一動說，何不去按帕美拉家的門鈴，說不定醫生……

帕美拉幫警察開門時，穿著綴花的淺綠色睡袍，哈拉德央求警察讓他照顧老豪克時，也衣衫不整。

整件事在安娜和哈拉德還來不及談論來龍去脈之前，就已成爲公開的緋聞，村裡街談巷議。老豪克當晚即過世，死於心肌梗塞，他的心臟承受不了激動的情緒以及劇烈的亂踢。

隔天，安娜去找帕美拉。帕美拉幫她開門時還面露微笑，正用抹布擦乾手。安娜報以微笑，將帕美拉那副健保給付的眼鏡一把抓下，卯足全力一拳揮向她用妮維雅保養的娃娃臉上。接著大搖大擺繞過一臉茫然的帕美拉，進到客廳，牆上掛了各式各樣的薩克斯風，她走到水族箱前，裡面游著霓虹燈魚，然後把水族箱的沈重玻璃上蓋搬開，再從牆上取下一把中等大小的薩克斯風，直接塞進冒著泡的水裡。金色的薩克斯風在水族箱裡美極了，安娜越看越興奮。她走過驚魂未定的帕美拉身邊時，齜著牙丟下一句：「從今以後別再打電話找我！」說完即離開，離開帕美拉的人生。

安娜晚上回到家時，帕美拉早已對哈拉德投訴過她。哈拉德氣得滿臉脹紅，指責她不該像個歇斯底里的笨女人，這樣她會成為全村的笑柄。萬一帕美拉把這件尷尬事四處張揚，而且她應該會這麼做，那身為醫生的他豈不被人當笑話了。他還說，這段情就像夏季的午後雷陣雨，突然說來就來，讓一個身在曠野的路人大為意外，不消數秒，全身濕透，想躲也躲不了，當閃電一道道凌空劈下，打在周圍地上，等於被高壓電團團圍住，這時能否活命仍是未定之數。他內心掙扎，擺盪在恐懼與神往之間，剎那變得隻身無助地活在世上，且感覺好像真的被閃電擊中而半身不遂，無力移動雙腳自行返家。哈拉德說自己只知道一件事：他之所以在那片曠野走動，完全是無心插柳，不能怪他。雷陣雨從天而降，錯不在他。總而言之，她沒理由反應那麼激烈，不僅出手打了一個毫無設防的女人，還把貴重的樂器丟進水族箱裡。他直指安娜行為野蠻，以她身為醫師娘而言，更是不可原諒。

安娜已忘記哈拉德還講了什麼，他獨自滔滔不絕了很久。她很驚訝，她自認十分了解這個男人，沒想到他竟突然打起比方，真是破天荒頭一遭。她也對自己深感驚訝，竟能雙手鎮定地倒威士忌來喝，端坐在沙發上，窮極無聊地翹起二郎腿，接著抽起菸來，還全程興味盎然地觀察自己。他要說什麼就讓他說，反正她已無所謂，儘管她渾身冰冷，卻沒顫抖半下。一切已與她無關，她突然覺得自己非常堅強，像個二十年來獨立奮鬥過活、不會被輕易擊倒的女性。她望著哈拉德，看著他在房間走上走下，興奮聽著他的演說和雄辯，想像他正全身裸體。這整幅景象讓她突然覺得非常愚蠢，害她忍不住露出微笑，哈拉德見狀，視之為傲慢猖狂的表現。

他仍舊進行著哲學式的長篇大論，提到生命是無法預期的，人肉身無法自由，唯有感覺才能眞正自由，此時在安娜的想像中，他仍全身赤裸，不過這回是以帕美拉角度觀之。她感到傷痛再現。她恍然明白，眼前整個狀況荒謬無比。哈拉德完全把對錯問題本末倒置，扮演起法官的角色倒很爽。而她因為把薩克斯風泡進水裡，卻須聽一堆演講和指責，前因不但顯得無關緊要，而且早被拋諸腦後。

他正要對安娜解釋沒人能夠抗拒欲望、抗拒渴望的眼神時，她提出一個世俗問題打斷了他：「你為什麼要和一個性感程度有如健康涼鞋的女人上床？」

哈拉德目瞪口呆看著她，彷彿被她一刀捅進肚子。他那如滔滔江水的心理學知識瞬間淤塞。

「妳眞的這麼覺得？」他問道，聽起來像個被人說「你的髮型不好看」而顯得忐忑不安的小孩。

「大概全村的人都這樣想吧。」安娜冷冷地回答。「現在問題在於，到底是誰讓自己成為笑柄。」

哈拉德頓時沈默下來，像可憐演員忘了獨白台詞後，有如被痛打一頓的狗黯然下台。

安娜故意要刺傷他的心，也達到目的。從此他倆不再談論這件事，不再談論任何一件事。彼此不聞不問，不道別，不再碰對方。安娜睡在客房沙發上，哈拉德則時常去帕美拉家睡。安娜已無法理解這個世界，她過去一直相信，能危及她的女人至少會是較年輕、較美、較瘦、較聰明、較快樂的。

但她深信有朝一日能贏回他的心。只要他受夠沈默冷戰，嘗膩了一成不變的壁花小姐性愛。所以她把這外遇僅視爲過渡階段，畢竟當醫生的他天生心腸軟得很。

當她在自己櫃子裡發現第一張興得米特CD時，心裡慌了起來，很怕永遠失去他。

安娜向凱伊走去。凱伊在她右頰給了一個虛吻。

「很高興見到妳。我知道這附近有家小酒吧，很舒適，離這裡走幾步就到，甚至有座位呢。」

「好，我們走。」安娜看到凱伊時，心怦怦地跳。他給我一種感覺，彷彿回到二十出頭的年紀，她心底暗想，但這又不是天塌下來的事。

進了酒吧，兩人各點了一杯金巴利苦酒，接著舉杯敬酒。

「我們要敬什麼？」凱伊問，「敬王冠谷？」

「當然嘍。」安娜開懷大笑，「我百分之九十九會下瘋狂決心買那棟房子。」

「百分之九十九，怎麼說？還有什麼問題嗎？錢的問題？」

安娜搖頭。「不，不是錢的問題。我今天上午去找過安利可，他建議我先在王冠谷住幾天。我確定住那裡會很棒，剩下的百分之一，只是怕萬一才住三天，那片森林就讓我抓狂。」

凱伊皺起眉頭，兩隻眼睛像黏在中央似的。「妳是說，妳想和……妳想在安利可家住幾天？和那種怪人住？拜託，幫幫忙，妳根本不了解他！」

「你覺得他會把我吃掉？」

凱伊試著開玩笑。「不會，也許在妳付錢之前不會，不過……」

「不過怎樣？」

「我不知道。他人實在太好了，但也是個怪人，我無法將他歸類爲哪種人，是離群索居的人，是夢想家，腦子裡肯定也有點東西，但是……」他停頓了一下，凝望遠方。「媽的，我解釋不出來，說不定，去住幾天是認識那房子最好的方法，妳說的沒錯……」

他看著她，抓住她的手，安娜沒料到這一段，因而顫動了一下，但幅度很小看不出來，她讓凱伊繼續抓著手。「話說回來，我很高興知道妳人在哪裡。什麼時候要去？」

「等我們喝完金巴力以後。」

凱伊難掩失望。「我以爲我們能先在城裡散個小步，也許爬上曼賈鐘塔，在半空中、在高於全城屋子的地方，享受美麗的落日，然後讓我邀請妳去席耶納最羅曼蒂克的餐廳享用晚餐……」

安娜嘆了一口氣。「聽起來很誘人，我非常想跟你一起去……可是我該怎麼辦呢？我跟安利可說好，今晚就過去，他會一直等我的。但我沒辦法打電話跟他說明天上午才去啊！行的話我就會跟他說，但實際上根本行不通！」

凱伊續點了兩杯金巴力。「買了那棟房子後，妳想在王冠谷做什麼？有什麼祕密嗎？在找藏身之處嗎？何不告訴我！」

「等我在那裡住過幾天後，再來問我要在那裡做什麼吧，到時我就知道了。」

「然後再回答我的問題？」

「對。」

「一言爲定？」

「一言爲定。」

「記得帶件厚夾克，谷裡又濕又冷，那裡比山上至少低七度，比城裡低十度。」

安娜點頭，露出微笑。「好，不過我現在就要走了，否則你一直給我那麼多忠告，害我最後跑去瑪猷卡島買別墅。」她站了起來，「謝謝你請的金巴力。」

凱伊也站起來，並擁抱她。「我們最晚三天後見。」

安娜點頭，接著離開。

她在聖卡特琳娜路坐上自己的車時，覺得極度不自在，即使當她打開收音機，聽到她最喜歡的歌曲——安德烈．波伽利的「眞愛樂章」時，這種感覺仍揮之不去。

「我的心輕輕吟唱，一曲甜美的樂章，我正爲妳引吭高歌，這曲眞愛樂章，少了妳，我只能獨自歌唱。」

熱切的渴望再度湧上她的心頭，耳邊這首歌更加讓她覺得白白浪費一個大好機會，如今已無法徹底投入凱伊的懷抱。

46

廚房沒開半盞燈，但安利可破例在桌上放了兩根蠟燭，料理台上也點了兩根，另外在搖搖晃晃的盤架上擺了一顆溫茶蠟燭。安娜不僅被眼前的浪漫氣氛震懾住，也著迷於安利可雖然有電卻不用的態度。

「跟我談談你吧。」安娜提出要求。爐子上正煮著朝鮮薊，安利可先在青醬裡加鮮奶油，讓口感更細緻順口，然後以無比耐心把芝麻菜葉一片片剝開，瞧他那投入的樣子，好像和每根菜梗都很熟似的。安娜覺得在一旁看他做事能讓心靜下來，而且不必動手讓她樂得輕鬆。她強制自己不斷拿起水杯喝水，紅酒只能小酌，以免沒兩下便昏昏欲睡。

「我這個人沒有什麼趣事可談。」安利可推諉地回答。

安娜露出微笑。「我不相信。你過著一種非比尋常的生活……你來到這谷地之前，一定發生過一些事。不會有人在漢堡出生，卻無端端買了一大箱工具跑來王冠谷落腳，翻越七座山躲在七個小矮人家！」

「妳說的沒錯。」安利可望向安娜，眼神和藹溫暖，但說話吞吞吐吐。

「我從前在一家德國大公司擔任經理職……負責大大小小的事，管員工，管產品……我引進新概念，提出開創性的發明，重新設定了全公司的軟體。我收入很高，但不夠高，因爲我的發明並沒爲我帶來半毛錢。由於我是員工，所以我的發明是所謂公司的資產。這樣不行。我厭惡天天得穿西裝打領帶，只要我穿高領線衫上班，馬上莫名其妙挨刮。最後覺得厭煩，於是辭職走人。」

「那是什麼鬼公司啊？」

「我不太想講這個……」

「這裡只有我們兩人，我不會傳出去。你說出來，我才有辦法約略想像一下。」

「是一家原油公司。」

安娜點頭，但也語塞片刻。「然後呢，辭職以後呢？」

她問得太多了，安利可心底暗想，但至少她相信他所說的。她是那種只要多知道對方一點，安全感便會多加一分的人。這點他可以理解，因此繼續回答她的問題。

「他們對我倍加禮遇，開了條件給我，讓我領同樣薪水卻只上半天班，不必進公司，可以說是自由之身，隨便我要做什麼就做什麼，他們要的只是我的想法。」

「這樣不是很棒嗎？找不到比這更好的工作了！」

安利可從鍋裡拿出朝鮮薊。他講話緩慢謹慎，嘗試搜尋記憶，不想這個時候犯任何錯誤。「或許吧，也許妳說得對。但我還是辭職了，一旦決定就不回頭。我不是跟妳說過，我不下賭注，不討價還價，也沒有商量餘地。價碼一開出來，便是拍板定案。同樣，辭呈一遞出去，絕對走人。」

安娜無言以對。眞瘋狂！如果安利可所言不虛，如果那家公司確實提過那些條件，那眞的很瘋狂！

安利可繼續說下去。

「當時我覺得一切過剩，我有一戶公寓，有輛大車，有個女友，一大堆家具，櫃子裡有很多很多衣服。我書桌上有本行事曆，口袋有幾張信用卡，收入正常，住處固定，我的生活到下一次休長假時總是排得滿滿的，每天早上鬧鐘七點三十分響，每天晚上看電視『每日新聞』。雖然我們負擔得起一天三餐都在餐廳裡吃，但只要我請卡拉上餐廳吃飯，那肯定是個特別的夜晚。我的電話鈴聲從沒斷過，我隨傳隨到，我的未來展望是：再繼續這樣做二十年，無聊到死，然後退休，開始眞正過生活，兩年後死於心肌梗塞，把身後一切留給大地，我的墓碑上會寫：他從未見識過人生。而我不想這樣，因此我認爲辭職辭得很正確。」

安利可夾了一顆朝鮮薊放進安娜盤子，並在旁邊倒了一些青醬。「請慢用。」

安娜被搞迷糊了，「你呢？你完全不吃？」

「吃啊，但時機未到。我食量小，吃的次數也少。我告訴過妳了，我試著節儉樸素過生活。去購物時，我只拿我需要的一半分量，當我邊煮東西邊食指大動時，我會試著在煮好後放棄吃它。」

「好可怕啊！這樣不是很無趣嗎？你簡直在剝奪自己生命的樂趣。」

安利可露出微笑。「絕對沒有這回事。我心滿意足。別把妳的美味朝鮮薊放冷了。」

安娜吃了起來，但很失望。舒適、平靜、浪漫的氣氛已煙消雲散。她覺得自己像個被迫吃小麥粥的小孩一般被監視。

廚房安靜無聲，安娜更是小心翼翼，生怕吃東西發出聲音。安利可嘴角露出一種無法形容的淺淺微笑，彷彿隨時會進入涅槃狀態。安娜心想，他在假裝給我看，就像第一次來看房子時，他拿書坐在陽台上一樣。他在裝模作樣。可是爲什麼？他根本沒必要這麼做。這裡是他家，不是我家，即使他不是哲學家，我還是會買他的房子。

「然後呢？」她問，「你離職後做了什麼？」

安利可端端正正坐著，雙手交疊在大腿上。「我變賣了所有東西，房子、家具、絕大部分的衣物，還有我的車子，很寶貴的車子，一九三五年份的賓士，貨眞價實的古董車，保養絕佳。我原想買艘帆船，環遊世界，幾乎只靠吃魚維生，看能不能用我全部的錢活到最後。可是卡拉不願意，她辦不到，怕水怕浪，怕狂風暴雨，怕孤獨，她一生中甚至沒搭船到外島過，因爲她覺得站在搖搖晃晃的地方很危險，她怕淹死，怕會噁心、持續想吐到死。也許卡拉是對的，她對死仍心存恐懼，而我，早已將生死置之度外。」

「你會駕駛帆船？」

「不會，說得更確切一點：我還沒試過。不過有這方面的書，若能先動動腦袋研究一下，全都不成問題。風是可以預估掌握的東西，水也是。動力、震動、速度、重力，一切都計算得了，風險也因而降低。」

安娜只能理解卡拉爲什麼拒絕和安利可一起駕船航行，假如他不是經驗老到的帆船高手，換作安娜自己也不會想跟他去。

「而且卡拉還有個問題，她剛接下一家幼稚園園長的職務，才不到半年，所以很怕丟掉工作。她說那份工作很有意思，不過我可是看得一清二楚，她已被工作壓得喘不過氣了，我一定要救她出來。我幫她製作排班表、核算薪資，幫她規劃廚房的儲蓄計畫，找來工人重新粉刷幼稚園，只花半價鋪了新地毯，我自製教學玩具，讓她不必買新的，還在遊戲區幫忙看顧孩子，甚至同他們一起去費希特爾山脈郊遊，充當幼稚園老師。當然都是無償服務。若可以，我會幫她打點一切，但這樣沒有意義。她天生不適任這項責任沈重的工作，她太軟弱，同情心太強。如果有小孩弄傷膝蓋，她會哭得比那小孩嚴重，而在慌亂中忘記消防隊的電話號碼。我在旁邊簡直看不下去，於是好好勸她，不停不停地勸，勸到她終於辭職。」

安利可拿起簍裝酒瓶，為自己倒了一杯，一口見杯底。反觀安娜這邊，則鐵一般地堅持啜飲。安利可的臉慢慢火紅起來。

「後來我去買了一輛舊公車來改裝，裡面有廚房、摺疊桌、兩張椅子、一個床墊、一個小櫃子，全部就這些東西，我們所有家當只要這樣就夠了。我想環遊世界，既然無法駕船走水路，那就開這輛巴士走陸地吧。」

安利可儘管喝了酒，嘴唇依然乾得要命，黏黏的唾液沾在嘴角上，安娜忍不住一直看，越看越覺得不舒服。這個英俊、口才佳的男人，竟然會有這平庸的一面。噁心的平庸。

「令人難以置信。」她說。「我的夢想也是如此，拍拍屁股直接上路，四處漂泊，對未來一無所知，親眼見識世界。」

「那就去做啊。」安利可說。「趕快出發，別窩在這個山谷裡。」

「那你呢，爲什麼最後會跑到這個山谷裡躲起來？」安娜迅速反擊，以免安利可問她到底來這裡做什麼。她不想提起菲力克斯。今晚不想，也許日後有可能。

「那輛破舊的老巴士到了托斯卡納這裡就掛了，停在督朵瓦更上去的一個廣場，卡在一堆木材中間。我們無法繼續前進，想盡方法車子仍不動如山，更別說送到安布拉去修理。後來，我有次散步，來到王冠谷，無意間看到一座雜草叢生了三十年的廢墟，突然湧上一個念頭，覺得我的使命正是在此，注定要整修磨坊使它重生，定居在此，依山傍水，活在生命的源頭。」

「那是什麼時候？我是說，你住在這裡多久了？」

「十三年了。起先只買王冠谷，之後也買下其他廢墟，再把它們一一整建起來。」

十三年，安娜心裡暗想，那麼菲力克斯失蹤時，他已經在這裡了。山羊山莊也離這裡不遠，走路或許四十五分鐘，根本不成問題。說不定他有聽過什麼風聲，看到什麼，也許村裡的人跟他說過什麼，市場上人多嘴雜，無所不聊……也許他知道什麼事情，當時聽了覺得不重要，但現在還回想得起來。也許在她和哈拉德回到德國很久以後，他有聽說什麼。是個好的開始，不過她還要觀望一陣子，才會談到菲力克斯。

安利可把芝麻菜葉端上桌，淋上醋和油。他的動作沈穩平靜，那雙手毫無顫抖跡象，操手術刀或做繡花活絕對不成問題。他拿了兩個盤子放桌上，顯然想一起吃沙拉，然後坐下，臉上微笑一如往常。「希望妳吃得愉快。」他說。

「也希望你吃得愉快。」安娜低聲回應。

兩人沈默了一陣子。安娜觀察安利可吃東西的樣子。緩慢謹慎，彷彿每一口都細細品嘗。安利可看她的時候，眼神帶點觀望、探測……說他傲慢嘛，也不對，總之他眼神裡的東西讓她不安。她覺得自己像個等人告訴她下一步該做什麼的小孩子。

突然之間，她腦海浮現一幅影像，是菲力克斯從樓梯走著下來。高大壯碩的年輕金髮男生，一身古銅色肌膚，身體強壯，看起來很快樂，穿著一條過於寬鬆的褲子，一件緊身汗衫，開懷笑著說：「媽媽，我聽到妳的聲音了，所以我想說，何不來看一下。」他緊緊抱住她，對她說：「對不起，這麼久沒跟你們聯絡，都是我不好，一定讓你們難過了……不過妳知道嗎，這裡超棒，和安利可一起住、在森林裡生活、吃重的工作……我跟妳說，這一切真的很適合我。假如你們知道我在哪裡的話，一定會把我接回家，送回學校裡去。我不想這樣，死也不要。媽媽，別生氣好不好？」

若他還在，也二十歲了。菲力克斯，她英俊堅強的兒子。

47

安娜醒來時，四周一片漆黑。她不知道自己身在何處，伸手不見五指，只知道正躺在一塊床墊上，墊著一個小枕頭，蓋著毛毯。她慢慢探觸周遭，床墊擺在地上，但除此之外什麼都沒有，摸不到燈，摸不到手提袋，什麼都沒有。牛仔褲、襯衫和夾克都還穿在身上，可是鞋子不知哪去了。

我的天啊，這裡到底是磨坊還是大房子？她已記不得如何到床上的，只知道酒喝到後來，已從小酌變成大口豪飲。

她更往被窩裡鑽，並將被子兩邊壓在背後，以防夜晚寒風趁隙鑽進被子裡。然而幫助不大，她全身顫抖個不停，之後連牙齒也上下排互相拍擊。

他們兩人在廚房坐了多久？說了些什麼？真該死，竟然想都想不起來，一丁點也想不起來，記憶彷彿又深又黑的洞，空洞得很殘忍。是誰把她帶到床上？應該是安利可吧，想必是他把她抱到這裡，她整個人睡死了，根本回想不起來。她從來沒發生過這種事。對於某些夜晚，她雖然僅有依稀回憶，但至少還有記憶。

她試圖壓制湧上心頭的恐懼，霎時覺得荒謬至極，竟然置身在這個他媽的偏僻山谷，而且她對這個有圍牆、階梯、峽谷的地方全然陌生……竟然，竟然睡在一個全然陌生的屋子裡，而那個說實在對她也很陌生的男人現在不知在何處。

她思緒混亂。她得等待，等天亮，在那之前根本分不清楚東南西北。她躺在一個房間裡，一個床墊上，這還不是最糟的。也許在這片看不透的黑暗裡，她的想像力會再度荒誕不經起來，這片黑暗宛如一條悶熱、令人窒息的法蘭絨毯，完全不透光不透氣，把她層層包圍。

明天，她心裡想著，等到明天將一切無事。等明天就能釐清一切。等明天我將全盤了解。

接著她又睡著，不再有任何感覺。顫抖停息，身子沈重了起來。

48

二〇〇四年，漢堡

艾督亞．哈特曼呼吸困難，氣喘吁吁。他閉著眼睛，僵直躺著，但沒睡著。卡拉剛幫他換好尿布、洗好屁股，把髒的被單換新，還把一袋發臭的垃圾拿出去丟。臥房現在聞起來清新舒適又乾淨了。窗戶和陽台門外的捲簾都是拉下的，房間正中央那座五〇年代的吊燈發出冰冷的乳白光線。卡拉走到窗前，把捲簾拉高，窗戶開一小縫。接著到她父親夜桌前，把桌上小檯燈打開，再去關掉吊燈。

「妳就不能再等一等嗎？」她父親沙啞嘶叫著，雙眼仍緊閉。「妳想害死我嗎？不然為什麼開窗戶？想害我多得肺炎嗎？」

卡拉起身，不發一語，又去將窗戶關起來。

「呼吸一點新鮮空氣對你有好處。」

她父親張開眼睛，眨個不停。「燈怎麼這麼暗？我死了嗎？鄰居馬上會帶蠟燭來嗎？還是我們沒錢繳電費了？」

卡拉才剛到父親床沿坐下，聞言後嘆了一口氣，隨即起身，再度打開吊燈。

「這不是很好嗎。」他嘀咕了一句，再度閉上眼睛。

卡拉深深喘了一口氣。「爸爸，我只想跟你說聲再見，再過幾個鐘頭，我的火車就要開了，我又要去義大利了。」

艾督亞．哈特曼身體一抽，往後上方滑動至少十公分高，瞪大雙眼看著卡拉。

「妳不是才在這裡待三天而已？」

「三個禮拜了，爸爸！不是三天！」她伸手撫摸他的臉頰。「別擔心！媽媽和蘇西會來照顧你，我秋天就回來！」

「省省吧妳，到秋天我就死了，說不定下禮拜就會死，反正妳也不在乎。再過幾天我就翹辮子，跟死豬沒兩樣，妳連這點時間都等不及，在妳心目中，更重要的是去那個破爛荒廢的義大利，去跟那些土蕃混，去找妳那個卑鄙的窮光蛋、遊手好閒的傢伙……他叫什麼來著？」

卡拉沒回答。

「好吧，要去就去吧！自己眼睛睜大點，反正妳不在乎我，從來不曾在乎妳爸媽！妳以前就是個糟糕的孩子，如今變成一個糟糕的大人！」

「我照顧你三個禮拜了呢，爸爸，不分晝夜地照顧你！三年來，我一直定期來看你、來照顧你！」卡拉眼淚簌簌流出。她握住父親的手，儘管不確定這一握會不會背叛了自己和艾弗雷。

「那又怎樣？」艾督亞喃喃地說，一邊打個呵欠。「我累了，得睡覺，明天會很拚呢！」

她父親開始輕輕打鼾，以表示這場討論已結束。連聲再見、連個握手、連道別的眼神都沒有，什麼都沒有。

卡拉彎腰趨前吻他額頭。

只見她父親毫無反應。

接著她悄悄離開房間。

姊姊蘇西等在門外。「他說了什麼？」

「什麼都沒說，他在找碴，向來如此。妳也知道他是怎麼樣的人，況且艾弗雷是他的眼中釘。」

蘇西點頭。「還有時間喝一小杯氣泡酒嗎？」

卡拉看了一下時間，然後跟姊姊走進廚房。

蘇西倒了兩杯氣泡酒放餐桌上。

「留下來別走。」她說。「妳可以住在我這裡，伯恩德那邊不會有問題的。妳也不必天天照顧爸爸，別擔心，我們可以換班，況且我現在準備找看護一天來兩次，到時負擔就沒那麼大了。」

「不管什麼看護來，都會被他氣跑，沒人能長期忍受他胡言亂語。」

「到時再說吧。」卡拉向來很羨慕蘇西精力旺盛又當機立斷。蘇西天不怕地不怕，能為自己的信念上刀山下油鍋。她是個正義偏執狂，也因此把自己的生活弄得不好過，她到處引發不滿，被人視爲超級難搞，官司打個不停。她絕非那種萬事太平的擁護者，行事風格爲她帶來敵人多於朋友。不過卡拉就是羨慕姊姊這麼強勢，她和姊姊恰好相反。

「留下來別走！」蘇西說。「幫幫忙，留下來會死嗎？妳躲到荒郊野外，完全與世隔絕，和一個不愛妳的男人……」

「他愛我！」如果說這世上她只相信一件事，那她相信艾弗雷眞心愛她。

「但是他不跟妳上床！」

卡拉聳聳肩，尷尬的表情寫在臉上。「是沒錯，可是……我不知道，我相信其中有很多理由。」

「哪些理由？」蘇西眞是殘酷。

「不知道，但是我能確定不是我的關係。」

「你們不談這件事嗎？妳不告訴他妳要什麼、缺什麼？」

卡拉搖搖頭。「我無法跟妳解釋，不過和艾弗雷沒辦法談這檔事。」

蘇西別過頭去，望向角落。

「我親愛的妹妹啊，這從頭到尾都是狗屁！你們這種關係半點用處都沒有！妳在森林裡只吃素，又沒電話，節儉得很變態，沒有娛樂，沒有電視，沒有朋友……這是怎樣？妳需要與人接觸，需要消遣，需要一個有意義的工作，最重要的是，妳需要一個可以跟妳說說話的女性朋友，免得妳悶死在這個泥淖裡！」

卡拉擦了一下沒上妝的眼睛，臉上露出微笑。

天啊，蘇西心底暗想，要是我像她那樣擦，保證像紅燈區三天不下床的妓女。而我這個妹妹，竟直接用這張沒化妝的臉上街示人，要是她能上點眼影、塗些口紅腮紅，一定亮麗動人……自從她認識這個男人後，一直在毀滅自己，有系統地自我毀滅。她那盲目的安全感對她只有壞處，只會把她推向不幸。

「沒錯，有個女性朋友會很不賴。」卡拉說，「我們那裡超安靜，艾弗雷和我彼此也不太說話，而且能說什麼呢？每次我從德國回到那裡，剛開始都很不習慣，但是……過了幾天，我馬上就習慣了。總有一天，我們會全然喪失開口的興趣。」

「我的老天！」蘇西聽了大爲震驚。「妳看，又多了一個搬回德國的理由。卡拉，拜託留下來！」

卡拉搖搖頭。「不行。艾弗雷沒有我活不下去，我沒他也活不下去。」

「妳眞是無藥可救。」蘇西對艾弗雷只有鄙視。

「妳太不了解他了。」卡拉柔聲地說。「他這個人好極了。」

「天啊，卡拉，他把妳當小孩看待呢！妳沒發覺嗎？他從早到晚一直控制著妳！」蘇西再度激動起來。「他一定要知道妳和誰碰面、和誰講電話、妳說了什麼。有什麼理由不讓妳跟別人談他，有什麼理由不讓妳說錯話，有什麼理由不讓妳告訴人家你們住在破地洞裡！」

「別再說了，蘇西！」對於蘇西所講的，卡拉非但不生氣，反而露出微笑。「他是擔心我，他這個人很容易操心。假如他不愛我，不會這樣做，只因爲如此，他才會不斷想知道我在哪裡。這是背後的眞正理由。」

蘇西嘆了一口氣。「妳眞的是無可救藥。」她想幫卡拉再倒一杯氣泡酒，但卡拉迅速伸手擋住杯口。「不用再幫我倒了，我得走了。」

這時兩人的母親走進廚房，卡拉站起來抱她，母親輕聲說：「別生妳爸爸的氣，好不好？他現在表現不出任何感情，所以寧可他惹人厭，也比半句話不說好。」

卡拉點頭。「要我再進去看他嗎？」

「可以啊，不過他已經睡著了。」

卡拉走進臥房時，父親靜靜躺著，深邃的眼睛緊閉著，打呼聲已經停止。

「再見，爸爸。」卡拉小聲地說。

她正彎腰趨向他時，他突然低語：「孩子，我正往地獄前進。」

「不准你這麼想，也不准這麼說。」

「誰說不行，我的寶貝女兒，事實就是如此。不過，也許我搭的地獄之車還卡在垃圾堆裡，所以我會晚點抵達終點，可以等到妳下次回來……」

他凹癟的嘴勉強擠出一個無力的笑容，卡拉明白這是愛的表示，也許是她父親所能做到的最大表示。

49

從衛斯特蘭出發的二四一次城際列車「史得特貝克號」已經遲到十九分鐘，卡拉在正常開車時間前十分鐘即到車站等待了。她把行李箱夾在雙腿之間，背部緊緊靠在柱子上，以免手上拿著啤酒瓶無所事事的青少年乘機把她推去撞火車。她厭惡這些發出刺耳噪音的龐大火車，呼嘯進站的列車有如天災，完全無視近處站著數百個脆弱的人類。她十六歲時親眼目睹一場意外，一個老人的腿夾在月台和地鐵列車之間，那間隙只有兩三公分寬，卻塞著直徑約三、四十公分的大腿，過了一個多小時，消防隊才用火焰切割器把那隻腿弄出來，隨即將老人載走。卡拉精神崩潰，老人的樣子在她記憶中一直揮之不去。事後人家告訴她，她在月台上大哭大叫，經警察安撫後載送回家。而她自己完全不記得有這麼一回事。

她只記得那名老人。那個被夾進去的老人看起來很像她父親，就像他數年前還會走出房子時一樣，頭戴帽子，身穿大衣，大部分時候也帶把雨傘。在那被地鐵夾傷的老人身上，她看到父親的影子。比人類強的東西有很多，甚至強過一個小女孩的萬能父親。而今，他躺在這棟褐色捲簾的黃磚屋裡對抗死亡，不願相信眼前的敵人根本是無敵的。

她身旁站著一個軍人，他不停大聲把痰吐到地上。月台上明顯可見一塊塊又黃又黏的痰，搞不好過幾天才會乾掉。卡拉感到無比噁心，不得不反覆吞嚥口水以抑止吐意。接著她想起艾弗雷，他因為太少喝水，嘴角也常黏著乾掉的唾液，又因為覺得牙膏太貴，因而牙齒越來越黃、越來越綠。艾弗雷，她很愛他，但也有八輩子沒親過他了。光想到這裡她就覺得不舒服。

她旁邊的軍人突然噴嚏連連，不斷噴進掌心，每打一次就興味盎然地觀察指間的鼻涕。卡拉盡量不去看他，盡量無視旁邊發生的事，專注讓自己別因噁心而暈倒。不能倒在這裡，不能倒在風這麼大的月台上。她可不想搞到最後還被送進阿爾托納區的醫院。米白色的病房，病床上方的日光燈管，正對床的牆上十字架，她可不想在這種地方待兩天。她希望等會上車能找到一個安安靜靜的包廂，裡面有個友善的人作伴。她想回家。回義大利。回到王冠谷。回到艾弗雷身邊。或者應該說，回到安利可身邊。在她想法裡，他永遠是「艾弗雷」，可是他不喜歡聽她這樣叫他。她又得轉一下腦袋重新習慣了。出於某種她不知道的理由，他比較喜歡「安利可」這個名字，她雖無法理解，但表示尊重，畢竟大家想讓別人怎麼叫自己都可以。

卡拉不知道艾弗雷和瑪格結婚前的姓氏是「海利希」。其實「安利可」在義大利文當中大約等於「海利希」。

火車進站時，隔壁的軍人仍不停打著噴嚏。火車的尖銳煞車聲震耳欲聾，卡拉正想提起行李時，隔壁的軍人一個箭步衝向她，搶先用他沾滿鼻涕的黏手指一把抓住卡拉的行李，他說：「讓我來吧，我幫妳把行李提上車，包在我身上。」卡拉楞了一下，但又不好意思拒絕，只好勉強擠出微笑，硬是把苦水往裡吞。反正已經太遲，行李握把早已黏滿那人的鼻涕。

卡拉在車廂內搖搖晃晃走著，尋找她的包廂，軍人則緊跟在後。她想再看一次票上的座位號碼，所以停下腳步，後面的軍人沒料到她會突然停下，差點撞上她。最後她找到包廂，裡面沒人。她鬆了一口氣，在靠窗的位置坐下，軍人跟著進來，奮力將她的行李放到她正上方的行李架上，接著露出微笑。「謝謝，」卡拉說，「您眞好心。」

軍人也報以微笑，直接在卡拉對面坐下。「這裡還有位置，我直接坐這邊就可以。」他的鼻子又紅又濕，他用制服袖子去擦。卡拉見狀嚇得要命，還要試著別讓對方發現她很震驚，最後神經緊張地閉上雙眼。

她累壞了，因爲每晚守在父親病榻前而累得虛脫。

父親一呻吟、哀嚎或叫喊，卡拉馬上會從熟睡中跳起來，而這種情況持續不斷。他只要尿布全濕，或者需要止痛藥，便會馬上大叫。

過去這幾週，她沒有一覺睡超過兩小時，如今她有時間睡了。到慕尼黑還有六個小時。軍人嗯心歸噁心，她倒是不怕，他頂多打噴嚏，應該不會對她做什麼事。她把手提包的背帶在手肘上繞了兩圈，整個包包夾在腰部和牆壁之間，頭靠在吊於掛鉤上的外套上，就這樣睡著。

快到慕尼黑時，卡拉醒來，發現只剩下自己在包廂內。軍人早已離去，但留下了問候，他在起霧的玻璃上寫了「一路順風」。

50

二〇〇四年夏初，柏林

瑪萊珂把門打開，覺得好像跑了一場馬拉松，累得要命。進門後，隨即脫掉鞋子，把單肩背包掛到衣帽架上。她今天早上六點半就被叫去格魯能森林十七號林區，有位慢跑民眾發現一具屍體。她調查了整天，一直到現在，過了晚上八點，經解剖相驗後，才確定該名老人死於心肌梗塞，並無外力介入。做了整天細碎繁瑣的工作，既費力又耗神，但這下一切辛苦皆付諸東流。她現在只想吃點小東西，看一下電視，把那老人拋在腦後。死者極其不幸，摔了一跤，整張臉卡在刺鐵絲網裡。

「小揚！艾達！你們在嗎？」她邊喊邊把身上亞麻薄夾克脫下。

一扇門突然打開，一個十一歲的男孩向她撲來，一把抱住她脖子：「嗨，媽媽！」

瑪萊珂親了他一下，摸摸他的頭。

「艾達在哪裡？」

「去摩娜家了，但是九點會回來，她說的。」

「好吧，希望如此。貝蒂娜呢？」

「她去參加家長晚會了，妳不是知道嗎？」

「對耶，沒錯。我全忘了。」瑪萊珂走進廚房，小揚跟在她後面。

打開冰箱，一個小鍋子裡面還剩一些雞湯。

「你吃過晚飯了嗎？」

小揚點頭。「貝蒂娜出門前，做了一些東西給我吃。喔，對了，我電動還開著，可以回房間繼續玩嗎？」

「當然可以。學校功課做完了嗎？」

「都做完了。」小揚回到房裡。瑪萊珂把鍋子放到爐上，開火加熱。

十三年前，貝蒂娜和瑪萊珂終於成功領養到三歲的艾達。在那之前，她們和政府機關奮鬥了六年，一名青少年局的官員認爲，當時四十三歲的瑪萊珂年紀太大，另一名官員基本上拒絕爲女同性戀伴侶介紹領養孩童，每個人都在法律條文這個雞蛋裡挑出不同的骨頭，不過瑪萊珂和貝蒂娜憑著一股執著，加上一名律師的協助，終於排除各方疑慮。一九九一年領養了艾達，兩年後領養一歲的小揚時，已不再遭遇困難。

貝蒂娜欣喜萬分，樂在其中。她愛兩個孩子，把他們當寶一樣，且能完美兼顧自己的學校祕書工作和孩子的教育，瑪萊珂則難得在家，每天工作十二小時。三年前，他們全家搬到柏林。卡斯騰．許維爾斯主管諾依肯兇案組，把瑪萊珂延攬進組裡。瑪萊珂雖然未必受同事喜愛，但絕對受尊重，因爲卡斯騰明年即將退休，而顯然瑪萊珂將是他的接班人。

卡斯騰和瑪萊珂除了同事關係，還成了好朋友。他們至今仍無法破解手上最大的殺童案，那個殺童兇手在布勞許維希近郊的哈能沼澤區、柏林諾依肯和瑞爾特島殺害三名男童，並從屍體上拔斷犬齒。

十五年前，這起連續兇殺案突然停止。卡斯騰和瑪萊珂認爲，兇手不是已經喪生，就是因其他案件被捕，或潛逃出國了。但被迫未釐清眞相就結案，讓他們心裡始終壓著一塊大石頭。

桌上放著小揚正在讀的通俗小說《黑騎士艾文侯》和一本淡水魚書籍，他很想要一個水族箱，朝思暮想，旁邊還放著他拆下的鋼筆零件，以及一本用得破爛得很的數學課本，這本書至少三度遭小孩的手蹂躪，每度歷時兩年。瑪萊珂把這些東西全收到麵包籃旁邊，然後坐下。

小揚這個孩子，完全不必讓人操心，學校裡雖沒花太多工夫，但成績仍非常優異，他不是那種一派正經的孩子，但喜歡運動，無憂無慮，對兩個母親貝蒂娜和瑪萊珂都非常喜愛。

艾達則相反，正逢青春期，上學總是咳聲嘆氣，她偷偷去穿肚臍環，對此興趣遠大於她慘不忍睹的英文考試。艾達常覺受到委屈，脾氣像太后般喜怒無常，基本上看什麼都不順眼，除了她的好朋友們，她對所有人事物都感到厭煩。

瑪萊珂打開櫥櫃上的小電視，先稍微攪一下湯，接著不斷轉台。貝蒂娜討厭邊吃飯邊看電視，她曾說，不想因此背負小孩變笨的罪名。但瑪萊珂現在需要看一些彩色的畫面，廚房對她來講實在太安靜了。

盧森堡電視台正在播放一齣實境肥皀劇，講難以教養的兒童，瑪萊珂才看沒幾秒就決定不再給它機會，Sat1台正在播益智問答秀，VOX台則是一齣爛到不行的犯罪影集，讓她覺得很無聊，Pro Sieben台在播兒童音樂表演，她看了很煩躁，一視則在播賺人熱淚的愛情影片，二視播放著「新聞雜誌」。由於二視這個節目最快引起她的興趣，瑪萊珂決定不再轉台，一邊漫不經心地聽主持人報導德國公路上令人髮指的情況，一邊找齊餐盤刀叉。湯快滾時，主持人預告下一段節目主題是至今案情不明的義大利殺童案。

瑪萊珂拿開爐子上的湯，把電視聲音開大。

節目報導了薩丁尼亞那裡，過去五年有四個小女孩慘遭殺害，她們在不同的海灘被沖上岸，但都不是淹死的，兇手將她們活活打死，然後，可能在一艘船上，將她們丟下海，對於兇手的身分，警方目前毫無線索。即使在遇害女童住所一帶展開自願DNA受測，也無任何結果。

瑪萊珂心想：所以說，義大利的同行們跟我也沒兩樣嘛。片刻間，她覺得這個想法很有安慰作用。

接著記者報導托斯卡納有幾名小男童莫名其妙失蹤，從此不再出現。德國男童菲力克斯是一九九四年在度假屋附近玩耍時失蹤的，他父母到蒙特貝尼奇附近，在安布拉近郊租了一棟房子，最後被迫在孩子下落不明的情況下抱憾返回德國。

瑪萊珂毫不遲疑，手自動抓起一支筆，馬上記下那些地名。她繼續聽下去時，湯也冷掉了。

菲利普住在小鎮巴迪亞盧歐提，也是在安布拉附近。一九九七年，他在上學途中失去蹤影。最後是馬爾科，二〇〇〇年和朋友約好在湖邊見面，但一直不見人影。

新聞雜誌節目播放那一帶的絕世美景，以及三名男童疑似從人間蒸發的地點。當地沒人注意到任何可疑情況。

義大利警方根本上不認爲那些孩子還活著，但沒有屍體他們也束手無策，調查行動後來便無疾而終。

瑪萊珂看到失蹤男童的照片時，全身起滿雞皮疙瘩。三人都是金髮，體型十分瘦弱，以他們的年紀來講顯得很嬌小脆弱。三人全介於十到十三歲，瑪萊珂覺得，他們看起來都與丹尼爾、本雅明和弗羅里安見鬼般地驚人神似。

「我回來了！」艾達在走道上大吼。

「很棒！而且很準時！」瑪萊珂大吼回去，同時努力不漏聽報導裡的任何字句。

艾達用力扯開廚房門。「妳在看電視？」她語氣誇張地說，「而且邊吃邊看？妳想變笨嗎？」

「艾達，拜託安靜一下子，我想聽電視在講什麼……」

艾達頓時一副委屈的臉。「我才剛回到家，妳就碎碎念個不停。假如妳希望我走，我可以馬上走。」艾達走出廚房，用力把門甩上。

瑪萊珂轉了一下眼球，嘆出一口氣。隨即繼續專心看電視，可是畫面播出憲兵司令阿爾巴諾・羅倫佐的簡短聲明後，報導就跟著結束。羅倫佐表示，他非常擔憂托斯卡納如今將逐漸淪陷爲犯罪地區，回顧昔日的托斯卡納，年輕人尚能尊敬父母、對未來有所展望，當地也從未出現犯罪行為，大家可以讓孩子在森林裡玩樂而無須操心，在大街上放一袋滿滿的金子也沒問題，隔天照樣還在原地。

瑪萊珂關掉電視，點起一根菸。

她心想，我以前都不知道義大利有頭髮這麼金的男孩。有沒有可能是我們的兇手逃出德國後，跑到義大利去呢？很有可能，而且這樣就能解釋爲何德國這起連續殺人案突然中斷。義大利那些孩子失蹤的時間也是彼此相隔三年。媽的，她心想，現在我竟然覺得到哪裡都看到這個他媽的殺人魔。不過這也很有可能啊！很多人移民出國，搬到南歐去了，我們的兇手有什麼理由不會這樣？

她走到走道上，拿起電話打給卡斯騰。「卡斯騰，」她說，「你有看二視的新聞雜誌節目嗎？」

卡斯騰沒看，她隨即巨細靡遺地向他描述事情經過。她還加上自己的推論，並問他是否該和托斯卡納的警方聯絡一下……

「我拜託妳好不好，」卡斯騰說，「瑪萊珂，我眞的拜託妳。」這種語氣她熟得很，每當他認爲她瘋了，就會用這種誇張的方式講話。

「我們的兇手有個怪癖，總愛布置現場，把受害者擺得好好的給我們看，讓我們到現場看了覺得還不賴。」他現在轉爲挖苦，但瑪萊珂沒說話。「他的手法天衣無縫，就算他甘冒風險，使出這種伎倆，我們依然逮不到他。那妳倒是說說看，他現在跑到義大利那片荒郊野外去，幹嘛突然大費周章毀屍滅跡？妳知道嗎，這是最大的問題。」

「我知道。」她沈悶地說。

「所以說，當中如何存在行兇手法的相似性甚至一致性，我實在難以理解。」

「那只是一種感覺，卡斯騰，一種模糊的直覺。」

「嗯。」卡斯騰現在不想反駁，畢竟瑪萊珂的直覺經常正確得驚人，過去辦案已數度正中紅心。

「我認爲，我們可以發一份傳眞給義大利憲兵隊，請他們給我們一些情報。」

「瑪萊珂……南非、中國、烏茲別克一定也有小孩子失蹤，我們不能和全世界各國一一聯絡，比對所有案子啊！」

「好吧好吧，我只是提出一個想法。」

「別生氣，明天見吧？」

「好。」瑪萊珂掛上電話。

貝蒂娜十點回到家。在小揚他們全年級的家長晚會上，基本上只談了即將舉行的年級郊遊事宜，害貝蒂娜去了之後很生氣。年級郊遊的事她了解得很，那些資訊對於家中孩子第一次出遊的父母而言，得像海綿一樣用力吸收，但她根本不需要。

瑪萊珂進房時，手裡正翻著翡冷翠的旅遊手冊。

「眞的還假的？」貝蒂娜語氣驚訝，面帶微笑地說。「妳什麼時候開始對米開朗基羅和達文西有興趣了？」

「我的同事莫爾斯整天興高采烈跟我說托斯卡納怎樣怎樣，我還沒去過，妳呢？」

貝蒂娜搖搖頭。

「我們放秋假時去托斯卡納玩玩，妳覺得怎麼樣？我眞的好奇起來了。」最後這句的確符合事實。

「假如妳成天往教堂和博物館跑，艾達和小揚一定不會讓妳如願的。」

「妳在說什麼，我們找一棟小度假屋，要位於如詩如畫的山丘上，有夢幻美景，四周圍繞著橄欖樹田、葡萄園、柏樹林……我們可以去健行、騎腳踏車，而且還有一點，這一帶吉安提酒都是開水龍頭就有呢。」

「這眞是一個好理由！可是那裡完全沒有殺人命案喔！妳受得了嗎？」

「當然！」瑪萊珂這時說起謊來臉不紅氣不喘。

貝蒂娜坐在瑪萊珂的沙發扶手上，張臂擁抱她。「聽起來好棒！實在太美好了，令人難以相信是眞的。」

51

二〇〇四年六月，席耶納

安娜離開之後，凱伊．葛瑞果里在席耶納街頭不知所措，遊蕩了一會兒，思索該怎麼度過殘破的夜晚。百般無聊的他，用鞋尖在皀石路上畫圈圈和圖案，畫的時候發現自己的腳汗涔涔，他穿拖鞋向來不穿襪子。現在來沖個澡應該不錯，雖然這麼想，但他也明白，一旦回到家，就不太有動力再出門了，而且爲時尙早，還不到窩在家的時候。

凱伊決定進辦公室一下。他迅速穿越扇貝廣場，到了市府大樓後面，直接彎進波立歐內路。從屋外可以看到他們辦公室窗板緊閉，可見莫妮卡已經下班回家。這樣更好。

莫妮卡的書桌整理得無可挑剔，似乎連指紋都不想留下。反觀他自己的書桌，總是撒滿資料夾、相片、屋況報告、信件、宣傳本子和筆記，每天傍晚莫妮卡都執拗地來把他這一團混亂堆砌成一疊，搞得凱伊每次都很跳腳，但不悅也於事無補，無論拜託、命令、威脅或者天搖地動都改變不了莫妮卡。

只見他電腦螢幕上貼了好幾則訊息，是莫妮卡的筆跡：「許哈德夫婦抱怨說，參觀荒謬可笑的房子毫無意義，害他們白白損失一天寶貴假期。——許哈德夫婦去死吧——馬內提博士等你明天上午十點打電話給他；貝拉登佳新堡那間套房公寓的公證，訂於下週二下午三點三十分；城牆之家的交易時間訂於週四的十點三十分。」

其餘便非重要事項。他把檯燈按掉，離開辦公間。進到廚房，迅速瞄了一下冰箱，看還剩什麼。兩瓶牛奶、一塊羊乳酪、三罐優格、一瓶已開的氣泡酒，瓶頸還塞著一根銀茶匙，據說是為了防止碳酸跑掉。他才不信這套鬼話，嘗了一口，喝起來已平淡無味，所以他乾脆把整瓶開過的酒一起帶出辦公室。

到了扇貝廣場，在噴泉附近找了一個位置，席地而坐。地板上的石頭還暖洋洋的，六月無疑是他最愛的月份，一方面白晝長，另一方面夏季仍鮮活有生氣，讓人對更多事提得起勁。不像八月，大家至此已受夠暑氣，而且天氣悶熱沈重，給人的感覺只是濕黏又昏沈。

他慢慢喝著氣泡酒。當前這個時刻，他實在不喜歡獨處。

他觀察情侶、遊客、席耶納人，他們或緩緩信步前進，或急忙走向某條巷子。他和所有人都非親非故。假如他現在倒在扇貝廣場上死了，或許會有人發現，或許會有人叫救護車，但大家絕對不痛不癢。他這個人，絕不會有人為他傷心的。儘管就住在市中心，但在這個去他媽的世界上，他基本上和安利可一樣孤單，安利可總是躲在森林裡，只要沒人打擾他的林中平靜，就樂不可支。凱伊自問，問題是出在自己身上嗎？否則為何至今沒有一個女人想待在他身邊？說不定。因為每個女人認識一陣子後就受不了他，因為每個女人總有一天會對他慣常的悠閒步調感到不舒服，因為他想到什麼便二話不說馬上去做。他不喜歡聽人家對他說：「你剛剛去了哪裡？」或「你得吃點東西。」或「你已經喝第二瓶了。」他只想在扇貝廣場這裡，將頭臥在某人大腿上，等待黑暗，細數繁星，最後默默而非孤獨地回家去。回到家後，或許再一塊兒到陽台上喝瓶紅酒，一時興起即起身上床，就讓杯子直接放到隔天晚上，或等下次狂風暴雨來襲，迅速將杯子掃到街上。他可不想要那種會自動把杯子拿進廚房、放進洗碗槽並放滿水的女人。夜間從灑滿月色的陽台進到昏暗的臥房時，他不想看到廚房燈火通明。

天色漸暗。扇貝廣場四周的高房子，已在聚光燈下進入紅黃交錯的柔和光影中。凱伊吃力地站起來，在硬石頭上坐久了，令他全身骨頭疼痛。氣泡酒越喝越讓人想喝，最近的酒吧走幾步就能到。

他回到家，拖著腳步吃力拉著樓梯扶手往上爬時，已經是一點半了。他喝太多了，一如往常。然而他酒醉的程度，還沒到感覺不出當晚他家樓梯間異於平日的地步。他內心頓時拉起警報，精神高度集中，格外清醒。酒精的效力似乎在這一刻渾然消散。他腳步盡可能輕緩，一階一階躡手躡腳前進，同時試著探嗅到底他的不安來自何處。

他突然明白，是來自一股怪味，一股令人噁心的奇怪氣味，像混雜了腐爛的草、老鼠尿、酸牛奶和過熟的無花果。

上到最後一階，只見艾蘿菈坐在他家門前笑嘻嘻的。她的右上門牙像柏油一樣黑。

「妳在這裡做什麼？」他聲音放輕，可不想吵醒整棟房子的人。

艾蘿菈沒回答，只是一味咯咯笑。

他老早暗自害怕會有這麼一天。數週以來，艾蘿菈一直偷偷跟蹤他，不論是守候在廢墟裡，躲藏在大樹、矮林後，埋伏在碎石路上，全只爲了見他，迅速瞄到一眼也好。每當他發現她，都盡可能視而不見，甚至常假裝沒注意到她。當他回到席耶納，坐在辦公室或在家時，總能順利把盤旋在腦中的她排開。不過他也料到，這件事絕不會僅停留在觀察階段，總有一天，艾蘿菈絕不會滿足於遠觀，而今這一刻終於到來，現在她正像遭人遺棄的流浪狗坐在他家門口。

「妳不可以待在這裡，」凱伊說，「妳也不能進我家。」很奇怪，他竟突然害怕起眼前這個髒兮兮的邋遢生物。

他話才剛講完，艾蘿菈已開始可怕地鬼吼鬼叫，像隻被人活生生剝皮的小狗。情急之下，他打開了門，把艾蘿菈拉進屋裡。吼叫頓時停止，艾蘿菈呼地鬆了一口氣。凱伊走進廚房，艾蘿菈碎步跟上。凱伊從冰箱裡拿出一罐柳橙汁，切開紙包裝一角，倒了滿滿一杯。

「來吧，先喝點東西。」

艾蘿菈小心翼翼拿起杯子，一口氣把果汁喝完。她興奮得面露喜色、舌頭不斷舔嘴唇而發出嘖嘖聲。

「妳得洗個澡，」他說，「這個樣子不能待在我家，會把我所有東西弄髒。」

艾蘿菈的臉龐頓時籠罩在愁雲慘霧中，快樂的情緒瞬間消失，但她堅強點頭。

凱伊走進浴室，艾蘿菈緊跟在後。三年前他搬進這間公寓時，對浴室未做大幅更動。部分是因為他沒興趣，也沒那個時間，但也因為他覺得這間浴室本身饒有興味。盥洗台上方和淋浴間裡還留有古威尼斯式瓷磚遺跡，而古瓷磚脫落之處，他則補以灰色的防水塗料，結果出乎意料地好看，也使浴室更添生氣。水龍頭全是黃銅製成，樣式絢麗，布滿曲線紋，雖極其俗氣，卻又為整體賦予特殊風貌。整間浴室怪是怪，但反倒怪得很好看。而且他擺了一面金框鏡子，鏡框富麗堂皇，壁燈採用慕拉諾玻璃為材，造型輕鬆活潑，為整體更添風采。浴室裡唯一從前人手裡接收下來的東西是浴缸，以獅腳為底座，看那樣子，彷彿只要扶著缸沿去拿地上的毛巾，就會馬上翻倒。歷經數十年流水和水龍頭持續滴水，浴缸搪瓷早已損耗，底部出現一條黃色斑紋，顯然已去除不掉。

其實凱伊曾想買新浴缸，但始終沒買成，而且反正他也不用，久而久之就沒放在心上了。

他現在倉卒把淋浴間沖洗一下，用水塞把浴缸下水口堵住，一邊看著熱水沛然猛流，熱氣蒸騰，一邊祈求浴缸不會漏水。

沐浴精。媽呀，他家裡根本沒這種東西。情急之下，他倒了一蓋毛料洗衣精到水裡。對軟毛料好的東西，想必對柔嫩肌膚也不會太差。

凱伊的一舉一動，艾蘿菈都看得津津有味，她興奮地嗅了又嗅毛料洗衣精的香味。

不到五分鐘，浴缸就裝滿了水。好極了，他心想。不賴嘛。也許我自己哪天也來泡個澡。艾蘿菈兩三下脫光衣服，隨即爬進浴缸。他別無選擇，不得不眼睜睜地看她。軀體曼妙。辛苦貧困的生活以及大量工作帶來的成果，遠比去健身中心還要好。

她沒察覺他的目光，身體一沈，就泡在毛料洗衣精的泡泡山裡，閉上雙眼，嘴裡發出暢快的嘆息。

「妳慢慢洗，」他說，「我在隔壁。」

到了客廳，他讓陽台門大大敞開。暖和的夜晚空氣瞬間湧進，他走上陽台，開始深呼吸。他的浴缸裡正躺著艾蘿菈。與文明格格不入的聖文千隍怪胎。他隱隱覺得自己將遇上一個超級大麻煩。顯然他很容易吸引這類生物上門，且在孩提時代就開始了。流浪狗、骯髒的貓全都會來他身旁，從此長相左右，彷彿直覺認定他是唯一救星。若鳥從巢裡掉下來，保證不偏不倚落在他跟前，烏龜臨死前會拖著沈重腳步來到他附近。如今輪到艾蘿菈。他一想到艾蘿菈就想起遭人漠視的動物們，有這種想法讓他很慚愧。

他返回屋裡，朝吧台走去。他所謂的吧台，其實是一塊突出於落地窗上方的小平台，他在上面放了一排酒。凱伊拿了一瓶威士忌，倒了半杯。第一口喝下去直衝腦門，把他嚇得暫時頓住，不過接著下來通體暖和暢快，因而再度平靜下來。

他就此陷入沈思，坐了將近四十五分鐘。都沒聽到艾蘿菈的聲音。他曾思索片刻，以爲她發生了什麼事，但隨即拋棄這個想法。畢竟她年紀夠大了，單獨躺在浴缸裡絕無問題。

帶著煩惱和負擔的你們，儘管來我這裡，他一邊自我消遣地想著，一邊吞下一大口酒。這個時候，他想起向來容易高傲自大的莫妮卡。將近一年前，在一個炎熱的八月午後，她突然在他辦公室裡淚如決堤，那可不是一般的淚眼婆娑，而是淚如汪洋。他很害怕假如不給她一瓶礦泉水補充補充，她隨時會脫水……然後她一古腦傾吐內心煩惱，他一邊把面紙一張接一張遞過去。她講的是男友安東尼奧，他當天早上剛把牙刷、CD帶離她家。三個月前，他開始和一個叫伊麗娜的女人有染，兩人是在嘉娜納尼尼咖啡館認識的，當時女方正在吃一份正常人絕對消化不下的冰淇淋，卻居然沒吃到吐。認識之後，兩人每天到嘉娜納尼尼咖啡館共享一客冰淇淋，之後回到伊麗娜的閣樓溫存。

莫妮卡一五一十道出這件事，而且還講了更多別的，但凱伊一點也不想聽。他一面迫切希望她能煞住滔滔淚水，不要再講下去，一面安慰她，專心聽她說，還不斷點頭稱是，最後她說他是好人，在需要時，他是眞正的朋友。

莫妮卡難過了一個禮拜。接著認識了傑拉爾多，來上班時神采奕奕，還說她爲安東尼奧這個王八蛋流的眼淚，滴滴傷透她的心。凱伊也點頭稱是。莫妮卡向凱伊傾吐情感苦悶時，一度語氣頗爲隨便，但現在又恢復從前的尊敬習慣。

波多是凱伊學校時代的朋友，至今偶爾還有聯絡，每半年會一起去喝個夠。在科隆的時候，有次波多沒事先通知就提著三箱行李、兩袋東西和鸚鵡藍波出現在凱伊家門前。臉色慘白，睡眠不足，身上半毛錢也沒有。波多原本住家裡，但母親過世後，他覺得生命頓失依靠。在他心目中，凱伊是最合適的候補依靠。單身，沒孩子，房子大，非常理想。波多在凱伊家住了四週。夜夜霸佔電視，威士忌一瓶接一瓶清空，波多一直述說生活往事，有些片段甚至反覆再三。最後凱伊忍無可忍，將他連同大包小包、鸚鵡藍波全掃地出門。要是凱伊沒這麼做，說不定今天波多還住在他家。

現在輪到艾蘿菈。艾蘿菈讓他心動，不像莫妮卡在他心中毫無地位，也不能像對波多那樣毫不留情。艾蘿菈是被一個女精靈和一個男精怪，或一對外星人丟到世上的，既不是禮物，也非天大不幸。但絕對是個麻煩。

將近三點，她突然站在他房間，聞起來像他剛洗好的套頭毛線衣，正穿著他的藍灰條紋浴袍，臉上露出微笑。

「妳把牙齒怎麼了？」他問。

「艾蘿菈。」她聳著肩說。

凱伊在沙發上鋪了床單，取來枕頭和被子。他的頭天旋地轉。威士忌把他撂倒了，他現在非得睡覺不可。艾蘿菈觀察他每一個動作，大惑不解，但也沒說話。

他弄好時，她讓浴袍鬆脫落地，爬進被窩。

「晚安，我會叫妳起來吃早餐。」講完他便離開房間。

「艾蘿菈。」艾蘿菈喃喃回答，聽起來像在說「謝謝」。

有股力量像漩渦一樣，把他從陰暗的沈睡中往上拉，當時他的夢一個個扭攪成堆，腦海裡已分不清上下左右。過了好一會兒，他才領會過來，他確實躺在自己床上，左邊是門右邊是窗，身上纏著一隻瘦小手臂，肚子上也有隻瘦小的手遊走著。她溫暖柔嫩，緊緊依偎在他身上，鼻息吹在他脖子上，宛如輕柔的夏風。當他完全清醒，並意識到那是艾蘿菈的裸體緊貼在他身上時，他開始祈求上天賜予他力量。「喔，不行，拜託不行這樣，我辦不到，我抗拒不了，喔，神啊，這是怎麼一回事，你想對我怎樣……」

但手不斷在他身上遊走的並不是神，而是艾蘿菈，最後他撐不下去了，於是翻身面對她。他的唇找到了她的臉，手也在搜尋。當他感覺碰到一撮細軟絨毛，手指開始慢慢打轉時，艾蘿菈輕輕吟唱了起來，聲如清鐘，好比聖文千隄中世紀禮拜堂的三鐘經鐘聲。

52

旭日東升，橘紅色的光線一舉趕走暗夜妖魔，安娜隨之醒來。此刻的磨坊房間，氣氛虛幻美妙，讓她全身瞬間充滿深刻的幸福感。一切很好，一切正常。她先前之所以害怕，是因爲不認識這裡的孤寂和這個溪谷，尤其不認識安利可。就是這麼一回事。她看了手錶，五點半，眞早。安利可一定還沒睡醒。

她在磨坊裡環顧四周。參觀房間和在房裡一覺醒來是兩回事。例如她以前渾然不覺壁爐有多美多大。安利可在壁爐內牆裝了一幅鐵製圖畫，上面畫著一群孩子在草原上玩耍。壁爐旁邊掛著無框的廢墟照片，其實畫面中只見殘牆、被雜草覆蓋的石塊以及腐朽的黑色橫梁。她完全無法想像，怎麼有人會提得起這番勇氣，把這片野草叢生的「虛無」重新雕琢成這麼一塊珠玉。安利可是藝術家。他不僅是哲學家，也是爲了催生美景而不惜拚命幹活的人。美感顯然對他而言至關重要。半公尺厚的天然石牆上，四處有他親手設置的石架或內凹的壁櫥，間或放置厚重石塊，再將石塊周圍的牆面磨洗成白色。他還在主牆嵌了幾扇小窗子，約莫半張影印紙大小，一扇放了一顆極美的石頭，另一扇立著一個小花瓶，插著一朵極小的花。大窗邊有塊寶石，用鐵鍊吊著，折射出熠熠閃動的光芒。窗前有張小桌子，只配了一張椅子，坐在這裡，整片狹窄的山谷以及流向停車場的小溪盡收眼底，美不勝收。安娜決定將這裡當作寫字閱讀的角落，而且如果有人來，或接近這兩棟房子，坐在這裡可以即時看到。

磨坊是件藝術品，獨一無二，處處講究小細節，完成它的人是藝術家，不只要求能實際施做，更要求充滿美感。

安娜慢慢起身，舒展筋骨。很奇怪，她感覺已獲得了充分的休息，神清氣爽。鞋子整整齊齊並排放在門邊，想必是安利可幫她脫下放好的。她還想繼續四處看看磨坊內部，於是穿起鞋子，慢慢沿著木梯往下，進入磨坊底層的空間。

底下這層比上面昏暗許多，看出窗外，景色也稍微遜色，畢竟這裡地勢只比溪流高一點點。不過這是個能讓人好好窩著的房間，坐在舒適的沙發椅上，就著暖和的閱讀燈，讀著一本厚厚的通俗小說，度過昏黃而寧靜的一天。和磨坊下層這個房間相鄰的小浴室很討她歡心，小巧且頗具鄉下純樸風，深色的橫梁和老舊的屋頂砌磚宛如屏障，讓獨自在磨坊底層脫衣、進入淋浴間並因而無窮脆弱的人有種受到保護的感覺。盥洗台上方的木鏡框是安利可親手雕製的，一個青年風的小燈散出曖曖光暈，雖然化妝時會嫌不夠亮，但已夠讓人覺得舒服且有家的味道。這間浴室也稱得上是個隱蔽所，只要關上門，便遺世絕俗。主屋的大浴室則截然不同，那裡予人一種寬敞明亮的感受，陽光直接照耀，寬闊的空間讓人頓時心胸開敞。

這分明就是為我量身打造的家，在這裡可以一舉兩得，擁有一切，既可以自我發展、自我成長，又可以歸隱山林，將生活需求降低至實質所需。王冠谷是城堡兼地窖，高山兼谷地，陽光兼陰影。兼具浩瀚無邊的自由和遭受活埋的感覺。

安娜走向玻璃門，出去即是磨坊的小露台，鑰匙插在屋內這側，她開門踏出戶外。安利可正在天然泳池游泳。悄然緩慢，彷彿盡力不去擾動池水、不製造任何聲音。他看到她時，臉上露出微笑。

接著慢慢爬出泳池。一絲不掛。

安利可察覺得到，她雖盡力不去細看，眼光仍投射在他身上，他還發現，她雖想裝作這一切正常且非常自然，但仍無法做到。安利可覺得她的不安很動人，從而發出微笑。

「睡得好嗎？」他一邊問著，一邊在池畔拿園藝水管往身上沖水。

安娜僅點點頭。

「妳也來游一下嘛。」他說。「有助提神醒腦，血液循環正常喔。」

「不了，謝謝。」安娜只要一看到池水，便覺全身冰凍。「咖啡也有同樣作用。」

安娜已泡好咖啡，所有能找到跟早餐有關的食物都放在托盤上，拿到戶外。她在胡桃樹下忙著擺餐具時，安利可正好過來。他穿著短褲，上半身一件套頭毛衣，看起來神采奕奕。

「聞起來眞香。」

他坐下來，幫忙倒咖啡。「有聽到鳥叫聲嗎？」他問。「這片溪谷有很多鳥，多得難以置信，眞是好福氣啊，牠們就是我的鬧鐘，太陽一出來，牠們就開始唱歌，我也跟著醒來起床。」

「我昨晚累壞了吧，我想。」安娜提起勇氣，小心翼翼企圖挖出昨天到底發生何事，以及安利可對此作何感想。

「大概這一切對妳來說有點超過負荷，沒什麼關係。」安利可很溫柔，表現充分理解的態度。像個母親，會對燙傷的孩子說：「都是我的錯，寶貝，我應該先告訴妳爐子很燙。」

他繼續說，「妳突然體力不支，馬上睡著。我試著把妳叫醒，但完全沒用。」

「我突然不省人事嗎？」

「也許，很有可能。總之我把妳抱到磨坊去，讓妳躺著睡覺。」

「謝謝。」

安利可拿了一塊硬硬的黑麥麵包，塗上一層非常厚的奶油，厚到安娜光看就覺得噁心。她只喝咖啡和山泉水，肚子不餓，也沒胃口。

「這種情況常發生在妳身上嗎？」安利可問。

「並沒有。」安娜仔細思索。「不過呢，過去幾年，我越來越分不清夢境和現實。究竟夢到什麼、實際上發生了什麼事，我常毫無頭緒。夢境有時眞實到會讓我信以爲眞，而現實有時顯得如此虛幻，讓我乾脆將它束之高閣，告訴自己說，別把自己搞瘋，那只是夢罷了。」

「這種情況我也有。」安利可露出微笑。長久以來，他已分不清何爲眞實何爲謊言。他的生命只是一團混亂的故事，眞眞假假，他沒有過去，只有關於過去的模糊想像，而那想像每日一變，於是他想出一個自己喜歡又記得起來的新故事，只要別人問起，他就不斷重述，等到沒人再問，那個故事就會遭到遺忘。他只要數週沈默不語，他的過去就會像張白紙，等他重新寫上東西。

「也許在這裡我能得到平靜。」她說。「也許在這裡我能重新定位自我。」

「妳到底遭遇了什麼事情？」

她還在思索爲何不願跟他訴說往事，這時凱伊正在停車場，慢慢朝房子這邊走來。安娜看了一下手銬。七點半。她像看到海市蜃樓般盯著他，如果跟人家賭說凱伊絕不會自願這麼早從床上爬起來，那她一定會輸盡家產。

凱伊先靜靜喝了一杯咖啡，然後大家一起簽預定買賣契約書，這份契約即使未經公證，日後仍具法庭上的效力。凱伊腦中已有一套範本，提筆擬就一式兩份，當中安利可確認願以二十萬歐元出售房子，安娜這方則保證願意以二十萬歐元的價格買下這棟房子，並付十歐元作爲訂金，若安娜不再購買這棟房子，則自動損失這十歐元訂金，若安利可將房子賣給他人，則他不僅須返還安娜的十歐元訂金，且須額外多付她十歐元，這是義大利法律所明訂的。

「這簡直胡鬧嘛，」凱伊表示，「你們不要出個有實際意義的訂金嗎？例如，五萬歐元？那樣雙方比較有保障！」

但安利可拒絕他的提議，搖了搖頭。「錢這檔事，絕無有沒有保障可言，違約金一點用也沒有。假如安娜在公證日之前考慮不買這棟房子，好，一點問題也沒有。我這方不會把房子賣給別人，安娜已獲得我的承諾，我一諾値五萬歐元以上。」

安娜不發一語，全身起雞皮疙瘩。這世界上哪裡還找得到像他這樣有良心的人？安利可越來越吸引她，她也突然明白自己信得過他，完完全全信賴他。

凱伊挑高眉毛，一副不可置信的模樣。對他而言，安利可不是生意人，是瘋子，遲早會栽個大跟頭。這世界上到處都有人藉機合法詐財，要說誰最適合被騙，那就是安利可。但凱伊什麼都沒說。這筆買賣一定會順利進行，他有這種感覺。

安利可首先簽名，動作慢得極不尋常，簽出來的字體歪七扭八。他死板地畫出名字，讓安娜感覺到，他似乎一生當中很少簽名，這讓安娜很詫異。擔任過原油大企業經理的人，應該簽過不少名才對。

她看了紙上的簽名大吃一驚。「你叫做艾弗雷？」

「沒錯，可惜是真的。」安利可露出微笑。「但這只是正式的名字，只有簽名時才用得到。別的時候我都叫安利可。用這個名字我覺得比較愉快。」

安娜點頭。她認識的人中，沒幾個滿意自己名字的。菲力克斯就是其中之一。自從他奶奶告訴他菲力克斯表示「幸福的人」以後，他就對自己的名字很得意。他的確過得很幸福。

三人都簽好名後，便起身往停車場走去。安娜帶著手提包，而安利可不僅直接將餐具留置在胡桃樹下的桌上，甚至不關房子大門，任其敞開。他表示，屋裡沒有貴重物品，所以沒必要鎖門，要是有人想偷（他用的字眼是「拿走」）東西，就隨便他拿，那人一定比他還需要那些東西，但願他用得開心。

凱伊對安娜投以「妳看看他真是個瘋子」的眼神，安娜報以苦笑。三人坐上凱伊的大吉普車，便開車上路，往聖文千隄方向前進。

凱伊帶安利可去看聖文千隄附近一座廢墟，叫梅里雅之家。他解釋，這裡直到兩年以前，一直住著老朱麗葉，村民都叫她巫婆朱麗葉，有個瘋女人和她一起住，照顧她的起居，朱麗葉死後，瘋女放火燒了房子。之後黑莓樹蔓生，蓋住廢墟僅存的牆面，但安利可眼光獨到，能判斷整修這棟房子的可行性及不可行之處。

屋頂大部分塌陷，燒焦的橫梁不是架在鬆動的石塊上，就是攔腰斷落而懸在半空。由於安娜想展現她的興致，所以試圖在底層各房之間來回爬動，但她缺乏想像力，無法設想這堆燒焦的殘磚破瓦可以變出個漂亮完整的屋子，再加上她裸露的雙腿被黑莓灌木叢刮傷，於是作罷，轉而坐在草地上，旁觀兩個男人細細察看每個角落。安利可的小腿肚已有血往下滴，他沒發現，對他似乎也不構成困擾。凱伊極爲克制，話不多，顯然把安利可當作廢墟專家。

安娜環顧四周。非常奇怪，她在這裡竟然覺得比在王冠谷孤寂，原因是這棟房子地位更開闊，缺乏屏障四周的山丘。雖然看得到聖文千隄矗立在遠方丘陵，但步行至少要四、五十分鐘，安娜心裡估算著。不好，她不喜歡這裡，她覺得王冠谷勝過這裡上千倍。

四十五分鐘後，兩個男人把周遭全部詳察了一遍。「好啊，」安利可說，「那你去跟費艾瑪談一談。我要買，可是出價不會超過三萬。」

「萬一鎮上要求三萬五怎麼辦？」凱伊其實不知道這座廢墟該值多少，這句話只是抛出個風向球，用來試探安利可。

「那我就不要了。」

凱伊明顯地嘆了一口氣，內心咒罵不已。又是這套他媽的死腦筋的原則堅持。跟費艾瑪談將是個棘手的工作。若是跟她那個村長先生談，就簡單多了，他比較好說話，也好相處，兩瓶吉安提下肚馬上什麼都好。費艾瑪則不然，全阿爾諾河谷的人都知道，跟她打交道是傷透腦筋的事，而現在主導買賣的人一定是她。總之只要跟錢有關，一定是歸她管。

53

安娜告訴凱伊，她還想在王冠谷待個兩三天，凱伊則回了一個「妳得知道自己在做什麼」的臉，這種表情他工作場合常得派上用場，所以隨時備妥。然後他允諾盡快跟費艾瑪商談，說完即一溜煙開車走人。

天氣暖和，浴室門前的薰衣草香氣極其濃郁，安娜連在胡桃樹那邊都聞得到。薰衣草、迷迭香、鼠尾草等等，磨坊前花朵競相綻放，蟋蟀唧唧，安娜感到這是生平頭一遭把事情全都做對。

安利可一個半鐘頭前就在屋裡打坐。此時一個督朵瓦來的採橄欖工人，叫艾爾多，正騎著摩托車噠噠到來，直接停在廚房門前。安利可從臥室窗戶往樓下看。艾爾多張著他那無牙大嘴笑著，安利可用義大利文問：「午安，艾爾多，你來這裡做什麼？發生了什麼事？」安利可表現得很客氣，但不過於友善，畢竟他完全無法忍受被驚擾的感覺。但由於別人無法透過電話聯絡到他，所以受驚擾完全要怪他自己，然而他似乎對此無法理解。

艾爾多時間多。他帶著僵硬定型的持續笑容慢慢下車，一邊拍拍工作褲上的塵土，一邊細細打量安娜。對這種事，安利可從不當一回事，但安娜不同，她馬上意識到艾爾多這時心裡會想什麼。安利可的太太在德國，而眼前卻有另一個女人坐在露台上，穿短褲、脫鞋，戴著遮陽帽，手上拿著一本書，給人的印象不像是只停留幾分鐘的訪客。說不定，艾爾多笑個不停的原因，其實是在想終於又有個很棒的故事，可以讓人在督朵瓦至少說嘴個兩天。

「卡拉打電話給我。」艾爾多說，但此時窗框裡已不見安利可的蹤跡，他正走下樓梯。他不是走著下來，是飛奔而來。只要他願意，可以跑得像二十歲年輕人一樣快。

還好沒有被他逮到我們兩個待在一起，安娜暗想。要是我們兩人現在一起下樓，那會更慘。我們一個在樓上一個在樓下——還勉強說得過去啦。

艾爾多表示，卡拉打電話給他，請他轉告安利可，她今天晚上六點會抵達蒙特瓦爾齊車站，希望安利可能去接她。

「當然。」安利可用義大利文說。「當然，我一定會去。謝謝，艾爾多，謝謝你專程趕來轉告我這個消息。」

「不客氣。」艾爾多悶聲悶氣，還說：「也沒別的辦法了。」安娜覺得從他聲音裡聽得出些許不諒解：這些笨德國佬，住這麼偏僻，又連個電話也沒有，這樣萬一出事，不但自己倒楣，還會連帶麻煩到鄰居。

安利可進去廚房，很快又走出來，手裡拿著一瓶氣泡酒，隨即塞進艾爾多手裡。

「請代爲問候你太太！再次多謝！」這下艾爾多笑逐顏開，接過酒瓶，將它夾在置物架上，然後對安娜點個頭，騎上摩托車離開。

「我也準備離開了。」安娜說。「我會回到之前住在席耶納的那家旅館，不算貴得嚇死人，住起來也還可以。我想我們就保持聯絡吧，我現在請人從德國匯錢來，然後再約下週或下下週簽約，好不好？」

「那怎麼成，妳留下來。我們有兩棟房子呢！三個人住一定夠的！妳可以省下一筆旅館費。」

安利可如此霸氣，讓她心裡頗不是滋味。

「卡拉呢？」安娜想到這個陌生女人，就有一種不安的感覺。「要是她知道我已經住在這裡，她會怎麼想？這個艾爾多看到我以後，若去四處張揚一些有的沒的，就已經夠頭大了。況且卡拉還不知道我要買這棟房子。你不想趁你們倆單獨在一起時，先跟她好好說明白嗎？」

「不。」安利可說。

「你不覺得，若她看到我在這裡，會嚇一大跳嗎？」

「不。」安利可又說了這個字，安娜嚇得往後一退。這個「不」字，聽起來像落在空玻璃杯的冰塊。

安利可顯得格外鎮定。「她不會惹半點麻煩的，相信我。」

安娜被激怒得不再說話。她現在該怎麼辦？留下來？或者走人？

安利可似乎察覺到安娜的不安，於是加上一句：「而且妳們得認識認識。卡拉愛這棟房子，但她更愛她的花園，更愛她種在房子四周的花花草草，那全是她的傑作，是她的孩子。她得知道把這一切留給了誰。假如她喜歡妳，對她來講會比較放得下。」

「喔，天啊！」安娜把劉海從汗涔涔的額頭上撥開。她現在突然有股欲望，很想打退堂鼓，想快快結束這一切。她想買房子，但更不想惹上這麼多精神折磨。

她轉身走進磨坊。拜託好不好，那是安利可的男女關係，也是安利可的問題。跟她一點關係也沒有。放輕鬆點來看，她告訴自己，妳又沒和這個人上床，所以不必感到良心不安。假如沒買到這棟房子，就去買別棟。基本上，這個卡拉反應如何完全跟妳無關。

這些全是她對自己講的，但連她自己也不相信。她拿著手機爬上山，準備打電話給哈拉德和她母親。

她打給哈拉德時，他正值午休時間，把冷凍調理包放進微波爐裡，這餐吃柯尼希堡肉丸配五顆抱子甘藍和三塊馬鈴薯。「真可怕的一餐，」他說，「比在醫院吃的還糟。可是又能怎樣呢？」他努力讓自己的話聽起來不帶指責。

也許他想念我，至少想念會做飯的我，安娜心底暗想。

她告訴哈拉德，房子算是買下來了，預定買賣契約書已經簽好。接著停頓片刻，等挨罵、警告或至少長篇大論。但都沒有。哈拉德非常溫柔，他說：「妳一定會辦好的。」

這讓她沒有還擊的機會。她早已擬定好長篇辯護詞。

「那你一切都好嗎？」她問。

「目前比較清閒，來診所的主要是遊客，不是曬傷，就是踩到海膽。其實我可以休診一陣子，去找妳。」

安娜不敢相信自己的耳朵。她什麼都盤算了，但就是沒料到從丈夫嘴裡跑出這些話。簡直就是在示好。

「等我把房子買下來再說，好不好？等安利可和卡拉搬走，我們想怎麼裝修這裡就怎麼弄，到時我一定需要你。」

「我去可不想只當個搬家工人。」現在他真的有點不高興了。

「我也不是這個意思。」她確實略有此意。哈拉德當然也知道。要是有人能又快又正確地把燈裝好、更換瓦斯瓶、把架子掛上，那該有多好。但最重要的是不能讓哈拉德此時出現在此，讓他逮到機會勸她別買這棟房子。她希望，等到一切已成定局，無法逆轉時，才讓他前來。

「那麼，等一切就緒再通知我吧。假如沒有剛好遇上夏季流感潮的話，我就會去。」

「你眞貼心。」

兩人再度陷入沈默。雙方的尷尬都很明顯，安娜趕緊結束對話。反正已無話可說了。

安娜慢慢返回屋子那邊，一邊不由自主回想起與帕美拉的那段往事，她現在覺得當時眞是荒謬可笑，自己的反應也很幼稚誇張。現在的她一定不會再把薩克斯風丟進水族箱裡，她會端坐梳妝台前，花許多時間認眞化妝，塗上他從不喜歡的口紅，出去找男人。來個一夜情也不錯，或許後續會來個三夜、四夜或五夜情，看情況。你怎麼對我，我就怎麼對你，你根本不知道你那麼做有多傷人。

十年前，在那個最糟糕的一年裡，她失去了所有對她而言十分重要的一切：先是兒子，再來是丈夫，最後也失去唯一的女性朋友，沒有姊妹淘了。原因不在於帕美拉。帕美拉不是東西，更不是人。帕美拉不是眞正的朋友。安娜利用了她，濫用了她，說不定帕美拉已知情而因此肆無忌憚。帕美拉十分方便實用，完全不求回報，需要時隨時可以拿來用一用。帕美拉活像一條和陌生人出去溜達還會搖尾巴的狗。

不知怎麼地，帕美拉那檔事不知不覺中慢慢銷聲匿跡，哈拉德和安娜沈默相對，不再談任何事。也不再出現這些問題：「現在都什麼時間了，你到底上哪去了？將近一點了呢！」或者：「去韓森太太家怎麼那麼久？」或者：「你什麼時候開始去打保齡球的，你以前不是沒那個興致嗎？」全都無所謂了。安娜不問，哈拉德也不開口。他也絕口不提帕美拉這個名字，安娜已把這個女人從她人生當中刪除，有時甚至全忘了有這個人。對安娜而言，帕美拉已不存在。

在哈拉德面前，帕美拉會展現心思纖細的一面，或愚蠢的一面。端看從哪個角度來說，有時兩種特性會重疊顯現。當然她很氣薩克斯風泡水事件，但最氣不過的是，安娜竟出手打她，這種羞辱她可受不了。而她當然從未捫心自問，自己到底把好友羞辱得多嚴重。

然而安娜再也找不到帕美拉，而帕美拉也沒機會讓安娜嘗嘗她的恨意和輕視。不過哈拉德聯絡得到她。他總是跪下求她，希望能向她解釋老婆的行爲，並買了一把新的薩克斯風送她。偏偏帕美拉就是死心眼，一味地把怒氣投射在他身上。他因爲和安娜結了婚，所以魅力減弱；由於他和安娜同一個住址，所以帕美拉很氣他。他對她發誓過幾萬次，表示目前和安娜毫無交集——說破嘴她也不信。郭隆貝克醫生的太太是瘋婆子、暴力狂，郭隆貝克醫生參加每場婚禮都跳舞，但從沒一次合對拍。她從沒發現，其實她可以贏的，贏得輕輕鬆鬆，但她不斷說服自己千萬別再相信郭隆貝克醫生，到最後終於失去了他。他受夠了，不想一直聽她冷嘲熱諷、惡意中傷，受夠了上市場還得被人指指點點。在村子裡，他已不是失去兒子的父親，而是和一個參加消防隊舞會時，總是大家跳舞唯她端坐的女人上床的男人。

他沒有對她嚴厲斥責。他不想把事情講開，乾脆直接不去找她，這段外遇就此凍結，一如其開始，悄悄地來，悄悄地去。事隔多時，安娜才有所察覺。那時櫃子裡的興特米得CD已經消失。

那段時期，安娜像機器人般活著。一有人踏進診所，便微笑，一有人離開診所，也微笑。她幫病患抽血，檢驗尿液樣本，整理病歷卡，還用甜美的聲音說：「某某某女士，請妳過來……」每天開開關關一號和二號診間無數次，「請妳將上半身衣服脫掉……」然後過了幾分鐘，便不知道誰在哪個診間裡。她負責約看診時間、把電話轉給哈拉德聽、給建議、聽人說長道短，到了晚上已搞不清楚誰來過診所。

她做飯時，分量仍然和從前一樣，但菲力克斯已經不在了，而她也不一起吃，所以一煮出來，都像無法攻克的高山。哈拉德從不抱怨。他看完診，就自己去取一部分食物弄熱，四、五天都吃一樣的東西。毫無怨尤。也許他跟她一樣，也不太注意自己到底吃了什麼。午飯過後，他總會在客廳沙發上躺到三點，雙手交疊在肚子上，雙眼緊閉，一動也不動地躺著。旁人看不出來他到底睡著了，或只是在沈思，還是死了。

下午三點，他開始進行到府看診，四點三十分又回到診所，若臨時有事，也會晚一點到。病患們對此都能諒解，畢竟換作自己發四十度高燒，只能躺在床上時，不必死命爬到診所來，是多麼值得感激啊。

晚上哈拉德幾乎不在家。家裡他待不下去，靜默讓他幾乎抓狂。安娜不會問他上哪裡去、幾時回來，她壓根沒興趣知道。打手機一定找得到他，不管病患或安娜。但安娜從不打。有次她突然發現自己忘了他的手機號碼，那時一位鄰居太太因為先生嚴重腹痛，跟安娜要哈拉德的手機號碼，她還得查一下，十分尷尬。

每個星期天，他們固定去探望安娜父母，兩老住漢堡，在機場附近有棟小透天厝。安娜在那裡快瘋了，每次講話沒幾分鐘就被飛機起降的高分貝噪音打斷，桌上的咖啡杯在底盤上頻頻跳動，發出噠噠噠的振動聲，不過她父母已完全聽不到這些聲音了，並不是因為他們聾了，而是已經習以為常，不會特別去注意。顯然人能適應一切。這種想法至少滿有安慰作用的。

儘管如此，這樣的週日下午還是很難熬，原因是聊著聊著總是無可避免地談到菲力克斯。雖然哈拉德和安娜盡量避免這個話題，也技巧性地迴避每個可能導向菲力克斯的談話，但安娜的母親每週日總能搞得淚流滿面，哭著問千篇一律且沒人答得出來的問題。這一折騰下來通常是半小時。母親哭哭啼啼時，父親就拿著一份畫報在旁邊翻閱，但見他那張嘴形成了一條明顯細線，嘴唇已消失不見，中間連塞張郵票都沒辦法。哈拉德眼睛緊盯著桌巾看，手不斷攪著他的咖啡——雖然裡面根本沒糖，卻可以連攪二十分鐘，或者更久，直到母親哭完。

安娜的母親會哭，安娜則不會。她母親吃一塊櫻桃蛋糕即可自我安慰，但安娜沒辦法。她沒有可以說話的對象，不過她也不想要。好比地震，電視會報一整個禮拜，關注的人也多，之後呢，災情遭人淡忘，而受災戶還得繼續承受後續形成的苦難。事實正是如此，未來或許也將一直如此下去，原因在於，旁人假如得一再聽到同樣的苦痛，一定會很煩，沒有人受得了的。同情遲早會變成拒斥及攻擊。假若她眞的不斷談菲力克斯，連續講幾個月，到時一定沒有朋友受得了她。所以她盡量不去談，只是一個人默默地想。她總是很期待睡著前那幾分鐘，那段時間她精神與菲力克斯同在，沒人打擾。每次她都會祈求上天讓她夢到兒子陪伴在身邊。

一月末的某個冬天傍晚，那天是星期六。確切日期她不記得了。風很大，也冷得要命。狂風暴雨從房子四周呼嘯而過，廚房窗前的老栗樹呻吟得令人擔憂。安娜很怕栗樹會被吹斷，直接打在屋頂上。本來，樹砸下來她根本無所謂，但看樣子這次絕對會打破小孩房的窗戶，要是這樣，她還眞無法忍受。冷風颯颯，在夜間吹進菲力克斯的房間，掃過他的床，這幅畫面讓她光想就覺得恐怖。

安娜原本在房間裡，坐在電腦前毫無目的地上網，接著想趁還有電的時候，到樓下去看一下電視。

哈拉德坐在沙發上。她乍看嚇了一跳，原本以爲他去斯托特貝克餐廳打斯卡特牌，他幾乎每週六都會去。但他沒去打牌，現在正坐在客廳看著她，手裡沒拿酒杯，沒報紙、沒書、沒電視遙控器，雙手空空，只是坐在那裡。她有點不安，但也沒問他發生了什麼事。她拿起電視節目表，看了一眼，接著想去開電視，於是走過他身邊。這時哈拉德一把抓住她手臂，將她拉到大腿上。長久以來的頭一遭。強壯的雙臂緊緊抱住她。感覺眞是難以形容地棒。安娜有種感覺，彷佛已在海上漂流多日，如今終於有人把她拉上小船，幫她披上被子，冷冰冰的四肢終於恢復正常的血液循環。她盼望能在他身上這樣躺著，度過好幾鐘頭、好幾天。但只持續了幾分鐘。兩人仍沒開口說半個字，他直接抱起她往樓上臥房走。

若要說幸福已進駐這個芙利斯蘭醫生家，未免言過其實，但兩人又彼此講起話來，至少會講些要事以及技術性等事宜。這對於和緩氣氛大有幫助，已不再劍拔弩張，不會連說聲「早安」或有人按門鈴，都給人一種房子快爆炸的感覺。安娜再也不必擔心每天早上可能在廚房或浴室遇到哈拉德，她甚至慢慢學會在打招呼時給他一個微笑。

她逐漸重新了解何謂「家」這個概念，不再懸浮於眞空室中，慢慢從悲痛中走出來。她恢復生氣，再度是個女人。全是哈拉德一手促成的。

由於安娜重新把這棟房子當作自己的窩和庇護所，所以動手打掃起來。刷地板、用專用去污劑處理地毯、用白色塗料覆蓋牆上的小瑕疵、刷洗黏乎乎的香料架、把櫃子全洗乾淨並清洗窗簾。她日子過得越來越愉快。

有時她工作到一半，會突然下腹抽痛，不得不停下手邊工作。很不舒服，也很不尋常，她已幾百年沒這種感覺了。她每次都進廁所察看是不是月經來了，但不是。慢慢地，她萌生一個好幾年不曾出現的念頭。同樣念頭在她中學和大學時代經常害她噩夢連連，直到認識哈拉德，第一次有遇對人的感覺，情況才有改變。她中斷大學學業，和哈拉德結婚，生下菲力克斯。頓時一切正常合法，再也不是污穢、遭禁的。她再也不是蕩婦，而是獲得父母、親朋好友及國家祝福的母親。那是一種心安理得的感覺。之後她服用了幾年避孕藥，即使斷藥後，進行性愛活動的第一準則即是避免懷孕。安娜覺得這樣日子過得好好的，也從不認爲哈拉德有什麼不對勁。

她首度覺得哈拉德可能不太對勁，是在帕美拉意外再度現身的時候。接著突然有了持續抽痛，以及這奇怪感覺。經期也晚了一個禮拜。在那狂風暴雨的正月晚上，他們倆當然沒特別當心。當時正忙著重新認識彼此、佔有彼此，只顧著重拾已熄滅的愛，重新點燃微弱的火種。激情重新熊熊燃起時，兩人幾乎失去理智。最後她躺在他懷裡。哭泣著。終於重獲新生。

八天後，安娜自行驗孕。驗孕棒擺在書桌上的同時，她在房子裡來回踱步了好幾分鐘，看不下書，也做不了有意義的事，她試圖找出自己要的是什麼。要或不要，陽性反應或陰性反應，有問題或沒問題，迎接新事物或者一切如舊。她根本不知如何是好。過了無窮無盡的五分鐘，她強迫自己走進書房，心臟都快跳出來，滿臉發燙，膝蓋發軟，幾乎寸步難行。她覺得自己像個等待陪審團宣判的被告：有罪或無罪。

看一小眼就夠了。測試結果清清楚楚。有罪。喪失理智，必有後果。菲力克斯失蹤，如今卻有個新寶寶醞釀到來。她當場沒有半點感覺，只有心亂如麻。

隔天週日，安娜和哈拉德去散步。郭隆貝克醫生和太太一同在村裡走動，這是九個月來頭一遭。好比帕美拉曾是村民茶餘飯後的話題，這次公開展示的重修舊好絕對不遑多讓。安娜只迫切希望手機現在可別響起，說老克弩特摔斷了腿、約翰從拖拉機摔下或小娭可盲腸穿孔，要哈拉德趕快過去。她想跟他談談。在堤岸上。要能看到大海。或在淺灘上也行，不過要看有沒有海水覆蓋。

淺灘上沒有海水。他勾住她肩膀，兩人在堤防上慢慢走著，右邊是冬天蕭條的草原，上面有幾隻羊，零零星星，左手邊觸目所及，盡是一片灰褐色的淺灘爛泥。然後她告訴了他。

他乍聞楞著她看，彷彿她是個剛從幽浮走下來、全身綠的怪物，接著他狂吼一聲，高振雙臂，看那架式，似乎想把親愛的上帝從天上拉下來抱一抱，然後開懷大笑，把安娜高舉起來轉了幾圈，看上去她就像個旋轉鞦韆，接著他大吼：「眞是太棒了！」然後側身滾下堤岸，越滾越快，滾到完全沒力、喜形於色、呼吸困難，才在牧場柵欄前停下。

郭隆貝克醫生，你滾到羊糞上了，安娜這麼想，一邊覺得原本持成穩重的丈夫這下形象完全顚覆了，他向來腳踏實地。

哈拉德喜出望外，他滿心期待，連忙做起計畫，醞釀著夢想，他樂透了。菲力克斯已被拋在腦後。一切從頭開始。新來的孩子——新來的幸福。這回他會小心謹慎。眞正很小心。一天二十四小時都不鬆懈。不會再讓這孩子出那種事了。他會看著這孩子長大成人，看著他結婚、上大學。孫子會來腿上跳舞。這個孩子會比他晚死。晚他很久很久。晚得正正常常。

安娜越來越靜默。他說得越多，她心裡越抗拒。等他終於講起菲力克斯的房間要怎麼改裝、換刷什麼顏色、如何重新布置時，她已下定決心。即便她的決定會傷透哈拉德的心。

哈拉德到地下室，在窄小的工作間裡著手製作搖籃時，安娜告訴他不必做了。她說不會有新寶貝了。哈拉德緩緩放下手上工具，動作之緩慢，彷彿此刻腦袋同時飛過五十個念頭，而他試圖在這一秒內一一釐清。不過，他確實有聽懂，只是一時之間完全說不出半個字。

接下來又是另一段沈默期，中間只被簡短的看法、粗魯的詢問以及短促的命令所中斷。「有人打電話來嗎？」——「妳爲什麼沒買麵包？我不是跟妳說過了嗎？」——「電費帳單在哪？在桌上！」——「妳好好地聽，就會明白我要說什麼！」

哈拉德爲一個尚未認識之生物而難過，安娜則爲疼愛十年的兒子而難過。他爲一個正想重新開始的生活而難過，她則爲一個永遠失去的生命而難過。

安娜始終相信，總有一天菲力克斯會回來。所以他在家裡的位置不能被取代。但對於哈拉德來說，想像一顆隕石墜落在院子裡，要比想像菲力克斯有朝一日活生生出現在門前來得容易。

或許她之所以去義大利，就是爲了向哈拉德證明她能找到菲力克斯。無論死活。說不定，她也想早日畫下句點，以挽救婚姻。但這是一條漫漫長路。

54

凱伊左思右想，一直在考慮是否該回家一趟，刮刮鬍子，換件乾淨的襯衫。最後他踩緊油門，打算繞路先開回席耶納。此舉雖至少多花一個半鐘頭，但他聽說費艾瑪極注重外在形象。大家都說費艾瑪很難惹，最糟的是她不按牌理出牌。一切看她心情。能否受到她熱情的款待，一個想法能否提起她的興趣，或者會不會五分鐘後馬上被她轟出門，純粹是運氣問題。

凱伊暗自希望，費艾瑪今天破例沒有吃錯藥。他到住家附近的薩利可多路上，進去一家貴到罪孽深重的小雜貨店，迅速買了一瓶格拉帕酒，準備送給村長先生，又去花店買了一盆白色瑪格麗特，要送給費艾瑪。

在炎炎夏日，整個人窩在堆得像山的棉被下，應當是相當折磨的一件事，但艾蘿菈仍在裡面呼呼大睡。凱伊輕輕把她搖醒時，她手腳一陣亂打亂踢，等到認出是凱伊，她才展露笑容，對他說：「艾蘿菈。」大概的意思是：「早安，我們今天要做什麼？什麼都好，總之我都跟你去。」

他完全明瞭她的心思，馬上說：「不行，我現在帶妳回家。反正我得和費艾瑪談談。等妳穿好衣服，我們就出發。」

艾蘿菈眼睛閃爍，對於他想擺脫她，既感憤慨又充滿恐懼。但她不言不語，套上洋裝，走進廚房，一把扯開櫥櫃門，拿出一瓶酒來，直接就口，一口氣喝個精光。

等她正準備吞下最後一口時，凱伊才趕來。「妳瘋了嗎？」他喊，「這可是酒啊！」

艾蘿菈聳聳肩，手一鬆，酒瓶落在石地板上，應聲碎裂，接著跌跌撞撞跑出廚房，中間還撞上桌子，嘴巴大聲嗝出「艾蘿菈」。

之後她步伐沈重地跟在他後面，平靜而不發一語。

抵達聖文千隄時，凱伊正好看到村長急忙從屋裡飛奔出來，衝上他那台綠色飛雅特，在輪胎發出尖銳聲中揚長而去。凱伊把車子停在村長家門前，艾蘿菈跳下車，轉瞬消失不見。這樣正合凱伊的意，他不希望等下談話時艾蘿菈也在旁邊，因爲他不知道，艾蘿菈一聽到她親愛的奶奶的廢墟要被賣掉時，會作何反應。

凱伊一面敲門環，一面把迷人的微笑擺出來，壓根不知道一舉一動早已被人觀察著。

數秒後門打開了，費艾瑪大吼一聲：「您好！」聽起來有如鐵鎚一記打在白鐵缽上。

凱伊的「妳好」相形之下輕柔多了，聽在費艾瑪耳裡頓時有平撫的效果。

她穿著一件過窄的花朵圖案洋裝，那頭黑色長髮紊亂地往上髻，活像一團被搗壞的鳥巢。紅亮亮的口紅將她高傲的外型賦予某種嚴肅感。

「有何貴幹？」她問話聲音很大。

「太太，不好意思。」他說。「我叫做凱伊．葛瑞果里，是席耶納來的房屋仲介，我想請教一件事，想問問朱麗葉過世後那棟房子，就是梅里雅之家。」

「給你五分鐘，」費艾瑪回答，「沒辦法給你更多時間了。不過拜託先進來，不必講給整條路的人聽。」

凱伊報以微笑表示感謝，然後說聲「打擾了」，即跟著費艾瑪進屋。

他在走道上將瑪格麗特和格拉帕酒遞給費艾瑪。「送給妳和先生的。」

「謝謝。」她簡短回應完，便把禮物放在走道的斗櫃上。「這裡走。」

到了客廳，她一屁股坐在沙發上，沙發的碎花紋跟她洋裝上的很像，兩種都讓人看了就心煩。她幾乎整個人陷在軟軟的枕頭堆裡，一翹起腳來，兩個膝蓋都高過胸部了。

我的天啊，眞夠不舒服的，凱伊心底暗想，然後選擇坐在沙發邊角上。

「妳府上很漂亮呢。」他說。費艾瑪受到諂媚而露出微笑。

「你說吧。」她提出要求，又恢復那副晚娘臉。

「我想問的是朱麗葉過世後，留下來的梅里雅之家。據我所知，房子和土地屬於聖文千隄。我有個客戶想買這座廢墟。」

「誰？」

「安利可・佩斯卡多雷，是個德國人，但在義大利住很久了，重建過很多座廢墟，都是用老材料施工，做得很用心、很漂亮。」

費艾瑪甩了甩手。她才不在乎漂不漂亮。「該死！是德國人喔，又是德國人，到處都是德國人和美國人。想到就可怕。你想喝什麼嗎？」

「好啊，請給我水。」

費艾瑪試圖掙脫沙發，只見她雙腿叉開，準備把身體拉起來。凱伊不知道眼睛該往哪裡看，頓時暗自咒罵自己爲何說要喝水。

「德國人來這裡買房子，其實只買廢墟，都是位置偏遠義大利人不想要的。」他爲了掩飾尷尬趕快開口說話。「買下之後，會把廢墟重建起來，變成一個精品。有時我想，德國人在這方面比義大利人花更多工夫，德國人對這一帶的美景有感覺多了。在這裡土生土長的義大利人，整天看到的都一樣，不太懂得珍惜。」

費艾瑪從隔壁廚房端來一壺水和兩個水杯。「我的媽呀，你在胡扯什麼啊！」她抱怨道。凱伊聳聳肩。情勢丕變。他不知如何自處，馬上轉守為攻。

「妳到底想不想賣？」

「當然想。」費艾瑪一口氣把她那杯水喝掉。

「廢墟要賣多少？」

「兩萬五。」費艾瑪說完，馬上陷進沙發。「不過我不賣給德國人。」

凱伊嚇了一跳，沒想到價錢開這麼低，他預估的比這高多了。話說回來，費艾瑪還眞難搞。

凱伊大大吸了一口氣，突然想起一件事。「這次情況有點不一樣。」他說了起來，「安利可的父親是義大利人，叫艾弗雷多．佩斯卡多雷，娶了一個德國太太，全家以前住在帕雷莫附近。艾弗雷多以前當泥水師傅，有次從鷹架摔下，宣告不治，事後他太太就帶著小孩回德國。安利可對義大利念念不忘，但直到將近四十歲，才終於能一償夙願，回到義大利來。他非常愛托斯卡納，所以開始在這裡整修老房子及廢墟。」

「啊哈，原來他骨子裡是義大利人。」費艾瑪點了一根很細的菸，大概只有一根麥稈的粗細，夾在她戴著笨重戒指的粗手指之間，顯得很好笑。「原來如此。」

「他愛義大利，義大利是他的故鄉。他的太太很有陽光氣息，非常熱心公眾事務。我確定她在聖文千隄也能好好發揮長處。」

這個論點很吸引人。費艾瑪一聽到熱心公益接受度就高了，開始盤算起來。凱伊知道她態度已慢慢軟化了。

「不過他們夫妻目前遇到一個問題，他們已經把房子賣了，沒地方可住。」

「年輕人，」費艾瑪笨手笨腳地從沙發上撐起來，「我說過，五分鐘，現在過了四分鐘。不過就我這方面來說，這個安利可可以買那座廢墟。三萬。因爲這兩人我完全不認識。」

「就這麼敲定了。」凱伊歡欣鼓舞，綻出微笑。雖然費艾瑪是隻老狐狸，不過結局是雙贏。

費艾瑪把洋裝整平，手伸進紊亂的髮型來回梳理，但一點效果也沒有。她露出微笑說：「年輕人，我忘了你叫什麼來著？」

「我叫凱伊，凱伊．葛瑞果里。住在席耶納，公司也在那裡。」

「凱伊……媽呀……這不是名字吧！只是簡稱，是什麼的簡稱？」

「不不，這不是簡稱，這就是名字，德文名字。」他小聲附上。這下他有點不安起來。

費艾瑪仍保持微笑。「喔，好吧，凱伊……我告訴你一件事。要不是你人這麼和氣，這麼能幹，要不是你有一雙漂亮的藍眼睛……我說不定不會把廢墟賣給這個安利可。」

凱伊仍坐在沙發上，費艾瑪這時如龐然大物矗立在他面前，令他首度出現想逃的念頭。要是他不盡快閃人，誰曉得費艾瑪還會動什麼歪主意。

她彎下身，直接對著他臉輕聲說話。

「來喝一杯如何？你不覺得我們應該來慶祝慶祝？」

「當然嘍，」凱伊盡量做輕鬆狀，「不過，不會嫌早了點嗎？現在才剛十一點，況且我還得開車呢。」

費艾瑪放聲大笑。「馬上就被發現不是義大利人了。」

「可別跟我說你現在有事要忙。」

費艾瑪開了他帶來的艾斯提氣泡酒。「做生意我一向慢慢來。」她到一個拋光平滑油亮的深褐色櫥櫃前，拿出兩個香檳杯，把酒倒滿。接著坐在凱伊旁邊的沙發扶手上。豐滿的胸部就擺在他眼前，讓他有種被強暴的感覺。費艾瑪硬塞一杯在他手裡。

「敬你！」

兩人碰杯而飲。凱伊盡量集中注意力想著莫妮卡，巴望能靠念力驅使她打電話來。但不管他再怎麼努力，手機沒響就是沒響。

「永遠歡迎你大駕光臨聖文千隄，卡伊。」費艾瑪細語呢喃，把他名字念成「卡伊」，聽起來很怪。

「妳太客氣了，女士……」凱伊格外小心。

「費艾瑪，請叫我費艾瑪。」

「好吧。費艾瑪。」

「你知道，我丈夫工作很多，常常不在家……」

「我一定很快會再來，最慢簽約時會來……不過我現在得走了，回公司……」他從外套口袋掏出一張名片。「這是我的名片，有問題可以隨時打電話來。」

費艾瑪眨了一下眼，隨即把名片塞進領口。

凱伊把酒喝完，將杯子放在鑲著藍白相間瓷磚的茶几上，然後起身，伸出手正準備和費艾瑪握手道別，但費艾瑪已直接把臉頰靠過去。

「很高興認識妳。」他吻她雙頰道別。

「我也很高興認識你。」她輕柔地說。

凱伊朝門口走去，「我們日後再見。」然後補上一句：「再見，費艾瑪。」

她看到這番親密舉動，雀躍不已，一路揮手目送凱伊快步走過前院、上車、逃命也似地發車、開動，和剛剛村長奪門離家的景況如出一轍。

55

安利可在蒙特瓦爾齊車站月台上擁抱卡拉，並親吻她臉頰，之後說的第一句話是：「我分別有個好消息和壞消息要告訴妳。」

她忐忑不安，並帶著些許懷疑地看著他；「發生了什麼事？」

「我把王冠谷賣了。」他微笑地說。「至少算是賣出去了。我們過幾天去辦契約公證。」她一臉僵白，他見狀猜想，是否是他說的話導致如此。

「現在告訴我好消息吧。」她的聲音聽起來冷漠且支離破碎。

「買了王冠谷的女士人非常好。」

「這句話要我怎麼理解？」

「我怎麼說就怎麼理解，我講話從不遮遮掩掩、拐彎抹角，這妳知道的。」

卡拉看著他，眼神只傳達一句話，而他也清楚收到，彷彿話就刻在她額上：「你很差勁。」

「她目前在我們家，住磨坊。」他接著說。「反正現在講什麼都沒差了，他已把最糟的告訴她了，現在她可以好好聽完全部。「她暫別德國的家人，看到王冠谷立刻愛上。我想，在我們搬出去前，都讓她住在磨坊，一定不會妨礙到妳。否則她得住旅館，我相信，等她付完屋款也破產了。」

他說完大笑。

卡拉沒笑。「那我們要住哪裡？」

「我已經找到一座很棒的廢墟，妳一定會喜歡。我們下禮拜去辦契約公證。據我估計，四個禮拜……我就可以做好一兩個房間，讓我們能暫時安頓下來。其餘的我再慢慢蓋。」

卡拉沈默不語。安利可把她拉到身邊。「卡拉，現在是夏天，反正我們都在室外活動。妳願意的話，我們也可以露天睡覺。」他提起她的行李。「來，我們走吧。」

她默默地走在他身邊，步履闌珊。他知道她心裡正在想什麼。你爲什麼全都不先問我就去做了？都不跟我商量！爲什麼你凡事已成定局才告訴我？爲什麼你每次想把我們的生活帶上一條完全不同的方向時，都從不跟我談？她一定正在這麼想著，只差沒說出來。她沒辦法責備他，只能徒然失望透頂，失望到講任何一個字都毫無意義、微不足道。

換作別人的老婆，早就行李一提，自行搭下一班火車回德國了。但卡拉沒有。許多年來，他要她做什麼她就做什麼，他提出的苛求，她一概壓抑忍受。某些夜晚，當他在一片漆黑中，獨坐桌前，以求有益思考時，他細細思索那到底是卡拉的長處還是短處。他不知道。不過，他覺得她維持不變最重要。

「妳父親還好嗎？」

「不好。」她說。「我又回義大利來，他非常痛苦。」……要是我能待在他身邊，該有多好，如今你把我喜歡的王冠谷給賣了……這段話她本來要加上去的，但沒說出來。

安利可點頭。卡拉的話他全部聽進耳裡。這些年來，他已學會聽出她沒說出來、默默吞下或辛苦承受的部分。

他們抵達王冠谷時，安娜已經在胡桃樹下的桌上擺好餐具，晚餐也準備好了。安利可決定把戰場留給兩個女人，自己置身事外。

卡拉友善卻有所保留地向安娜問好。安娜則盡量表現得和卡拉是站在同一邊的，吃力地展現由衷且溫暖的語調。儘管如此，氣氛異常不舒服。

卡拉在她那盤沙拉戳啊撥地，好像裡面爬滿了蛆，後來喉嚨卡住一塊乳酪，彷彿塞著塑膠硬塊，等她終於把乳酪吞下去，隨即囁嚅了一聲「對不起」，便跑著進屋裡。

「你不去看看她嗎？」安娜問安利可。

安利可搖頭。「沒關係的，她有時會這樣。」

安娜沿著托斯卡納梯上樓，站在陽台，可以透過玻璃門看進臥室裡。卡拉坐在床上哭。安娜敲敲門。「卡拉，我可以進來嗎？」

卡拉用哭紅的眼睛惡狠狠地看著她，然後起來走到陽台門前，將窗簾猛力一拉關上。已經很明顯了。安娜聽到啜泣聲重新出現，便慢慢走下樓梯。

安利可不聞不問。反正卡拉得好好大哭一場，不會有事的。他志得意滿。安娜買下王冠谷是很正確的，卡拉有朝一日會了解的，也會原諒他。正如她到目前爲止都一直原諒他的所作所爲。

56

巴托里尼博士是公證人，在蒙特瓦爾齊執業，凱伊和他非常熟，所有不動產交易公證都由他經手。凱伊多次打電話請巴托里尼幫忙草擬買賣契約，然後和安娜詳細討論每一段落。安娜十分感激凱伊，她雖然對這筆交易完全放心，但還是在契約影本頁邊空白處做備忘。她對凱伊和安利可都十足信賴。

安利可拒絕事先閱讀買賣契約。「猜忌並非良好的買賣基礎。」他說，「假如我認爲會被騙，那我就不該在這個國家生活。」

「費艾瑪是隻老狐狸，」凱伊回答，「她修改了幾個段落，我很樂意為你解釋一下。」

「公證人宣讀契約時，我會仔細聆聽。」安利可一舉打斷對話。「比起事前就要處理可怕的合約，我眞的有更重要的事得辦。我最希望能用握手來確定一切。」

他眞的不是地球人，這個瘋子，凱伊心底再度浮上這個想法。他清楚得很，在宣讀契約時，安利可頂多聽得懂一半，經巴托里尼含糊不清的宣讀下，甚至可能半個字都聽不懂。

兩件公證在同一天先後舉行。安娜穿了一件輕快的夏季洋裝，帶有桃紅色的花朵圖案，搭配她的心情剛剛好。自從菲力克斯失蹤後，她從沒感到這麼輕鬆愉快過。她手提包裡放了一張銀行認證過的十八萬歐元支票，安利可眞的堅持把售價壓低兩萬。

安利可穿著深色絨褲，上身一件茄子色襯衫，頭髮剛洗過，在後腦勺部分鬈曲翹起。他話不多，只是面露微笑，默默向在場人士一一握手。

他看起來像個義大利人，安娜暗想著，我得找機會問問他父母是哪裡人，他不可能一丁點羅馬或拿波里人血統都沒有。

買賣契約上面寫著六萬歐元，亂編的，以節省公證費兼節稅。「這不是特例，全義大利都這麼做。」凱伊試圖讓安娜安心。「而且是完全公開，當著公證人的面做的。」安娜聽了一方面震驚，一方面覺得很有趣。

「好的。」巴托里尼露出闊嘴微笑，眼睛急切地越過眼鏡框，掃視在場所有人，然後開始宣讀。每念兩個句子，他就會停下評註一番，每個評註都以「好的」開頭，顯然是他最愛的口頭禪。

安娜沒聽懂半個字。宣讀和解釋契約花了半小時，在這同時，安娜沈迷於白日夢裡，等待王冠谷屬於她的那一刻到來。

「好的。」巴托里尼說。「還有其他疑問嗎？」凱伊帶著疑問的表情看看安利可和安娜。安利可搖搖頭，安娜也跟著搖頭。

接下來公證人再問一次，雙方是否同意交易總價為十八萬歐元，然後接過銀行認證過的支票，審視良久，才把支票放在桌子正中央，讓安利可，又名艾弗雷・費雪以及安娜・郭隆貝克簽字。簽好後，在一片歡欣之中，把載有確實交易價格的一式兩份的預定買賣契約書撕成無數碎片。影本上法院時不具效力。

安利可把支票收進褲子口袋，他的動作好像在塞一張平常的紙。安娜心臟都快跳出來了，臉因愉快而紅熱起來。從現在開始，王冠谷屬於她了，新的生活也跟著展開。

她在門口滿心歡喜地擁抱安利可。她覺得自己終於獲得幸福，而這幸福來自於遇到這個古怪卻不可思議的男人。

安娜在一家咖啡廳等費艾瑪和安利可簽好約。接著費艾瑪請全體人士喝氣泡酒。她塗了俏豔的口紅，分別吻了凱伊和安利可的臉頰，這一吻，害兩人臉上帶著她的大紅唇印而顯得一臉呆樣。然後她往凱伊的臀部拍了一下，這一拍既友善又曖昧，她靠在他耳邊親暱地說：「我喜歡你的朋友安利可，甚至可說非常非常喜歡，雖然……以一個半義大利人來說，他的義大利文講得還眞他媽的差，那個腔調眞夠可怕！」

凱伊聳了聳肩。「妳自己去問他到底怎麼回事。我不知道。」

費艾瑪擺腰扭臀，拿著香檳杯朝安利可輕曳而去。「您夫人可好？」她嬌聲嗲氣地說，同時直往他雙眼深處探掘。

「她很好。」安利可說。「但她今天不太舒服，所以待在家裡。」

「您義大利話說得這麼好，哪裡學的？」她冷不防地來這一問，然後給他一個闊嘴微笑。

安利可困惑片刻。他義大利文有待加強，他有自知之明。這個費艾瑪是想嘲笑他或只是想表達善意？幸好凱伊已事先告知他要有說謊應付的準備。

「我父親是帕雷莫的碼頭工人。」他毫不遲疑地解釋起來。「我父母曾在海邊有間很小的房子，我只在照片上看過，沒有記憶了。因爲我三歲那年，父親和一家小烤魚店的女服務生有外遇，母親就帶我回德國去。她很火大，深受傷害，所以從此不再說半句義大利文。」

「我以爲令尊是從鷹架摔下不幸過世的。」費艾瑪困惑地問。

「不是，不是。」安利可給了費艾瑪他最迷人的微笑。「他是跟那個女人跑了。不過對我母親來說，他跟死了沒兩樣，而且被丈夫拋棄讓她覺得很丟臉，所以寧可編一個故事，說我父親不幸去世。我有時沒多想就會直接把這個故事拿來用。」

如此沈重的命運，再加上遭遺棄的可憐故事，這樣的謊言讓費艾瑪益加感動。「您眞可憐！」她感傷地說。「您的過去眞是悲慘！現在和父親還有聯絡嗎？」

「沒有了，他過世十年了。」安利可說。「他在港口被掉下來的貨櫃砸死了。」

費艾瑪沒再說話。那年輕仲介說的果然是實話。她原本以爲被騙了，但聽了安利可所講的，她馬上全信，而且深受感動。

「我以後偶爾會去梅里雅之家拜訪您，若您不介意的話。」費艾瑪一邊用甜如蜜的聲音對他說，一邊把中指舔濕，往眼睛下沿擦拭，想把糊掉的妝抹去。

「當然歡迎。」安利可撒了謊。「隨時歡迎。」這番預告對他而言，是費艾瑪所能施展的最嚴重的恐嚇。他蓋房子時，最不想要的就是不速之客。安娜也是個不穩定的因子，她在王冠谷過得寂寞無聊時，絕對會時常想來找他和卡拉。如今只剩一個辦法：從現在起他必須整天開著手機，讓訪客能事先通知。雖然他最恨的，莫過於聽到電話鈴響。此外還存在一個危險，卡拉可能會開始打電話，開始跟人約出去碰面，盡講些蠢事。他不想這樣。他得阻止。他還不知道該怎麼做，不過已開始擔心再也無法過著像王冠谷那樣不受打擾的生活，一想到這裡他就很焦慮。也許，把王冠谷賣掉是個錯誤。

57

卡拉擺好桌子，開了一瓶葡萄酒，準備了麵包沙拉，是用剩菜做的，安利可很喜歡吃，作法是先把久放的白麵包泡軟，然後瀝乾、搗碎，加上洋蔥、番茄、芹菜、羅勒、鹽、胡椒、醋和油，全部加起來就是一道夏季麵包沙拉，吃起來味濃略酸，口感清新，而且能塡飽肚子。然而麵包沙拉之精髓，其實在於裡面的鮪魚，但卡拉沒放，只因爲安利可不吃。他認爲捕鮪魚的方法過於殘酷而痛心疾首，不想成爲鮪魚受苦被殺的共犯。

「辦好了嗎？」卡拉看到安利可和安娜走上來，冷冷地問。

「辦好了，一點問題都沒有。」安利可顯得一派輕鬆。

「恭喜。」卡拉絕望透頂地對安娜說。

安娜上前擁抱卡拉，而卡拉木然接受。「我好高興……害妳因此受委屈了，眞的非常抱歉。」

「沒事啦。」卡拉說。「人啊，不可能擁有一切。」她幫三人的酒杯分別斟了點酒。「我們來為這天舉杯慶祝吧，慶祝我們現在無家可歸了。」

「別胡說。」安利可說。「我們現在可是擁有一座燒得只剩地基的絕美廢墟。」他對自己的反諷很得意，卡拉仍一臉嚴肅。三人碰杯敬酒後喝了一口。

「喔，對了，」卡拉對安利可說，「磨坊裡有條蛇。我把門關上了，免得牠跑出來。也許我們喝完整瓶酒之前，你就能抓到那條蛇。」

「這樣不是反其道而行了嗎，讓牠爬出來不就好了？」安娜全然不解卡拉的邏輯。「喔，天啊，我今晚得在那裡睡覺！」

「唉呀，」卡拉回應著，甚至首度露出笑容，「這就是王冠谷生活的一部分。」她走進房子，又馬上拿著兩大瓶水出來。「道理很簡單，把門關上後，我就知道蛇還在裡面，要是門打開，安利可又沒馬上找到蛇，那我會一直焦躁不安。我可不能花好幾小時守在那裡盯著門看！」

安娜點頭。她可以理解卡拉的挖苦和行為背後的理由。

「是哪種蛇？」安利可問。「是遊蛇還是蝮蛇？」

卡拉聳聳肩。「我不知道，不過那條蛇很長，應該是遊蛇，說不定是鞭蛇。」她臉轉向安娜。「鞭蛇會馬上攻擊，被咬到很可怕，會造成噁心的傷口，不容易癒合，但至少無毒。」

安利可跑著離開。他去儲藏室拿了一個大紙箱、一根棍子，馬上衝進磨坊。安娜慢慢跟在後面。

「你要怎麼殺那條蛇？用這根棍子嗎？用鏟子不會比較好嗎？」

「我不會殺牠。」安利可說。「抓到之後會帶去森林野放。我希望牠不會那麼快回來。」

安娜倒抽了一口氣。今晚她大概不會睡得太好。

安利可在磨坊裡一個角落一個角落慢慢找。

「妳站在門口。」他對著安娜大喊。「假如蛇跑了，跟我講一聲。」

二十分鐘後，他找到了蛇，就蜷曲在一個書箱、一個木籃和壁爐框之間。以牠這樣的姿勢，根本無法直接把牠拖進紙箱，所以安利可出聲驚動牠，並用棍子輕輕戳牠，蛇被弄得不再蜷曲，轉而脫逃。牠沿架子往上爬，纏繞在一個獅子雕像上，然後企圖越過地毯往樓梯方向逃。安利可不斷用棍子截斷牠的去路，最後牠不得不往紙箱裡爬。安利可趕忙高舉紙箱，拔腿衝出磨坊，朝山上方向跑進森林。

安娜去胡桃樹下找卡拉，跟她一起坐在桌邊。

「有時，家裡有個男人也不錯。」卡拉小聲地說，然後在麵包沙拉裡挖出一塊塊芹菜。

「有時家裡沒男人比較好。」安娜回應。

卡拉不由得露出微笑，安娜也是。兩人間的緊張終於冰釋。

太陽西下，一下變得很冷。安娜和卡拉飯後穿上厚夾克厚襪子，這樣才能繼續坐在室外。安利可仍光著腳，穿著短衫，聲稱並不冷。雖沒下雨，但一股強勁晚風襲來，颼颼吹繞整棟房子，桌巾得用石頭壓住才行。胡桃樹沙沙作響，讓安娜回想起海邊風大的日子。

卡拉煮了熱茶，並從廚房裡拿出奶油蘇打餅乾。安利可坐在椅子上，身體緊貼椅背，雙眼緊閉，像在冥想或做夢。卡拉爲三人倒了茶，然後十指交叉，充滿期待。

「妳爲什麼來這裡？」她問。「爲什麼買下王冠谷？我正試著習慣去想說，我們將去別的地方從頭開始，另起爐灶，假如安利可高興，又會再蓋一棟房子出來，那樣也不錯……不過我很想知道，爲什麼像妳這樣的婦女，身邊沒男人可以幫忙把蛇抓出房間，竟會想躲在這片昏暗和孤寂裡。」

「我十年前失去了兒子。」安娜輕輕地說。「菲力克斯，他當時十歲，個頭小，身體嬌弱，一頭金髮。我們在山羊山莊度假，離這裡不遠。」

「我住過山羊山莊。」卡拉說得很快，以免打斷安娜。「安利可修過那棟房子。」

安利可張開眼睛，安娜看著他，但安利可沒與她目光交會，而是凝視一片黑暗。

「事情發生在一九九四年的耶穌受難日。菲力克斯在戶外，到溪邊去玩了，離我們的度假屋大概一百公尺。天還沒黑之前，我們就叫他回家吃飯，但他沒回來。幾分鐘後，突然下起可怕的雷陣雨，外面又冷風又大，而且下著傾盆大雨，菲力克斯只穿了短褲和汗衫。哈拉德，就是我丈夫，馬上跑出去找兒子。找了整晚，找了兩個星期，一天二十四小時都在找，但都沒找到。」

「你們報警了嗎？」卡拉問。很明顯地，她聽了安娜的敘述深受感動。

「當然有，隔天早上，警察帶著警犬搜遍了整座森林，潛水伕也在湖裡找……搜尋行動持續了幾天，但毫無斬獲，一點蛛絲馬跡都沒有，也沒找到他的衣物，完全沒有。兩星期後，我們被迫回德國，至今沒再見過菲力克斯。」

「然後妳受不了，」卡拉低聲地說，「受不了不知道他到底發生了什麼事？」

安娜點頭。

「如今妳來到這裡，是因爲妳相信能發現其中的奧祕？」

安娜點頭，眼神投向地面。

卡拉伸手去握安娜的手。在場三人靜默了好一陣子。安娜眼睛盯著一盞油燈看，裡面有蚊子滋滋地被燒死。接著她敘述了十年前復活節期間菲力克斯失蹤的事情。

她一講完，馬上跑進屋裡去拿菲力克斯的照片。

安利可非常清楚她講的人是誰。他永遠忘不了安娜口裡十年前的耶穌受難日，那場雷雨把那個小男孩推進他的手掌心。不會吧，他訝異地想，這不會是真的吧，我幾小時前才把房子賣給那個男孩的母親？眞是瘋了！而現在她想在這裡……就在他附近住下來？

安娜拿著照片回來，放在桌上。

「這是他當時的模樣。眞希望我能知道他是否還活著，眞希望知道當年耶穌受難日他是否被殺後屍首埋在某處，或者是否被綁架了。也許兒童人口販子把他賣到哪去了，也許他被某個國際色情集團綁走了。都有可能。他要是還在的話，現在也二十歲了。我無法哀悼，我無法爲他痛哭，一日不知他怎麼了，就一日不得安寧。」

卡拉端詳照片許久。「我從沒看過這孩子，不過我想，一九九四年復活節我人也在德國，我父親心肌梗塞。」

她把照片遞給安利可，他皺著眉頭看。「我不認得這孩子。」他搖搖頭對安娜說，「不過，妳願意的話，我很樂意幫妳找。」

沒有人會比他更認識這個菲力克斯。他和他在磨坊裡共度了好幾天，至於幾天，他已不太記得，兩天？或三天？或甚至四天？

復活節前一週，他在散步途中，來到山羊山莊附近，看到這個小男生在溪邊玩耍。從那時起，他便連續觀察小男生好幾天，並備妥一小瓶乙醚隨身攜帶。他想爲適當時機做準備。這個小男生令他著迷。他極其用心專注地把一個個木塊、一根根樹枝堆起來，還拖來石頭，收集苔蘚，就是為了堵住溪流，在徒手完成的小湖裡做一個洞穴出來。他數天努力不懈地工作，那雙白皙的瘦腿，在冰冷的溪水裡一站就是好幾小時，有時還會唱著歌。永遠都是同一首，是安利可沒聽過的歌。

那年耶穌受難日，菲力克斯爬到很高的山上，想找尋更多木頭。他非常熱切專注地找，結果雷雨一來，突然被嚇得不知所措，也沒聽到母親的叫喚。

菲力克斯全身濕透，冷得直發抖，對打雷閃電怕得要命，這時，安利可現身。菲力克斯不敢越過草原跑回家，安利可對他而言猶如救命恩人，便馬上相信了他。安利可順利勸他上車，說只要待幾分鐘等雨停。這小孩不會像本雅明那樣起疑心，完全沒有逃跑的念頭，安利可甚至不必抓住他的手，小男孩二話不說跟著走一小段路，甚至小跑步跟上，隨之立即上車。

那場雷雨對安利可而言簡直是天助。他已經思索很久，要如何才能把小男孩從他的洞穴工程中引開，他萬萬沒想到，竟然得來全不費工夫。

「我開一小段路載你回家。」他一邊發動車子一邊說，小男孩聽了面露喜色。

但見那輛二手吉普車（如今早已報廢）往反方向開，這時對菲力克斯而言已然太遲了。過了幾分鐘，也許才過了幾秒，菲力克斯已察覺這叔叔並非要載他回家，恐懼明白寫在臉上。

「別擔心。」安利可才安撫他完，就馬上急踩煞車，然後用沾滿乙醚的手帕壓住菲力克斯的臉。菲力克斯馬上倒頭暈去，這下安利可終於能不受打擾，繼續開過林中這段漫漫長路。到了王冠谷，他馬上把小男孩帶進磨坊。卡拉不在。沒人在。只有他們倆獨處，擁有全世界的所有時間。

「你好安靜喔！」卡拉問。「怎麼回事？」

安利可從沈思中驚醒。「不會有這種事吧。」他慢條斯理地說。「不會有這種事的，一個孩子好端端地竟會消失？這地區不會發生這種事。在這裡，在這片森林裡，不會有人口販子或色情集團販子守株待兔，等小男生自投羅網的！我也無法想像這裡會有神祕的殺童犯來幹壞事，若有，那他會常犯案，絕對不會只幹一次。而且若眞是這樣，早就有人發現屍體了。」

「怎麼發現呢？」安娜問。「這裡到處都是偏僻孤立的房子，而且幾乎每棟房子都有好幾公頃土地。假如這裡眞的有人把什麼人埋了……屍體要怎麼被發現呢？」

「這裡也人跡罕至，」卡拉補充說，「要埋，可以挖土幾小時都沒人發現。換作在德國，可就困難多了。」

「沒錯。」安利可撒了謊。「這點我倒是從沒想過。」這場討論開始挑起他的興致。這分明是在玩火，但讓他很興奮。

「那你認爲菲力克斯出了什麼事？」安娜反問安利可，將話題接續下去。「如果就你看來，所有可能性和推論都不成立，那倒是說說看，你有什麼好主意？」

「一定是愚蠢的意外。妳兒子只是在錯誤的時間到了錯誤的地方。也許某個葡萄農或橄欖農釀成了意外，也許有人駕駛牽引機輾死了他，或盜獵的人失手射死了他，或因爲菲力克斯看到某個牧羊人的狗，想拔腿跑開，卻摔倒了，以致被狗咬死。種種原因，只要足以讓一個生活在這裡的人頓時陷入無以自拔的困境，也許攸關生存，就會促使兇手把菲力克斯的屍體弄不見。正如妳們說的，埋在某個角落或丟進某個舊蓄水池。」

「你講的對我一點幫助也沒有。」安娜點了一根菸，這天的第一根。「你說的都只是推測。只要我沒見到他的屍骨，我就認爲他還活著。」

「妳想找他的念頭我能理解，」安利可說，「但是爲什麼馬上就買房子？說不定妳找著找著很快就找到遠處去了。」

「是有可能。但是過去幾年，我的感覺不斷告訴我，一定得到義大利。我對義大利有種鄉愁，因為我感覺得到，菲力克斯就在這裡某處。當時我們離棄了他，不明不白地回到德國，如今我想和他貼近，貼得很近很近。」

其實我可以讓妳一次迅速了結，不必再苦苦尋找，安利可心底暗想，但我絕不會這麼做。

「我現在想到賈科摩家那兩個白癡兒子。」卡拉思索著。「他們現在都已超過四十歲，整天騎著偉士牌在附近繞來繞去。一般人沒料他們會出現的地方都看得到他們的蹤影。有時他們會在森林裡幫忙做幾天活，但是興趣一沒了，就馬上放手不管，拿著啤酒四處閒晃。他們從不進村子，由於他們的父母覺得這兩個兒子丟盡家裡的臉，所以禁止兩人到村裡。有時他們會進席耶納精神病院，一去就是好幾個月。」

安利可搖搖手。「這裡有太多怪人晃來晃去，這是因為怪人在義大利不會被關起來，不自願就醫也不會被強制送去，跟德國不一樣。這種人是由父母負責看管的。另外，人老了、瘋了，也不會有人去管。話說回來，賈科摩家那兩個兒子，我覺得沒有傷害性，我認為他們不會為非作歹。」

「誰知道，沒出事前誰會知道，不經一事不長一智。」

「我該怎麼辦？」安娜相當無助地問。「要我去賈科摩家當面問他們兒子，一九九四年復活節期間有沒有到過山羊山莊，有沒有把我兒子殺掉嗎？這太扯了！」

「我們至少可以查明他們在那段期間是否進了精神病院。」

「哈拉德當時在樹上貼了數百張尋人啓事，也去了附近村莊，和所有遇到的人都談過了，但就是沒有人看到或注意到什麼。眞見鬼了。只有一個老太太事發後幾天看到一個金髮小男生坐在一輛灰色保時捷裡。」

「貝拉登佳新堡有一個雜貨店老闆，他開一輛銀灰色保時捷。」安利可說。「沒人知道他哪來這麼多錢買保時捷，多數時候，那輛保時捷都停在他屋後車庫，保養修護全部自己一手包辦。頂多一個月開一次，開去翡冷翠，速度放得很慢，慢到交通爲之阻塞。大家都很納悶，他到底去翡冷翠做什麼……」

「你怎麼會知道這麼多？爲什麼都沒跟我提過這些事？」

「是從建材商那裡聽來的，我沒辦法一直把這種蠢事拿出來講。我忙得很。」安利可和卡拉之間氣氛爲之緊繃。

「那個雜貨店老闆叫什麼名字？」安娜想回到正題。

「安佐・馬提尼。應該是吧，我不確定，畢竟我們很少去貝拉登佳新堡。」

「我現在該怎麼辦？」安娜現在才發現，事情和她之前想像的截然不同。她太天眞了，把事情想得太美：我要去義大利找我兒子，就從他十年前失蹤的地方著手，我會在某個地方找到蛛絲馬跡，找到線索，我會查明當時發生了什麼事。

她原本是這麼想的。如今她知道那輛保時捷的車主是誰，也聽說有兩個白癡男會無所事事在這附近閒晃，很有可能在森林裡意外碰見一個小男孩……接下來就卡住了。在電影或小說裡面情節可以順理成章繼續下去——但在現實中完全是另一回事。

安娜十分絕望。眞是毫無意義，行爲像個白癡一樣。她應該留在芙利斯蘭，好好待在家的。說不定哈拉德又說對了一次，她當時應該生下第二胎，展開一段新生活，若是生下來，那孩子也八歲了，也許也是個男孩，像菲力克斯一樣的男孩。

「妳根本什麼事都不能做。」安利可打斷她的思緒。「事實上，只有警察才眞正使得上力。不過我無法想像，過了十年還能在那輛保時捷上找到有用的證據。」

「我累了，我想我該睡覺了。」安娜站了起來。一時之間，她沮喪到幾乎無法動彈。「晚安，謝謝你們所做的一切。」

她走進磨坊，從裡面把門鎖上。突然之間，她一想到快要獨自住在王冠谷，就感到很害怕。

58

安娜馬上睡著。在夢裡，她看到自己在手術台上被五花大綁，明亮耀眼的燈光很刺眼，照得她只能依稀辨識有人俯瞰著她，那些人蒙著口罩，頭戴手術帽。她很恐懼，驚慌式的恐懼。全身被綁得死死的她極力抗拒，無助讓她幾乎失去理智。他們要對我怎樣？她很想大叫，可是只能發出嗚嚕嗚嚕的喉音。這些人彎腰彎得更靠近她。雖然看不到，但她很確定這些人嘴角正帶著奸笑。我健康得很，你們這是在幹什麼？她眼淚直流，或許他們會有同情心。

突然她認出他來。是安利可，他拉下口罩，拿下眼鏡，然後在鏡片上吐口水，接著用手去抹那黃色不透明且非常黏的口水，抹到變成一團黏稠物。

「妳母親發生意外。」他一邊說著一邊把眼鏡戴上，透過鏡片已看不到他的眼睛。「我們現在要把她的心臟移植到妳身上。」

安娜嚇得眼睛瞪大，耀眼的燈光照得她看不到，燈開始旋轉起來，越轉越快，轉到變成一個漩渦，最後變得只剩一個小紅點，繼而消失。

他們想殺她。

她嗚咽起來。「為什麼？我健康得很。拜託，把她的心臟給別人！」

「妳沒看她的遺囑嗎？」這一問，可把她給嚇一跳，彷彿被判了死刑，有人在她底下點燃柴火要燒死她。

「可是我很健康！」安娜覺得快窒息了，她很想動，可是動彈不得。她現在只能低聲說話。

「我還年輕，拿一個老太太的心臟能做什麼？」

「這是她的意思，妳得變得像她一樣。」

「不要！」安娜已完全沒力了。針筒靠得越來越近。現在她也確切認出哈拉德的臉，他眼裡閃爍著勝利的光芒。她急切的思索是否能找出解決之道。

「哈拉德，如果你能幫我，我就留在你身邊，只跟你在一起。我會把義大利的房子賣掉，也許我們再生一個孩子，我會努力的，我保證！」

但是蒙住臉的哈拉德搖搖頭，一個字也沒說。他的口罩也幾乎沒動靜，彷彿他不需要呼吸。安利可用殘酷、難以忍受的緩慢速度將針插進安娜的靜脈。

他是劊子手。安娜頭暈目眩。舌頭吐到了嘴巴外面。

我死了，她心想，原來死亡是這麼一回事。眞簡單。

安娜驚醒，全身冒著汗，汗衫濕透而貼住身體。她覺得地面有氣流拂動，是門沒閉緊的關係。門和地板之間有一道兩三公分高的縫。安娜凍壞了。她起床把燈打開，外面有隻鳥被嚇得大叫起來。她在旅行袋裡找到一件乾淨的汗衫，趕緊拿出來穿上。接著打開地板上沈重的活門，把門靠牆鉤住，慢慢沿著簡單的木梯爬到磨坊下層的房間。

裡面一片漆黑。她滿口咒罵，因為沒帶手電筒。她得買支小手電筒，可以一直隨身放在褲袋的那種。這片山谷是地球黑洞，沒燈光一下就會迷路。

樓上的微弱光線只照得到木梯上幾階，她一定要把兩棟房子內所有燈泡都換掉，安利可幾乎每處只裝二十五瓦的，以節省電費。反正他不需要那麼明亮。

到了在木梯底端，她慢慢探著牆壁往前進，看能不能摸到燈的開關，同時還一邊祈禱不會摸到蠍子，屋裡到處是蠍子，有黏在天花板上的，有鑽進鞋子、毛衣、手套當臨時巢穴的。安娜發誓，隔天清早馬上把磨坊一寸寸地用吸塵器吸乾淨，希望能把多得誇張的蠍子、蜘蛛和蜈蚣全部一舉根除。卡拉不願進行這項活動，她不殺蜘蛛、蠍子、蠼螋，也不殺蜈蚣，這點跟安利可一模一樣。例如她有時在鍋子或杯子裡發現蠍子，會把牠們拿到院子裡去，但大部分時候，她都讓那些蟲留在原處。因此過去幾年蠍子為所欲為地繁殖擴張，兩棟房屋全落在牠們掌控中。

磨坊房間裡的燈光照在天然泳池前的小階地上，顯得十分昏暗無力。池水晚上看來一片黑，晚風吹拂下微微皺起。安娜想起裡面有蛇、青蛙及蠑螈，牠們正藏在幽黑的水裡和池邊厚厚的水藻底下。總有一天我要把這個地方蓋成一個像樣的游泳池，她心裡想著，要漆成明亮淺藍，裡面要有清澈見底的水，加點氯進去，還要裝一台循環幫浦來持續淨水，有了這些，蠑螈、蟾蜍就不會再把這裡當成家。我將每天清晨在第一道曙光出現時下水游泳，到時完全不必擔心會有蛇纏住腳踝，也不會有青蛙跳到肩上。

她自己想得非常高興，不過也明白，要有那麼一天需要大手筆的重建工程。舊泳池必須拆掉，新泳池必須找專人來建造，還要有一間控制室，掌控線路、斷流閥、幫浦和濾水紗。也許還能乘整修的機會，把水池擴大個幾公尺。

不過這些全是未來的美夢，要花錢的，而她現在才剛破產。

她走進浴室，坐在馬桶上。等她小便完，才赫然發現沒有衛生紙，連隨身包面紙或類似可用的東西都沒有。心煩之際，索性站起來，直接穿上內褲。這種事她原本死也不肯做，不過現在是四點半，最晚再過兩個鐘頭就要洗澡了。

她直接開水龍頭喝冷水。前一晚喝的紅酒讓她覺得很渴。她仔細思索，爲何睡在磨坊都會噩夢連連，以前很少做噩夢，有時好幾個月都沒半次噩夢，而在這裡幾乎每晚都在驚慌中醒來。

或許我眞的得先習慣寧靜和黑暗，她安慰自己說，但是不舒服的感覺依然存在。更糟的是，她心底再度湧現恐懼，深怕受不了自己一人在這裡過日子。

她喝了酒後，才大爲舒坦。她考慮要不要乾脆別睡了，在日出前讀點東西，但是一躺下，又覺得自己其實還很疲倦。

我在安利可和卡拉身上找到了友誼，她心想，他們能住在梅里雅之家眞好，知道有個地方可以隨時過去，有人願意幫忙，眞是讓人心安。她感傷地想說，這裡的生活要是沒有安利可和卡拉，眞是難以設想。想到這裡，安娜已在惶惶不安中睡著。

59

到了早晨，卡拉已經泡好咖啡，這時八點十五分，睡過頭的安娜才從磨坊裡出來。

「早餐前我還有時間洗個澡嗎？」安娜問。

卡拉點頭。「儘管去吧。安利可也還沒好。他正把工具裝上車，堆得滿滿的，他今天就想著手修建梅里雅之家。」

安娜打著呵欠跌跌撞撞地回到磨坊。

過了十五分鐘，她來到早餐桌前和卡拉一起坐，此時的她，神清氣爽，睡得精神飽滿。

「妳昨晚說的那些，到現在還一直在我腦袋裡打轉。」卡拉說。「同安利可來義大利之前，我的工作是幼稚園老師。小孩子非常棒。妳的感受、得承受的痛苦，我都能深深體會。」

「講出來讓我心裡舒服多了。」安娜說。咖啡又濃又熱，讓她從頭溫暖到腳尖。

「妳可以跟我談菲力克斯，要談幾遍、談多久，都隨妳。只要對妳有好處，我很樂意聆聽，也很想知道更多他的事。」

「等一下。」安娜站起來。「磨坊書桌上那台小CD播放機還能不能用？」

卡拉點頭。安娜跑著進屋，門開著沒關。沒多久，響起一陣高亢的聲音，是清澈明亮的男童高音，菲力克斯唱著：

「有一輛車，沿著墨西哥河岸靜靜前行，啊，我眞歡喜又滿意，因爲我是牛仔。

「我出生於德州西部，和馬匹爲伍，那是我熟悉的地方，你們看那裡，林邊有我喜愛的農舍。

「入夜燃火，我的牛仔情懷隨之高漲，我夢見昔日戀人，夢見堅貞、嚮往和傷痛。

「當我得騎馬進入彼岸，當我末日來臨，牛仔們，請爲我做最後一件事，幫我在河岸挖座墳墓。」

安娜正和眼眶的淚水奮鬥，幾乎說不出話來。「這是他最喜歡的一首歌，他不斷地唱，不停地唱，唱到我們都快抓狂。」她露出悲苦的微笑。「假如能讓他再唱一次，我願付出任何代價。」

「再放一次，」卡拉說，「我很少聽到這麼美的童音。」

「我們把他的聲音錄到錄音帶上，後來我又拿去請人壓成CD，以免把他的錄音給弄丟。」

乍聽之下，有種似曾相識的感覺。這個清澈的童音。安利可轉過身，剎那間覺得看到了菲力克斯，看到他從山上一路跳著下來，直朝他而來。不過他馬上恢復理智，告訴自己那是不可能的。當他再次定眼看去，路上當然沒有半個人影。

安利可呼吸加快，身體發熱。童音仍持續在耳邊響起。他爲了聽得更清楚，刻意屏住呼吸，這下他認出這首歌來了。是菲力克斯在溪邊唱的那首歌。當時正是這首歌引起安利可注意到菲力克斯。

車門敞開，安利可在副駕駛座上坐了一會，他閉上雙眼。他所聽到的歌詞正在他的心靈燃起熊熊烈火：「……我夢見昔日戀人，夢見堅貞、嚮往和傷痛。當我得騎馬進入彼岸，當我末日來臨，牛仔們，請爲我做最後一件事，幫我在河岸挖座墳墓。」

他看到安娜站起來，把一台CD播放器拿回磨坊。

菲力克斯，他心想，媽的，菲力克斯，我完全沒料到這個女人竟是你母親。

安利可回過神來，呼吸也平順下來後，便慢慢走回屋子去。

安利可吃完早餐後隨即上路。卡拉準備洗衣打掃。安娜問有沒有幫得上忙的地方，但被一口回絕。安娜覺得卡拉是想清靜一下。

因此安娜把磨坊除蟲計畫往後延，自行走路去山羊山莊，她迫不及待想告訴艾柳諾蕾，她買下了磨坊，從此兩人就是鄰居了。

往山羊山莊這一路走得很艱苦。很長一段路是往上的陡坡。安娜不習慣這樣長途跋涉，中途數度停下休息。走著走著手機響了起來。是凱伊。

「我們今晚可以慶祝了吧？」他問。

「可以，我們哪裡碰面？」

「七點，在席耶納扇貝廣場？我知道那附近有家小餐廳，沒有觀光客，不會貴得太離譜，可是很出色。」

「我很期待。」安娜說完即掛斷電話。此時她突然有個念頭，也許今晚應該把牙刷放進手提包裡。她興奮得心臟怦怦跳，覺得自己像個等待第一次約會的年輕小女生。這下她爬山的腳步變得流暢許多。

安娜抵達山羊山莊時，艾柳諾蕾正在做杏桃果醬，看到安娜來訪非常高興，並恭喜她買了王冠谷。

她們一起坐在陽台上去杏桃核，這時艾柳諾蕾提出前一晚卡拉問的相同問題。「妳為什麼想買下這個偏僻的溪谷？」

安娜也如前一晚，將故事一五一十說出來，也再次說明她對菲力克斯失蹤所做的臆測。

接下來，艾柳諾蕾說了一些她沒聽過的：還有其他孩子失蹤。一九九七年，有個叫菲利普的義大利男童，十一歲大，搭校車上學前總是得穿越森林走十分鐘路，有天早上沒到學校；二〇〇〇年，馬爾科失蹤，他雖已十三歲，但在同年齡孩子當中算很矮小，也因此年紀看起來比較小。馬爾科和朋友約好在伽尼納附近的湖邊碰面，但他朋友一直沒等到他。馬爾科至今仍然下落不明，菲利普也是。

艾柳諾蕾是犯罪小說愛好者。只閱讀犯罪小說，一聽說那兩個小孩失蹤，就對兩個案件非常感興趣。

換句話說，並不排除這一帶確實有個可怕的殺童犯為非作歹，藏屍手法非常高明，因而至今沒人發現任何一具屍體。這一刻，安娜的希望頓時消失，菲力克斯可能已不在人世。不過她很驚訝，安利可和卡拉似乎從沒聽說另有兩個孩子失蹤的消息。

60

安娜趕抵席耶納扇貝廣場時，已遲到一小時以上，她惱怒不堪。當天下午倒楣透頂。她和艾柳諾蕾聊太久了，未及時離開，回到家時已經太晚，而且滿身塵土，汗流浹背，累得半死。不過仍有時間沖個熱水澡，她只想迅速洗頭，趕快吹乾，然後前往席耶納。

可是王冠谷沒有電，連帶抽水機無法運作，所以水龍頭打開卻沒水。一陣短暫卻猛烈的雷雨過後，主保險絲跳掉了，但卡拉不知道安利可把電箱的鑰匙放哪裡。安利可在梅里雅之家，還沒回來，他一定要做到太陽下山才罷手，到時已是晚上九點左右。

安娜快發瘋了。她如此期待晚上和凱伊的約會，如今卻覺得全身又黏又髒。她正考慮要不要爬上山，到手機收得到訊號的地方，打電話給凱伊，告知取消約會……可是她覺得再也走不動半步，遑論爬上山。

她從長滿深綠水藻的水池汲水，洗個克難澡，一邊洗一邊罵卡拉竟然什麼都不知道，竟如此不獨立。但卡拉不覺得有什麼問題，還表示，有比停電更糟的，像這種事，住在王冠谷就得習慣。

安娜不再繼續討論下去。她換上乾淨的衣服，火速上妝，把最重要的化妝小器具加上牙刷一古腦丟進手提包，隨即飛車而去。

快到督朵瓦時，在整條是鵝卵石的產業道路上，她遇到一輛拖拉機迎面而來，硬是擋住她的去路，而且一副理所當然地期待她會倒車，沿著陡峭迂迴的碎石路往後，退到能會車爲止。她很想下車教那頭腦簡單的伐木工人，把拖拉機開到橄欖田就能簡簡單單讓大家方便，但卻有口說不出。此外這個本地人一定把她當成遊客，因此態度很強硬。他還不認識她。還沒有人知道她就是王冠谷的新地主兼住戶。

閃避拖拉機又浪費了她五分鐘，等她終於彎進通往席耶納的柏油省道時，已是六點四十分。在安娜心目中，席耶納是世界上最美的城市，而其唯一缺點就是沒有停車位。慢慢地，她已習慣把車停在市立體育館旁，再走路到扇貝廣場，但當晚開往體育館的路塞得死死的。安娜卡在車陣中，緊張地看著手錶。七點五分。要到扇貝廣場去還有得等。希望凱伊很有耐心。

體育館停車場已被封死，數百人繞著街道大排長龍，等著買明天足球賽的票。

「顯然命中注定不該如此。」安娜不斷罵著。「親愛的上帝伸手罩住我，阻止我犯下任何道德過失和肉體罪行，眞的命中注定不該如此，媽的。」她火大起來，用力拍打方向盤，然後按著喇叭蛇行穿過長長的車陣，肆無忌憚。

過了一個又一個綠燈，暢行無阻，開著開著竟不知自己身在何方。她只隱約覺得離市中心越來越遠。

等到她隨著車流漂到城牆外時，決定停下來看地圖，但她得再過三個十字路口，才終於發現一塊路牌。朱瑟貝馬奇尼大道，在地圖上位於城北邊緣。趕緊迴轉，輪胎發出嘎嘎聲響，她準備穿越橄欖門，朝沙林貝尼大宅方向前進，但行車方向規劃得亂七八糟，和地圖上畫的截然不同，導致她開到卡莫亞門，這是席耶納眾城門當中，離扇貝廣場最遠的一座，這下反倒比剛剛在體育館那裡還遠。

接近七點半。安娜快要失去理智，她在考慮，要不乾脆掉頭，悠然開回王冠谷，在胡桃樹下清清靜靜地喝瓶酒，讓這一天在平和中結束。想著想著，手機響了起來。變綠燈了，後面一輛卡車狂按喇叭，她按了綠色通話鍵，連問也沒問對方是不是凱伊，也沒聽對方說什麼，不由分說直接對著話機吼：「我會去的，等我在這個媽的鬼城市先到了扇貝廣場，然後找到一個停車位，我就會到！」說完便關掉手機。

她又在附近繞了十五分鐘，最後終於在自由廣場停好車，不過這次仍然在體育館附近。然後她又走了二十分鐘，才終於在八點十分抵達扇貝廣場。飽受壓力，又累得不成人形。臉上的汗已成涓涓細流，睫毛膏在妝上留下一條條灰色細線。

她看到他正站在噴泉邊等。襯衫鈕扣打開，袖子高捲，雙手插在口袋裡，似乎用口哨輕聲吹著一條歌。媽的，這傢伙看起來好極了，她暗想，而我卻像個在暴風雨中遊走三天三夜的瘋婆娘。

他一看到她來，便開懷大笑。

「我累死了。」她連問候都沒有劈頭便說，「現在什麼都別說，不然我掐斷你的脖子。」

他伸手搭在她肩上，拉著她坐在噴泉邊緣的台階上。「先坐一下，休息休息，我們再慢慢考慮等一下要做什麼。」

「我這副德性，是不可能去吃飯了，全身黏黏的！王冠谷跳電了，之前我像急行軍一樣走路去了山羊山莊，回去後竟連澡都沒得洗！」她看著他，勉強擠出微笑。「今天眞是倒楣透頂。」

「我請妳去洗個澡，洗完在我家陽台喝杯冰涼的飲料，妳覺得怎麼樣？離這裡只要走幾分鐘。之後還是可以去吃飯。」

「我雖然已經走不動了，但是聽起來很棒。」

她慢慢站起來，舒展了一下全身。「我們走吧。你一定也有椅子或沙發吧，可以舒舒服服坐著，不像這些石頭。」

她口裡雖然說「沙發」，腦子裡想的卻是他的床。

安娜只淋浴，不像艾蘿菈還泡澡，凱伊對此非常感激，否則他又得拿毛料冷洗精給她當沐浴精了。她洗好後，即穿著他的藍綠條紋浴袍來到陽台，在躺椅上坐下。她鄭重宣布：「現在眞舒服！」就他記憶所及，眼前這位穿著他寬大絨毛浴袍的女人，是他看過最美的一個。

他遞給她一杯金巴利檸檬蘇打，然後用自己的威士忌向她敬酒。「我敬妳，」他說，「祝妳在王冠谷過得愉快！」

安娜點頭，沒說半句。她一邊慢慢小口啜飲，一邊享受居高臨下俯瞰席耶納城的景色。「好美啊。」她輕聲地說。「這景色眞是夢幻！我家王冠谷的景色比較像德國費希特爾山脈，這裡的景色才算義大利啊！」

「也許妳當初應該多看其他房子的。大部分房子都有寬廣的美景，也許妳也希望王冠谷有這種景色。」

「也許，也許，也許。」她若有所思地回答。「誰能眞正知道呢？不過王冠谷有某種東西深深吸引著我，那地方把我迷住了，有種特別的東西，我無法形容。我們去看屋時，我就覺得我不是第一次到那裡，一切都那麼熟悉……不，凱伊，這樣很好。不知爲何命運把我丟到這個小樂園裡，現在我很期待未來會發生什麼事情。」她用吸管攪著金巴利。「我跟你說，」她說，「我們現在上床去，我在床上告訴你我來義大利的眞正原因，還有我來這裡找什麼。」

她站起來，微微一笑，牽起他的手，拉著他離開陽台。

凱伊頓時不知所措。他當然已料想到當晚會在床上結束，但是，眼前的狀況大出他的意料。他乖乖跟著走，心臟失控般亂撞，耳裡血液沙沙作響，他極其興奮，宛如初夜。

61

剛開始，安利可只隱約覺得工地這裡不只他一個人。儘管他忙著把水泥抹在牆縫上，而且刮刀抹在粗糙面時，會發出很大的刺耳聲，但他仍聽到窸窸窣窣的聲音。他最先想到的是蛇，可是蛇只要一被工地施工的嘈雜聲驚擾，就會馬上逃走。他想不出來還有哪種動物不會本能地馬上逃開。這令他不安起來。

他行事更加謹愼，也提高警覺，更常四顧察看。但仍有被觀看的感覺。就連站在震耳欲聾的水泥攪拌機前，把沙剷進機器裡，都會感覺到背後有道目光在那裡。

路上沒半個人。這個時節，既非狩獵季，也沒菇類可採，義大利人也不會把散步當散心。這樣對他有利。他得趕工。像他沒有取得建築許可，最好直接完工後才讓有關當局知道，希望能取得豁免證。這種情況下，雖然必須付罰款，但繳了錢後就會被接受，不必遭受強制拆除的命運。

他至今一張建築許可都沒拿過，運氣一直很好。矮小、凸肚子的測量員以義大利法律之名，規定他要怎麼蓋房子，讓他痛恨不已。他深深鄙夷那些以法律爲依歸、謹守規定、取得數打許可證的庸材，他們最後蓋出來的房子，根本不合己意，但若想蓋成別的樣子也不會獲准。

他是藝術家，藝術和即興有很大關聯。他想早上一邊喝咖啡一邊決定要把窗戶做高或矮，做窄或寬，甚或把窗戶改成一道門。他每一個決定都和審美有關，這方面他絕對不讓無法了解他雄心壯志的測量員來壞事。

截至目前爲止，他帶卡拉來看過兩次，好讓她認識認識梅里雅之家。第一印象並不讓她特別興奮。她想把陽台蓋在南側，他則要朝北。卡拉並不在乎在大馬路上就看得到陽台，陽光才是她的第一考量。「裝一支陽傘應該不成問題。」她說。「而且這樣一來，春秋兩季時，假如在陰影下嫌太冷，我們還可以坐外面。」

安利可認爲涼爽的北側比較適當，因爲不會被人從大馬路上就看透透，而且面對峽谷和陰暗的森林，能讓他心安。在他眼中，不斷追尋陽光和溫暖是女性專有的不良癖好，他本身寧可坐在陰影下，若有必要，大不了穿上厚毛衣即可。

卡拉愛怎麼說、愛怎麼辯，全都隨便她。反正最後蓋房子和陽台的人是他，而且他愛怎麼蓋就怎麼蓋。卡拉的影響力並不比測量員或義大利法律來得大。

他只有一次眞正遇上麻煩，那是十年前，他整修王冠谷的時候。當時他正爲天然泳池做水泥灌漿，林務警察隊長突然出現，他大呼小叫，直說安利可這個建築工程沒獲得許可。

安利可依然記得，自己當場陷入前所未有的恐慌。他驚訝、困惑，十分焦躁不安。隨著太陽穴砰然搏動，他的理性只擠出一個念頭：「爭取時間！」他隨即放下手邊的鏟子，換上他最迷人的微笑，請隊長喝一杯聖酒，再送他兩瓶布魯奈羅產的格拉帕酒，這酒他自己不喝，但爲了賄賂，家裡隨時有庫存。

安利可解釋說，他只是想略微加強天然池床，不然每次大雨過後，側牆總會破裂，造成王冠谷淹水，而且水流進磨坊，數度銷毀他重要的學術研究論文。磨坊裡面濕氣非常重，導致他本身哮喘，女友膝蓋風濕。

他表示，這工程對溪谷、房子和大自然只有益而無害，他不知道這樣的措施需要許可證，也因此加緊努力施工，以防止更多損失，另外也是爲了討女友歡心，她很喜歡這個水池，幾乎整年都在裡面游泳。工程再不用多久即可完成，而且若不施工，位於王冠谷中心的這個小天然池將因強勁水力而永遠毀滅。不過他發誓，除非獲得許可，不然絕對不會再用水泥施工。他說，義大利法律合理公正，而他一個德國人，主要由於語言障礙，可惜對義大利法律所知不多，但他會竭盡所能留意和尊重當地法律。他也爲此每晚特地騰出兩小時來增進充實他的義大利文。

在義大利鄉下地方，林務警察隊長講話比村長、市長還夠力，眾人無不懼他三分。安利可請眼前這位隊長去看他幾乎從無到有蓋出來的房子，還給他看從前殘磚破瓦時的照片。

隊長由衷敬佩這位了不起的德國人，認爲他投入這麼多工作時間，這麼有品味，顯然也想一切合法進行。

兩個鐘頭後，隊長對兩瓶格拉帕贈酒表達謝意，決定不予處罰，也不拆除小天然泳池，最後向他的朋友安利可道別。他深信，假如有更多人像安利可這樣想，世界將會更美好。

從此以後，安利可在王冠谷耳根清淨，愛怎麼做就怎麼做。在梅里雅之家他也想如法炮製。

但如今有人在觀察他。

就他想像所及，這是最糟的狀況。因爲這不明人士一日不現身，他就無法找對方算帳，或者趕走他、攻擊他。

三週過去，他才看到她的影子躲在樹叢中。樹枝之間有個人頭像白點一樣閃閃發亮。

兩天後，他更清楚看到她。她站在一棵柏樹後，一邊嚼著自己的金白色稻草頭髮，一邊瞪大黝黑的眼睛盯著他看。她並不打算逃跑。她緊盯著他，那眼神，彷彿想把他釘在早上才砌高的天然石牆上。他不確定她的眼神透露著恐懼或敵意，或許兩者皆有。

「妳好。」他盡量展現友善，不過看到這個觀察他、打擾他、尤其困惑他已久的東西，實在很想拿鏟子把她打死。

她沒答話，只發出低沈喉音，像一條大狗在進行警告的低吼。

「滾開。」他大叫。「這裡不是妳來的地方！」

艾蘿菈緩緩搖頭，雙手緊抓心臟，接著不屑地吐了口水。

「艾蘿菈。」她低聲說完，伸手抓抓胯下，然後坐在一個殘樹幹上，繼續盯著安利可。文風不動，全程緊迫盯人，連眼睛都不曾稍眨一下。

在底層某個房間，裡頭仍是夯實的黏土地面，天花板尚付之闕如，這是安利可放置常用工具和機具的地方。他三步併作兩步進去裡面，撩起一把耙子直往艾蘿菈衝去。

艾蘿菈機靈如貓，倏地滑離樹木殘幹，連跳幾步閃到一旁，及時躲開耙子，像隻受傷的林中猴尖聲厲叫離開。

安利可從沒見過這號怪人，也不相信已將她永遠驅離。他把耙子往地上一插，開始回想剛剛那一擊，不知那頗具姿色的白髮女巫是否真被尖銳的耙子刺傷。

62

艾蘿菈跑啊跑，她從沒這樣跑過。這個人，她許多年前還把他當成天使，從不敢越雷池碰他一下，如今他卻想一耙刺穿她。她胸部隱隱作痛，彷彿真的被尖鐵耙刺進肉裡，她跑啊跑，想藉此擺脫這痛苦。

她跑了一個鐘頭，甚至更久，由於她沒特別注意，所以不知道到底跑了多久。胸部的疼痛越來越劇烈。她心想，我快死了。她預料心臟隨時可能停止跳動。但胸口仍有股力量不屈不撓地捶打著，而且越打越用力，腦袋裡的血液也不斷搏動。

艾蘿菈突然停下腳步，氣喘吁吁的她試圖把急促的呼吸緩和下來。過了幾秒，氣息稍定，在原地一動也不動地站著。只見她皺起鼻子，鼻孔擴大有如馬鼻。她聞到松露了。

艾蘿菈趕緊跪下，鼻子湊在森林地面上一吋一吋地嗅。眼前一棵斜傾的橡樹，枝椏向四面八方伸展。就在這樹下，艾蘿菈聞到一股強烈松露味，強烈到她還沒開挖就得不斷搔鼻子。

她從林地挖出一顆壯觀的夏季松露，有貓的頭那麼大，上面布滿粗糙的黑色疙瘩。艾蘿菈整個人靠坐在橡樹上，雙腿打直，嘴裡吐出舒適的呵氣聲。她什麼痛都沒了，再度找到最愛的松露讓她樂不可支。

她先把松露仔細舔乾淨，吐掉泥土，接著拿幾片橡樹葉來嚼碎，藉此去除口中的林地味。然後開始慢慢享受撕咬松露的滋味，一邊回想著她不知其名的安利可。

大概十年前，在她四處遊晃時，第一次注意到他。她覺得他很帥，比所有和她上過床的男人都帥，所以從那時起，就常跟蹤他。她看見他在溪流中裸體涉水，走到一處溪水塞聚成小浴缸般的地方，當他洗澡時，她就在一旁撫摸胯下，摸到身體舒服下沈，進而睡去。

他是第一個讓她知道什麼是害羞的男人。她不敢接近他，不敢當面跟他說話，不曾現身讓他看到。在她心目中，他非常獨特，兼具力與美，總之是個天使。

十年前，他把王冠谷的廢墟化成一棟了不起的房子，那時她幾乎天天去觀看他工作，等待他脫下髒衣服到溪裡洗澡的那一刻。他總是一個人。石頭、一袋袋水泥、整根橫梁，他全一肩扛，有時甚至邊扛邊跑，彷彿這世上沒有任何力量壓得垮他。

每當天一黑，他離開王冠谷後，她就走進房子，一邊輕撫剛抹好的泥灰牆面，一邊想像自己正摸著他的肌膚，摸著牆上突出的裸露石塊時，便想像那是他的肌肉、他的手臂、他的臀部。然後走到連接廚房和樓上的梯子，在一片漆黑中坐著，期盼他會靜悄悄地進屋來坐在她身邊。

但他夜間從不出現。艾蘿菈知道，他晚上都在督朵瓦再上去的一個堆木場上，坐在一輛生鏽的公車裡，和一個金髮女人吃晚餐。這也是她親眼目睹的。

屋裡兩個房間完成後，那個女人搬來王冠谷。他們在廚房門前放了一張桌子、兩把椅子，從此都在庭院吃晚餐。天色暗下來後，他們就點蠟燭。兩人話不多，絕大多數時間默默無語，即使有少數對話，艾蘿菈也聽不到，她藏在林子裡，距離太遠。

等到屋外太涼或蠟燭熄滅，他們便進屋，躺在床墊上。與床墊直接接觸的地板是用風吹日曬過的舊紅磚新鋪而成的。艾蘿菈有時會從窗戶往裡看，不過從沒看過他們倆觸摸彼此。

他果然不可觸犯。除此之外，她想不出其他理由。

那女人總是在家，很少離開房子。她種花，也養貓，剛開始兩隻，接著五隻，後來十隻。艾蘿菈完全找不到機會再進屋裡去貼近感覺他。她很生那女人的氣，來的次數越來越少，更主要原因是那男人自從蓋好浴室後，已不在溪裡洗澡。

數月過去。公車已消失，王冠谷的房子裡，家具和物品越添越多。艾蘿菈每個月大概會散步到王冠谷一兩次，在她的密穴裡蹲坐好幾個小時，以便觀察那對男女。男人常坐在門外閱讀，而女人時時忙著照顧她的植物，房子周遭經她布置後，庭院變得有模有樣，沿著新砌好的屋牆種滿迷迭香、鼠尾草和薰衣草，還栽種毛蕊花和瑪格麗特。通往上層露台的托斯卡納式梯，每一階都擺放一盆不同顏色的天竺葵，窗台綻放著紫羅蘭，陶盆種著羅勒、荷蘭香芹和細香蔥，在通往溪邊的斜坡之前，她種了向日葵、玫瑰和菊花當作天然分界線——王冠谷形成一片獨特的花海。

隔年春天，艾蘿菈來王冠谷看盛開的鬱金香和風信子，那女人卻不在。艾蘿菈等啊等，可是那女人遲遲沒出現，等到晚上，天黑夜涼還是沒看到她。

隔天、再隔天，艾蘿菈都回到王冠谷，可是那女人依然不在。艾蘿菈內心大聲歡呼。總算讓她逮到機會進屋，可以躺在他睡的床墊上了。

她發覺，那男人把溪流改道了。原本水流會先聚集在一個小池塘，形成瀑布而下，中途被一塊突岩阻斷，方才緩緩續流，但現在小池塘已乾涸。回想從前這美麗的池子，岸邊野生植物叢生，石頭布滿苔蘚，岸上有些地方經常淹水，野草因而沾滿爛泥，而今池塘顯得死氣沈沈，廢棄荒蕪，了無希望。艾蘿菈看了因厭惡而直搖頭，全身起滿雞皮疙瘩。空盪的水池邊，有幾袋水泥以塑膠布覆蓋，旁邊堆起一團沙，另有一台水泥攪拌機等著派上用場。

她全然不明白這一切代表什麼，單純感到很傷心。

快到復活節了，她在聖文千隠有很多事得做。在濯足日那天，她必須打掃教堂，得幫聖像一個個清除灰塵，更換祭壇桌布，洗淨燈罩，擦洗長椅，用吸塵器清理懺悔室，掃地及拖地。飾花每天都得更換。在濯足日祭壇區只能擺草類植物，到了耶穌受難日得把所有花卉清除乾淨，而爲了復活節前夕守夜禮彌撒和復活節週日的大彌撒，費艾瑪甚至親自出馬，到市場去採買大批各式各樣的花卉。

艾蘿菈還得打掃聖器收藏室，將冬天被蠹蟲咬壞的法袍挑揀出來，期間她發現一瓶彌撒酒，馬上拿來喝掉，喝完便躺在教堂長椅上，睡了兩個鐘頭，最後被費艾瑪叫醒，還被賞了兩巴掌。

她還得把教堂前的小廣場掃乾淨，去除地上石塊夾縫的雜草。

不只教堂，村長家的房子也得大掃除一番。費艾瑪像個士官長般把艾蘿拉使來喚去，從早到晚，工作一個接一個。艾蘿菈沒機會開小差，自然也無法散步去王冠谷，畢竟即使她又跑又跳，從聖文千隄到王冠谷至少也要兩個半鐘頭。

在復活節前夕守夜禮彌撒上，她在聖文千隄小教堂裡，宛如被手上的復活節蠟燭催眠，一人默默站在柱子後面。

「親愛的上帝，」她祈禱著，「請保佑神父、村長、測量技師、建材商和王冠谷的天使，請讓他們全都長命百歲，還要保佑萬事太平，讓聖文千隄和附近地區一切平安。請別讓火災、水災、地震來襲，還要注意別讓星星從天上掉下來。」她並沒把自己和費艾瑪帶進祈禱裡面。

她祈禱完畢，試圖跟神父眼神接觸，但神父沒正眼瞧她，連對她眨個眼都沒有。艾蘿菈有點失望，決定盡快找機會再爬進他被窩，幫他暖暖背。

復活節星期一，費艾瑪沒分派事情給她做。沒有人理會她，於是她出發了。

山谷裡氣氛詭譎。那兩棟房子的門窗一概緊閉，艾蘿菈從沒見過這種情形。裡面的男人和女人雙雙不見人影。但是當她靜止不動，暫停呼吸時，就聽見微微嗚咽，像極了貓在哀嚎。

艾蘿菈一邊挖著鼻孔一邊等。哀嚎聲偶爾中斷個幾分鐘，但之後總會繼續傳來。當她聽到一陣高亢刺耳的尖叫聲時，身子跟著往後一縮，顫抖了起來。恐懼從她背脊緩緩鑽了上來。發生了什麼事？她應該上前敲門詢問嗎？但她不敢。那天使可不是一般人，是的話，就可以直接過去問問他了。那天使身上有某種東西令她膽怯，好比纏著一層看不見的刺鐵絲，若有人靠得太近，就會被弄傷，會皮開肉綻。

接著她心頭首度浮現一個想法：那天使或許根本不是天使。

太陽早已西下，黑夜來臨。森林昏暗得很快，比曠野快了許多。艾蘿菈還沒興起回家的念頭，她視線鎖定在磨坊方向，門口左右兩邊的燈都沒亮，屋裡也一片漆黑。

就在艾蘿菈快看不清屋子的同時，突然發現自己忘了時間，這下她回不去了，得在林子裡過夜。

她突然聽到一聲喊叫，拉了很長的一聲，喊得不願停下似的。此刻艾蘿菈明白了，那不是貓，是人。

艾蘿菈拉長了耳朵，直到叫聲停頓爲止。隨後一片死寂，她再也沒聽到磨坊傳出絲毫聲音。她揉揉眼睛，雙眼灼熱，感覺很像坐得太靠近火堆，直視火焰太久那樣。

她全身癱軟，坐在她的地洞裡無法動彈。寒意慢慢襲上她的赤腳和雙腿。艾蘿菈把地洞挖得更深，將樹枝、葉子、苔蘚往自己四周堆放，只要不必離開洞口，能抓到的東西都拿來堆。接下來她環抱雙腿，下巴抵著膝蓋，就這樣等待下去。她呼吸均勻，心跳已慢下來。但她神智清醒，集中一切注意力在靜悄悄的磨坊上。但再也毫無動靜。無聲，無息，門窗緊閉，男人不再踏出屋子半步。

貓頭鷹啼叫著。老朱麗葉過世當晚，貓頭鷹也是這種叫聲。哦，心愛的奶奶。

隔天早晨，艾蘿菈不知道自己是否一整晚都保持清醒地這樣坐著，還是睡了過去。

破曉之際，她聽到廚房木門轉軸嘎嘎作響。太陽帶著第一道曙光爬上山頭，屋裡男人踏出門來，雙臂抬著一個斷氣的男童。想當初她也是這樣抱著奶奶。男童頭部掛在男人左臂垂仰著，嘴巴張開，金髮隨風微揚。男孩屍體的膝蓋窩架在男人右臂上，雙腿軟趴趴懸在半空，就這樣被男人帶到乾涸的池塘，小心翼翼放下。

不久，水泥攪拌機轉動起來，震耳欲聾。艾蘿菈拔腿逃離現場。那男人沒發現她。從現在起她不再叫他天使了。

艾蘿菈四肢冰冷僵硬，呼吸急促，腦子不由得東想西想，想得拖累了奔跑的腳步。她花了三小時才跑到聖文千隄。沒人問起她昨夜去了哪裡。

她走進房間，顧不得手腳上的泥巴還沒洗掉，直接爬上床。她拿被子蓋住雙耳，試圖弄清目睹的景象，但百思不解。

因此她把這件事情深鎖內心，絕口不和別人談起。但她也從此不去王冠谷。十年之久。

松露的香氣與滋味將艾蘿菈的感官團團籠罩。有好幾分鐘的時間，她什麼都不想，充分樂在其中。但隨即又想起那個修建奶奶房子的男人，怒火有如會遺留苦味的灼熱胃酸再度竄起。滋味奇妙的松露只剩最後一口，她試圖盡量過癮地嚼，盡量留在口中不往下吞，但仍忍不住去想他，那思緒像擾人的打嗝一再湧現。

他拿著耙子衝向她，企圖叉死她，活像手持三叉戟的撒旦。她在聖文千隄時，曾在某本聖詩本裡的聖像上看過撒旦，圖畫下面寫著：「撒旦、世俗眾生及其同夥一味嘲笑我，隨他們譏諷吧，隨他們嘲笑吧，神將毀滅他們。」她曾問馬太歐神父上面寫什麼，神父念了幾次之後，她便牢記在心。

又是那台水泥攪拌機，只不過現在是在奶奶房子前轉動。和當時王冠谷的情景一模一樣。

她思索片刻，氣得咬牙切齒。然後說了一聲「艾蘿菈」，聽起來像是某個許諾。

63

短短數天之後，安利可已將梅里雅之家蓋得差不多，至少可和卡拉暫時遷入。屋頂滴水不漏，兩個房間的牆壁已抹好，地板也鋪妥。其中一間充當廚房，擺了一張桌子、兩把椅子、一個矮櫃，櫃子上放著丙烷瓦斯筒，供烹煮使用，旁邊還有一個充當洗碗槽的盆子。另一間房當作臥室，地上擺著一個床墊——僅此而已。卡拉在窗台上擺了花，在牆上掛了一張照片，內容是歷經風霜的托斯卡納木門，窗前掛著幾串她的項鍊，藉此為廚房添加一點個人氣息。她把鍋碗瓢盆和食物堆疊在靠牆的不同木箱當中，還在桌上擺了蠟燭。

安利可請人運來一個儲水槽，裡面裝了兩千公升水，然後從水槽拉一條水管出來，連到地勢較低處，接在一道天然石牆後面，兼當清洗和淋浴設施。卡拉在幾個突出石塊上放了香皂、洗髮精、牙刷的漱口杯，裝上鏡子，還把毛巾掛在一棵樹上，藉此表明她樂於適應這臨時浴室、克難生活和全新環境。

安利可表示，目前狀況已充分滿足他的生活條件，還告訴卡拉，最好連留在王冠谷的家具都別去拿。他覺得家產是累贅。也許他之所以賣了王冠谷，正是為了享受這擁有最低需求的絕妙狀態，就算只能享受幾個月也好。

卡拉沒答腔。安利可知道，她有截然不同的想法。她喜歡她那張小書桌，她會坐在桌前寫信、畫畫、學義大利文、做手工藝，她喜歡那個書架，裡面有她擁有的少量書籍，她需要那個農村式衣櫃，讓她整整齊齊擺放衣服、床單和毛巾。她用那些木箱用得很痛苦，但又不得不就此滿足。

安利可輕柔地撫摸她的頭髮，輕柔到那接觸若有似無。他說：「別擔心，我會把房子蓋好的，到時會有廚房、浴室，也有臥室和客廳。我們也會去王冠谷，把妳覺得重要的東西全拿回來。等妳下次回德國，我甚至會幫妳重新建一座泳池。」

卡拉露出微笑。他之所以做這一切，全都是爲了她。她姊姊恐怕永遠無法了解這就是愛。

64

自從卡拉和安利可搬進梅里雅之家兩個臨時房間後，住在王冠谷的安娜已一整週沒見過半個人影，沒聽過半點人聲，也沒和人講過半句話。

有天早上九點半，她聽到車子引擎聲。她才剛洗好澡，頭髮還是濕的，身上穿著一條老舊牛仔褲和一件輕鬆的綴花襯衫。安娜暫停呼吸，靜止站著，深切希望自己聽錯了。

但車子聲越來越靠近，她嚇得喉嚨緊繃。有人來了，她心想，別大驚小怪，別胡思亂想，這完全正常好不好，人家說不定只是來散步的，或是情侶來找野餐的好地點，要是每聽到引擎聲都恐慌，就回德國去嘛，不然就去做心理治療。也許人家迷路了，或者有人登門拜訪，或想來告訴妳一些事情。畢竟沒辦法用電話聯絡到妳。

林間道路有車開過，這一點都不奇怪，沒有人會因此徬徨失措，只有在王冠谷這裡才會讓人感覺到威脅。

「哈囉，安娜。」凱伊從他那輛黑色吉普車下來。「我希望來得不會太早，也不會造成不便，不過妳獨自住在這上帝遺棄的偏遠谷地已大半輩子了，我一直沒聽到妳的消息，所以很擔心，而且也很想妳。」他一講完，長長呼了一口氣，臉上露出迷人的微笑。

「才沒有大半輩子呢，是一個禮拜！不過我倒感覺有一輩子那麼久，算你說的沒錯。」

「妳看起來很棒，與世隔絕對妳很有幫助嘛！」他親吻她雙頰。

「謝謝你送的花。」安娜才不相信他的話，只覺得自己穿著破舊的牛仔褲，一頭濕髮，一點吸引力也沒有。「你能不能去泡個咖啡，我很快就好。」

他們走進屋裡，安娜快步跑上窄梯，衝向臥室。

凱伊在廚房裡左張右望。整理得很完美。安娜雖然只更動了無關緊要的東西，但是在凱伊看來比從前乾淨很多。也許是因爲從前安利可住的時候總是一片漆黑，而現在廚房燈火通明。

餐桌所在的那個角落，牆上原本掛著卡拉的相片，現在已換成菲力克斯的照片。穿泳褲的他，站在希臘克里特島海灘上，開心地咧著嘴笑，努力把小竹竿手臂擠出一丁點肌肉來，一副驕傲中帶點自嘲的模樣。這張照片是他們最後一次去希臘度假時拍的，算起來是菲力克斯失蹤前九個月的事。

凱伊目不轉睛地盯著照片看。這孩子散發著生命活力，充滿勇氣和堅毅。凱伊很能想像，菲力克斯這孩子從前雖然體弱嬌小，但過得很快活。凱伊數度絞盡腦汁，希望能在安娜徬徨無助的尋子過程中提供一些幫助，但仍苦無對策。畢竟事情已經過太久了。

安娜換好裝，頭髮也吹整好後，回到廚房，這時摩卡壺嘶嘶作響，凱伊正準備把牛奶打成奶泡，他把牛奶倒進一個小壺裡，拿細濾網在裡面上下抽壓，類似在擣碎東西。

「我們去陽台上喝。」安娜說完，便把咖啡杯、糖、一瓶礦泉水和一籃水果放到托盤上。

胡桃樹下此時還有大片涼蔭。

「很抱歉，我這麼久沒出現。」凱伊說。「但是我前一陣子很忙，賣了一棟房子，位於吉安提的格雷非鎮附近，還賣了一棟海邊的房子，在佩斯卡亞的卡斯提里奧內，所以必須時常來回跑。而且光從席耶納開車到海邊，就得花掉大半天。」

「我了解。」

「妳呢？就一個人在這裡，過得怎麼樣？」他不知為什麼，覺得安娜有某些地方變了，變得較平靜，較內斂。但也蒼白了點，在炎熱的夏季著實不尋常。

「還可以。也不是完全沒問題，但還過得去。」

「說來聽聽。」

「很怪，這裡安靜得不可思議。卡拉和安利可還住這裡時，至少可以偶爾講一兩句話，我們從沒好幾個鐘頭默默無語過。然後突然什麼都沒了，只剩寧靜。我覺得有點怪，但其實不害怕。我原本以為我晚上會很恐懼，但是都沒有。我睡得像死豬一樣，而且多虧老天保佑，每天一覺睡到天亮才醒。」

不過她沒告訴凱伊，她持續有股莫名的恐懼，讓她差點失去理智，也害她好幾天不知如何自處，只好努力找事做，藉以忘記自己在哪裡，可是都不成功。她走進廚房，煮了一杯濃縮咖啡，煮好卻不喝，她洗衣服、幫天竺葵換盆子，全都是為了沒事找事做。她去院子拔砂石縫間的草，一邊拔一邊還罵自己呆。她到臥室窗外的上層階地，坐在躺椅上，試著看書，但每次頂多十五分鐘便把書闔起來，因為她連半個句子都無法專心讀完。她去散步時，每走一步都會擔心逐漸迫近的夜晚。

只要太陽一下山，夜幕降臨，她一定馬上進屋，坐在廚房桌邊，每次只要一想到長夜漫漫，便瀕臨絕望。王冠谷原本在她眼中宛若天堂樂園，不過那時卡拉和安利可仍在，三人在胡桃樹下聊天、吃吃喝喝，開懷大笑。而如今，孤獨到彷彿置身地獄。

靜謐加上孤寂，給她的感受就像條厚棉被緊緊蓋住全身，讓她全無空氣，行將窒息。她試住在安利可的王冠谷時，感受完全不是這樣。

附近沒半個生物，聽不到半點人聲，唯獨瀑布日日夜夜漠然唰唰作響。

倉卒買下王冠谷是錯誤的決定，天大的錯誤。現在她痛心體認到了。

「我這下就放心多了。」凱伊說。「我本來很擔心妳可能已後悔做了這個決定。」他握住她的手。「我今天一整天有空，我們去做點有意思的，妳也得出去走走。」

安娜點頭，目前她想不到更好的方案。她對凱伊感激不盡。

過去四週，她和凱伊見了好幾次面，也數度在他家過夜。他是好情人，也是令人愉快的談話對象，安娜和他在一起很開心，有他作陪可以讓她在幾小時當中忘卻來此的原因。在他身邊，她覺得安心又自在，感覺比實際年齡年輕許多，也非常有身爲女人的感受。要維持這段關係，不乏許多好理由。她常在想，自己是否眞的愛上凱伊了，但她不太清楚。每當她思念他，或期待見到他時，就會有種愛的感覺。或許，不再是小女生的人，愛上一個人的感覺是不一樣的。她太了解感情關係的機制了，當中已無太多驚喜。

白天她不想打擾凱伊，晚上倒是很想打電話給他，不過得摸黑爬上山，她不敢。手機在王冠谷收不到訊號，再加上電話根本不會響，光是這樣，已足以讓她整個人瘋掉。

「我想，我需要一台電視。」她突然冒出這句話。「一直聽不到人的聲音眞的很可怕，我想聽到聲音，哪怕是新聞播報員的聲音也好。另外，我完全不知道世界上發生了什麼事，萬一哪個地方原子彈爆發了，在這裡絕對不會知道。」

「我可以幫妳張羅，我認識一個人會裝小耳朵。」

「那個呢？」他停頓一會兒，繼續問：「菲力克斯的事，妳開始進行了嗎？我在廚房看到那張照片，他真可愛！」

安娜點頭。「沒錯，他很棒，我也這麼覺得。不過我什麼都還沒做。也許我們應該先跟其他兩個失蹤兒童的家人取得聯繫。我不曉得聯絡上能有什麼進展，但仍值得一試。你可以幫我嗎？憑我的義大利文程度，絕對談不出什麼。」

「當然可以，但問題在於，我們要怎麼取得他們的住址。我們可以去問神父，或去問憲兵隊……」

「或者我們去酒吧試試，酒吧裡通常什麼事都打聽得到。」

「沒錯。」凱伊說完，咬了一口蘋果。「這主意很好。不過妳得先告訴我，我們今天去哪裡。去蒙塔奇諾？去琵恩察？去聖吉米尼亞諾？妳還沒去過哪裡？」

「我們去蒙塔奇諾吧。」安娜站起身來。「我可以在那裡買點酒。不過我有個條件。」

「儘管說。」

「等我們回來，你得陪我在王冠谷過夜，一言爲定？」

「一言爲定。」

凱伊彎過身去吻安娜的唇，之後她把托盤拿進屋裡。

65

艾蘿菈心想，拿耙子的男人和金髮女人已經搬進奶奶的房子，那現在是誰住王冠谷呢？她非知道不可，此外她已許久不曾去那裡，她好奇地想知道現在是否有所改變。

前往王冠谷的路上，她踩到一個尖銳物，刺進了腳裡。她坐在一個殘木樁上，一邊吸著大腳指一邊小聲咒罵。之後重新上路，走了很久，久到不再感覺疼痛。

王冠谷安靜祥和，和她記憶中一模一樣。百花綻放，一如往昔，只不過迷迭香、薰衣草和鼠尾草已長成巨大花草叢，高及廚房窗戶。

艾蘿菈輕而易舉找到她從前那個洞穴，隨即蹲在裡面守候。也許有人在屋子裡睡覺。她站起來，往前走一小段，走到停車場在視線範圍內為止。只見那裡有輛老舊的小飛雅特，輪胎周圍已長滿雜草，這輛車已很久沒人開了。顯然真的沒人在家。

艾蘿菈壓低身子跑過樹林，林子與小溪接壤，與房舍舉目對望，她一邊前進一邊不忘緊盯著房子，偶爾停下腳步聆聽風吹草動。沒有，沒有聲音，沒有半點動靜。

今天門窗一概緊閉，跟當時一模一樣，不過沒聽到微弱的哀嚎。

她從停車場小心往屋子潛進，先爬上托斯卡納式梯，再從外往臥室裡望。覆蓋在大蚊帳下的床整整齊齊，床上鋪著一條米白色的針織花紋亞麻被，床對面有斗櫃，櫃子上架著一面鏡子，以及一字排開的化妝用品。

艾蘿菈繼續躡手躡腳前進，她看不到客廳內部，要有梯子才看得到。客房和臥室一樣，也整理得有條不紊，很難判斷過去幾天到底有沒有人在床上睡過。

接著艾蘿菈望進廚房，突然楞住不動。為了看更清楚，她把微沾塵埃的玻璃舔乾淨。她看著餐桌椅上方那張照片，認出照片上的小男孩。回想當時，那個她曾稱之為天使的男人，以雙臂把照片上的小男孩抬到乾涸的池塘裡，灌入水泥埋起來。如今池塘又有水了。她的心臟失控般猛跳。她試圖搞清楚，為什麼會在這個廚房看到小男生的照片，可是根本無法思考，只感覺腦袋塞滿了棉花。憤怒與絕望交加下，她不斷用額頭去撞玻璃，用力，再用力，撞的時候完全不覺得痛，等到廚房門玻璃被撞碎，弄得她血流滿面時，腦袋才慢慢浮現幾個想法，等著她去一一整理。她叫艾蘿菈。豔陽高照，天氣很熱。她在森林裡，在山谷裡，這棟房子空蕩蕩。沒人在家，也沒人看到她。艾蘿菈把殘留在門框上的玻璃碎片打破，以免再度受傷，接著從開口爬進廚房。

洗碗槽裡有兩個用過的咖啡杯。今天早上有人在這裡喝咖啡。

艾蘿菈把她在森林裡的那一套照搬到這裡來。她跪著前進，嗅遍整棟房子。空氣中蕩漾一股微微香氣。但她也聞到堆肥垃圾桶裡的腐爛生菜、冰箱裡的乳酪、碗盤架上的灰塵和洗碗槽底下長出的黴。她聞到插座裡有燒焦的蜘蛛網，插座不久前還用過，還聞到紅磚上的蠟、窗簾裡的濕氣，聞到籃子裡殘留一粒已腐臭的堅果，還聞到床上有女人的特有氣味。

接著她慢慢走回廚房，小心翼翼從掛鉤上取下菲力克斯的照片。

66

那男人不在，艾蘿菈十分篤定。她坐在矮樹叢裡觀察房子時，金髮女人正把石塊集中到推車上，推到另一處，倒下，仔細鋪平，確保石頭間沒有縫隙。如此一再反覆。看這情況，她是想把屋前這條路全鋪上石子。她汗流浹背，艾蘿菈看了深感同情，因爲她知道從梅里雅之家到聖文千隄這條路有多遙遠。從這裡到聖文千隄所需的時間，跟幫奶奶煮蔬菜濃湯差不多，而蔬菜濃湯之所以要久燉，是因爲奶奶一口牙全掉光，胡蘿蔔、馬鈴薯入口後，只能利用舌頭頂上顎來壓碎。艾蘿菈認爲，等到石子路鋪好，金髮女人都已經像奶奶死時那麼老了。所以她覺得金髮女人很可憐。

等著等著，艾蘿菈也漸漸不耐煩起來。只要那女人仍繼續她的笨活動，艾蘿菈也無法進去屋裡。她亟欲把照片放在桌上給那個男人。她一直不了解，當初在王冠谷到底發生了什麼事，爲什麼那孩子死了，但是她知道，那是他的孩子。他把他抱起來，放進池塘，孩子是他的，所以照片一定也是他的。照片不屬於王冠谷那個女人，她是新搬進去的，照片屬於那個拿耙子的男人。儘管艾蘿菈對他又氣又怕。在她想像中，假如有人擁有奶奶的照片，那麼那張照片絕對也是屬於她的。她照顧過奶奶，還把過世的奶奶抱進教堂。她很愛奶奶。那男人一定也很愛那個孩子。

她心想，假如有張奶奶的照片，能隨身攜帶，那該有多好，想著想著就淚流滿面了。有照片的話，奶奶就不算全死。隨著日子一天天過去，艾蘿菈逐漸覺得，要讓心目中的奶奶影像鮮活起來、要回憶奶奶的點點滴滴、要身歷其境般見到奶奶，眞是越來越難，例如她已不太清楚奶奶的鼻子到底長什麼樣，她覺得應該是肥厚型的，稍微扭曲，有看似小洞的粗毛孔……可是她已經不太有把握了。

不，這張照片一定得歸那男人擁有，就算他是撒旦，也要拿給他。可是她不敢當面交給他，深怕他眞的會用魔鬼戟把她叉得穿孔。所以她得偷偷把照片放在桌上，趕緊溜得不見蹤影。

金髮女人仍在鋪石塊。艾蘿菈打起呵欠來，一隻蒼蠅趁隙飛進她嘴裡，她得把蒼蠅吐出來，可是已經吞下去了，有點噎住。顯然那女人聽到了聲音，她停下工作，四處張望。艾蘿菈停止咳吐，暫停呼吸，但咳意難耐，壓抑之下，差點窒息，原本蒼白的臉頓時脹紅，顏色逐漸接近額頭上的血塊。

此時，金髮女人舒展筋骨，反覆慢慢前彎後仰，隨即走進屋裡。

艾蘿菈馬上狂咳不已，終於把死蒼蠅吐到矮林裡。她探找塞在內衣裡的照片，照片摸起來溫熱中帶點濕氣。她取出照片，靜靜端詳，然後用手指順著男孩手臂輕撫，臉上露出微笑。

這時金髮女人再度出現。手裡拿著一本書，在房屋四周來回走動。不久，艾蘿菈聽到吊床在生鏽的懸架上發出咯吱咯吱的聲音。

時機終於來臨。她站起來，躡手躡腳地潛進屋裡。

67

吉普車車窗全開，他們正行車經過黏土丘陵區，安娜在車上享受不斷吹來的熱風。在這盛暑之際，丘陵和原野放眼望去一片褐色，草地枯乾，加上奇詭的石灰岩整塊灰色，這幅獨一無二的景色給人一種近似陰沈的視覺感受。

「妳看過春天的黏土丘陵區嗎？」凱伊問。「這個地區在春季最美，妳會看到一座座丘陵長滿夏季作物，鮮翠欲滴，隨風搖曳，有如陣陣波浪，美不勝收。我幾乎只在春天賣黏土丘陵區的房子。」

「我好期待看到這幅景象。」安娜閉上眼睛，試著緊緊抓住這美妙片刻。一切問題彷彿遠遠拋在腦後，不必去想菲力克斯，只專心享受搭車悠遊托斯卡納的樂趣。對菲力克斯的思念，就像肉中刺，觸及必痛。但今天不同，她能忘卻那份痛苦。

「有一座本篤會修道院，叫橄欖園山修院，妳想不想去參觀一下？我們順路，等下會經過。」

「好啊，有何不可。」

凱伊流暢沈穩地開過一道道馬蹄形急轉彎，車子彷彿與道路融爲一體。安娜通常無法忍受坐前座，寧可自己開，原因在於她能感覺到駕駛人的所有不安，而且很受不了別人行車轉速不是過高就是過低，此外她總覺得，駕駛座上的人還沒察覺危險或別人的失誤之前，她早已洞燭機先，這些理由讓她很少能夠放輕鬆地坐在旁邊。坐凱伊開的車則截然不同，她能全然放鬆，而且一度想伸手去撫摸他背後，但隨即打消念頭。

抵達修道院時，停車場上早已停了五輛大型遊覽車。

「拜託，不會吧，」安娜大聲哀嚎說，「現在眞不想碰到在修道院裡成群結隊移動的觀光客，我們另外找時間來參觀吧，也許冬天遊客較少時再來。」

「沒問題。」看凱伊的表情，好像安娜一語道出他的心聲。

彎彎曲曲的道路一直延伸到布翁康文多城外，這是一座中世紀小城，外圍有一道城牆，高得令人嘆爲觀止，而且保存得十分完整。他們開上往羅馬方向的國道，前行數百公尺後，即轉進另一條路，往蒙塔奇諾開，接下來這段路蜿蜒曲折，緩緩繞山而上數公里，盤據山頂的蒙塔奇諾始終在視線之內。

來到蒙塔奇諾最高處，凱伊直接把車停在城堡邊，然後和安娜信步穿越一條條窄巷，途中時時能看到山谷，景色優美絕倫。凱伊一手搭在安娜肩上。我們看起來就像一對結婚多年的夫妻，安娜暗暗自娛，實際上我卻是另一個男人的妻子，他現在說不定正在看錶，瞄了一眼候診室然後說：「還有三名病患，看完就午休了。希望波默太太別又那麼多話……」

這個小城擄獲了安娜芳心。既不像安布拉那麼小，也不如席耶納大，舒適宜人，又不杳無人煙。

「假如我得住城市裡，或許會選這裡。」她心裡大聲地說。「席耶納我也很喜歡，但是那裡我得住上十年才不會迷路。」

他們走進一家小餐館，在陽台上找到一個小桌位，往腳下望去，是足足五十公尺深的峭壁，陽台地板搖搖晃晃，頗令人擔心。然而放眼望去，近看是山谷，遠眺是聖奇里科，景色美得令人屏息。

「回程路上，我們非得在聖安提摩修道院停一下。」凱伊咬一口抹上肝醬的麵包。「那是全世界最美的教堂之一，根據傳說，是天使們在一夕之間蓋好的，柱子是他們一根根頂在頭上，石頭是一塊塊親手抬的。」

「你的外表雖然看起來不像，骨子裡卻是個無可救藥的浪漫派，對不對？」安娜問。

「我是來義大利才變浪漫的，以前完全不是這樣。我以前是注重打扮的雅痞，每個月上兩次理容院，花大錢買刮鬍水，時常在自己的亮鉻色廚房用微波爐加熱冷凍法式麵包，吃飯時一邊緊盯電視的股市新聞，和銀行說電話敷衍了事，以便隨後趕赴霓虹燈閃爍的藝術酒吧，去喝琴湯尼，喝到腳軟。我的交往和戀愛關係一般從晚上十一點開始到凌晨三點，我的衣服一週送洗一次，浴室鋪滿黑色瓷磚，唯一養過的寵物是流感病毒，每年都會從辦公室帶回家一次。」他露出尷尬笑容。「我想，這跟浪漫搭不上邊。」

安娜大笑。「眞難想像。從前的我，身爲負責張羅一切的太太兼母親，每天得想辦法變出三餐來，要餵貓、餵狗、餵天竺鼠，我們去劇院時，我要幫先生挑合適的領帶、弄好西裝袖扣，在診所裡，要身兼護士、醫療助理、櫃台小姐和會計人員，在家則要扮演家教老師，負責指導各式各樣的學校作業。我刷洗廚房，清掃人行道，採收蘋果，得爲全家人想耶誕禮物，過去的我，是一個絕不允許自己外遇的女人。因爲我很怕很怕會東窗事發。我所謂浪漫就是：夏天去大加納利島旅行，冬天去瑞士薩斯費滑雪一個禮拜，還有在海邊散步。」

現在換凱伊大笑。「了不起。不過有一件事我不懂。妳哪來那麼多錢買王冠谷？哪來的錢讓妳可以在這裡閒閒過好幾週、好幾個月或好幾年，或更久更久？就在這裡什麼事都不必做？」

女服務生端上兩人份的野豬醬寬麵。

「我的教母留了一些遺產給我，她幾年前罹患骨癌過世。她除了我無親無故，我們又很談得來。她生病時，我連續好幾個月去照顧她，一直照顧到她去世。不過我倒是沒想到，她竟然存了那麼多錢。」

「診所呢？生意怎麼樣？」

安娜聳肩。「不知道。就那樣。不清楚。如果我要長住在這裡，哈拉德也許會徵人。我就是想從我們的婚姻暫時抽離一陣，要怪的話，哈拉德也難辭其咎。」

「有別的女人？」

「也是啦，不過主要的原因是菲力克斯。他失蹤以後，我們的婚姻一直走下坡。兩人表達悲傷的方法不一樣，又沒辦法彼此容忍這樣的不同。我想知道發生了什麼事情，但哈拉德過了一段時間就不想再知道。一開始，他悲痛到只會生氣，瘋狂東奔西走，一天二十個小時在外面，不斷尋找，能做的都做，反觀我，像癱瘓一樣坐在家裡，只能等，什麼事都不能做，連動都不能動。他對此不能理解。幾個月後，我變了很多，雖然我不斷思索還有什麼方法可試，尤其在義大利這邊。而哈拉德，則像氣已洩盡的氣球，不知何時已把事情鎖上，開始遵從他的口號：人不該讓自己被早已無法改變的東西逼瘋。」

「說得太誇張了。」

「當然是太誇張了。在這樣的層次上，我們根本無法繼續在一起。完全不可能。」

「我了解。」

兩人沈默片刻。接著凱伊問：「妳還要吃點肉嗎，或魚？」

安娜搖頭。「不用了，謝謝，我飽了。但來杯咖啡也許不錯。」

凱伊向女服務生招手。「我們別在這裡喝，去菲雅雪特里雅，既然來到蒙塔奇諾，就不能錯過這家咖啡館。」

68

卡拉躺在吊床上不久便覺得熱了起來。她把書闔上，書是安利可給她讀的，讓她讀得無聊透頂。是杜斯妥也夫斯基的《罪與罰》。書裡一堆複雜的名字，光這個已讓她頭大，華麗的詞藻也讓她覺得很困難，望而生畏。她才讀到五十三頁，剛看完其中長達十三頁的信，整封信完全不分段。她多半看不懂。眞是活受罪，卡拉心想，但是又能如何？再過幾天，安利可就會開始和她討論，他會向她提出一個個問題，只要她答不出來，他就會一直苦笑。她恨透了，她覺得他在這方面眞是傲慢得令人忍無可忍，而且她很明白，只要他想，就有辦法專挑那些她答不出來的問題問。這本可怕的書有七百三十頁。她一輩子都讀不完。

讀完這本書得花我好幾年，她心想，尤其每天只讀得下三頁，太沈悶了，害我經常讀一讀就睡著了。不過她知道安利可已經把這本書讀了無數次，一讀再讀，彷彿世上只有這麼一本書。他可以一頁頁背出來，常常在冬季漫漫長夜隨口引用幾句。有一次，卡拉聽著聽著打起了瞌睡，等到她呼吸勻緩、輕輕打起鼾來，他才發現。接著他把書當寶一樣，小心翼翼夾在腋下，無聲無息上床睡覺去。接下來數天不跟卡拉講話。後來她受不了，就跟他保證會盡快找機會自行閱讀那本書。如今是她兌現承諾的時候。她暗自咒罵睡著的那個晚上，要不是那次睡著了，現在也不必讀這令人痛苦的七百三十頁。

她頭昏眼花地走進屋裡。熱暑籠罩，彷彿在過度悶熱的室內穿上厚重的冬季大衣。她從炫亮的陽光下一走進昏暗陰涼的廚房，眼睛不由得眨了幾下，稍待片刻，雙眼才慢慢適應光線強度的變化。

數秒後，她看到了，不偏不倚地站在那前面。菲力克斯的照片就放在粗糙的木桌上，在一片深咖啡色中微微發亮。這張照片，不久前仍掛在王冠谷，她常去端詳，每次看都能感同身受，能了解安娜的心情和菲力克斯一去不返後的感受。

卡拉迷惘地目不轉睛看著照片，一邊坐下。她把前額沾滿汗水的頭髮撥開，看到自己的手正微微顫抖。這是怎麼回事？這張照片怎麼會在桌上？她躺在吊床上看書前不久，才穿過廚房，喝了一杯水，那時桌上並沒有照片，她十分篤定。到底是誰把照片放在這裡的呢？又是爲了什麼？

安娜嗎？不，不可能。要是安娜來，她一定會看到，會聽到聲音，從吊床這邊，整條通往房子的路都看得一清二楚。況且安娜會打個招呼，會喊她，一定也會稍留片刻喝個飲料。再者，她爲什麼要把照片拿到這裡來？一定不是爲了拿給他們看，安娜知道安利可和卡拉都看過這張照片。換句話說，毫無理由。安娜明明很高興能把照片掛在王冠谷那個好位置，更重要的是，她很高興能一直看到兒子。不，不可能是安娜。那又會是誰？

安利可？不可能。沒有道理。通常安利可開車上來時，會先輕按一下喇叭，讓她知道他回來了。此外，他爲什麼要把照片從王冠谷拿回來，偷偷放在桌上？不，這麼做一點意義也沒有。

可是除了安娜、安利可和她自己之外，已經沒有人同時熟知王冠谷和梅里雅之家。也許還要加上凱伊，那個房屋仲介。但是他現在和他們一點關係也沒有。她也不覺得凱伊有理由玩這種藉照片傳訊息的把戲。

少了相框。卡拉記得牆上的照片還有一個玻璃框。也許框壞了。這倒是有可能。儘管如此，照片依然不會自己長翅膀飛越數公里，從一個山谷飛到另一個山谷。卡拉當下覺得頭痛欲裂。她站起來喝水。天氣悶熱，但對她不構成問題。水瓶隨時備妥水，她大口大口地喝，想藉此擺脫頭痛，讓腦筋恢復正常。

這地方發生了某些事情。一定是出了什麼事，和安娜及她兒子有關。自從那女人出現後，這裡已出現某些變化，卡拉雖察覺得到，但不知道確切變化爲何。

安利可不在，人家需要他的時候他總是不在。她想就這謎樣事件和他當面討論，想聽聽他會有什麼樣的解釋。他這個人，總是無所不知，總能歸納出個道理來，從不尷尬困窘。他這個人，無論是神祕、偶然、超自然、超心理現象，他一概不信，也不信魔術、巫術或心電感應。他只相信自己，只信親眼所見、親耳所聞、親手所能觸摸以及他所能理解的事。她現在很高興這張照片莫名其妙出現，因爲她想體驗一次他啞口無言的樣子，想看他不知答案、無法合理解釋這現象而不知所措的窘態。

他不在家讓她很生氣，氣的是她不知道等到他回來之前要做什麼來打發時間。

卡拉把照片拿到隔壁房間，塞到兩本托斯卡納相本之間，然後在窗口站了一會兒，向遠處山丘望去，她看到沐浴在陽光下的蒙特貝尼奇。菲力克斯的照片，她想著，眞該死，我桌上竟放著菲力克斯的照片，這是某種訊息，但是到底要傳達什麼，我完全摸不著頭緒。

69

回程路上，凱伊和安娜在後座放了兩個以木簍包覆的大玻璃壺，裡面分別裝了十七公升的蒙塔奇諾酒，準備載回王冠谷後用酒瓶分裝，並以軟木塞封瓶。安娜幾乎整路都在睡，睡到吉普車開上碎石子路，搖搖晃晃穿越橄欖林才醒來。

「我們快到了。」她睡眼惺忪喃喃地說。「眞棒！我一路睡，把午覺都補回來了。」

「那妳今天整晚都會活力旺盛嘍！」凱伊露出意有所指的微笑，安娜也報以同等微笑。她覺得下體隱隱有股搔刺感，這一刻她非常喜歡這種感覺。這是明顯的跡象，表明她很期待和凱伊上床。

督朵瓦仍陽光普照，義大利老先生們當街排排坐，享受傍晚的閒聊時光，但同一時刻，王冠谷的太陽早已躲在山後。儘管天氣燠熱至極，安娜仍能感到王冠谷這裡有股濕涼，像是一條半乾的毛巾把人團團包住。

「王冠谷不算托斯卡納。」安娜說。「這裡沒有義大利的夏天。」

「那這裡算什麼？」

「算地圖上的一塊空白。」安娜微笑著說。「是我發現的天堂樂園。」

凱伊把吉普車直接開到廚房前，省得要抬沈重的大酒壺走一大段路。

安娜馬上發現廚房門玻璃破了。第一起竊盜案，她心想，來得還眞快。幸好這樣的夜晚毋須一人獨處，她對此感激不盡，也決定拜託凱伊留下來陪她，等門修好才走。

安娜下車，往廚房門走去。她本能地看了一下地上，發現紅磚吃進了凝固的血滴，接著抬頭往廚房裡望。她停頓了兩秒，完全靜止不動，緊接著驚聲尖叫。

70

建材商那裡人擠人，安利可不由得考慮起來，是否隔天早上再來比較好。但如果這樣，等於損失半個上午在採購上，這樣更糟。所以他留下來，盡量讓自己心平氣和。現在正逢下班時間，這個地區的工人都來買隔天所需的材料，或更換損壞的工具，或者利用大家來此相聚的時間小聊一下。很多人試圖跟安利可搭話，安利可友善以對，但封閉低調，回答時話能省則省。

「你是不是買了老巫婆的梅里雅之家？」問話的馬力歐是個伐木工人。

安利可點頭。

「是那個被燒死的老太婆嗎？」皮耶羅想問清楚。

「她沒被燒死，是她死後，那個瘋女人把房子燒了。」

安利可風聞這個「瘋女人」已久，但從沒見過。他現在不想管那麼多，只希望趕快輪到他購買。

「你要重建那棟房子嗎？」

安利可又點頭。

「你拿到建照了嗎？」提出這個問題時，馬力歐的嗓門拉得特別高。

「還沒。」正是這種對話，安利可恨之入骨。因為在建材行獲得的消息當晚就會火速傳遍全村。

「那你開始建了嗎？」

「還沒。」安利可邊微笑邊把視線移往他處。得在狩獵季開始前蓋好，否則獵人時常路過，會看到房子已重建完成。他通常會邀請遇到的獵人來家裡喝兩杯，跟人家打好關係，然後對方就不會心懷不軌，向林務局告發他。

義大利人認為，眼前這個德國人之所以沈默寡言，是因為他語言不通的關係，所以也失去對他的興趣。安利可繼續耐心等候半個小時，終於輪到他，買到了裝窗戶所需要的大部分螺絲。

回梅里雅之家的路上，他看到一輛黑色吉普車跟在後面，等他回過頭去，吉普車馬上閃大燈，安利可認出那是安娜和凱伊。他對著後照鏡揮揮手，加速前進，吉普車繼續隨行。

安利可自個兒大聲埋怨起來。這兩個人晚上來找他做什麼？這樣不請自來令他很不開心。他今天早上七點開始工作，之後把時間浪費在建材行裡，在那裡等的時間比扛五個小時石塊還讓他抓狂。他現在只想脫掉工作褲，把混合汗水、黏在身上的水泥灰洗去，完全沒心情閒話家常或高談闊論。

回想在王冠谷時，由於並無正式的地址，所以沒人認識他，也沒人登門拜訪，如今那種日子顯然已一去不復返。

卡拉已站在屋前，看著兩輛車一前一後開上來。她露出微笑，擁抱安娜和凱伊以示歡迎。

「很高興你們來玩。」她說的時候嘗試讓聲音聽起來輕快些，但暗地裡急切想知道，他們突然來訪是否和廚房桌上的照片有所關聯。

「妳怎麼看起來那麼鬱悶？」安利可溫柔地對安娜說。安娜僅點頭回應。安利可輕撫卡拉肩膀，算是打招呼。

「你們先坐一下。」他說。「我很快沖個澡，五分鐘，然後我想知道發生了什麼事。」

安娜和凱伊坐到一棵長得歪七扭八的無花果樹下。卡拉覺得這棵樹很漂亮，在樹下布置了一小塊休憩區。她走進屋裡拿瓶葡萄酒。

凱伊和安娜環顧四周。「不可思議，安利可在短時間內就完成了那麼多。」安娜說。「他工作起來像頭野獸，妳看過他工作嗎？他幾乎都用跑的。」

「安娜，」凱伊握起她的手，很小聲地說，「我們來這裡做什麼？安利可和卡拉不可能去王冠

看。

「是不可能。但是我們得有個切入點，說不定他們有什麼主意，知道某個可疑對象。我們不能坐視不管，把整件事推到一邊！」安娜對凱伊說起話來，語氣之憤慨比她所想表達的還強烈，可是沒辦法，從座位上可以直接看到安利可抹肥皀、淋浴，搞得她很緊張。安利可似乎毫不在乎被人看。

此時，卡拉把水、葡萄酒、橄欖、乳酪和一些麵包端上桌。「可惜我們家只有這些東西。」卡拉邊說邊把托盤放上桌。

「已經很棒了。」安娜回答。「反正我們不怎麼餓。」

凱伊的臉頓時扭曲，勉強陪笑。他肚子快餓死了。

安利可穿上短褲汗衫，來到桌前，一邊弄乾頭髮一邊坐下。

「怎麼了？」他問。「發生什麼事？」

卡拉在倒礦泉水時不愼把水灑出，她雙手抖得厲害，但是沒人注意到。

「安利可，先問你一個問題。」安娜說。「你爲什麼說這一帶沒發生過殺童案？附近除了我家菲力克斯，還有兩個小孩失蹤，菲利普和馬爾科。失蹤時菲利普十一歲，馬爾科十三歲。有這種事發生，附近居民一定會連續談論好幾個禮拜，不論是酒吧、商店、市場、披薩店，到處都會有人講。我自己就有親身經驗。難道你們完全沒聽說嗎？」

「我眞的不知道。」卡拉用氣音說。她的顴骨出現一塊塊誇張的紅斑。

「我知道。」安利可小聲地說，眼睛看著地上。「卡拉很可能確實沒聽說過。我想，她兩次都剛好在德國。」

「菲力克斯失蹤你也知道？」

安利可點頭。

「菲力克斯失蹤時，卡拉也在德國？」

「對。」卡拉說。「我不是跟妳說過了嗎？我父親心肌梗塞。」

安娜比了一個快速揮動的手勢，意思大概是：沒錯！我忘了。她望著安利可，眼神充滿憤怒，聲音有點尖銳。

「爲什麼你沒告訴我其他兩個孩子失蹤的事？」

「安娜，我不想讓妳恐慌。」安利可的聲音溫和誠摯。「畢竟妳的煩惱和問題眞的夠多了。而且妳深深期盼菲力克斯總有一天會活著回來，我最不想讓妳希望落空。也許我錯了，或許吧，我也不知道，不過假如我做錯了什麼，那我眞的很抱歉。對不起，安娜。」

突然之間，安娜氣全消了，取而代之的是慚愧，她小聲問：「所以你認爲菲力克斯不可能還活著？」

安利可點頭。卡拉的手緊摀嘴巴，因爲她快哭出來了。安娜不爲所動，繼續追問下去。

「這麼說來，這一帶確實有殺童兇手出沒，他每隔幾年下手，把屍體藏得天衣無縫，說不定別人永遠找不到，對不對？」

「很有可能，沒錯。」安利可邊說邊刻意避免去看安娜。

片刻之間大家默默無語。

安娜深深吸了一口氣。「我認爲，殺童兇手今天闖入王冠谷了。」

「什麼？」安利可感到輕微暈眩，趕緊把注意力集中在呼吸上。

看到安娜伸手在袋子裡慌亂掏著香菸，凱伊插話進來解釋：「我們今天開車去蒙塔奇諾，出發之前，王冠谷仍一切正常，可是我們回來後，發現廚房門玻璃被打破了，地上有血跡，一定是闖進來的人被破玻璃割傷了。我們把整棟房子察看了一遍，東西都還在，沒少半樣，也沒有翻箱倒櫃的跡象。」

「連我放廚房抽屜裡的錢都原封不動。」安娜插進來說。

「只少了一張照片！少了那張掛在餐桌上方的菲力克斯照片！只有那張照片被偷了。」凱伊以盤問的眼神看著安利可和卡拉。「這是怎麼回事？我們完全不懂。」

卡拉跳起來，含糊說了一聲抱歉，便跑進屋裡。

「她怎麼了？」

「不知道。」安利可現在不想管卡拉。他困惑，極爲困惑。而且厭惡被人牽著鼻子，走進他無法全盤掌握、也摸不著頭緒的狀況中。「這完全說不通啊！」他搖著頭說。「誰會只爲了偷那張照片而闖入王冠谷？」

「我不知道！」安娜大大吸了一口菸。「不過，我認爲是兇手幹的，就是殺菲力克斯的兇手。也許他偶然路過王冠谷，有點好奇，就往廚房裡看，這一看就發現了那張照片，上面的人，正是他十年前殺死的孩子。他當然想把照片帶走，非拿不可。拿去當回憶，或當戰利品之類的。在他記憶中，那樁殺人案已快磨滅，但突然之間，一切又歷歷在目。突然之間，往日情景一一浮現眼前，他重溫了整個殺人過程，獲得極大樂趣。現在他可以再三回味了，因爲照片在他手上。只有這樣才能解釋他爲什麼不想偷我的錢或筆記型電腦。」

卡拉回來。她用冷水拍洗過臉，現在一片緋紅。「你們剛剛說了什麼？」

凱伊簡短複述安娜講的話，卡拉點頭坐下。

「妳不舒服嗎？」安娜問。

「沒有啊，沒有啊。」卡拉試著擠出微笑。

安利可感覺心臟停頓了半晌又繼續不規律地跳動。到底怎麼回事？難道有人知道太多內情？

「你們有沒有報警？」卡拉問。

「爲了一張二十歐元的照片？警察會把我們當瘋子！」凱伊搖搖頭。

「王冠谷發生了某件事，和菲力克斯有關，但是我實在想不通。」安娜又點了一根香菸。

「假如的確是兇手闖入，」安利可邊思索邊說，「那麼眞是不可思議的巧合，我無法想像。總之我不相信巧合，不相信命運會用神祕的方式指引我們該走哪一條路，而我們對此卻無法抗拒。這是幻覺。只要我們人類遇到無法解釋的東西，就說是巧合，以爲這樣問題就解決了。菲力克斯的照片不見，一定有足以解釋的理由，說不定理由很簡單，只是我們還想不到。」

「可是，闖空門這件事背後有什麼意義？你倒是說說看！有什麼樣簡單又合理的解釋？假如你講得出來，我很樂意洗耳恭聽。我現在不要聽什麼哲學大道理，只想知道王冠谷到底出了什麼事，而這事又和我兒子有什麼關聯！」

安利可沈默以對。卡拉和凱伊也是。在這綿延無盡的一分鐘內，在場四人都沒說話。

「王冠谷曾被人闖過空門嗎？你們有沒有類似遭遇？」

卡拉搖頭。「沒有，從來沒有過。謝天謝地。不過我知道一些地處偏僻的房子被人闖入過，都是毒蟲幹的，沒錢買毒品就作案，目標鎖定錢，得手後順手拿幾瓶酒就溜走。幸好我們到目前爲止還沒遇上。安利可總是說，王冠谷太隱祕了，沒人找得到，顯然他說錯了。」

我才沒說錯，安利可心底想，我從來不會搞錯。

一隻小貓跳到安利可的腿上，他輕輕撫摸小貓，然後把牠放回地上。貓隨即跳回他腿上，安利可索性讓牠坐著，繼續摸著牠。「安娜，如果妳願意，卡拉和我隨時可以去王冠谷陪妳過夜，陪到妳恐懼消失為止，或等到眞相查明為止。」

「不必了，我今晚陪安娜，假如她需要，我最近幾天都會陪她。」凱伊語氣堅決，他不在乎安利可和卡拉作何感想。不過兩人根本毫無反應。

「另外，也有很多小孩長得像菲力克斯，也許有人認錯了，會不會？」安利可說。

「也許、也許、也許，」安娜站起來，臉依然脹紅。她拿起一杯酒，一口灌下去。「也許有人不小心把我的菲力克斯給殺了，也許兇手另有其人，不管是哪種情況，反正菲力克斯死了。凱伊，拜託載我回家，我頭好痛，痛到快爆開了。」

凱伊也站起來，緊緊抓住安娜的手臂，把她扶好。

「謝謝你們所做的一切。」凱伊對安利可和卡拉說。「我們再聯絡。」

說完便跟安娜慢慢走向車子。

「她眞難伺候。」等兩位客人離開視線範圍後，安利可小聲對卡拉說。「不過這也是可以理解的。她得先習慣安靜、孤獨、昏暗，習慣截然不同的大自然生活。在這種情況下，人有時會看到其實並不存在的東西，想著並非眞實的事情。」

「可是照片的的確確不見了！這可不是她胡思亂想！」卡拉不了解為什麼安利可會那樣說。

「妳知道那是眞的假的？妳親眼目睹了嗎？她正處於一種特殊狀況，王冠谷的生活是所謂的臨界經驗。再說，痛失愛子的母親，有時會做出奇怪的事情。也許是她自己把照片拿走銷毀了。因為她想塵封往事，因為她不想繼續每天花那麼多時間回憶菲力克斯，因為她在這裡是為了展開新的生活。妳懂嗎？」

「門被破壞了怎麼解釋？地上的血跡怎麼解釋？假如她要擺脫照片，直接丟掉不就得了，根本不必破壞自己家。你的說法說不通。你等一下喔。」

卡拉跑進屋裡。

她說的沒錯，安利可心想。安娜這個人，非常需要安全感，絕對不會為了擺脫一張照片而砸毀自己的家。只有瘋子才會用這種手段，但安娜沒瘋。安利可絞盡腦汁，但仍想不出可能發生了什麼事。

卡拉回來，默默把照片放桌上。

安利可盯著她看，驚惶失措。「是妳？」他語調平平地問。「是妳去了王冠谷，把門弄壞取走照片？卡拉——妳喪失理智了嗎？」

卡拉苦笑。「我今天一整天都在鋪石子路，天氣熱得受不了，我就進屋來喝點東西，從廚房桌上倒了水瓶裡的水來喝。之後我又到屋外，躺在吊床上看一下書。大概過了十五分鐘，覺得躺在吊床上還是很熱，所以又進屋裡，進去就看到廚房桌上多了這張照片。」

安利可相信卡拉說的字字句句。他覺得渾身冷了起來。冰冷。他從未感到如此無力、如此無助過。

「妳剛剛為什麼不說照片在妳這裡？」

「是要讓凱伊和安娜相信你剛剛說的嗎？是說，就是我嗎？不，不，照片在誰手上，誰就是犯人。正是這麼簡單，也是唯一可能的解釋。才不呢，我絕不會說照片在我這裡，安利可，拜託你也別說，好不好？」

安利可僅點頭。

「我現在上床睡覺去。」卡拉說。「累死了，我想我們今晚也想不出個結果來。來吧，去睡覺，明天說不定能想出我們今天忽略的東西。」她現在心裡舒坦多了。把照片交給安利可的同時，她也把責任易了手，煩躁不安頓時煙消雲散。這下子，連照片怎麼到她桌上的，她都不在乎了，她只想睡個覺，不想繼續想破頭。

「好，好，我馬上來。」他說的同時，並沒有看著她，也沒在她臉頰留下晚安吻。「晚安。」

卡拉走進屋裡。

安利可把蠟燭吹熄，獨自坐在黑暗中，一動也不動。

他得思考。一定出了什麼事。整件事已脫離他的掌握，他失去控制權了。某個人知道內情，而且現在跟他玩起遊戲來了。目前這個不知名人士略佔上風。

深夜寒意濃，但他並不打算進屋去拿件套頭毛衣出來穿。此刻思緒奔騰。

蟋蟀鳴叫聲逐漸減少，也越來越小聲。再經過一個小時，萬籟俱寂。這一刻，他恍然大悟，知道是誰在跟他玩把戲了。

安娜。不是她還有誰。偏偏是她買下了王冠谷，買下那個他殺了她寶貝兒子的地方，絕非巧合。沒有巧合這種東西。他早應該想到。爲什麼當初他不覺得奇怪，爲什麼她急於買下王冠谷？沒有人買房子那麼倉卒的，買房子的人通常會先看幾棟才做決定。安娜只看了這一棟，就想買下來。她來義大利可不是特地來買王冠谷的。房屋仲介只是個障眼法，只是達成目標的工具，以便她像個正常的購屋客戶一樣出現，悄悄接近他而不被發覺。他太容易上當了，應該馬上起疑的。

安娜知道一切。她知道兒子死了，知道是他殺的。她跟他交朋友只是在演戲，她的友善只是表面工夫，用來掩飾她的恨意。爲什麼她等了那麼久才說要找兒子呢？因爲怕他萬一識破她的居心，就不會把房子賣她。廢話，他要是知道才不會把房子賣她。這一點她完全正確。

她眞陰險。她想收集證據。先讓他上鉤，然後盡量把他弄得坐立不安。她享受掌有凌駕於他的力量，想向他展示他已失去操控權。她想看他恐慌的樣子，她有朝一日會把泳池挖開，讓他罪行曝光。

照片不見那一招眞是高明。她計畫縝密，這一擊確實將他打得不知所措。

他還記得那天早上，他正把工具抬上車，在停車場突然聽到菲力克斯清脆嘹亮的童音歌聲。是菲力克斯當年在溪邊唱的那首歌。他嚇得魂飛魄散，一聽到這個歌聲，讓他霎時毛骨悚然。那時她已開始進行心戰攻擊了，而這點也是他沒察覺到的。

但還有一個問題：安娜從哪裡知道這一切的？她怎麼找到他的？若是她目睹當年復活節菲力克斯在暴雨中上了他的車，一定會馬上報警。假若她看到或聽到菲力克斯在王冠谷，也一定馬上報警救他。所以不可能是這樣。

已經十年了。十年來一直沒有問題，沒有調查行動，什麼都沒有。他完全置身事外，就連菲利普和馬爾科的案子，也沒有人追查到他，他從沒遭到懷疑，從沒警察上門來找他談話。而如今，其中一個男童的母親突然半路殺出，而且知道謎團的解答？她爲什麼不馬上去報警逮捕他，讓專家來挖開泳池？難道只是爲了折磨他？爲了拉長細細品嘗報復滋味的時間？

假如他要找回平靜，一定得先找到這些問題的答案。她絕對沒料到已被他識破。這是他的優勢所在。接下來要一步一步來，最後將他一軍的就不會是這個女人了。他不會讓這樣的結果發生的，他從沒輸過，這次也不會輸。

卡拉一大早從屋裡出來時，看到安利可還坐在桌前，姿勢和她數小時前離開時一模一樣。她睡眼惺忪迷著望向晨光，決定不再多想，轉而先泡杯咖啡。

71

「天氣變得眞快。」凱伊在回程路上說。「風已經這麼強了，明天包準下雨。」

從梅里雅之家開回王冠谷，凱伊選了條遠路，整路只在森林裡穿梭。他今晚最不想遇上憲兵隊路檢或酒測。行經聖文千隄時，他專心四處張望，看艾蘿菈是否蹲在路邊，但是都沒看到她。接著開上彎曲的碎石子路，往蒙特貝尼奇前進，到了之後，在餐館前右轉，開進一條顚簸的田間小徑，道路狀況每下愈況，大約兩公里後，開上往山羊山莊的岔路，凱伊望了一下安娜，不過她的表情始終如一。

突然安娜放聲大叫，凱伊趕緊踩煞車，只見他們正前方有群野豬跑著穿越馬路。

之後他們放慢速度繼續前進，穿過茂密的冷杉林，來到帕蒂格利歐內，接著繼續開上蜿蜒曲折的山路到督朵瓦，再彎進一條狹路，往王冠谷前進。

「王冠谷不再聖潔。」安娜若有所思地說。「王冠谷已遭褻瀆，有人闖進我的房子，也許走遍各房間，翻遍我的衣服，摸過我的床單，用過我的梳子，照過我的鏡子。好，就算那人什麼都沒破壞，可是王冠谷已非昔日的王冠谷。有人在我不知情下進到我家，感覺眞他媽的糟。你能了解那種感覺嗎？」

「當然能。如果你家裡有木材，我今晚盡快幫你把廚房門釘好。」

安娜櫃子裡還有一瓶紅酒，她把酒拿了出來。凱伊把廚房門的玻璃碎片掃起來，暫時用兩塊木板把開口封住。

「不太漂亮，」他說，「但感覺好一點。」

「我心想，兇手眞的是湊巧發現照片的嗎……」安娜陷入思考。「假如果眞如此，那他肯定也嚇了一大跳。他在毫無預期下望進廚房，竟看到手下亡魂的照片！你想那是怎麼樣的情景！我也難以完全相信這是巧合。在這方面，我認同安利可。畢竟菲力克斯是在山羊山莊失蹤的。王冠谷封閉偏遠，沒有人會剛好散步到這裡來的。王冠谷和山羊山莊到底有什麼關聯？」

凱伊只是聳聳肩。

「總之，兇手現在知道我是誰，我爲什麼來這裡。話說回來，媽的，這種感覺也不好受。或者他根本從頭到尾都知道我是誰，爲什麼來這裡，知道我來王冠谷是有特定目的。也許偷照片是爲了試探我，看我是否已發現什麼。他一看到照片根本禁不住誘惑，非得擁有不可。這第二種的可能給人的感覺更糟。」安娜的臉紅亮起來。「凱伊，我好害怕，害怕得要命，因爲我現在知道快找出眞相了，我現在知道眞的有兇手，就在這附近某處，而且一直逍遙法外。只要一想到我得在這個該死的房子裡獨自過夜，就算只過一夜，我就覺得不舒服。我不覺得我辦得到。」

凱伊坐到安娜身邊，手搭在她手臂上。「我們先慢慢來。按照妳的推論，是兇手偷了照片，這可能沒錯，我也想不出更合邏輯的解釋。但這終究只是一個推論啊！闖進來的未必是兇手！別太鑽牛角尖了！妳有發現自己嘴邊常掛著『兇手』兩字嗎？今天早上妳還不確定菲力克斯是死是活呢，現在卻已經放棄希望了嗎？只因為他照片被偷就放棄了嗎？」

「我相信他已經死了，我相信我說的是對的。我已放棄希望，不再盼望他有一天會以大人模樣出現在我面前。沒錯，我放棄了。」

「今天放棄的？因為這個神祕事件？」

安娜點頭。「沒錯，那是徵兆。」

半小時後他們去睡覺，安娜躺在凱伊的臂彎裡，感謝上天讓她不孤單——儘管她原本對這晚有完全不同的期待。

安娜早上六點醒來。她靜靜傾聽凱伊規律的呼吸以及窗外胡桃樹簌簌作響，鳥兒開始稀落鳴唱，隨著天色越來越亮，鳥鳴也越來越大聲。寥寥數天之前，這裡的一切對我仍是天堂，她愴然想著，之前在這裡覺得安全感十足，現在卻渴望回到芙利斯蘭。

她腦中不斷盤旋著一個問題：山羊山莊和王冠谷有什麼關係？兩個地方有什麼關聯？關聯性在哪裡？為何兇手從山羊山莊來到這裡？我得找艾柳諾蕾談談，安娜心想，艾柳諾蕾知道很多，也許會有合理的解釋。

七點一到，她把凱伊搖醒，他張開眼睛，打了一個大大的呵欠，把她抱入懷裡。「妳知道我現在要做什麼？我要跳進泳池和那些烏龜、蠑螈和蛇為伍，而妳，妳得一起來！」

「不要！」安娜掙脫他手臂，跑到門口。「你愛怎麼樣儘管去，但是我淋浴就可以了。」

凱伊爬出水池時，一邊牙齒猛打架一邊咒罵。「媽的臭池塘！冷死人了，大股山泉不斷流進流出，又一直有東西碰我的腳，說不定只是水藻和水生植物，不過我眞嚇破膽了。我完全無法理解，安利可怎麼能天天下水。妳非得把這鬼池子拆掉不可，造個正常的泳池，不要有動物、爛泥巴、水藻之類的，現在這樣眞夠噁心！」

凱伊走向正在淋浴的安娜，手指一吋吋爬過她肌膚。「妳想想看，假如妳正在水底，不知道這是什麼東西……」

安娜伸手勾住他脖子，把他拉過來，兩人身體緊緊貼住。「別這樣嘛，凱伊，別嚇我。」

凱伊將她擁入懷中，緊緊抱住。安娜閉上眼睛，享受流淌在臉上的熱水，也享受他宛如配合水流的手掌撫觸，接著她倒在地上，一股大浪襲來，她隨浪漂流，讓她忘卻恐懼，忘卻自己住在一棟越住越覺可怕的房子裡。

吃完早餐之後，凱伊開車上班。安娜知道他有一大堆工作要做，所以沒求他晚上再來。儘管焦慮不安，她不想像個十四歲小女生，表現得處處依賴，也因此沒給他壓力。但是眼見他開車消失在山頂後方，她已後悔沒約好下次見面時間。

安娜已能預見，接下來的時間和恐懼將如攻克不了的高山深水。眼前王冠谷是待不下去了。她急忙把早餐餐具放進洗碗槽，把所有現金塞進錢包，將所有門窗仔細關好，再次巡視所有房間，檢查一切，這才離開房子。距凱伊開車離開至今，前後不到十五分鐘。

72

「我的老天。」艾柳諾蕾說。「我幾乎完全想不起來了，我忘得很快……」艾柳諾蕾上氣不接下氣，一排灰髮貼在額頭上，但深陷的酒窩賦予那張臉一種喜悅的表情。「在大熱天底下拔除雜草可能稍嫌誇張，但是難得遇到我的工作狂發作，非得好好利用不可！」她露出微笑，然後用沾滿塵土的夾克袖子擦臉。「我們兩個美女現在先來喝杯冰涼的檸檬水，然後我會幫妳仔仔細細地回想。」

兩分鐘後，她端出兩大杯冰涼的井水，擠了半個檸檬汁進去。「山羊山莊和王冠谷……嗯……兩個有什麼關聯？一點關聯也沒有，我想。彼此八竿子打不著，況且兩地中間還隔了一座山。」艾柳諾蕾邊說邊坐下，安娜心懷感激地喝著清爽冰涼的檸檬水。

「妳什麼時候買下山羊山莊的？」

「一九九六年。皮諾和莎曼莎透過一個房屋仲介登廣告，我看了廣告，馬上就愛上這棟房子。說不定我當時情況跟妳一樣，我也是那種當機立斷的女人。」她的臉現在像煮熟的螃蟹一樣紅，但整體看來健康得令人稱羨。

「妳當時知道王冠谷嗎？」

「不知道。我第一次聽說王冠谷，是在安利可開始來幫我改建房子的時候，我想把房子一部分改建出租。安利可有次邀請我去王冠谷吃飯。」

「所以說，安利可是唯一的連結點。」安娜喃喃自語。「是他擴建了王冠谷，改建了山羊山莊，但知道這點對我們毫無幫助。」

「我也這麼覺得。」

「還有，妳對他的施工不滿嗎？我聽了很意外，因爲我覺得他做的東西很棒！」

「部分看來確實如此，不過對我而言他也不過如此而已。他是個唯美主義者，只追求外在，追求視覺效果，但在施工方面他是個半吊子。等妳住久了，就會發覺我所言不虛。等到冬天連下好幾個禮拜雨，妳就知道，冷風不斷從關不緊的窗戶灌進來，水淹到門前，熱水不來，暖氣又棄妳而去，追根究柢，是他從不看人家水管師傅怎麼做，只買最便宜的管子，只是把所有材料想辦法用螺絲栓在一起，並且還栓得亂七八糟。由於他鋪的排水管路不是由高而低，卻是由低而高，所以化糞池裡面的東西會溢出來。總有一天妳會發現，排水設備一點用也沒有，看到牆壁開始發霉，才知道屋頂防水層沒做好。等妳發現家裡壁爐會把妳燻得灰頭土臉，根本用不得時，妳會很火大，原因是安利可認為壁爐只是個石頭底座，只要在屋頂上弄個洞，但是這樣根本不夠……唉呀，假如要一一道來，我還可以講好幾個鐘頭。」

「妳很生他的氣？」

「當然生他的氣。當初他像個瘋子一樣改建這裡，從頭到尾都用跑的，做什麼都咻過來咻過去的。但他沒用心，不過我當初沒注意到。施工瑕疵他都用水泥粉飾，或者放一塊漂亮石頭擋起來。然後他把這堆『廢物』當成他的『藝術』賣給我。我那時很興奮，非常相信他。等到我住進來，東西一個接一個壞，我才恍然大悟，他底子裡是個華而不實的人。正因如此，他總是一個人埋頭苦幹，從沒找過幫手。我很確定，他只是邊做邊學，我相信他沒有眞正學過半樣東西。但是他當然打死不會承認。總之我又找來一堆師傅重弄這房子，之後才勉強可以使用。」

「那是一九九六年？」

艾柳諾蕾點頭。「也許，他蓋山羊山莊時之所以那麼拚命趕工，是因為十一月還要開工擴建另一座廢墟。拉斯科內之家，巴迪亞盧歐提再上去一點，妳知道那棟房子嗎？」

安娜搖頭。

「我去過幾次，乍看之下，似乎他蓋拉斯科內之家比較用心一點，不過他這個人蓋的東西，誰知道。從外觀看來都很令人驚豔。」

「妳是我遇過第一個不覺得安利可好的人，我眞的很意外。」

艾柳諾蕾聳聳肩。「妳要喝杯酒嗎？」

「不了，謝謝。天氣太熱，而且我之後還要去席耶納。妳知道拉斯科內之家後來怎麼了嗎？」

「被一個比利時人買走了。跟平常一樣，安利可出了超低價賣出。說不定是因爲他對自己粗製濫造感到良心不安。」她呵呵笑。「而且我告訴妳，我前一陣子在村裡聽說，那個比利時人很火大，因爲他的泳池經常漏水，大概得把泳池挖開來。」她以和藹的眼神看安娜。「我眞的不希望妳家也出問題，不過我想，妳住在王冠谷還會遇上大麻煩。」

安娜不由得笑了起來。「妳罵起人來，眞令人嘆爲觀止。然後他怎麼了？」

「然後，要在托斯卡納這裡找到便宜廢墟來擴建變得越來越難，房價不斷飆漲。這是我從卡拉那裡聽來的，我有時在郵局或市場遇到她時，會跟她聊天。安利可甚至一度找廢墟找到翁布里亞那一帶去。但他基本上只想在這附近繼續找地方蓋，原因是卡拉不願搬離王冠谷。所以我聽說他把房子賣給妳時，也非常意外。」

「聽完妳說的這麼多，我也覺得很意外。」

「不過安利可後來滿走運的，他耳朵很尖，在村裡聽說有人要賣梭拉塔山下的一座廢墟，叫岩石山莊，他用很低的價錢得手後開始改建。不過我不知道蓋得怎麼樣，我沒去過那裡。沒人去過。我認識的人都沒在他蓋這棟房子時去找過他。只有極少數人知道房子在哪裡。要我找，我還找不到。我記得他是在翡冷翠湊巧認識一個人，那人馬上把房子賣給他，那是兩年前的事。我聽說，現在他好像在聖文千隄附近蓋房子。」

「沒錯，他也住進去了。只花了四個禮拜施工，已經做好一個房間可以搬進去住。」

「妳看吧！」艾柳諾蕾嘴角下撇，面露鄙夷。「才四個禮拜哪能蓋出什麼。正派經營的建設公司派五名工人、花六個月蓋得出來的房子，安利可一個人才三個月就蓋得好？這怎麼辦到的，希望有人能爲我解釋一下。」

「他很少談自己的過去。」安娜說。「他不喜歡談他自己。妳知道他這個人的背景嗎？」

「知道的也不多。我只知道他到處跟人家說，他以前在德國當經理。不過我的直覺告訴我，那不是眞的。假如這個好人眞的當過經理，那我不就是英國女王了嗎。」

「爲什麼？」

「妳看過他簽名的樣子嗎？他不是用寫的，是一筆一筆慢慢畫的，像一輩子只簽過三次名的人，才不像一天得簽名三十次的經理。他記帳都用鉛筆寫在方格紙上，他的資料夾看起來像小學二年級用的彈簧夾。他完全不懂電腦、網路之類的東西，現代通訊科技與他擦肩而過，沒留下半點痕跡。這樣的人也許能在森林裡活得好好的，但絕不可能管理企業。聽他說，他什麼都會，什麼都懂，什麼都做過，但如果我們稍微窺探幕後，掂掂他的斤兩，會發現一切都是假象，全是謊言。這麼說好了，是狂妄自大，安娜，他是個自大狂啊！他也絕不會說：『這個我不清楚，這個我不會……』不，他會說：『我一週內幫你把這棟高樓大廈，連同一座太平洋跨海大橋設計出來。』」

安娜啞口無言。「我不知道妳現在說這些，是因爲很生他的氣，還是因爲妳眞的看清了他。」

「妳不必相信我說的每一個字，我也不想說服妳相信我，不過我對他已有定見。他這個人還不錯，總是和藹又迷人，這不必懷疑。你一跟他面對面，馬上就會被他吸引過去，會相信他所說的每一句話，你信賴他，對他毫無保留，等他離開，你再度獨處時，隨即會發現上了他的當。我下定決心別再被他的花言巧語欺騙了。」

安娜沈默不語。艾柳諾蕾的話把她搞得七上八下。沒錯，她的確完全信賴安利可，且眞的對他毫無保留。難道眞的看走眼了嗎?或者其實是艾柳諾蕾心懷鬼胎,卻用友善交心來掩飾得天衣無縫?

「我覺得現在來杯小酒也無妨。」安娜說。艾柳諾蕾露出微笑,離座走進廚房。她端酒回來時說:「今天眞是美好,天氣晴朗,我們身體健康,充滿活力,無憂無慮,且讓我們來享受人生,這個時候喝酒絕無害處。」

接著安娜告訴艾柳諾蕾王冠谷遭闖入,照片神祕失蹤的事件。

73

兩點左右,安娜從山羊山莊開車回王冠谷時,略感暈眩,葡萄酒使得她動作遲緩又嗜睡。她先大略檢查房子,確定一切保持原狀後,才去躺在床上,一躺下去馬上睡著。

熟睡之中她聽到一陣引擎聲,因而嚇醒,聲音又近又吵,是她從沒聽過的聲音。她趕緊跳下床,衝向窗邊,腦子裡千頭萬緒。廚房門沒關,一輛吉普車不偏不倚停在門前,貼得非常近,甚至從車踏板跨一步即可直達廚房,連屋外地板都不必碰到。

只見院子裡有個男子兩腳開開地四處走動,他穿著軍靴、軍褲、飛行員夾克,發現安娜用力打開窗戶時,臉上露出狂妄的獰笑。安娜用她激動之下無法表現更好的破爛義大利文問對方,這是怎麼回事,在她土地上要做什麼。「要做什麼?」

豈止是她的土地,介於廚房和磨坊之間的小庭院更是她的夏季起居室,吉普車放肆長驅直入,根本是非法入侵民宅。

他察覺安娜的不安,獰笑得益加無恥。他往前一站,雙腿叉得更開,兩手扠腰,露出不可一世的討厭樣。

安娜只管著看他那雙兇惡的淺藍色眼睛。他眼神好兇啊，安娜心想，喔，我的天，好可怕的眼睛，我該怎麼辦？安利可說的一點也沒錯，晚上比較安全，至少可以躲在黑暗裡，現在一點機會也沒有，要是逃跑，他會來追她，而且一定比她快、比她有力。

「走開！」她用義大利文大聲尖叫。「滾開，這是我家！這是我家，滾開！」她還加上憤怒的手勢，手臂打直，食指朝森林方向指去。可是那男人僅搖搖頭，把手伸進夾克口袋，拿出一小包香菸，嘴唇叼起一根後點火，那模樣，彷彿時間取之不盡用之不竭。

安娜離開窗戶，沿樓梯跑下樓，擠過吉普車，奔向戶外。如今她站在闖入者面前，對方依然獰笑，顯然格外喜歡眼前的狀況。

接下來他開口說話，講得又快又激動又挑釁，聽在安娜耳裡，字字像個巴掌，但她一個字也聽不懂。

「完全不懂。」她用義大利文說。男人重述一遍他的長篇大論，安娜依然有聽沒有懂。

「我還是不懂。」她又說了一次。「你現在馬上走開，不然我叫警察！」她沒電話，手機也沒訊號，根本不能打電話報警，希望對方不會知道。「如果你有問題，請寫信給我！」

她雙手交叉在胸前，兼表憤怒及防禦，恨不得此時此刻手裡有一罐胡椒噴霧。

男人深深吸了一口氣，開始大吼大叫。他手掌用力拍打他那輛軍用吉普車的引擎蓋，接著走向安娜，嘴裡繼續不停吼叫，不斷在她面前揮舞拳頭，作勢威脅。安娜不斷後退，退到背部貼到磨坊牆壁。她聞到他的呼吸有股酒味。這個野蠻人，她心想，無恥的王八蛋，骯髒的臭豬。她再度絕望地嘗試從這場噩夢中醒來。

據安娜的理解，男子在破口大罵。突然他轉身向車走去，用力打開駕駛座門之後跳進車裡，臨走前還透過開著的窗戶大喊，說他一定會再來，若有必要，會每天來，來到她了解他有權待在這裡為止，他聲稱他擁有這裡的路權，愛什麼時候開進安娜的院子就什麼時候來。

他終於開車，在院子裡緩緩蠕動，又突然煞車，回頭看向安娜，似乎想掉頭回來，但終究越過小溪，經過天然水池，最後消失在叢林當中。

安娜還聽了好一陣引擎聲，一邊用腳把吉普車在碎石路上留下的胎痕抹平。最後那幾句她有聽懂。他說「路權」是什麼意思？房屋買賣契約有什麼問題嗎？凱伊遺漏了什麼嗎？他是否把契約裡的某一段漏譯給她或解釋錯了呢？或者她根本就受騙了？

安娜跑進屋裡，從壁爐間的小書桌上拿起買賣契約，接著把門窗逐一謹愼關好，能門上的全門上，然後走向車子。

又出現了一個讓她心生恐懼的人。但她主要想知道目前是什麼狀況。馬上就要知道。假如他下次又跑來，她不是要反擊，就是要排除誤會。

等她開車上路，前往席耶納的途中，才想起忘了問那男子何名何姓，以及他受託於誰。

74

安娜這次經由羅馬門進入席耶納市區，一下子就在聖倪柯羅精神療養院前找到停車位，療養院的建物高聳，令人望之肅然起敬。現在時間是四點五十分，她想到能給凱伊驚喜就很高興，不斷希望他已在家。

安娜順著羅馬路往下走，緩慢悠閒，從容不迫。市區人潮越來越多，有些商店在長時間的午休後現在才開始營業。

她在一家小店鋪買了一瓶紅酒、麵餃、芝麻菜沙拉、一百克火腿，火腿是煙燻的，適合搭配芝麻菜。既然要突襲凱伊，至少要帶點晚餐去，她知道單身漢的冰箱通常空無一物。凱伊肚子餓時，不太自己下廚，他寧願去巷口小餐館吃。長久下來也是一筆不小的開銷，即使一家簡單的餐館，低於十二歐元是點不到麵食的。

安娜走到扇貝廣場時，考慮是否先在廣場坐著曬太陽，但她決定不要。凱伊不在家時，要坐隨時可以來坐。她覺得自己不知不覺中越走越快，儘管幾個鐘頭前才在王冠谷道別，她已迫不及待想見到他。

認識凱伊以後，哈拉德越來越少出現在她腦海裡，她渴望和凱伊共度更多時光。一想像他可能突然從她生活消失不見，就讓她非常害怕，若沒有他，王冠谷的日子將漫長得永無止境，義大利對她而言將空洞冰冷。她想念他，這點她得承認，她獨自度過的每一天都思念著他，尤其夜晚更是想他。

她一想起即將來臨的夜，內心便充盈了深厚的幸福感，讓她幾乎忘了王冠谷那奇怪的吉普車駕駛及他出現的眞正原因。

她在羅熙路上暫停片刻，抬頭看看他的窗戶。房子籠罩在午蔭下，窗戶開著。安娜心跳若狂。所以說他在家。她知道，只要他出門，一定會把窗板關上。

房屋大門虛掩，走道傳來陣陣霉味，她第一次來的時候並未察覺。話說回來，當時她一心只想上他的床，腦子裡容不下其他東西。

她心跳如狂，按電鈴時，發現身體炙紅如火。數秒後，聽到屋裡傳來關門聲，接著又是一陣聲響，似乎有人在一個放了不同鑰匙和一堆雜物的抽屜東翻西找。安娜緊張等候著。二十秒後再度按鈴，幾乎同一時間門倏然打開。

安娜嚇得停止呼吸。眼前站著一個女人，年紀難以估計，雪白的頭髮濃密蓬亂，把她細長的臉襯托得更爲細長，幾近透明。她光著腳，穿著浴袍，和安娜第一次來凱伊家過夜時穿的是同一件。

母獅子一頭，安娜心想，我絕對不會放任這樣一頭白毛母獅在草原上走動。

「晚安。」安娜用義大利文說，聲音客氣得很誇張。「凱伊在嗎？」她未待回答，便自顧自地與母獅擦肩而過踏進玄關。

「艾蘿菈。」艾蘿菈說完，把門關上。

安娜叫了幾次「凱伊？」又去浴室、臥室、客廳，一間間查看，可是都沒人，沒看到凱伊的影子。然後她走進廚房。

廚房桌上放著一大碗穀片，顯然艾蘿菈正要吃早餐。果醬、牛奶、水一壺、杯子數個、成堆用過的餐具、乾豆子一袋、橡皮筋，桌上東西一團糟。

「天啊，這裡是怎麼搞的？」安娜語氣尖銳地問。「凱伊在哪裡？妳又是誰？」

「艾蘿菈。」艾蘿菈一邊回答一邊露出微笑。安娜看到她額頭上有傷口。艾蘿菈靠著洗碗槽，一派輕鬆，又伸手去摳額頭上的結痂，樂在其中，摳得血緩緩流到臉上。

安娜看了頓覺噁心，被艾蘿菈注視著也讓她不舒服。

爲了把帶來的食物放到洗碗槽旁，安娜朝艾蘿菈的方向往前踏了一步，結果艾蘿菈誤以爲將遭受攻擊，遂一個箭步，在安娜還來不及反應之前，一口咬住安娜小臂。

安娜大聲哀嚎，艾蘿菈隨之尖叫起來，跳上桌子，把穀片碗和牛奶打翻，赤腳踩著果醬。她除了不停尖叫，還怒視安娜，作勢要跳下桌往她身上撲去。

安娜舉起雙手防禦。「給我停下來。」安娜大吼。「別再發瘋了，我只不過想跟妳講講話！」

艾蘿菈不但沒停止動作，反而聲勢不減繼續吼鬧。

安娜拔腿逃離這間房子，到了街上仍聽得到母獅怒吼，彷彿一隻受傷的野獸痛得哀嚎不已。

75

安娜開得極慢，她已無法專注在交通上。她突然發覺自己正在遲疑離合器是在左在右，油門中間、煞車右邊，或者反過來。開在快速道路上時，她前方有輛卡車遇上道路施工緊急煞車，因爲她錯把油門當離合器踩下，慌亂之中又找不到煞車，頓時陷入恐慌。車子終於停下來後，汗一滴滴從額頭流進眼睛，讓她視線一片模糊。

我好累，她心想，心力交瘁，我得盡速回家。我的生活陷入混亂。我得躺下，整理思緒，看有什麼還是正常的，我得找出一個能讓自己支撐下去的東西。

一分一秒過去，她的安全感也隨之逐漸崩潰。她愛上凱伊了，她信賴他，他帶給她快樂，帶她走出孤寂。如今這一切全部結束了。對於一段你情我願的戀情，顯然她比那個男人看得還重。凱伊從未眞正重視和她的關係，他同時還有其他女人，和一頭野生母獅上床，也和安娜上床，他不在家時，竟讓這頭怪物待在他家，穿他衣服睡他床，而且是安娜也睡過的床，而那頭母獅智障到說不出一句連貫的句子。他眞是不挑。能上床就什麼都好，精蟲衝腦，不折不扣的大男人，而她自己眞是一派天眞，上了他的當還不知道。

她剛錯過通往布奇內的岔道，得繞一段二十公里的路，深深覺得自己永遠到不了家。

等她終於回到王冠谷，便慢慢走過一個個房間，檢查每個細節，以確定她外出期間確實沒人來過她家。這幾乎成了一項例行儀式。

檢查完後，她到胡桃樹下，躺在躺椅上，傾聽淙淙溪水流經石階注入天然水池。她突然迫切想要跟哈拉德通電話。如果他能來幾天一定很棒。哈拉德是徹頭徹尾的現實派，一定會從完全不同的角度，用實事求是的眼光看王冠谷。她會把這裡發生的事情一五一十告訴他，也許他能把她拉回現實。偏僻的山谷裡有兩棟房子，除此之外什麼都沒有，沒有祕密，也沒有想殺她的人。有一個迷人的房屋仲介，她和他共度了一段美好時光，而他對她既未發誓忠貞不二，也沒任何義務。她不想對哈拉德隱瞞與凱伊之間的戀情，原因是哈拉德總能看清事情本質，不會看走眼。這正是她現在需要的。

安娜決定只休息片刻，隨即上山去打電話。五分鐘後她已睡熟。

「安娜，醒醒啊。」有個聲音在說話，安娜嚇得跳起來。一片漆黑。前面站著一個男人，正拿著手電筒照她的臉。她只能看出對方身體的輪廓，但認得那個聲音。

「是我，凱伊！妳在這外面做什麼？」

安娜慢慢回想起來發生了什麼事。她在躺椅上睡著了，屋外的燈都還沒點亮。

「幾點了。」她呵著氣說。

「快十一點了，等等，我先進去開燈。」

安娜吃力地坐起來。由於不習慣躺在躺椅上，全身骨頭痠痛。她身體冰冷，只穿著一件汗衫，王冠谷入夜後很冷。此時戶外燈亮起，打在小內院以及接近水池的一部分花園。

她站了起來，伸了伸懶腰，正想進屋去拿件夾克時，看到那頭母獅在托斯卡納式梯後方，站在帶有些許光線的陰影中。她躲在一株夾竹桃樹後，顯得非常害怕。

霎時安娜怒火中燒。「你想要怎樣？」她齜著牙小聲對走來戶外的凱伊說。「你為什麼把這個和社會格格不入的妖怪帶來這裡？凱伊・葛瑞果里，你到底在和我玩什麼鬼把戲？」

「我正要向妳解釋。」

「先把她叫到你車上去，我才要跟你單獨談。你在你家做什麼，都不關我的事，但是我不相信連在我家我也得盛大招待你的情人！」她語調尖銳，雙手交叉於胸前，因為她開始冷得發抖。

凱伊露出微笑。「妳不會只因為這可憐蟲在我家洗了澡、吃了點東西，就吃起醋來了吧！據我所知，某人不久前也亟需淋浴呢！」

「沒錯，正因如此，我也知道事情會怎麼發展下去。」

安娜走進屋裡，凱伊慢慢跟在後面。他靠在洗碗槽上，雙手交叉置於胸前，等安娜下樓。

「我可以了解妳很生氣，或吃醋，可是我不了解的是，妳為什麼非要那樣欺負她不可。」凱伊生氣地說。「我回到家時，她看起來活像渾身是傷的殭屍，血流得滿臉都是。」

「那又怎樣？又不是我的問題！我根本沒碰她！別怕，我不會害死你的情人！」

「安娜，我家廚房像戰場一樣，穀片、果醬、牛奶，灑得滿地都是！艾蘿菈受了傷，又精神恍惚。而妳那一袋食物又放在那邊。妳認為艾蘿菈會傷害自己，把廚房毀得一塌糊塗嗎？」

「我覺得非常難以置信，你竟然把錯歸在我身上！」安娜大吼。「沒錯，是她在桌上又跳又叫，把東西全掃到地上，理由非常簡單，就是她瘋了！我對她什麼事都沒做，她倒是咬了我，你那了不起的女友咬了我！」

「妳說的話我一句都不信！她才不會無緣無故失控！即便如此，也是因爲她看到妳嚇得要死！」

「你倒是說說看，現在難道我是被告，是不是？你爲什麼相信她不相信我？我沒那個雅興聽你談這件蠢事、聽你在那裡做一些白癡指責。你爲什麼來這裡？來煩我？來對我大吼大叫？你省省吧。滾出去！快點滾！帶著那頭野獸滾開！我自己一個人也可以過得好好的！」

安娜眼淚快流出來了。

這個時候，有個沙啞的聲音說：「艾蘿菈。」

艾蘿菈站在廚房門中央，不斷搖著頭。她制止般搖擺手臂，嘴裡不停喃喃自語：「艾蘿菈。」聽起來像是在說：「給我停下來！夠了！你們別吵了！」

凱伊和安娜盯著她看，艾蘿菈不斷一邊對著假想的廚房門撞額頭，一邊指著自己的傷口，凱伊恍然大悟地說：「是妳？是妳用額頭撞破廚房門的玻璃？」艾蘿菈點頭如搗蒜。

「可是爲什麼呢？妳在這棟房子裡想做什麼？」

艾蘿菈指著牆上原本掛照片的地方。

「是妳偷走照片的？」

艾蘿菈再度點頭如搗蒜。

「爲什麼呢？」

艾蘿菈雙手合十，狀似祈禱，接著嘆了一口氣。

「妳還有別張菲力克斯的照片嗎？」凱伊轉頭對安娜說，安娜點頭。「那快去拿來。」

安娜上樓梯，跑進臥室，數秒後即帶著一小張照片回來，照片上的菲力克斯坐在書桌前，邊做功課邊咬鉛筆。

凱伊把照片拿給艾蘿菈看。「妳認得這個男孩嗎？」

艾蘿菈點頭。安娜往後倒向牆壁，雙膝像奶油般軟綿綿，幾乎站立不住。

「妳看過他嗎？」

艾蘿菈點頭。

「我再問妳一次，艾蘿菈，妳為什麼拿走屋裡的照片？」

艾蘿菈做了一個鬼臉，類似在說：我自己也不知道。

「因為妳認識他，想藉此懷念他？」

艾蘿菈又點頭，笑容中帶著悲戚。

「妳在哪裡看過這個男孩？」

艾蘿菈沒回答，因為她注意力移到別處，料理檯上有個杯子，只裝了半杯水，艾蘿菈正奮力把杯裡的蛾撈出來，她邊撈邊哎哎叫，深怕那隻蛾會淹死。

「慢點，慢慢來，和艾蘿菈是講得通的，只是不太容易。」

安娜靜止不動。這股張力幾乎不堪忍受。眼前竟然有個人知情。她幾乎無法相信。

蛾獲救了。但接下來，在一株薰衣草後又出現一隻肥蟾蜍，牠正穿越碎石子地，緩慢吃力，邊前進邊發出的聲響，聽起來就像人類踩在碎石子上。艾蘿菈跳到蟾蜍前面，伸手輕搔牠的脖子。

「好恐怖喔。」安娜輕聲說。

「艾蘿菈喜愛動物，她愛所有生物，從不出手傷害蒼蠅，她不認為自己和其他生物有什麼區別。」艾蘿菈往下一蹲，繼續搔著蟾蜍，她沈溺其中，不再搭理凱伊和安娜。

「她叫艾蘿菈。」凱伊小聲說。「因為她只會說這三個字。她住聖文千隄，住在費艾瑪家。多年前，費艾瑪把她從孤兒院領養出來。起先讓她和老朱麗葉一起住，幫這老太太忙，一直到老太太過世爲止。妳知道老朱麗葉和艾蘿菈本來住哪嗎？」安娜搖頭。「住梅里雅之家，安利可現在的房子。」

艾蘿菈把蟾蜍放進花圃，露出心滿意足的微笑。

「艾蘿菈，妳上一次看到那個男孩，離現在很久了嗎？」凱伊又對艾蘿菈講話。

艾蘿菈點頭。

「即使很久了，妳還是記得清楚？」

艾蘿菈點頭。

「小男孩做了什麼？玩嗎？」

艾蘿菈愕然抬頭片刻，接著用力搖頭。

「他做了什麼？」

艾蘿菈一直不斷搖頭。

「小男孩自己一個人嗎？」

艾蘿菈繼續搖頭。

「誰和他在一起？一個男人？」

艾蘿菈繼續搖頭。

「到底是誰？一隻動物？」

艾蘿菈現在頭搖得更激動。

「和一個女人？」

艾蘿菈也搖頭否定。

凱伊看著安娜。「那到底是怎樣？妳懂我們說什麼嗎？」

「等等。」安娜跑進屋裡，隨後拿著一個本子和一支鉛筆出來，把兩樣東西交給艾蘿菈。

「艾蘿菈，」凱伊說，「妳能不能畫出來和小男孩在一起的人是誰？妳會畫嗎？」

艾蘿菈點頭。三個人回到廚房坐下。艾蘿菈拿著筆，動作極不自然，畫得十分緩慢，非常認真畫，但一直都不滿意。安娜和凱伊認不出半樣東西，原因是艾蘿菈每次畫不到幾筆就把紙撕爛。

「艾蘿菈，繼續畫。」凱伊試著鼓勵她。「不必畫得很漂亮，也不必完美無瑕，只要稍微看得出來就可以了。」

「艾蘿菈。」艾蘿菈說完，大嘆一口氣。接著繼續畫下去，已不再把紙撕爛。

大功告成後，只見她在紙上畫了一張臉，頭上長角，臉下面接著一個沒脖子的身體，畫中人物穿了一條褲子，手裡握著耙子。

凱伊震驚地端詳這張圖。「是魔鬼。」他說。「她畫了魔鬼。」

艾蘿菈點頭微笑。「艾蘿菈。」她驕傲地說。

「這樣對我們一點幫助也沒有。」安娜嘆著氣說。

「有的有的，我們只需要一點耐心。」

艾蘿菈含情脈脈望著凱伊，然後坐到他腿上，用力吻著他。

「你也能跟我解釋這是怎麼回事嗎？」安娜惱怒地問。

「可以，」凱伊回答，「等會再解釋。」艾蘿菈放開後，滑回自己椅子上，凱伊便用袖子擦嘴。「先別這樣子，艾蘿菈，我們想知道更多這個小男孩的事。這很重要，妳知道嗎……安娜是這個男孩的母親，她非常擔心，因爲她不知道兒子的下落。妳知道他在哪裡嗎？」

艾蘿菈點頭。

安娜的心停頓片刻。

「在哪裡？艾蘿菈，在哪裡？」

艾蘿菈站起來，跑出廚房，她赤腳奔跑，像頭鹿般靈巧敏捷，越過中庭，跑到磨坊後面，她在屋後消失片刻，不見蹤影，但不久又出現。她站在池畔，貌似一尊灰色的假人，白髮在月光下閃閃發光，她的手指向黝黑的池水。

76

二〇〇四年，托斯卡納

他們現在即將辦到了。在高速公路往阿爾諾河谷的出口上，貝蒂娜轉彎時速度過快，造成車子差點失控，輪胎發出刺耳長音，他們那輛紅色福斯帕薩特輕微打滑，幸好貝蒂娜及時把車煞住。

「妳瘋了嗎？」瑪萊珂嚇下一大跳。

「我不行了。」貝蒂娜喃喃說著。「開得好煩。」

「我們換手吧。」

「剩沒幾公尺，免了，妳還是看妳的地圖，免得最後還迷路。」

貝蒂娜把過路費繳給收費員，有氣無力喃喃說了「謝謝，晚安」。接著向右轉，行駛在蒙特瓦爾齊的工業區內。

他們週五一大早從柏林出發，到現在已出門兩天。在接近奧地利邊界時，停在巴伐利亞霍爾慈奇爾咸，於「老郵局旅館」過夜。晚餐時，艾達和小揚吃著醋燒牛肉配馬鈴薯泥球，吃得很興奮。但當晚其他部分一概被嫌「無聊」，原因無他，這個小鎮沒什麼可看，沒事可做，更別說有什麼了不起的事可體驗了。玩了一個半鐘頭撲克牌後，艾達和小揚總算鬆了一口氣，趕忙進他們房裡看電視，瑪萊珂和貝蒂娜仍留在餐廳喝啤酒。

等兩人累得快睡著，便進房休息，房間就在小揚和艾達的房間隔壁。瑪萊珂先在小孩房門外偷聽一下，安靜無聲，什麼都聽不到，她也跟著放心了。

瑪萊珂交叉雙臂，仰頭瞪視天花板。顯然她的心思還一直留在辦公室。貝蒂娜依偎過去，開始輕咬瑪萊珂的耳垂。「別試圖找出現在出了什麼事，妳不必調查了，我直接告訴妳：我現在為妳演出第二類嫌犯，對無助無反抗能力的受害人施加溫柔的性誘惑。」說完就把瑪萊珂的睡衣拉開，用舌頭一吋一吋慢慢探觸她的身體。瑪萊珂被弄得呵呵笑，深呼了一口氣，終於逮到機會翻身轉向貝蒂娜，把她一把抱住。

艾達的吊帶背心短到剛好收在肚臍環和腰部游泳圈上方，她像平常一樣收著小腹，這時無聊地拔下隨身聽的耳機。

「妳們要在這個鬼地方度假？腦子壞了嗎？」

「等等嘛！」貝蒂娜回答。「我們又還沒到。而且我們不住城市裡，我們住森林環繞的山上。」

「酷喔！」十二歲的小揚邊說邊狂按他的Gameboy。艾達重新把耳機塞進耳裡，翻了一下白眼。

「靠左。」瑪萊珂說。「別直直開到蒙特瓦爾齊去了，要右轉，往勒法納方向，這是捷徑。」

瑪萊珂側身看一下之後，心裡暗想，這副眼鏡她戴起來很好看，看起來像個嬌小古怪的圖書館員。我喜歡。

過了布奇內，景色越來越有鄉下的味道，再過了安布拉，他們立刻找到通往蒙特貝尼奇的岔路。

突然之間，他們已身在托斯卡納。可愛的山丘，中世紀的村莊，一一展露在他們眼前，放眼望去，盡是橄欖田和葡萄園，偶爾經過雄渾的天然石屋，屋外柏樹環繞，每一棟都在路旁掛了牌子，以招攬觀光農業的遊客。

「妳看，就說快到了吧。」貝蒂娜嘀咕著。

蒙特貝尼奇這個小鎮完全符合她的想像和夢想。

已經看到「山羊山莊」的指示牌，開過「洛奇艾雅餐廳」後，貝蒂娜往右彎，走上一條碎石子路，路左邊是一道牆，右邊是令人暈眩的深淵。

「假如現在對向開來一輛車，我該如何是好？」

「那就倒車回鎮上。」瑪萊珂邊回答邊看著貝蒂娜驚慌的臉，覺得很有趣。

往山羊山莊的岔路很容易找。貝蒂娜開得非常慢，原因是這條路根本不算路，頂多是一條林間小徑，又是深坑，又是長溝，全是下雨沖刷的結果。

他們四人下車時，艾柳諾蕾已站在屋前。

「歡迎來到山羊山莊。」她說。「眞棒，你們全部平平安安來到這裡。」

這棟非常純樸、狹窄的度假屋，牆壁傾斜，橫梁風化斑駁，紅磚地板老舊褪色，瑪萊珂和貝蒂娜看了十分興奮。大大的露台有著令人屏息的視野，群山眾谷盡收眼底，完全符合瑪萊珂的想像。

「我說啊，小帥哥，」艾柳諾蕾對小揚說，「喜歡這裡嗎？」小揚略微遲疑地點頭。「我告訴你，這裡可以健行、騎腳踏車、在森林裡閒逛、在溪邊玩耍，還可以去湖邊游泳，簡直就是你這種小男生的天堂。」

小揚面露喜色。聽起來很不錯，一切都跟他想的一樣。他確定這將是一次好玩的假期，並決定當晚就到溪邊，開始探索這一帶。

77

凱伊整個週末都在王冠谷。週六他們在安布拉的酒吧得知，一九九七年失蹤的菲利普．托雷利從前和父母及弟弟妹妹住在罐子山莊。

菈斐雅．托雷利一頭濃密的灰髮，靠近頸子處用一個大髮夾夾攏。她頂多一百五十公分高，有著嬰兒般的小手，手上戴的戒指像從口香糖販賣機掉出來的東西。她穿著一件黑色長洋裝，全身上下唯一的色彩是她畫在眼睛四周的俗麗淡紫眼影。

兩個來訪的德國人表示想問一些菲利普及其失蹤環境的事情時，她態度保留，不願多談，但一聽說這個德國婦人也因孩子失蹤而悲傷，便馬上釋出信賴。

那是一個炎熱的夏日早上，長假來臨前一週，菲利普如常在七點衝出家門。走大約二十分鐘的路，抵達巴迪亞盧歐提的校車站牌，他都是在那裡搭校車，去安布拉小學。菲利普興奮期待當天下午的到來，因爲他的鹽沼母雞伊麗莎白生下小雞，四週大了，他很想趁這個好天氣和小雞在草地上玩耍。

一如每天早上，菲利普走在碎石路上，途經農田和草原，牧羊人羅貝多在草原上放羊吃草，兩隻牧羊犬向菲利普直衝而來，高興得大吠狂吠，菲利普摸了牠們一下便繼續前進。「艾瑪努葉拉之家」休閒農場的女主人麗莎都是在這個時間起床，她還記得，當天早上有聽到兩隻牧羊犬狂吠的聲音，但她直接進浴室，並沒靠窗探看。所以她沒看到菲利普，但是她猜測他一如往常在這個時間經過她的農場。

至於剛過七點時，有沒有車子從她家前面經過，麗莎則無從說起。這個夏季，艾瑪努葉拉之家更上去的一塊橄欖田裡面，安利可正在擴建一座廢墟，叫拉斯科內之家。他每天開著那輛車身凹凹凸凸的公車，載運建材來回好幾趟。麗莎沒去注意這件事，她說有別的要事。

那麼菲利普在上學途中一定還經過建材商的土地，但他們家早上這個時間都空無一人，全家都在店裡工作，只剩一條長滿跳蚤的癩皮狗不停沿著籬笆來回巡邏，每次看到菲利普經過，就會吠不停。但當時沒人聽到這隻狗吠，到這個時間點之後，已沒半個路人或汽車駕駛看到菲利普了。

按平常來說，菲利普接下來應該會經過一個豬圈和一座廢墟，再穿越一個小樹林，最後才抵達位於巴迪亞盧歐提鎮出口的校車站牌。

他一直沒出現在校車站牌邊，至今都沒有他的消息，也不知是死是活，已失蹤七年。

菈斐雅三度在胸前畫十字，接著說她不相信兒子還活著。

接下來她一個舉動親密得令人意外，她牽起安娜的手，拉著她進客廳。壁爐架上放著一張黑框相片，是菲利普的照片。畫面上的小男孩頭向後仰，盡情大笑，笑得那口不整齊的牙齒全都露出來，看得出來門牙有點交錯。他的頭髮剪得很短，看起來像辛普森家庭裡那個活潑快樂的小男生。

「可愛嗎？」菈斐雅一邊含淚問道，一邊撫摸著照片。

「非常可愛。」安娜輕聲回答，然後望著凱伊，那眼神彷彿在說：快，我們走吧，我已撐不下去了，反正在這裡也不會有什麼進展。

菈斐雅把照片擺回壁爐上，抬頭挺胸離開客廳。

菈斐雅請他們喝咖啡，若拒絕便顯得失禮，所以兩人又進廚房坐下。

「菲利普失蹤時，弟弟妹妹年紀還很小。」菈斐雅說。「他們已不記得他了。我兒子馬努艾今年十一歲，跟菲利普失蹤時同年。每天早晨他去上學，我就得重新經歷一遍往事，很怕他一去不回。簡直是地獄，我告訴你們。我一直祈禱，一直等待，等到他穿過庭院，踢一下我們家那個老搪瓷灑水壺，讓灑水壺在碎石頭上滾得吭啷吭啷響，我才放得下心。我每天都會把灑水壺放回原位，讓我兒子每天都能踢到。我得聽到那個聲音，日子才能繼續下去。」

憲兵隊找了一個月，跟當時菲力克斯失蹤時一樣，尋遍田野森林，也派潛水伕下湖搜尋，親戚朋友左鄰右舍全都問過，也和菲利普的同學、老師談過，巴迪亞盧歐提的居民幾乎全被訊問過——一無斬獲。菲利普像被地面吞噬，連書包或衣服都從此不見蹤影，絲毫沒有半點線索。

菈斐雅說，三年後另一個小孩失蹤，就是小馬爾科，當時也有進行搜尋，也許是找得最久最嚴密的一次，畢竟馬爾科是這附近地區六年內發生的第三起失蹤案，但是馬爾科失蹤時，也沒有人看到或聽到什麼，警方完全束手無策。

自從馬爾科失蹤後，他母親便不再開口說話，跟誰都不說，就算她丈夫、親朋好友也沒轍，更別說警察了。因此菈斐雅認爲，馬爾科的母親應該幫不上安娜的忙。

凱伊和安娜感謝菈斐雅提供的所有消息後便告辭。

「一點用也沒有。」安娜走出托雷利家門口的時候說。「我想我們只是白白浪費時間。失蹤了幾個小孩子，大家卻什麼都沒看到，什麼都不知道。眞讓人抓狂！」

「來吧，」凱伊說，「我們去散個步。我帶妳去看拉斯科內之家，那棟房子也是安利可蓋起來的，現在變得很漂亮喔。」

安娜指著腳上的涼鞋說：「我身上的行頭一點也不適合行軍！」

「沒問題的，去那裡的路況不算差，而且頂多走十分鐘，離這裡不遠。」

拉斯科內之家令人印象深刻，雄偉龐大，像紀念碑聳立在斜坡上的橄欖田中央，屋子正面有一個開放式的露台，露台底下由柱子支撐，從這裡看出去，視野遼闊，安布拉谷地盡收眼底。安利可在屋子後方設置了第二個露台，掩映在橄欖樹和果樹之間，這裡提供了羅曼蒂克的視野，俯瞰森林及一處深谷，舉目可見對面那座山及山上小鎭拉帕雷。露台下方是一座天然石頭泳池，目前沒有水。

「這裡是怎麼回事？」安娜走進池畔，往下探看，赫然見到池底用紅磚砌出「卡拉」的字樣。

「他想給卡拉留作紀念，或當作對她的愛情宣言吧，我哪知道……」

「眞是太白癡了！」安娜回答。「爲什麼要把女友的名字寫在不打算住的房子的泳池裡，這房子不是一開始就打算賣掉嗎？眞白癡！要是我買到這種房子，游泳池裡有一個跟我毫不相關的女人的名字，我會覺得很不爽。」

凱伊聳聳肩。「安利可有時做事很莫名其妙，沒有人懂。在我看來，他向來是個瘋子，不過，是個討人喜歡的瘋子。他說的話，我們不能太當眞，況且他是個自大狂，不過呢，這種人通常很有意思，我還記得……安利可蓋這座泳池時，卡拉正巧在德國，安利可就把卡拉的名字砌在池底，想給她一個驚喜。應該是一時興起吧，我猜。突發奇想。酒喝多了也說不定。」

「那現在裡面爲什麼沒有水？」

「池子不夠密實。買了這棟房子的比利時人目前不在，他打算秋天回來時，把不密實的地方找出來，若有必要，得把池子挖開，或者再灌一層水泥，這麼一來，池子會越來越淺，總之不會深到哪裡去就是了。」

「沒錯，艾柳諾蕾也講過這個池子不密實。」

他們繞著房子四周慢慢走。「他蓋這棟房子眞的花了不少心力。」凱伊說。「比蓋王冠谷用心多了。也許是因爲他慢慢累積了一些建築經驗。」

「我有種無以名狀的恐懼。」在回程路上，安娜這麼說。「但我不知道在恐懼什麼。不只和王冠谷有關。你有沒有過一種感覺，當你曬著太陽，走在花朵綻放的草地上，放眼望去一個人都沒有，氣候溫暖，蝴蝶飛舞，蟋蟀鳴叫，你原本可以開開心心的，但你就是有種不好的預感，覺得馬上會出什麼事？綠油油的草地瞬間變成威脅。你絕望尋找脫逃的可能，或尋找一個可以躲藏的地方，但放眼望去什麼都沒有，沒半棵樹，沒半塊樹叢，沒半間屋子，什麼都沒有。你馬上相信這塊花開處處的草地是個死亡陷阱，比半夜空無一人的樓梯間還危險。你有過這樣的念頭嗎？」

「沒有。」凱伊邊說邊擔心地看安娜。「眞的沒有過。妳現在不能變得神經質，安娜，沒有人會對妳不利，沒人會對妳造成威脅。妳買下一棟漂亮的房子，現在終於可以享受了！」

「當我感覺到我所做的一切、這棟房子裡發生的一切、這個山谷裡每一風吹草動，全都和菲力克斯有關時，要我怎麼享受得起來？」

凱伊不再說話。安娜一路低聲啜泣。他們終於回到王冠谷停車場，飛雅特依然停在那裡，依然被蔓生的雜草全然淹沒。

78

凱伊和安娜兩人都知道，凱伊不可能單單爲了壓制安娜的恐懼而永遠住在王冠谷。凱伊調查後發現，神祕的吉普車男叫卡羅，他是費羅提的工頭，而費羅提擁有王冠谷上方一堆土地。登記的路權幾百萬年前就存在了，但費羅提從未提出。此外安利可在森林裡開了一條路，供費羅提進出他的土地使用，他自此不須行經王冠谷中庭。卡羅出現在王冠谷純粹只是刁難，若再發生同樣事情，得找費羅提談談，他那個人其實非常開明友善。

安娜這就放心了，她相信下次面對卡羅時可以表現得更好。

終於又剩下她一個人了，她開始練習盡量處之泰然，彷彿從沒恐懼過，彷彿王冠谷從未發生不尋常之事。她買了電視、洗衣機和冷藏櫃。有了這些，她的牛仔褲、上衣、套頭線衫晾在樓上臥室前的露台，吊在繩子上隨風搖曳時，至少有種「在家」的模糊感覺。而日常所需的食物，她現在大都一次大量購買回家冷藏，這樣就不必爲了買個麵包或買塊羊乳酪而離開王冠谷。但她最愛的，莫過於晚上窩在客廳沙發上看影片，藉此爲這偏僻孤寂的屋裡增添一絲家園的味道和安全感。

菲力克斯照片被偷已過了一星期，這天清晨異常寒冷，她打開臥室窗戶，再度見到艾蘿菈。艾蘿菈站在游泳池附近較高處，身上的及膝米色洋裝在晨曦中閃耀著橘色，那頭白髮罕見地服貼，右前臂舉在眼前，似乎被日出刺得張不開眼睛。她體態優美、虛幻、修長，像極了聖母顯靈。

也許她之前躲在水裡，安娜看到艾蘿菈的頭髮便不由自主地想，說不定她眞的這一大清早已泡過那池噁心的綠水。

安娜打開窗戶。艾蘿菈馬上察覺窗門的聲響，於是朝安娜的方向看。她說了一聲「艾蘿菈」表示問好，臉上露出微笑。安娜第一次看到艾蘿菈帶有斑漬的牙齒，另外驚訝發現，艾蘿菈那怪怪的眼神竟以某種莫名的方式觸動著她。

艾蘿菈像個天使雕像站在林子裡，一動也不動，安娜在胡桃樹下擺兩人份餐具時，艾蘿菈依然不動如山。

咖啡泡好後，安娜喊著：「來，艾蘿菈，過來這裡，來我這邊坐。」同時向艾蘿菈的方向揮手。

這一刻，艾蘿菈解除凝固狀態，慢慢往下走到池子邊。這時安娜看到艾蘿菈手裡拿著東西，是紅色野玫瑰，她一直藏在背後，花莖有長有短，數量已不足以用束計，而是一大叢。

艾蘿菈停在池邊，楞立不動片刻，接著摘下玫瑰花瓣，一瓣瓣往水裡拋。在湧入的泉水帶動下，花瓣在深綠水面紛紛起舞，接著堵在細狹的出水口前。

「艾蘿菈。」艾蘿菈低聲說完，慢慢沿著磨坊後那條路走向大房子，然後誠惶誠恐地和安娜同桌坐下。

「坐吧。」安娜友善地說。「妳要什麼？咖啡？牛奶？麵包？果醬？新鮮無花果？」

艾蘿菈拿起牛奶壺直接就口，喝得又急又快，喝完大聲打嗝。接著拿了一把湯匙，伸進兩公升裝的桶子慢慢把蜂蜜挖起來，邊挖邊面露喜色，吃的時候像一頭清空蜂窩的熊，幸福地發出滋嘍滋嘍聲。

「艾蘿菈，妳隨時都可以來玩。」安娜說。「隨時歡迎妳來，懂嗎？」

艾蘿菈點頭，繼續挖著蜂蜜來吃，安娜光看就覺得噁心。

「儘管吃吧。」安娜說完，便進屋裡上廁所。她心裡不斷在想：我要問問她菲力克斯的事，要盡量溫柔，不給她壓力。我要知道，她爲什麼把玫瑰拋進水裡，還有我們問她菲力克斯下落時，她爲什麼指著池水。氣死人了，艾蘿菈竟然不會講話！她想表示菲力克斯在池子裡？不可能！池子是安利可蓋的。眞的不可能！那麼她到底想說什麼？

安娜走回露台時，覺得自己一定有辦法從沈默的艾蘿菈那裡套出祕密，並已擬好一套粗略計畫準備向艾蘿菈提問。

但是艾蘿菈已不在桌邊。離開了，還帶著兩公升的蜂蜜走了。

79

辦公室只剩凱伊和安娜。莫妮卡今天提早下班回家，據她說是頭痛，不過凱伊知道她結識了一個西西里來的理髮師，今天要帶他參觀市區。凱伊昨天就發現有點不對勁，原因是她把頭髮染成金色，且比平常塗了更多眼影。由於她今天一整天焦躁不安，讓人覺得她連兩分鐘都坐不住，而且不斷打錯字、歸錯檔，只顧著修指甲，所以她終於離開辦公室關上門的那一剎那，凱伊大大鬆了一口氣。

凱伊從冰箱裡拿出一瓶氣泡酒，倒了兩杯。安娜則在桌上攤開地圖，這張地圖不僅網羅絕大部分小村鎮，還標示出較大的房子。她用紅色大頭針表示三個男孩失蹤的地點，用藍色大頭針標記他們的住處。

「你看，」她對凱伊說，「菲利普住在罐子山莊，在快到巴迪亞盧歐提時失蹤，兩地相距不到一公里。馬爾科住在伽尼納，離湖邊大概兩公里。菲力克斯就在山羊山莊前面失蹤。你現在看看這所有地點，山羊山莊，王冠谷，罐子山莊，伽尼納，湖邊……基本上全部集中在很小一塊區域裡。兇手總是在這方圓二十公里範圍內作案，換句話說，他在這裡像蜘蛛一樣蟄伏在窩裡，穩當安全，說不定又準備下手殺另一個孩子，就在這一帶，就在我們周圍。」

「若是這樣，警方應該早就發覺了！」

「也許發覺了，也許沒有。我不清楚這裡警方怎麼辦案的，不過我很篤定現在已沒半個警察願意白費心思在菲力克斯身上。另外，凱伊，我還沒說完，菲力克斯一九九四年失蹤，菲利普一九九七年，馬爾科二〇〇〇年，每隔三年一個小男孩，很有規律。去年沒出事，爲什麼沒有？是兇手搬走了呢，還是遇上什麼麻煩受阻了呢？或者是下一樁殺人案近在眼前？」

凱伊聳聳肩，接著舉起酒杯。「先喝一口吧，喝了能思考得更周密。」

安娜只微啜一口氣泡酒，馬上又把杯子放回茶几上。她現在只想緊扣著她的想法，不願分心。「我們得思考一下，這三個地點是否有關聯，若有，又有哪些？哪些人和這三個地方有關？誰最有可能在他日常必經之路上遇到這三個孩子？會不會是麵包師傅，他每天運送新鮮麵包到蒙特貝尼奇、伽尼納和巴迪亞盧歐提？或者是負責這三個鄉鎮的神父？或者是負責這一帶所有土地的測量員？或者是常在森林裡察看有無違建的林務警察隊長？」

「或者是介紹房屋和廢墟、經常在鄉下地方駕車悠哉來去的房屋仲介？別再說了，安娜，照妳那樣說，每個住這裡的人都有嫌疑，生活在這裡的每個人要去訪友、採菇等等都會經過這個區域。妳無法縮小範圍，完全不可能。」

安娜依然緊抓著自己的想法不放，認眞而專注，臉繃緊得發紅。「安利可的新房子到底是什麼時候蓋的？你知道嗎？」

凱伊嘆了一口氣。「不知道，被妳突然這樣一問，我實在講不出來，不過我可以去查，他的廢墟都是我介紹的。」

「查吧。」

「現在？」凱伊露出驚嚇的表情。「我以為我們要去吃飯？我今天早上到現在只喝了三瓶礦泉水，連塊餅乾都沒吃！喝氣泡酒已經讓我覺得夠怪的了！」

「拜託，查一下嘛，現在就查。」

凱伊很快找到要查的東西，但心不甘情不願地翻閱檔案。

「找到了。」他邊說邊把細框閱讀眼鏡戴上。「他一九九二年開始蓋王冠谷，一九九六年改建了山羊山莊，一九九六年還買了拉斯科內之家，一九九九年買下岩石山莊，其餘的妳都知道了。」

「我知道。」安娜陷入深思。「二〇〇〇年馬爾科失蹤……那你知道他什麼時候把岩石山莊轉手賣掉的嗎？」

凱伊重新翻看他的資料。「二〇〇二年二月。」

「接下來他大概誤算了自己的財務能力，導致現在，二〇〇四年夏天，必須變賣王冠谷，那裡等於他的家園，蓋其他房子時，他一直住那裡。」

「哼，藝術品。」凱伊嗤之以鼻說。「他每次都賣得太便宜，從不遵守市價。我很氣他這點，甚至曾再三發誓，絕對不做他的生意，不過妳也知道後來怎樣了。他腦筋瘋癲頑固，破壞了這一帶的行情。假如他沒這麼傻的話，錢一定夠用。」

「但是他根本就不傻啊，凱伊！他之所以賣這麼便宜，一定有別的理由。他會怕房子脫不了手嗎？」

凱伊又倒了一杯氣泡酒。「假如妳試圖了解安利可在想什麼、做什麼，那妳永遠得不到答案。做買賣他完全不按牌理，也沒人能看得透他腦袋裡在想什麼。」

「他蓋房子的地方，一直都在這些孩子失蹤的附近，而且每次有孩子失蹤時，卡拉都在德國。」

「安娜，別再說了，別又開始異想天開了，安利可怪是怪，卻是個樂於助人的好人，他不會害人的。別把遇到的每一個人都冠上殺人罪嫌，這會害妳自己信譽掃地。我們剛剛不是確定每個人都有可能嗎，按照這樣說，麵包師傅、神父，甚至包括我，全和安利可一樣有嫌疑。」

「你說的對。」安娜小聲回答。「我只不過是大膽假設。安利可是我的朋友，也是我最能信賴的人。就算這樣……」她接著把黃色大頭針插在安利可過去幾年蓋房子的地方。結果黃色大頭針都落在安娜所畫的半徑二十公里範圍內。

「我只是說說而已。」她說。

80

夜間新聞已經結束，安娜考慮要不要看晚上十一點播出的美國驚悚片，這時停車場傳來汽車喇叭聲。她乍聽時著實嚇一大跳，但隨即想到，來搶劫的絕對不會先按喇叭，而且那是安利可的習慣，他來了。

她打開戶外照明，走到屋前，看他沿路上來。晚上十一點五分，他在這個時間還不嫌麻煩穿越森林前來，一定有什麼理由。

「哈囉，安利可！」他快到廚房門口時，安娜說。

「妳好嗎？」他客氣地問，那個模樣，彷彿這個時間拜訪一棟只有一個女人獨住的偏僻小屋，是世界上最天經地義的事。

「我很好。出了什麼事嗎？」

「沒有，沒事。我想看看妳，就這樣。」

安娜吃了一驚，但沒做反應。「進來吧。」她說。「現在外面冷死了。」

「會嗎？我向來習慣坐外面，必要時甚至在外面坐一整晚。」

他們走進屋裡。

「卡拉怎麼了？」安娜問。

「她睡了，今天鋪石子路鋪了一整天，累壞了。她沒發現我走掉，但我非得出來一下不可。」

安娜點頭。眞是奇怪的狀況，但她盡量保持正常反應。「喝酒嗎？」

「好啊。」

安娜倒了一杯酒放桌上，然後坐到安利可對面。十五分鐘前，她還累得要命，但現在清醒得很。

「妳王冠谷住習慣了嗎？」他問。

「馬馬虎虎，若不是菲力克斯的照片不見，應該會更好。」

安利可點頭。「那件事很神祕。妳大概知道是誰拿的嗎？」

「完全不知道，想不出半點可能。說不定我終其一生都查不出來到底怎麼回事，就像我一直都不曉得菲力克斯到底怎麼了。」安娜覺得很驚訝，怎麼會從自己嘴裡說出這些話。原本跟安利可提起艾蘿菈並非難事，但是她不知道爲什麼沒說，也不是故意的，就自然而然沒說出口。

「我常想到妳。」安利可小聲說。「我常想像妳在這裡的生活狀況，自己住，沈默不語，又黑又暗。尤其在我工作的時候，腦海裡一直出現妳的身影。妳是個堅強的女性，安娜，很少人能辨得到。但是我擔心妳會出事，所以才來，有時我三更半夜會想說，要不要開車來察看是否一切正常。」

安娜微笑。「我又不是十幾歲小孩，我自己也很會想辦法，更何況凱伊常在這裡。」雖然安娜覺得安利可的關懷很窩心，但心底同時也湧現不祥預兆。她試著掌握他的眞正來意。

「你們能在一起眞好。我很喜歡凱伊，他是個好男人。」嘰哩呱啦這麼多，安娜暗想，全是場面話。事實上安利可對凱伊沒什麼好感。

「我想清理池子。」安娜突然冒出這句話，她發覺，安利可微微往後顫了一下。不過他隨即露出微笑。

「妳為什麼會有這種想法？」

「看不到池裡有什麼動物游來游去讓我很心煩，我會害怕下水。前不久凱伊下去游泳，不知什麼東西在水裡碰到他，很恐怖。麻煩你告訴我，要怎麼把水放掉？我沒找到放水的地方，沒有水閥，也沒有把水引出來的管子，什麼都沒有。」

「等到春天吧，秋天快來了，現在清沒有意義，已經冷到不可能游泳了。」

「話雖如此，我還是想知道怎麼把水放掉！難道你沒設計怎麼放水？」

「妳什麼時候回德國？」

「我不知道。」安娜眼神在廚房來回遊移。「有時我一覺醒來，很想把東西包一包馬上走人。有時我想，再忍耐幾個禮拜。另外也有幾天，覺得根本不想回去。所以說，我眞的不知道。」

「我給妳一個建議。」安利可一口喝下他的酒，這個舉動安娜從沒見過。「先別管池子了。妳想想看，要把它清乾淨，那是多麼累的一件事，妳得在爛泥巴裡站好幾天，把池裡的髒東西剷出來，很麻煩，而且身旁一堆蛇啊、蟾蜍、蠑螈之類的，噁心得要命。我答應妳，等妳回德國時，幫妳把池子清乾淨，妳一回來，就有乾淨的水池、清澈的水。」

安娜思索著。「也許我還會乘機裝一台水循環馬達，也順便把池子擴大一點。我得找哈拉德談談，也許他在德國還能拿出點錢來。要是我不能用這麼棒的天然泳池，那眞夠蠢的。」

「要加裝一台水循環馬達，得把整個水池挖開重蓋，妳得獲得許可，從申請到取得，一年跑不掉，拿到後，又會有個超大工程，得花一大筆錢。妳想要這樣嗎？」

「也許吧？我還沒認眞想這個問題。」

「在妳想清楚前，我先幫妳把池子清理乾淨，好不好？」

「你不能一直幫我做這做那，安利可，這樣不行！」

「誰說不行，可以。」安利可執起安娜的手，溫柔地玩弄她的小指。安娜視此爲親密接觸，他們兩人之間從沒有過這樣的舉動，安娜頓感困惑，但也沒把手抽開。

「你眞好心，但是梅里雅之家那裡不是也有一堆事得做。」

安利可沒回答，只是露出微笑。

「到底有沒有出水口？」

「有，在池底，池子靠近瀑布三分之一處，底部某個地方，得潛水下去，在爛泥堆裡面翻才找得到。不是一件容易的差事，而且冷得要命。那裡有根管子，上面的蓋子要很用力才打得開，沒用工具根本行不通。我有合適的工具，但是那底下是一堆爛泥，什麼都看不到，不熟的人根本沒辦法。」

安娜沈默不語。「這下可好了。」過了一會兒之後她開口。「你終於想出一個實用的解決之道，這泳池處理起來還眞是簡單啊。」

「對我而言，這池子毋寧是個池塘，我本意是讓藻類和水生植物在裡面定居、給動物一個家。壓根沒打算把水放掉或清理池子。之所以做了一個下水口，純粹是意外，我原本想用水泥把整個池子封死的。」

「眞了不起。」安娜很挫折。「所以我可以先忘了池子這回事了。」

「我會幫妳全部打點好，我答應妳。也許我可以想出更容易上手的辦法，讓妳能自己把水放掉。」

安娜點頭。她很氣這個白癡排水系統，頃刻之間覺得，讓安利可接下這件噁心工作毋須良心不安。

她再幫兩人倒滿酒，然後把空酒瓶拿去洗碗槽放。安利可悄然起身，走到安娜身後，安娜沒聽到他來，等到他輕輕抓住她的肩膀才發現。她慢慢轉身。

「妳第一次沿路走上王冠谷時，我就感覺到了。」

「感覺到什麼？」安娜用氣音問。她無法想像安利可會有這樣的舉動，也不知道自己該做何回應。

「感覺到妳我之間將會產生非常特別的東西，一種心靈交會，換成別人是不可能出現的。」他用指尖劃過她的眉毛、臉頰，接著脖子，一直往下到胸部。「也許妳是唯一了解我爲什麼住王冠谷的人。而我說不定是唯一確切知道妳爲什麼想住這裡的人，知道妳爲什麼不挑別的地方偏要住這裡。」

安娜閃過他，回到桌前。她可沒絲毫興趣和安利可共享親密，而且她對他如此放肆無禮很生氣。

「爲什麼？」

他沒直接回答，轉而說：「我今晚想在磨坊過夜，不知妳反不反對？」

她之前就擔心會出現這個問題。當然反對嘍。可是她能反對嗎？畢竟在房屋買賣契約完成前，他曾讓她在磨坊住了好幾週。

安利可察覺她的疑慮。「幾杯下肚，頭開始有點暈，現在不太想開車穿越森林。」

眞是越來越糟。安娜不斷冒汗。爲什麼住這屋子總是不得安寧？

「你當然可以睡磨坊。」她緩慢拉長地說。「但是床墊因爲目前用不到，所以放到另一個房間了。」

安利可點頭。「沒關係。」

「假如卡拉明天一早發現你不在，會怎麼說呢？」

「等她醒來，我早就回到家了。要是我沒叫她，她通常睡很晚，有時甚至睡到中午。」

安娜點頭，然後把蠟燭吹熄。

「自己一手蓋起來的房子，要賣還眞難。」安利可突然冒出這句話。「很像孩子長大後，搬到另一個國家，搬到幾乎很難去到的地方。在妳之前，已有三個想買王冠谷的人來看過，但是我沒賣給他們。」

「凱伊從沒跟我提過！」

「這些看房子的不是他介紹來的。是我在安布拉小報上登的廣告，我用代碼登的。」

「你為什麼不把王冠谷賣給這些人？」

安利可聳聳肩。「不知道，只是隱約覺得他們不是我要找的人，他們不會好好珍惜王冠谷，最重要的是我覺得他們不屬於這裡。但是妳一來……」他做了意味深長的停頓，接著微笑說：「我馬上知道這棟房子只等待妳來住。」

「假如你說得對，那就太好了。」安娜小聲說。

「這裡是個神祕的地方。」安利可說。

「這點我已經知道一段時間了，應該說我每天都察覺得到。」照這樣看來，安利可也覺得王冠谷有種奇特之處。想到這裡不禁讓人惶惶不安。

「和這個地方相處得心思細膩點，安娜，千萬不能打擾這裡的神祕，不然籠罩在這片谷地的平靜將會消失。」

安利可站起來抱住安娜。「晚安，感謝妳提供了夜間避難所！」他露出微笑，在她臉頰吻了一下，便離開廚房。安娜看著磨坊燈光亮起，玻璃門後的窗簾被拉了起來。

之後不久，安娜在床上細細思考安利可所講的話。怎樣能打擾這片山谷的平靜？辦盛宴嗎？或者砍樹？還是改建游泳池？

我明天一早要問他說那話是什麼意思，想著想著她就睡著了。

然而安娜沒機會問他，等日出後不久，她被鳥鳴吵醒時，安利可已經不在了。磨坊看來和前幾天一模一樣，床墊在樓下房間靠著浴室門放得好好的，安娜根本無法確定安利可到底有沒有在磨坊過夜。

貝蒂娜這次出來度假似乎精力旺盛得快爆炸，反觀瑪萊珂則陷入深度嗜睡症，只想睡覺，白天只希望在躺椅上固定不動，昏睡度過。這天早上，貝蒂娜七點就跳下床，動作之神速，若發生在瑪萊珂身上保證引起循環衰竭。貝蒂娜淋浴時引吭高歌，唱著胡立歐的感傷情歌，瑪萊珂半夢半醒中聽到後思索一個問題，到底這是純粹表達生命的喜悅，還是要用粗暴的方式把孩子叫醒。等到熱咖啡味道傳遍整個度假屋時，瑪萊珂趕忙起床，她可不想惹女友生氣。

那是一個熱得很不尋常的十月天。瑪萊珂穿著短褲汗衫出現在露台上，貝蒂娜早已把餐具擺好。瑪萊珂親吻貝蒂娜的臉頰，貝蒂娜笑容燦爛。

「我的天，我們眞幸運！」瑪萊珂說。「十月了還能在外面吃早餐！太享受了！德國現在天氣絕對很爛！」

「我們今天往葛羅塞多方向開，然後去海邊，妳說好不好？在沙灘上散散步，找家舒適的小館子吃魚……」

「太棒了。」瑪萊珂說。「說眞的，這個主意很棒。可是讓我一個人留在家裡好不好？坐在車裡一個半鐘頭去，又一個半鐘頭回，我眞的受不了，而且去那裡的人一定很多。」

貝蒂娜難掩失望，對這陽光燦爛的日子原本幹勁十足，現在全都洩光。

「我本來不知道我有多累。」瑪萊珂解釋。「我很需要調養，顯然在柏林是超支精力過生活。我只想單純休息，不然度假對我也沒多大用處。」

貝蒂娜失望地點頭。

「妳不能理解？」

「能啊，能啊，我了解。那我自己開車和孩子們去。」聽起來並非眞的理解。

十五分鐘後，艾達出現，一如往常，嘴裡發著牢騷，百般無聊的樣子。她把頭髮編成一條條小辮子，在頭上向四面八方散射。小揚走在她後面，跌跌撞撞來到陽台，不斷猛按他的Gameboy，所以看不到腳到底踩在哪裡。

「我的老天！」貝蒂娜看著艾達的頭大喊。「妳什麼時候弄成這樣的？一定花了好幾個小時吧！」

「昨天晚上弄的，我睡不著。」

「早安，美女帥哥。小揚，吃片吐司吧。艾達，妳要吃蛋嗎？」

艾達搖頭。「我在減肥。」

瑪萊珂嘆了一口氣，但沒說什麼。

「我們今天去海邊，你們說好不好？」貝蒂娜問。

「帥喔。」小揚說。

「喔，天啊，很煩耶。」艾達說。「說不定還要在沙灘上散步好幾個小時，眞是慘到不行。」

「對妳的身材很有幫助喔！」瑪萊珂笑著說。

一小時後，只剩瑪萊珂在家。她讀書讀了十分鐘，便走進屋裡換上長褲。像那樣躺在躺椅上靜靜不動，沒多久就會覺得冷。又過了十分鐘，艾柳諾蕾出現在露台上。她戴著工作手套，拿著一把玫瑰剪，瑪萊珂見狀忍不住偷笑起來。艾柳諾蕾根本只是好奇心作祟，想找話聊，修剪玫瑰一定只是個藉口。

「早安。」艾柳諾蕾說。「希望我修剪玫瑰不會打擾到妳，現在秋天得修剪修剪，我動作會快一點的。」

「儘管忙。」瑪萊珂回答。「一點都不會打擾到我。」

艾柳諾蕾默默工作，不到五分鐘就按捺不住了。

「妳女友告訴我，妳是刑事組長？」她小心翼翼問。

「是啊，沒錯。」

「也調查兇殺案嗎？」

「查啊。」

「想像中這工作不簡單。」

「對啊，事實上也確實不簡單。」

「一般來說，偵破一件殺人案需要多久？」

瑪萊珂心裡暗自嘆了一口氣。這分明是沒問題找問題，荒謬的程度不亞於記者不斷去問演員是怎麼背會台詞的。

「要看情況。」瑪萊珂依然很和氣地說。「有時我們很快就逮到兇手，有時找都找不到，不只是辦案的問題，還要憑一點運氣。」

「我相信。」

瑪萊珂把書蓋起來。不可錯失良機。「我問妳，艾柳諾蕾，」瑪萊珂說，「聽說過去十年間，這一帶有小孩失蹤。妳知道相關消息嗎？」

艾柳諾蕾點頭，把玫瑰剪擺一旁，坐了下來。「三個小男孩失蹤好幾年了，在玩的時候或者上學途中不見的，後來再也不見人影。沒人知道出了什麼事，找不到任何線索，沒有嫌疑犯，很離奇。」

「確切的地點在哪裡？」

「在這附近一帶。甚至其中一個男孩就是在這棟房子前面失蹤的，他父母是德國人，來這裡度假。他在後面溪邊玩，轉眼之間就不見人影。」

「都沒聽到什麼聲音嗎？沒叫聲？什麼都沒有？」

「完全沒有。不過我只是聽說的，那個男孩的母親最近才在這附近買了一棟房子。因爲不知道兒子出了什麼事讓她受不了，所以想查出兒子在哪裡，人是否還活著。」

瑪萊珂試圖隱藏激動，便盡量泰然自若地說：「其實我沒打算這次度假時做一些很像工作上的事，即使和我工作只沾上一點邊的，我也不打算做……不過我有興趣和這位女士談一談。」

「沒問題。我們雖然沒辦法打電話給她，可是她幾乎都在家。我們散步走一小段路如何？還是開車？」

「不用，不用，稍微動一動對我有益。」瑪萊珂站了起來。「請稍等，我拿一件夾克，很快就好。」

82

「很抱歉，這樣冒昧地來突襲妳。」艾柳諾蕾到達王冠谷時，邊喘邊說，後面跟著瑪萊珂。

「我想介紹妳認識柯思維希女士，她是我的客人，很想跟妳認識認識。」

擅闖別人家，劈頭便說來意，這是再直接不過了。安娜心力憔悴，頻頻冒汗，她剛把整棟房子地板擦過一遍，拖把還拿在手裡。昨天下午她去村裡，利用機會聽了手機語音信箱，哈拉德留了一則訊息，意外宣布他將來訪。下午五點安娜得去翡冷翠機場接他，她想把王冠谷最好的一面呈現給他看。

看艾柳諾蕾的樣子，彷彿只剩最後一口氣，再看後面持重低調的女士，從山羊山莊到王冠谷這段路似乎沒花她半點力氣。她臉上的微笑直率而收斂，安娜第一眼看到她就覺得兩人合得來。

安娜擁抱艾柳諾蕾，接著跟瑪萊珂握手。「先坐一下，我去拿點喝的。」

她出來時，帶著杯子和兩瓶水，一瓶有氣泡的，一瓶天然的，另外還有一小碗檸檬。這時艾柳諾蕾正在解說王冠谷的特殊之處。

「要我帶妳四處看看嗎？」安娜問。

「好啊。」王冠谷吸引了瑪萊珂的注意力，她很好奇，想多看一些。

她們在房子裡走了一圈，又沿著溪邊走到泳池，行經瀑布，最後走過停車場回到屋裡，這一路下來，安娜已經知道瑪萊珂是刑事組長，現在和女友、兩個孩子在山羊山莊度假。

不會吧，這樣一位女士竟從天而降來到我家，也許是老天爺派她來的，總之她能讓事情有點進展。安娜隱約覺得已有一小塊石頭在滾動，現在她迷惑地等著瞧，在這塊小石頭帶動下，擋住她去路的崇山峻嶺會出現何等劇烈的落石崩塌。

安娜告訴瑪萊珂十年前菲力克斯是怎麼消失的，當時警方採取了什麼行動，以及這個地區另有兩個男童失蹤數年。她承認之所以買下王冠谷，純粹是為了好好追查兒子的下落，她也沒隱瞞地道出有人闖空門，但只偷走菲力克斯照片的事件。至於艾蘿菈的事，以及她持續回來，並把玫瑰花瓣拋進泳池裡，安娜則隻字未提。

瑪萊珂專心聽著，完全沒打斷安娜講話。安娜看著瑪萊珂清澈湛藍的眼睛，確定對方把她的話全部聽進去，也儲存在腦子裡，一個字也不會忘記。儘管瑪萊珂沒任何反應，但心裡可是明白一切的。

「我還有希望嗎？」安娜敘述完接著問。

瑪萊珂搖頭。「很抱歉我得這麼說，不過我認爲沒有，沒希望了。」

安娜點頭。「我也逐漸這麼想了。」

她站起來，走進屋裡，過沒幾秒便拿著一些菲力克斯的照片和一張地圖出來，她把地圖攤在瑪萊珂和艾柳諾蕾面前。瑪萊珂曾聽電視報導提及幾起失蹤案地緣關係密切，她現在也還記得。

「我推測他住在這裡。」瑪萊珂本能地脫口而出。「就住在你們附近，說不定是你們的好鄰居，每個人都認識他，雖然他和大家沒有太多接觸，但他爲人值得信賴，阿爾諾河谷這個小鄉鎮的民眾都把他當作自己人。他每隔幾年會去尋找獵物，由於他對這一帶非常熟，所以犯案輕而易舉。擁有大塊又偏僻的土地在這裡不算異數，所以埋藏屍體或毀屍滅跡完全不構成問題。而且因爲截至目前還沒有追查到他頭上，甚至連懷疑都沒有，所以也沒人想到去他的土地上搜尋。這樣永遠找不到那些孩子。」

艾柳諾蕾對安娜拋了一個自鳴得意的眼神，大概表示：妳聽聽！也許她眞的幫得了妳。

「我有時會想，假如菲力克斯是在德國失蹤，兇手或綁匪早就被揪出來了，可是義大利警方根本什麼行動都沒有！我不覺得他們有花腦筋在這上面、有去辦案、有去調查，過去十年我沒接過半通義大利警方打來的電話，也沒半封信，毫無行動，讓我快瘋了！」

瑪萊珂點頭。「我想義大利警方有辦這案子，只不過妳不知情，原因是他們沒有讓妳知道最新狀況，也許這裡一般不是這樣做事的，我也不知道。不過這案子之所以這麼棘手，是因爲兇手顯然是隨機挑選受害者。我非常確定雙方是偶然遇上的，是隨機的。辦這種案子要從哪裡著手？兇手行動如此謹愼，幾乎不著痕跡，警方要從哪裡找起？假使那幾個孩子眞的被殺了，說不定警方連案發地點都不曉得，更別說能採集到DNA樣本了。」她嘆了一口氣。「和受害人沒有關係的性罪犯很難查得出來，在大城市裡有時會比較容易，原因是加害人常被迫隨地棄屍，同時很難不被察覺。可是在這裡，這片荒郊野外？這案子十分棘手。」

瑪萊珂深深喘了一口氣，同情地看著安娜。「恐怕我幫不上什麼忙，更別說在這麼短的假期內。」

安娜點頭。「當然，當然，我也沒這麼預期。」

「那妳認爲，」艾柳諾蕾首度插進一句話，「會再出事嗎？還會有小孩失蹤嗎？」

瑪萊珂沈思片刻。「我認爲會。當然嘍，兇手不會長生不死，有可能死於車禍，可能心肌梗塞，也可能採收橄欖時從樹上摔下來死了，各種死法都有可能，如果是這樣，這樁連續殺人案便告結束。但如果他還活著，一定會再殺人，只是等待良機，耐心守候命運再度將一個孩子推到他手裡。」

「喔，我的天啊！」安娜哀嚎一聲。

艾柳諾蕾連喝了四杯檸檬水，臉色才逐漸恢復正常。

「住這一帶的人應該要當心一點，得多注意自己的孩子，別讓他們單獨在森林或湖邊玩耍。假如上學途中，要走一大段沒人住的地區，最好開車載他們上下學。」

「可是誰會想這麼多！失蹤的孩子早被遺忘了，從來沒有人注意到三年一次的犯罪週期！」

「那得盡快進行補救，讓整件事登上媒體再炒作一下，雖然……」瑪萊珂把額前頭髮撥開，她正在反覆斟酌。「有些類型的罪犯會被媒體大幅報導所帶動，對這類人來說，有如臨門一腳，正當全世界有所預期，害怕下一次殺人案出現時，兇手偏偏要挑這個時候下手，等到大家又找不到屍體，兇手就可以偷笑，覺得自己比前三次殺人更了不起，更無懈可擊。他向警方展示他們是多麼無能，藉此陶醉在自己的力量當中。如果他想，還會向全世界證明他有多萬能，因而再三殺人，間隔也會越來越短。他會變得狂妄放肆，陷入不折不扣的瘋狂殺人樂。」瑪萊珂繼續講下去的同時，把一張紙巾捲成一個小捲筒。

「按照我的想法，我們所要找的殺人兇手正是這一類型。他即將變得自以為無所不能，因為沒有人發現是他，他住在犯案地點附近，沒有人懷疑他。這對兇手可是一大激勵，他深信犯案大成功完全歸功於自己超級了不起的聰明才智，並已認為自己的智力遠在平均以上。」她點了一根菸，把煙垂直吹出。「不，我認爲最好別去接觸媒體，越讓兇手覺得沒人理他越好，否則只會讓他覺得自己更了不起，說不定他已把自己視爲最了不起的人。」

「妳說的我都明白。」安娜說。「這樣的話，我們不就什麼事都不能做了嗎？」

「我們只能盼望兇手不會繼續殺人或者下次犯案時會出錯。也許有人在某處觀察著他，這我就不知道了。」

安娜顯得若有所思。在這空檔，瑪萊珂問：「我可以借用一下洗手間嗎？」

「當然可以。」安娜告訴她浴室所在，瑪萊珂隨即離開座位。

「她好厲害，妳不覺得嗎？」艾柳諾蕾問。

「的確厲害。要是她能處理這個案子的話，那就太棒了，不過我能理解她想度假的心情。」

「我在德國也在偵辦殺童案。」瑪萊珂坐回位置上時表示。「但是我們這個兇手跟托斯卡納這個有點不同。德國那個兇手所殺的小男孩雖然年紀和這裡的失蹤男童相仿，可是他在全德各地作案。各案發現場相隔數百公里。另外，他沒讓屍體失蹤，而是把屍體堂而皇之展現給警察看，他把現場布置成一個小舞台，將屍體安放得好像人還活著。儘管他留了一大堆線索給我們，可是一九八三年以來憑我們怎麼努力仍然逮不到他。我很受不了，這傢伙至今依然逍遙法外，還嘲笑警方沒能力逮到他。」

「這案子我從沒聽過。」安娜喃喃自語。

「他犯的最後一件案子距今已經十五年了，不知爲何停止作案。也許他已經不在世上了。這樣最好，我很希望聽到這樣的消息。我們也有他的DNA，但是幫助不大。沒有他的記錄，沒有案底，沒有前科，就一個性罪犯而言非常奇特。」

「他在德國每隔多久下手殺人？」

「也是每隔三年。」

「三年爲期似乎很受歡迎。」艾柳諾蕾邊說邊笑。

「妳們還要喝杯酒嗎？」安娜問。

「我不了！」艾柳諾蕾嘆了一聲。「不然我走不回去。」

接下來的十五分鐘，他們談義大利的天氣、食物、酒和義大利人，然後艾柳諾蕾和瑪萊珂起身告辭。瑪萊珂央求安娜給她一張菲力克斯的照片，以備不時之需。安娜樂意地給她一張，並允諾下週去一趟山羊山莊。瑪萊珂還拜託安娜別告訴她女友貝蒂娜這裡有孩子失蹤的事。長久以來，貝蒂娜已變得對命案很感冒，尤其是度假中的命案。萬一被她知道瑪萊珂——至少花了心思——在處理這件案子，她會把瑪萊珂的頭給扭斷。

安娜答應不說。她向兩人揮手道別，一直到她們消失在下一個山頂後才放下手。

此時安娜無心他顧，只想著：這人至少會去思索這個案子，也許我們會有一點、一些些進展。

安娜低頭看錶，一看嚇一大跳。快三點了。她得趕快，才能準時到機場接哈拉德。她瞬間把拖地水桶、地刷、拖把一一藏好，把桌上的杯子清理掉，趕忙拿了刷子整理頭髮，然後謹慎鎖好大門，快步奔往停車場，她一向把車子停在那裡。

83

飛機預定下午五點五分降落。安娜五點六分才來到翡冷翠威斯普齊機場落地旅客大廳，到的時候已累得半死。一看到班機資訊板上打出飛機延遲三十分鐘抵達，她頓時鬆了一口氣。於是她先在小酒吧喝了一杯濃縮咖啡，然後拿出一本書，坐在小前廳的椅子上等。

落地旅客大廳罕見地窄小，完全稱不上漂亮，在翡冷翠下機的人一定會覺得所見不符想像，這個大廳和義大利重要大城完全不搭，反倒比較適合一個不起眼的沙漠國家。

有幾個義大利人聊天音量很大，講話內容被別人聽到也毫不在乎。有一個嬌小的黑髮義大利女人手持一個超級大名牌，上面寫著「Frau Küppersberg」（屈柏斯貝格女士）。安娜看了忍不住笑出來。沒有一個義大利人念得出這個名字的，他們光是念「Küken」（小雞）或「Kuchen」（蛋糕）之類的簡單詞彙，舌頭已念到打結。

天花板底下的小螢幕上，從慕尼黑出發的漢莎航空班機那排，最後面有丁點大的字體顯示著

「抵達」，不久即見到哈拉德從自動門走出來。

他看起來容光煥發，比從前的樣子好多了。看來，我幾個星期沒煮飯給他吃對他有益。哈拉德在接機人群中一發現安娜，馬上笑得像小男孩似的。

「哈囉。」他走向她，安娜也回以「哈囉」。兩人有點尷尬地對看，不知接下來還能說什麼。然後哈拉德拉住安娜，親了她的臉頰。

「你來了眞好。」她結結巴巴說著，同時去牽哈拉德的手。「來，我的車停在禁停區，就在離境大廳前面。我等不及要看你第一眼見到王冠谷的樣子了。」

哈拉德第一眼看到王冠谷所受到的撼動和安娜差不多。「天啊，好羅曼蒂克喔。」他們一起往下走向房子時，哈拉德這麼說。「太美妙了，大大出乎我的意料之外。現在我終於了解，爲什麼妳不顧一切愛上這塊小地方了。」

話剛說完，他把旅行袋放在胡桃樹下，走進屋裡。他一間一間慢慢走，一下摸牆壁，一下摸門，又用手抹地板，檢查窗戶和房門的密合度，全程沒說半句話。

「屋頂做得密嗎？」他看完一圈以後問。

「我想應該夠密吧，不過還沒下很多雨就是了。」

「這房子不完美。」哈拉德最後說。「門窗都做得很外行，但是看起來很漂亮，很有氣氛。我想，我應該恭喜妳買到妳的王冠谷。」他說「妳的」，而不是說「我們的」。

然後他抱住安娜，安娜則全身放鬆緊靠著他。丈夫的好評讓她歡欣不已，直到現在她才發現自己多麼懷念這一切。

安娜準備了鮪魚豌豆沙拉，還煮了辣香茄醬通心粉，她知道哈拉德愛吃很辣的辣椒番茄醬。整晚幾乎都是哈拉德在講話，因爲安娜想知道芙利斯蘭發生的所有新鮮事。她問起帕美拉，但哈拉德說他已數週沒見到她，也許她根本不在村裡，總之他不知道。安娜連這點也相信他的話。

安娜一邊聽著哈拉德講話，一邊感覺到內心湧起思念芙利斯蘭的鄉愁，她決定最慢一個月後回家，絕對不要自己一個人在谷裡過冬。

安娜本來不打算見面第一晚就對哈拉德說出自己在這裡經歷的一切，但兩瓶酒下肚後，她便按捺不住。哈拉德問了一個幾乎不著邊際的問題：「怎麼樣，有獲得菲力克斯的相關消息嗎？」安娜一聽完即全盤托出，毫無隱瞞，包括和凱伊的戀情，奇怪的艾蘿菈，以及幾個小時前還在這裡的刑事組長，當然也講了照片的事，及其引發的種種臆測。

哈拉德就像瑪萊珂一樣靜靜聽著，安娜注意到他鼻翼到嘴角出現很深的皺紋，她以前從未發現。他的臉部表情不僅認眞，甚至嚴肅，讓她看了很安心。

她講完後，哈拉德思索一陣子，揉揉指關節，不斷咬著上唇，然後開口說：「妳不是眞的要說服我相信，之所以買下王冠谷，純粹是因爲妳喜歡這裡，然後發現這裡剛好是兇手逍遙的藏身之處，甚至菲力克斯可能就被埋在這裡？而且就埋在泳池裡？這是有史以來最瘋狂的想法。只因爲有個不會說讀寫的瘋女人或弱智時常丟玫瑰到水裡，妳就在那裡想得天花亂墜？妳想讓我相信妳說的一切？妳想知道我聽了有什麼想法？」

安娜點頭。

「我的想法是，妳瘋了，親愛的，我認爲妳已經有點腦筋不清楚了。人啊，如果躲在荒郊野外，夜裡只能跟黑漆漆的森林對望、只能聽貓頭鷹鳴叫，非常有可能變得古怪，突然之間壞巫婆、妖魔鬼怪會繞著池子跳舞。我覺得這裡景色很優美，但是拜託千萬別跟我扯這些蠢話。」

「你完全沒搞懂，一點都不懂！」安娜哽咽得幾乎說不出話來。

「我全都懂，而且一清二楚。但我是務實派，而妳，安娜，妳已經歇斯底里了。事實就是如此。當妳在林子裡散步，看到一堆樹葉，妳會開始去挖，因爲妳相信底下有具屍體。妳腦袋只有屍體，到哪裡都只想到屍體，這不太健康，親愛的。」

從哈拉德下機之後，他倆之間的氣氛原本是輕鬆且平靜和睦的，讓安娜非常高興，但現在一切已成過去。哈拉德毀了這一切。她現在只想獨處，很怕得跟他同床睡。他是從另一個世界來的，永遠無法了解她的世界。全都完了，已經無法破鏡重圓了。

「你知道浴室和臥室在哪裡了吧。」她說完即走上樓梯。她不想卸妝，不想刷牙，只想睡覺，不願繼續思考爲什麼丈夫無法理解她即將解開菲力克斯失蹤之謎、即將解決他倆共同的問題。在他心中，她只是個失去理智的女人。

哈拉德半個小時後走進臥室，赫然發現安娜的枕頭濕了一片，安娜在睡夢中哭過。

他輕手輕腳鑽進被窩，伸手熄燈，然後在她頭上吻了一下，小聲說：「明天一早起來，一切都會不同，明天一早，我們重新思考一遍，別擔心了。」

但安娜都沒聽到。

隔天早上安娜醒來時，身旁床位是空的，但有人躺過，看那被子被推到一旁的方式，正是哈拉德的習慣作法。他把被子捲成一團，像條香腸一樣擺在床尾。

安娜起床，走到窗邊往外看，哈拉德穿著沙灘褲站在池緣，若有所思凝望池水。安娜趕緊披上浴袍往外跑。哈拉德看她跑來，臉上露出微笑。

「這水眞是噁心混濁。」他說。「只有想被水蛭吸乾最後一滴血想到瘋的人，才會跳下水去。」

安利可說下水口在哪裡？」

「在池子前三分之一部分的某處，確切位置他也講不出來。他說，得先潛下去，在爛泥巴堆裡摸索到下水孔蓋，然後花很大力才轉得開，有工具是最好不過的。說不定孔蓋已經卡死了，很難轉得動。」

「我們親愛的安利可眞是瘋了。」哈拉德不屑地說。「怎麼會蓋出這樣難用的白癡東西？眞受不了。去泡濃咖啡來吧，安娜，等妳泡好我就會想出辦法，我保證幫妳把池子清乾淨。」

「你要下水，要潛下去？」安娜無法置信，震驚地看著丈夫。哈拉德穿著短褲，雙腿又瘦又白，看起來一副弱不禁風的樣子。

「當然不要，就算來十匹馬也沒辦法把我拖進這個爛泥巴穴。妳的工具放哪裡？」

安娜帶他到浴室門邊的工具間，並告訴他，石頭、建築廢棄物、木梁、鐵欄杆之類的東西堆放在哪裡。安利可蓋好房子後，不是沒興趣把東西處理掉，就是他認爲那堆東西總有一天還會派上用場。

安娜做早餐時，哈拉德就在那堆建築廢材裡面翻翻找找。

安娜端出托盤時，看到哈拉德找到一根鐵條，正拿著來回戳刺池底。她叫他來吃早餐，可是他搖手拒絕，繼續專心刺著。突然他全身猛然一震，顯然找到了什麼而感到一股阻力。

他使出全力，不斷把鐵條往水裡突刺，邊刺邊咒罵。

安娜在胡桃樹下觀察哈拉德。她心想，也許他自認昨天說了那番話很愧疚，否則現在不會做這種事。要跟他講清楚不太容易，但幸虧他有時會自己恢復清醒。

她正把麵包塗上果醬時，聽到哈拉德大聲歡呼，同一瞬間，泳池擋土牆底下的一條管子噴出一道大水柱。

哈拉德心滿意足笑著往上走，來到屋前。他說，「我很快洗個手，穿件衣服。然後我們好好吃頓早餐，等水流光，接著便可以把池子清乾淨。有時要光憑暴力才有用。妳知道哪裡可以買到新的出水孔蓋嗎？」

安娜點頭，哈拉德隨即進屋裡去。

艾蘿菈站在她的洞穴裡，目睹了一切。又來了一個她不認識的男人，所以她不敢接近安娜。這男人也在池邊做奇怪的事，池水再度流光。正如當時，那魔鬼從屋裡出來，手上抱著那小孩的時候，池子裡也沒水。

艾蘿菈心生恐懼，背後由下往上起了一大片雞皮疙瘩。她顫抖起來，隨即蹲在草地上。她把帶來的玫瑰放在指間捻碎，除了耐心等待，注意後續發展，其他什麼事都不能做。

她潛伏了四個小時，安娜和那個男人終於停手不再刷洗泳池。他們爬出池子，把掃把、拖把、園藝水管、短刷、畚斗以及各種不同刷子收進浴室邊的小收納室，然後走進屋裡。艾蘿菈等沒多久，兩人又來到庭院，安娜穿著牛仔褲、套頭毛衣，那男人穿著褐色絨褲，上身一件皮夾克。兩人謹慎鎖好大門後，便到停車場開車離去。

艾蘿菈還聽到安娜對那男人說：「我們先去安布拉試試，假如買不到孔蓋，再去蒙特瓦爾齊看看，我知道那裡有好幾家店。」

太陽高掛在王冠谷上空，艾蘿菈蹲在池畔，耐心等候直到池底慢慢曬乾。接著輪她上工。

84

兩點十五分，卡拉打電話來說，她已平安抵達漢堡，現在要去醫院，再見她父親一面。

「好。」安利可回答。「堅強點，明天晚上再打給我，好不好？」

「好，當然，我會打的。」卡拉小聲說。「還有千萬別忘了我很愛你。」她說完便掛斷電話。

安利可切掉手機。到下次通電話之前，他又可享有一天半的安寧。

昨天中午有一個突發事件。費艾瑪突然站在門口。她當初威脅說要登門拜訪，這下還眞說到做到，這個臭婆娘，安利可邊想邊露出友善微笑。

「費艾瑪！妳大駕光臨眞是好啊。」他的口吻散發迷人風采。「有我可以爲妳效勞的嗎？」

費艾瑪一邊慢慢碎步前進，一邊專心四下張望，對她來說，沒有比看陌生房子更有趣的事了。她像海綿一樣吸收每個枝微末節，從中勾畫出屋主的形象。她等不及來看這個帥氣的半義大利人居住的環境，可是一直想不出藉口能大剌剌過來，以滿足自己的好奇心。今天早上她巧遇機緣，碰到安布拉來的郵差，手上拿著一封電報，不知道往梅里雅之家要怎麼走。安利可和卡拉至今都是直接去郵局領郵件。

費艾瑪接過電報，用甜美的聲音說梅里雅之家的主人是她朋友，她會馬上前往親手交予電報。郵差聽了非常高興，開車返回安布拉。費艾瑪則走進屋裡，抹上新買的化妝品，換穿特殊一點的衣服。

費艾瑪和安利可到無花果樹下去坐。「妳看起來亮麗動人。」安利可撒了謊，費艾瑪雀躍不已，她越來越喜歡這個男人了。

卡拉端來桃子原汁以及用來稀釋的水。

「你府上眞美。」費艾瑪說。「你把這棟房子，更確切地說把這個廢墟翻修得這麼棒，簡直難以言喻，這我絕對可以打包票，我還記得很清楚，這裡住著老朱麗葉和艾蘿菈時，原本是長什麼樣。」

「艾蘿菈，艾蘿菈……」安利可思索起來。「我想我不認識她。」

「有可能。」費艾瑪回答。「不過你一定看過她。她很瘦，外表比實際年齡輕，一頭稻草般的白髮，唯一會講的是『艾蘿菈』。」

這下安利可終於明白。艾蘿菈就是那個看他工作的巫婆，差一點被他用釘耙刺中。現在他知道她從前住過這裡，所以能理解她爲何一直暗中坐著觀察他。

「現在天氣晴朗，這個秋天……幾乎比夏天還美！我們應該在戶外享受每一分每一秒。」

「說得眞對，不過我們還有很多事得做，冬天來臨前，安利可必須把房子完成。」卡拉說。她看費艾瑪十分不順眼，費艾瑪也眞的表現得討人厭。

「唉呀！」費艾瑪朝安利可方向露出甜甜的微笑。「你這裡眞優美，害我差點忘記我來的眞正目的。這裡……郵差要我捎來一封電報……卡拉．侯德……」她刻意慢慢念。「是妳嗎？」

「是。」卡拉從費艾瑪手中接過電報，馬上撕開，飛快瀏覽了一遍。

「是我姊姊打來的電報。」她沈重的對安利可說。「爸爸過世了，我得回德國。」說完便跑進屋裡。

安利可把卡拉說的話翻譯給費艾瑪聽。

「喔，青天霹靂！我聽了很難過！」費艾瑪接著站起來。這次來訪結束得這麼快這麼突然，讓她的興奮大打折扣。

「下次再度光臨時，我帶妳參觀屋內。」安利可說。「也許春天來吧，到時房子就蓋好了。」

費艾瑪點頭，昂首闊步走向她的車子。她心裡想：眞是糟蹋了這個好機會。但仍然心花怒放、熱情洋溢地向安利可道別。「請代爲問候你可愛的女友。」臨上車前費艾瑪還低語了一句，說完便開車離去。

卡拉非常平靜，話不多，正火速收拾行李。

「妳要去多久？」安利可問。

卡拉聳聳肩。「需要多久就多久，我母親現在很需要我，我們得看她是否還能一個人住家裡。我不知道，安利可，我眞的不知道，不過三、四個星期跑不掉。」

「我幫妳蓋個游泳池。」他說。「等妳回來就會蓋好，春天就可以游泳了。」

「先把房子蓋好吧。」卡拉澆了一盆冷水。「先有能用的浴室和漂亮的廚房對我來說更重要，游泳池明年隨時要蓋都可以。」

「我以爲妳會很期待呢！」他刻意做出失望的表情。

「我的確很期待啊！」

「我就說嘛！」

討論結束了。他會把泳池蓋好，不可錯失良機。

卡拉到蒙特瓦爾齊時，剛好趕上夜車，可以當晚一路經由翡冷翠直達慕尼黑，到慕尼黑後，換搭另一車次往漢堡絕對沒問題。

安利可不斷對火車揮手，直到看不清卡拉揮手回應的手臂爲止。接下來終於又剩一個人了。

安利可繞著房子邊散步邊尋找適當的泳池預定地。他觀測太陽的位置，注意附近有沒有橡樹，若有的話，橡樹葉會不斷飄進池裡，另外還檢查了地面強度。游泳池蓋在山坡地上，很有可能日子一久，大雨過後整個下滑。

最後他找到一個地方，離房子不遠，也符合他的要求。接下來便開始用棍子和捲尺界定出泳池的輪廓。就在這時，他聽到說話聲，越來越接近，這樣下去，他得變更計畫，否則梅里雅之家會變成公園，人來人往。最近幾天不斷有訪客上門，這種情況他在王冠谷住了十年還沒遇過。

他撐著鏟子，臉色不太好地看著來人。

85

假設瑪萊珂這天早上走去浴室的路上沒絆倒的話，是否情況會完全改觀，且有幸福快樂的結局，事後來看，一切都很難講。從二樓狹小的臥室有一道狹窄彎曲的樓梯通往浴室，樓梯每一階高低不平。

瑪萊珂穿著拖鞋，依然睡眼惺忪，無法集中注意力，在倒數第二階絆了一跤，不幸摔下樓梯，傷及右腳踝。

早餐時，右腳踝已腫得像條肥香腸，每過十幾分鐘去看，便腫得越來越像顆球。

艾柳諾蕾馬上自告奮勇載瑪萊珂去安布拉找一位女醫生，由醫生決定怎麼處理那隻腳。貝蒂娜則決定和孩子們來一趟長途健行。由於貝蒂娜原本計畫這天全家一起去席耶納，參觀城裡的大教堂、扇貝廣場，若有可能甚至另外看看別座教堂，最不濟至少也還要參觀一間博物館，而現在計畫生變，讓小揚和艾達覺得意外賺到了。

九點半左右，瑪萊珂在艾柳諾蕾攙扶下，一跛一跛往車子方向走，準備去看醫生，約略同一時間，貝蒂娜也帶著小揚和艾達上路。因爲計畫中的健行路線需要好幾個小時，所以三人背包都放了水壺和足夠的口糧。

他們手邊有一張巨細靡遺的健行地圖。經貝蒂娜規劃，他們要行經蒙特貝尼奇，往聖文千隄的方向走，接著穿越谷地往上爬到沼地山，再經由野豬之家返回山羊山莊。

艾柳諾蕾和瑪萊珂來到女醫生這裡，在候診室裡坐了兩個鐘頭。終於輪到她時，醫生稍微瞄了一下那隻受了傷的腳，隨即叫兩人去蒙特瓦爾齊醫院的急診室。她說，瑪萊珂的腳急需照X光，據以進行適當治療。

三個小時後，瑪萊珂兩手拄著枴杖，一跛一跛離開醫院。在X光片上看不出有骨折，護理人員將傷腳包紮妥當，建議瑪萊珂將腳抬高，盡量保護好，別去用它。

艾柳諾蕾在回程路上說，「好險，至少沒骨折。」

「可是好奇怪，我感覺一步都走不動。」瑪萊珂說。「這是我職業生涯中最不想遇到的。」

健行一路走到聖文千隄都無意外發生，小揚和艾達也罕見地表現參與意願，牢騷發得比平常少。艾達整路喋喋不休講她男友米可的優點，他現在十二年級，以後想當資訊工程師。他患有嚴重痔瘡，一百九十五公分高，至今還找不出如何讓四肢與動作協調的方法。每當有人找他講話，他總是滿臉脹紅，並會因爲自己活在世界而感到羞恥。但這一切都無損艾達對他的愛，她竟能在兩個半小時裡面，不停興高采烈談著一個連嘴巴都張不開的男孩——張不開講話，也張不開親吻。

貝蒂娜聽了艾達對她所講的一切，深受感動，她深諳這是信賴的證明。回想當初，她在艾達這個年紀的時候，瘋狂愛上班上的化學女老師，在絕望透頂之下，講話開始大舌頭兼結巴。目前看來，艾達情況好多了。他們中途停下三次，因爲艾達的手機鈴響，顯示是「小米」（她嘴上叫他「小麥」）來電，艾達一看，馬上衝進樹叢，私語十分鐘，最後才脹紅著臉出來。一個人對著電話能講到這麼激動，讓貝蒂娜無從想像。

過了蒙特貝尼奇，經過一座馬場往山下走時，小揚發現一隻烏龜。他撫摸龜殼，輕搔烏龜下巴，烏龜很喜歡被這樣摸，所以猛對小揚拉長脖子。小揚滿心歡喜，一經貝蒂娜首肯留下烏龜，簡直欣喜若狂。他在褲袋裡塞了很多綠草，全部塞滿滿，兩隻手掌像捧生雞蛋一樣小心捧著烏龜。趁艾達偶爾喘口氣，她的小米電台短暫停播之際，小揚就跟貝蒂娜討論要幫烏龜取什麼名字。

他們就這樣一路穿越聖文千隄。貝蒂娜已略感疲倦，但小揚和艾達都絲毫感覺不到長途跋涉的辛苦，畢竟他們正分別和愛人與寵物忙得不可開交。

就在村界出口，貝蒂娜彎進一條路，她認爲這條會通往正確的方向。地圖上雖然指的是另一條以村中心爲起點的路，但她們一直找不到。

過了半個多小時，他們突然來到一棟房子前，位置偏僻，隱匿在一座小山丘後。貝蒂娜沒預期這一帶會有房子，這一路上到剛剛爲止完全沒看到。她瞬間有種站在他人土地上的壓迫感。小揚和艾達兩人嘰嘰喳喳講個沒完沒了，貝蒂娜則四處張望，看附近有沒有人，好請對方原諒他們的失禮打擾。

她走過屋前時說：「別那麼大聲。」

安利可坐在無花果樹下，翹著二郎腿，面露友善微笑。

「哈囉！」他說。「歡迎光臨！通常不太有人會迷路到這裡來。你們看起來口很渴喔！」

受到這麼熱誠的歡迎，令貝蒂娜十分意外，也很驚訝對方馬上用德文跟她們講話。

她一開口就問：「你怎麼知道我們是德國人？」

「看得出來。」安利可微笑著說。「但是不只如此，我還不小心聽到你們聊天的片段。請過來坐一下嘛。」

「謝謝。」貝蒂娜開心接受邀請而坐下，小揚和艾達也坐了下來。安利可端出水、果汁以及義式鹹糕點，他家裡都會固定存放義式鹹糕點，以便麵包吃光還有替代品。

接下來他們輕鬆愉快地閒聊，連小揚和艾達都會偶爾插幾句話。三人馬上對安利可產生好感。貝蒂娜說，他們住在山羊山莊其中一棟優美度假屋，安利可回說，好個令人愉快的湊巧，他對山羊山莊很熟，因爲其中一棟房子正是他蓋的，或者應該說是他翻修的。

貝蒂娜得知他來自德國，現隱居在此，當建築師，目前一人看家，他太太去看父母，會有好幾天不在。他談及他在偏僻孤寂中所過的簡單生活，講到他希望遠離他過去的商場生活，只擁有少量家當，盡量不要使用文明的成果，例如收音機、電腦，甚至能不用電就不用。

小揚和艾達瞪大眼睛看著他，彷彿遇到外星人。天啊，沒電視沒電腦的生活耶！眞是瘋了！這樣的生活在兩人看來根本不可能，但是貝蒂娜被這男人的魅力所吸引。

小揚把他的烏龜受洗命名爲「哈利」，他讓哈利在屋後的長草堆裡面爬，但視線放在牠身上片刻不離，因爲牠爬得很快，小揚怕牠跑不見。安利可告訴小揚如何辨識烏龜特別愛吃的蒲公英，後來切了蘋果薄片，哈利餓得三兩下吞光光。

「這幾天再來找我玩喔。」安利可對小揚說。「下次來，我幫你蓋一個烏龜的家，讓你的烏龜在山羊山莊能自由活動，不必一直盯著牠看。你一直怕牠跑掉的話，眞的很不妙！」

「眞的嗎？」小揚問。他幾乎無法相信這個陌生叔叔會願意幫他這種忙。

「眞的。」安利可親切地摸摸他的頭髮。

貝蒂娜無意間低頭看錶，嚇一大跳，他們已經講了三小時，完全忘了時間。回程又要走那麼長一段路，貝蒂娜累死了，深覺自己休息這麼久後已經走不動半步了。

安利可提議載他們回山羊山莊，貝蒂娜覺得這樣有點尷尬，可是看安利可的樣子似乎眞的很樂意載他們，於是她接受了提議。

回程路上，安利可說：「你們回家之前能再來玩的話，我會很高興。今天下午跟你們過得很開心！」他從後照鏡觀看後座的小揚，還對他眨眨眼，小揚回以笑容。艾達早已睡著。

「我們希望還能再來。」貝蒂娜說。「我會跟瑪萊珂說說看。」

「好啊，我說過了，你們來絕對不會打擾我。」

整個下午他們自然而然地聊天。貝蒂娜覺得坐在對面的不是陌生人，反倒像是多年老友。

安利可沒有直接把車開到屋前，而是停在進入山羊山莊的小岔路上。

「請別怪我沒把你們載到門口。我很久沒見到艾柳諾蕾了，她人很好，我很喜歡她，可是萬一被她發現我在這裡，那我得待一整晚，現在的我承受不了這麼多，我今晚想讀點書。」

「沒關係。」貝蒂娜回答。「我可以理解，你載我們回來我們已經很高興了，謝謝，萬分感謝。希望我們日後能有機會回報你。」

「一定有的。」安利可微笑著說，然後掉頭遠去。

當天晚上，貝蒂娜和瑪萊珂在陽台上坐了很久，瑪萊珂把腳架高，展現罕見的沈默。一陣風吹來，戶外油燈隨之搖曳閃動。貝蒂娜談著安利可。瑪萊珂從未見過貝蒂娜對男人如此著迷。

「妳非得認識他不可。」貝蒂娜陶醉地說。「他是一個非常有意思的男人，我確定妳會喜歡他。能在偏僻山林裡遇到這麼有趣的人，不是很棒嗎？」

86

安娜和哈拉德驅車回王冠谷時，天色尚明。他們逛了好幾家建材超市，最後哈拉德買了兩個他認爲大小剛好的孔蓋。

「雖然這套排水系統基本上了無新意，」他把蓋子丟到車後座時一邊說，「但我們總不能每年只爲了清理水池就把孔蓋打壞，我們這位偉大的建築藝術大師，目光狹隘短視近利，對他來說，池子做好不漏水最重要，一年後發生什麼事完全與他無關。」

「你別拿他當箭靶。」

「這樣說吧，我不認識他，或許他人很好，的確有可能，但是如果光憑他的作品來評斷他這個人，我對他可不太激賞。」

安娜和哈拉德中途還停在布奇內吃披薩，他們點的披薩直徑五十公分，皮薄料少，若撇開這個不論，吃起來倒是美味絕倫。

「我現在迫不及待想來杯冰啤酒。」他們在開進王冠谷的下坡路時，哈拉德說。「妳冰箱裡有嗎？」

安娜搖頭。「對不起，我忘了幫你買。」

「跟我說說凱伊這個人吧。」哈拉德冷不防地說。「他是怎麼樣的人？」

「現在別談他。」安娜說。「拜託別說這個。他是個很棒的人，輕鬆開朗，我想他是個好朋友，可是我現在不想談。」

安娜下車後直接走向泳池。哈拉德拿著安娜的手提包、孔蓋和路上買的蔬菜，跟在後面慢慢走。

安娜站在池畔，文風不動望著池底。一動也不動，像被催眠似的。

「安娜！」哈拉德大喊，「怎麼回事？」但安娜沒反應。他接連喊了幾次，越喊越大聲，但她頭抬也不抬，彷彿被閃電擊中，化成石頭般立在那裡。

哈拉德鬆手，拋下東西，快步衝向安娜。

他手攬住安娜肩膀，往池子裡一望。水泥池底現已乾涸，露出淺灰色，上面有個眞人大小的男孩圖樣，不同大小的碎石、花粉、泥土構成一幅清晰可辨的人像。人像上的男孩穿著汗衫和短褲，一頭金髮。大量黃色花瓣撒在他臉部周圍，用來顯示他的金髮。

「你現在還認爲我發瘋、歇斯底里嗎？」安娜的鼻翼慘白，彷彿隨時會暈倒。

「不會了。我們離開這裡吧。」他緊抓安娜手臂，領著她慢慢走向屋子。她毫無反抗任人擺布。哈拉德讓她坐在餐桌前，倒了一杯水給她。「喝一口吧，妳臉色跟牆壁一樣白。」

然後他坐到她身旁，握著她的手。安娜的手很冰冷。「我們來仔細想想，慢慢想，一點一滴想，別害怕，我不會再當妳發瘋了，我也親眼看到這裡事有蹊蹺。妳能解釋那代表什麼意思嗎？」

安娜搖頭。

「可不可能是那怪女人又來了，就是那個不會講話、偷了照片的女人？」

「當然有可能。她偶爾會來。我不是告訴過你，她有幾次把玫瑰拋進水裡？」

「妳知道我在想什麼嗎？」

「跟我想的一樣。」

「可是我不願相信。」

「我也不願意，但要怎麼解釋這發生的一切？我們得把池底挖開，哈拉德，不然我們永遠不得心安，我現在眞的很想知道那底下是否有什麼東西。」

「妳覺得會有什麼？」

「我不知道！」安娜火大了起來。「這鬼池子應該挖得開吧！又不是蓋來永久保存的！」

哈拉德說出他的想法。「用那把十字鎬絕對行不通，我得花四個星期才會有像樣的結果。我們需要怪手，這是唯一可行的辦法。」

「那我們去調一輛來。」

「妳得有心理準備，一挖下去，明年整個夏天都不能游泳嘍。」

「我無所謂。」

「假如我們現在把池底全挖開，等妳要蓋一座全新且設計合理的池子，得提出申請，這一申請，肯定得等好幾個月，甚至一兩年。那樣我們得考慮去搶哪家銀行才有錢蓋泳池，接著才能動工。說不定會有兩三年沒游泳池可用。」

「我都無所謂，反正只要我一直覺得那底下……嗯……」她在找適當的字眼，不想把縈繞在心頭的可怕東西說出口，「嗯……只要我被迫一直想像那底下有某種東西，我就不會下水游泳。」

「好吧，妳有認識的怪手司機嗎？」

「沒有。但假如你不反對，趁天色還亮，我爬上山打電話給凱伊，他也兼做工地監工，可以馬上幫我找一個來，這點我非常確定。」

「益友不可缺，有了益友萬事通。」哈拉德邊說邊笑。「好，去吧，去打電話給他，讓王冠谷這裡的怪事盡快結束。」

87

瑪萊珂痛得整夜睡不著。凌晨四點她急需止痛藥，於是把貝蒂娜叫醒。貝蒂娜幫她拿來藥片和一杯水，躺回床上隨即睡著。

瑪萊珂躺著，神智清醒，不斷思索。這個殺人狂，竟在這一帶胡作非爲，他傲慢猖狂，對自己很有信心，所以壓根沒有逃亡或至少變換作案地點的念頭，不然這兇手就是與家人同住，和這裡有地緣關係。由於至今沒有可用的線索，所以假如艾柳諾蕾和安娜所說的話足以採信，那麼可以很肯定地說，兇手是在自己家裡把孩子殺死，然後在鄰近地點毀屍滅跡。他時間充足，沒被目擊，覺得穩操勝算。如果是這樣的話，那麼他不太可能與家人同住。

如果說殺了幾個小孩的是一個養家活口的義大利父親，對瑪萊珂而言也不合理。若說是一個傲慢自大的單身漢，住在偏僻的房子，可以在家大搖大擺毀屍滅跡，這樣聽起來可信度較高。

瑪萊珂心想，假如我和孩子們住這裡，我每分每秒都不得心安。她靜靜躺著，試圖全身放鬆，緩緩呼吸，但仍然睡不著。

到了七點，瑪萊珂穿著浴袍，屁股著地一階一階移動下樓，然後一跛一跛跳著到露台上。正好趕上旭日東升。瑪萊珂邊做著深呼吸，邊把夜魔趕出她的腦海。一切都很美好，全家人健健康康，共同來這個優美的地方度假，她的腳也會好起來的。萬一不行，她就請幾天病假。多年的警察生涯中她從沒請過病假，不過休息休息對她一定有好處。

八點一到，貝蒂娜起床做早餐。

「我還得去醫院一趟。」瑪萊珂說。「腳有點不對勁，得請院方再幫我的腳檢查一次，也許他們疏漏了什麼，但顯然固定姿勢、冰敷和信賴他們都對我沒幫助。」

「好，」貝蒂娜回答，「沒問題，我載妳去。」

「不用，我覺得我跟艾柳諾蕾去比較好，那家可怕的醫院，她摸得很熟，醫院很大，大概是一座核電廠、聯邦就業輔導中心和法蘭克福證券交易所加起來那麼大。而且艾柳諾蕾會一點義大利文，有狀況她都會應付。如果是我們兩個大美女去，一定會暈頭轉向。」

「好吧，」貝蒂娜笑著說，「不過我今天待在這裡，坐在露台上，一邊休息一邊等妳回來。」

「小揚和艾達怎麼辦？他們要做什麼？」

「不知道，再問他們吧。」

早餐時，小揚和艾達眼睛都還張不開，情緒不佳，對當天活動安排完全沒意見。

九點時，瑪萊珂和艾柳諾蕾去蒙特瓦爾齊，貝蒂娜讀著專為度假而買的通俗小說《聖殿春秋》，才讀了前一百頁她已哭得像淚人兒似。

艾達坐在廚房，正在寫一封萬里長信給小米，小揚蹲在陽台上和不斷企圖逃跑的哈利玩，一副很無聊的樣子。

「我可以去騎腳踏車嗎？」過了一會兒他問。

貝蒂娜暫停閱讀，抬起頭來，然後摘下閱讀眼鏡。「騎腳踏車？你怎麼會想騎腳踏車？」

「艾柳諾蕾有一輛越野腳踏車，停在屋後她廚房門邊。她說過，如果我想騎，可以拿去騎。」

看小揚這麼無聊，貝蒂娜覺得內疚。「好吧，可是你要騎去哪裡？只是在這附近繞繞嗎？」

「我可以騎車去找安利可，他說過，假如我再去找他，他要幫我蓋一個家給哈利。我可以跟他一起蓋，晚一點妳再來接我。」

貝蒂娜想了想，這主意不錯，小揚在安利可那裡有人照顧著，又有正事做，等瑪萊珂從醫院回來，她倆可以一起開車過去，這樣瑪萊珂也可以順便認識安利可。

「你知道路嗎？」

「當然！」小揚覺得這個問題有點污辱他。「一開始一路直走，過了蒙特貝尼奇，往聖文千隄的方向，過了聖文千隄再馬上右轉。怎麼可能會迷路？」

「好吧好吧。」貝蒂娜嘆了一口氣。「我不反對你騎車去，可是要小心騎，聽到了嗎？別騎太快，尤其轉彎的時候要特別注意，騎在碎石子路上很容易滑倒！」

「知道了！」小揚很興奮，馬上跳起來親貝蒂娜臉頰一下。「讚喔！妳能幫忙照顧哈利嗎？」

貝蒂娜點頭。小揚把哈利放回洗臉盆，昨晚哈利也在裡面和一堆蒲公英過了一夜。小揚跑步繞到屋後去牽腳踏車。

幾秒之後他又出現。

「再見！」小揚揮手道別，一躍跨上了腳踏車。

「最晚今天下午我們會去接你，好不好？」

「好！」

「代我問候安利可。」

「我會的！」小揚踩上踏板，沿屋後的坡道奮力往上騎。

貝蒂娜閉上眼睛，享受灑在肌膚上的和煦秋陽。她還沒發現小揚沒帶手機，留在裝烏龜那個臉盆旁邊的地上。

88

怪手十點左右轟隆隆地順著下坡路駛進王冠谷，凱伊開車跟在後面。哈拉德和凱伊見面握手，四目交接，彷彿在說：「我知道你是誰，你也知道我是誰，但我們現在暫且別相互廝殺。」

安娜有點惶惶不安，但是她藉由忙裡忙外來掩飾，一下忙著煮咖啡，一下在廚房和胡桃樹下的桌子間來回奔波，次數超過實際所需。

凱伊向怪手司機解釋工作內容，接著司機開始動工。他操縱怪手先把混凝土層剷破一個洞，接著挖成一塊一塊。

安娜、哈拉德和凱伊默默站在池畔，觀看怪手逐漸剷除池底。

安娜目睹的首先是艾菲爾鐵塔的一小部分，她隨即尖叫一聲，緊緊抓住哈拉德的套頭毛線衣，彷彿很怕自己會前傾墜下去。

「是那件巴黎買的汗衫，是菲力克斯的汗衫，我們在巴黎幫他買的，那年耶穌受難日他穿的就是這一件。」她手指著池底，結結巴巴吃力講著。

哈拉德把安娜推進凱伊的懷裡，對他說：「把她抱緊！」

怪手司機無動於衷，繼續施工。由於戴著耳罩，怪手製造的聲音又大，導致他既沒聽到安娜的尖叫，也沒注意到剛才的騷動。

「住手！」哈拉德大吼，但怪手司機完全沒聽到，絲毫不受影響地繼續工作。接下來，哈拉德衝向怪手對面的池邊，像領航員要指引飛機緊急煞住那樣用力揮著手。

司機停下怪手，摘下耳罩。

「先休息一下。」凱伊用義大利文說。怪手司機聳了聳肩，爬下座位。他尚未發現池裡出現了什麼。

怪手司機點了一根菸，看著哈拉德跳進池裡。哈拉德接下來用十字鎬把破裂的水泥一塊塊翻開，汗衫、短褲、最後整個小軀體逐一出現。水泥把屍體完整保存下來。毫無疑問了。他們找到了菲力克斯。

安娜沒哭。她雙手交叉在胸前，凝望著泳池，呼吸困難。凱伊一手攬住她的肩膀，將她緊緊抱住。哈拉德單手撐著池壁，試圖接受自己死去的兒子就躺在他跟前的事實。怪手司機猛扯頭髮，低聲地說：「喔，天啊。」

安娜癱坐在地，全身無力，徹底崩潰了。接著抬頭望向凱伊，面如死灰，一片慘白。「安利可殺了他。」她沈沈地說。「我們卻一直相信著他。」

怪手司機用拇指和食指把菸捻碎，拔腿狂奔，直接沿著泳池後方一條羊腸小徑跑上山。大家都沒去注意他。

安娜、哈拉德和凱伊三人默默無語數分鐘，一直無法相信菲力克斯真的被灌漿埋在這池子裡。

安娜首先打破僵局，她爬進池子，小心翼翼摸著屍體，直到這一刻，她才放聲大哭。

哈拉德用夾克袖子擦臉，輕輕把手放在安娜肩上說：「我們走，帶我去他住的地方，我要找他當面算帳，他死定了。」

哈拉德爬出泳池，怪手司機從山上跑下來，上氣不接下氣地用義大利文說：「我打了電話，在路上了，憲兵隊在路上了。」

安娜一臉茫然看著他，似乎不懂他說什麼。凱伊點一下頭，哈拉德則火冒三丈：「你這王八大笨蛋，你做了什麼？叫警察來？關你屁事啊！」他的臉氣得脹紅。「這裡躺著我們死去的兒子，」他繼續大吼，「我們找他找了十年，而你，竟給我打電話叫憲兵隊來？這是我的問題，不是你的，你這智障！」哈拉德氣得講話聲音都走調了。「我現在就去找殺了我們兒子的兇手，把他的鳥蛋割下來，然後才由我來打電話給憲兵隊，由我來打，懂不懂啊你！而且我高興什麼時候打就什麼時候打！也許半個小時後，也許一個小時後，甚至明天！等我認爲報警是正確的，才由我來做！你這個義大利笨豬！」

安娜從沒聽過哈拉德這樣大吼大叫。他衝向一句都沒聽懂的怪手司機，一把抓住他的外套，似乎要揍他，但凱伊上前阻止。

「住手。」凱伊警告他。「這個人又沒做錯，他只是做了他認爲正確的事。況且我也認爲他確實做得很正確。得先等警察來，然後我們再看怎麼辦。你恨不得把安利可的脖子扭斷，我很能理解，我也不會阻止你。」

哈拉德以彷彿看到鬼的眼神瞪著凱伊，最後他點頭。「好好好好好。」一說完便崩潰倒下。

下午兩點左右，艾柳諾蕾和瑪萊珂回到山羊山莊。瑪萊珂的腳打上石膏，照超音波後診斷顯示，她是跟腱斷裂。瑪萊珂心情大好，現在至少知道自己哪裡出問題，曉得該怎麼做。腳裹石膏，三個星期很快就會過去。

瑪萊珂很詫異，回來時竟不見小揚像往常一樣撲上來，貝蒂娜要瑪萊珂別操心，她說小揚騎腳踏車去找他們昨天認識的新朋友安利可了，兩人準備一起幫哈利蓋一個家。她們下午再去接他回來。

「什麼？」瑪萊珂大叫。「妳讓他單獨在這一帶騎車去找一個素昧平生的人？妳和那個人昨天可能只講了一個小時話而已。妳瘋了嗎？」

貝蒂娜被瑪萊珂這突然發飆嚇呆了。「我完全不知道妳在想什麼，還有妳憑什麼這樣對我吼？他就是騎腳踏車啊，那又怎麼樣？他的年齡已經可以騎腳踏車了，況且這裡到處都是登山步道或健行步道。在柏林的時候，他還不是騎腳踏車去足球場，妳也沒囉哩八嗦。現在他騎車去找的這個男人，我不但認識，而且覺得他人很好。瑪萊珂，到底有什麼問題？」現在換貝蒂娜生氣了。

瑪萊珂慢慢坐到躺椅上，把打了石膏的腳架高，腳裹在石膏裡面脈搏動得很厲害。「問題在於，」她說，「這個地區，就在這附近，半徑二十公里的區域內，極可能有一個殺童魔在為非作歹。已經有三個年齡和小揚相仿的男童失蹤，完全沒有線索。艾柳諾蕾告訴我這件事，後來我去找其中一名失蹤男童的母親談。我沒跟妳說，是不想因為我度假時還在忙這些事而又惹妳生氣。」

「妳應該早告訴我的。」貝蒂娜用低沈急促的嗓音說。「不然我就不會讓他去了。」

廚房門開著，艾達站在門口聽到貝蒂娜和瑪萊珂的對話。「我的看法和貝蒂娜一樣，」艾達說，「我也相信安利可沒問題。」說完便望著瑪萊珂。「妳不覺得妳誇大過頭了嗎？不覺得妳越來越常想著每棵樹後都藏著殺人兇手？我覺得這樣久而久之會很變態！」

「希望妳說得對，希望是我誇大過頭，希望全都是我的幻想。妳們有安利可的電話號碼嗎？假如我知道小揚平安抵達，我就可以大大安心。」

「安利可沒有電話。」貝蒂娜說。「只有手機，可是他只在最緊急的時候才會開機。他需要清靜，所以聯絡不到他，也許他有電話恐懼症。」

「打電話給小揚，他有帶手機嗎？」

貝蒂娜搖頭。「我剛剛在地上找到他的手機，他把手機忘在哈利的盆子旁邊了。」

「媽的！」瑪萊珂氣得用力捶躺椅。昨晚的想法再度閃過她腦海。電話恐懼症！傲慢自大，不想受人打擾的單身漢。好，就算貝蒂娜說過，他太太正在德國父母家，但這也可能不是眞的，要亂掰大家都會。

「我們開車去吧！」瑪萊珂說。「拜託嘛！」

「現在就要去？」貝蒂娜看手錶。「現在才兩點！我告訴小揚，我們下午晚一點去，他一定會生氣的……」

「的確，我很可能因爲職業的關係過於敏感，認爲每棵樹後都藏著殺人兇手，可是，貝蒂娜，我現在非去不可，我想馬上出發！」她的語氣極爲激動。

「好吧，我沒意見。我先去拿我的東西。」她走進屋裡。

艾達背起她的粉紅色背包。「我也一起去。」

「不行。」瑪萊珂說。「妳留在這裡。先別生氣，萬一小揚回來了，我希望有人在這裡等著。」

艾達點頭，把背包卸下，找了一塊石頭坐下，望著林木茂密的山丘，一臉哀傷，讓瑪萊珂看了很心碎。

90

她們開上梅里雅之家時，貝蒂娜按了兩次喇叭。「以免突然嚇到他們兩人。畢竟平常這裡都沒人經過。」

她直接停在屋旁，隨即下車。「安利可！小揚！」她大聲喊著，可是沒人回應。

瑪萊珂花了較長時間才順利下車，拄著枴杖跛行到屋前。

「沒人在。」貝蒂娜說。「安利可的車子也不在，眞奇怪。」

瑪萊珂感到內心湧起一陣恐慌。她對自己說，千萬保持冷靜，妳現在的反應不能像個母親，要像個警察，妳知道怎麼做的。「我們先繞房子走一圈。」她對貝蒂娜說。「妳去四處看看，假如發現異狀，或發覺和昨天有什麼不一樣的地方，要趕快告訴我。」

貝蒂娜先走，瑪萊珂一跛一跛跟在後面。「沒異狀。」貝蒂娜說。「我看不出有什麼不同，話說回來，我昨天當然不可能看那麼仔細，我怎會料到……」

瑪萊珂眼看貝蒂娜開始哽咽，於是勉強地說：「沒關係。」然後走到大門，抓住門把往下轉。門是開的。「妳待在外面，假如有人來趕快告訴我。我進去裡面看一看。」

瑪萊珂說完便走進屋裡，貝蒂娜在屋前來回踱步，同時視線不離入口小路。

瑪萊珂全身顫抖，但她逼自己把這整棟屋子迅速且專注地搜一遍，這種事她過去在別棟房子已做過許多次。柺杖在搜尋時妨礙不大，可是她由衷希望不會到必須逃跑的地步，拄著柺杖要逃，希望渺茫。

她從廚房開始。儲物櫃只有一個，裡面存放的食物少得驚人，甚至不及基本所需；一個碗盤櫃，洗碗槽底下放著僅有的一條抹布和洗潔劑；兩個抽屜，一個放刀叉湯匙，一個放蠟燭，全部東西就這樣。沒錢、沒雜誌、沒隨便放的書本，連可以翻找的箱子都沒有。瑪莉珂感覺不到這個廚房平常有人吃、喝和活動的痕跡。

在還沒擴建完成的未來客廳裡，她找到一個木箱，裡面裝床單、毛巾和幾本書。杜斯妥也夫斯基的《罪與罰》、喬伊斯的《尤里西斯》、羅伯特．史耐德的《安眠的兄弟》和大仲馬的《基度山恩仇記》。除此之外，整個房間空蕩蕩，壁爐也沒使用過。

到了隔壁房間，她馬上看出這裡曾有女性住過。有一張充當書桌的桌子，上面擺著一個花瓶，插著一束未凋謝的秋牡丹。由此看來，這個女的才離開不久。兩支鋼筆、數支原子筆和鉛筆插在一個造型漂亮的水晶杯裡，書桌中央放著信紙，旁邊一疊雜誌、白紙和幾個資料夾。瑪莉珂翻看著那疊東西，突然嚇了一大跳。她馬上認出照片上的男孩，是菲力克斯的照片。他站在岸邊，搞笑地展現他的肌肉。

瑪莉珂心想：我就說嘛。是他私闖王冠谷，把照片偷走後藏在他太太的東西當中。

卡拉房間地上還放著一些未開封的箱子，瑪莉珂一邊翻看箱子一邊繼續思考。

安利可不知道要把照片放哪裡，所以夾在她的東西裡？假設他的太太不存在，那麼這張就是他的桌子了。很女性化的桌子。是一個同性戀嘍，殺了小男童，說不定還強姦了他們。瑪莉珂越想越覺得合理。

她突然冷汗直流。這裡發生了什麼事？小揚和安利可在哪裡？

臥室地上放著一塊床墊，上面有安利可的外套和褲子。除了這裡，找不到安利可存放私人物品的地方。

最後瑪萊珂來到安利可的工作間，相對於房子裡設備貧乏，這裡的配備倒是齊全得令人意外。接下來的工作雖然辛苦，但她強迫自己一定要做，她按照數十年前在警察學校所學的，把裝了不同螺絲、螺絲壁虎和釘子的小罐子一個個打開來看。藏匿特殊鑽石的最好地方是哪裡？藏在一堆鑽石之中。

他們去了哪裡？貝蒂娜思考著。也許只是去商店買些螺絲、材料來蓋烏龜的家。這是有可能的。但為何小揚的腳踏車沒留在這裡？假如只是要買點東西，應該不會把腳踏車騎走的。又假如他們是去散散步，或一起騎車晃晃，那為什麼安利可的車子不見了？

或者，小揚根本沒騎到這裡，又湊巧安利可不在家？

她開始焦急祈求上天。童年時期以來，她從沒這個樣子過。

事後貝蒂娜已說不清，女友從進屋到出來是過了半個小時或僅短短數分鐘。瑪萊珂手裡拿著一個小盒子。貝蒂娜永遠無法忘記瑪萊珂此刻的表情。當瑪萊珂一跛跛向她走來，無語看著她時，她已知道發生了可怕的事。是牽涉到小揚的慘劇。

「雖然我現在找到的東西得先經過檢驗室化驗過，才能百分之百證實。」瑪萊珂說。「但是貝蒂娜，請相信我，這裡住的正是那個殺童魔，那個在德國殺了三個小男孩，在義大利至少也殺了三個小男孩的兇手。假如沒有奇蹟，那麼小揚正是他下一個受害者。」她打開手上的盒子。「妳看仔細，貝蒂娜，這些是他的戰利品，六顆犬齒放在一小塊絨布上。我敢說，這些牙齒分別是丹尼爾、本雅明、弗羅里安、菲力克斯、菲利普和馬爾科的。」

91

安利可帶他去看的房子，門窗都用磚封死了。小揚覺得整棟房子看起來死氣沈沈，陰森可怕，但另一方面，從其中一個已無窗框的窗口爬進屋內，對他來說緊張刺激又恐怖。

屋內又暗又潮濕，有霉味，又帶點酸腐味，聞起來就像家裡食物儲藏室裡的罐頭櫃子後面死了一隻老鼠，屍體正慢慢腐爛。

「在這裡等一下。」安利可對小揚說。「我去車裡拿點東西，馬上回來。」

安利可從窗戶爬出去，小揚蹲坐在地板上，視線不佳，腳下是泥土地，感覺不出地板到底是潮濕或只是冰冷。他沿著牆慢慢摸索前進，臉突然陷入蜘蛛網裡，害他噁心得猛甩頭。他費了好一番工夫，試著把黏在頭髮上的蜘蛛網弄掉，無奈蜘蛛網卻像棉花糖黏牙一樣黏在他指間，只不過棉花糖是甜的，而且一點都不噁心。正當他考慮要不要乾脆從窗戶爬出去時，安利可就回來了，他點了一根蠟燭，小揚這時才看到他還帶了什麼進來。一條被子、擦餐具的抹布、一瓶水、一瓶格拉帕、繩子和一只鉗子。

安利可在燭光中露出微笑。「你得小聲點。」安利可輕聲說。「不能讓別人知道我們在這裡，這是一個充滿神奇力量的神祕地方，得先在這裡待上一晚，才可以許願，這個願望將會實現。」

小揚嚇了一跳。「我不能留在這裡！貝蒂娜會來接我！」

「去哪裡接你？」

「去你家！」

「她什麼時候要來？」

「今天下午，我不清楚確切時間，可能三點或四點。」

「你爲什麼都沒告訴我？」

「之前一切來得那麼突然，而且你說我們馬上就會回去。我能不能改天再來？」

「不行。」

「可是我不能留在這裡！」小揚開始顫抖。他知道貝蒂娜和瑪萊珂很快就會擔心起來。有次他看到貝蒂娜哭，很可怕，他不想再經歷一次。那次是艾達說要去女同學家過夜，可是瑪萊珂十一點打電話去那個同學家時，都沒人接電話，到了十二點，還是沒人接，一點，兩點，一直沒人接。瑪萊珂打電話打到手幾乎快斷掉，貝蒂娜坐在客廳地毯上哭泣，手裡抱著艾達最心愛的大象娃娃。過了三點，瑪萊珂拜託幾個同事幫忙出去找艾達。小揚則待在貝蒂娜身邊，而她根本冷靜不下來。直到那次，小揚才知道一個人能多絕望、多傷心。

凌晨五點，瑪萊珂帶著艾達回家，是在一間舞廳發現她和那個女同學的，兩個小女生做夢都沒想到偷偷去舞廳居然會被發現。

瑪萊珂當夜一聲不吭，默默上床睡覺。貝蒂娜一抱住艾達才開始放聲大哭。那幅景象令人難以忍受。小揚當時暗暗發誓，絕對不會害貝蒂娜再哭成這個樣子。

「不行。」他小聲說。「眞的不行，明天說不定可以，貝蒂娜一定會准我在這裡過夜的，我還可以帶個睡袋來。」

「你話太多了。」安利可說。「說話的孩子讓我覺得很煩。」

小揚閉上嘴，他從沒想到和藹的安利可會講這種話。

「去被子那邊！」安利可發號施令。「趴在上面！」

「爲什麼？」小揚逐漸毛骨悚然起來。

恐懼彷彿一隻冷冰冰的手緩緩在他背後摸著上來。

「我叫你做什麼你就乖乖做！」

小揚趴在被子上，他緊張得心臟快跳出來了。

安利可抓住小揚的雙手，以熟練的動作將他雙手反綁在背後，小揚試圖反抗。「給我住手。」

安利可壓低聲音。「否則我會讓你痛得受不了！」

小揚躺在地上，雙手雙腳被緊緊綁住，嘴巴還被塞了一條抹布，安利可從袋子裡抽出一把刀，把小揚的衣服割破。

「媽媽，」小揚腦子裡祈求著，「救我出去，拜託來救我！妳不是每次都知道兇手是誰而且在哪裡嗎？而且妳有槍！瑪萊珂！貝蒂娜！艾達！拜託來救我！」接著他想起哈利，臉盆裡的小烏龜跟他現在一樣被關起來了。「假如我逃得出這裡，」他發誓，「我會放你出去，一定會放你出去，那你就不必跟我們回去德國了。」

他試圖跟自己的命運談條件，現在已想不出更大的犧牲了。

安利可彎下腰向他趨近。小揚在燭光中看見他冷酷的眼神。他爲什麼不看我？小揚暗自思索。他爲什麼看起來這麼奇怪？

這一刻他明白了，他再也無法活著走出這棟黑漆漆的房子。

92

瑪萊珂從口袋拿出手機，正想打電話通知警察時，看到兩輛轎車開著下來。一輛私人轎車，一輛憲兵隊車。

私人轎車裡坐著凱伊和哈拉德，安娜留在王冠谷。瑪萊珂和貝蒂娜得知他們在王冠谷發現了菲力克斯的屍體。凱伊充當翻譯，瑪萊珂向義大利警方簡單表明身分，並說明她兒子落入殺人嫌犯手中，極可能遭遇重大危險。

警方旋即展開搜索，這是翡冷翠、艾列佐和席耶納這塊三角地帶有史以來最大規模的搜索行動。直升機在王冠谷和梅里雅之家之間的區域盤旋尋找安利可的車子，但是他和小揚藏身的屋旁有一個傾頹棚架，他把車停在裡面，從空中根本看不到。一個小時後，從翡冷翠調來的警犬群加入行動，對整個區域進行地毯式搜尋，駐守於琵恩察的軍隊晚上六點左右抵達安布拉，也支援警方加入搜索。往羅馬和米蘭方向的連外道路紛紛封鎖，高速公路收費站也設起路檢，廣播電台每半小時播放搜捕安利可的消息，電視上第一、二、三台分別呼籲群眾協尋。

一場和時間賽跑的行動。

93

小揚靜靜不動。安利可喝了將近半瓶格拉帕，並在燭光下觀看小揚。他跟小揚還沒有完呢，還早得很。

小揚躺在那裡，無聲無息地，讓安利可霎時恐懼起來，深怕他死了，什麼都沒發生就悄悄死去。

安利可勃然大怒。不能讓這個小鬼頭壞了他的大事、騙取了他最美的那一剎那。到了那一剎那，躺在他面前的，將僅是一具軀體，早已意志潰散，停止掙扎。那一剎那，這具軀體接受了命運，毫無反抗地邁入死亡。什麼時候死亡，要由他安利可來決定，通常只需幾秒，但是那短短數秒，比一個人所能體驗到的一切更爲縱欲。那幾秒的強度，已足以讓他事後數月心滿意足，輕鬆快樂。正可謂快樂似神仙。

他把腿往前一彈，踢中小男孩的腎臟部位。小揚身體頓時振了一下。看來他還活著嘛。

安利可往後一靠，近乎粗暴地抓住褲子，藉此克制自己。慢慢來。一步一步慢慢來。現在得讓小揚好好休息，否則熬不過他的計畫，那就太可惜了。

他喝格拉帕喝得昏昏欲睡，基本上他可以放膽睡幾個小時。

想當然耳他們會來找小揚，但很有可能等到晚上天黑之後才行動。貝蒂娜信任他。即便他們發現梅里雅之家空無一人，也不會馬上起疑心，貝蒂娜會誤以爲小揚跟安利可在一起很安全。安利可嘴角露出微笑。貝蒂娜很親切，很純眞，是個笨到不行的女人。況且天黑以後展開搜尋毫無意義。這麼一來，他們最快明天一早開始。他確實可以大膽睡幾個小時。他可以在三更半夜繼續未完成的工作，到天亮還有很多時間。太完美了。

他吹熄蠟燭，腦袋完全放空，隨即睡著。

大規模搜索行動由憲兵司令阿爾巴諾·羅倫佐指揮，天一亮即馬上繼續，搜索人員共分四組，第一組負責巡邏與前一日相同的區域，從安利可住處梅里雅之家附近開始，經過聖文千隄，上至蒙特貝尼奇和山羊山莊。第二組監控岩石山莊、索拉塔和伽尼納。第三組負責拉斯科內之家、巴迪亞盧歐提到小村子拉帕雷一帶。第四組人馬採地毯式搜尋王冠谷四周的森林、督朵瓦以及往下直到安布拉的區域。整個搜尋網涵蓋安利可修過或新蓋的房子周圍，包括王冠谷、山羊山莊、拉斯科內之家、岩石山莊以及最後的梅里雅之家。

瑪萊珂和安娜幾乎整夜在憲兵隊度過。凱伊也在那裡，必要時充當翻譯。現在憲兵司令已充分掌握安利可的資料，瑪萊珂給他看安利可的戰利品，即她在他屋裡找到的幾顆犬齒，並解釋爲何她推測德國的殺童魔和義大利這一個很可能是同一人。

菲力克斯的屍體被漏夜送至翡冷翠。凌晨三點，翡冷翠那裡第一批法醫檢驗結果出爐。這時可以確定的是：菲力克斯的犬齒也是死後被拔斷的。至於找到的牙齒，是否其中一顆確實屬於菲力克斯，這時尙無法做出明確的判定。

卡斯騰·許維爾斯當晚漏夜將德國那邊最重要的偵查結果透過電子郵件傳送到義大利。翻譯這些刑案技術細節和法醫報告是件複雜的任務，羅倫佐特地從艾列佐聘請專精於此的口譯專家瑪莉莎·弗睿利。弗睿利女士一個小時後即趕來警局，隨即進行同步口譯，換句話說，她一邊讀德文文件，一邊幾乎直接用義大利文朗誦給憲兵司令聽。

凌晨時分，羅倫佐已充分掌握資訊，便派搜索部隊也前往安利可從前施工的區域。此外，他下令立即挖開拉斯科內之家和岩石之家的泳池。

姜卡羅・彭提奇尼當晚睡得又少又糟，心情也跟著很惡劣。指揮第四搜索隊的他嗤之以鼻表示，重新搜查王冠谷、葡萄園之家、巢穴山莊附近和湖邊只是多此一舉，他們昨天已把湖邊每根草從頭到尾檢查過了。此外巢穴山莊幾年前門窗全用磚砌死了，連貂和狐狸都無法闖入。姜卡羅本身有打獵習慣，對這個區域很熟，他敢打包票說，假如昨天那裡有什麼，他早就發現異常狀況了。

姜卡羅和司令不合，因而對上司做的每個決定都猛加批評反對。他倡議全面搜索聖潘克拉契歐一帶，該處森林較密，較適合躲藏。而且，數年前那裡有一對情侶在車上自殺，雙雙死亡，屍體十天後才發現，主因是車子藏在一處濃密的灌木叢後。那個位置姜卡羅記得清清楚楚，對他而言，帶一個孩子藏匿起來或要毀屍滅跡，那裡是最完美地點。

姜卡羅撥打憲兵司令的手機，說明他認爲搜尋湖邊及其周遭沒有意義，應該鎖定聖潘克拉契歐一帶，疲勞過度的司令聞言勃然大怒，對姜卡羅破口大罵，氣得都破音了，他要姜卡羅乖乖聽命行事，最好完全貫徹命令，否則要親自設法將他調到西西里島的帕雷莫去。司令還表示，他要重新搜查湖邊，自有他的理由。說完便掛掉電話。

姜卡羅乖乖屈從命運。他很明白，羅倫佐人脈很廣，再者，帕雷莫是他最不想去的地方，他可不想年紀一大把了還得跟黑手黨交手。

所以姜卡羅的人馬開始搜索葡萄園之家。這棟房子殘破不堪，現無人居，只在每年一次的橄欖收成季會有人來住。到了屋裡，只見地上有橄欖渣，還有乾掉的辣椒醬、硬得像石頭的麵包、已變成醋的半瓶紅酒，除此之外，他們找不到任何跡象顯示這間屋子過去幾週有人待過。

警犬地毯式嗅尋，遍及葡萄園山莊後方的小路和陡峭山坡上的灌木叢，一路爬坡，最後已很接近通往野豬之家的岔路。野豬之家這裡，全區籬笆圍繞，有數條狗看門，要藏匿在此而不被發現是完全不可能的。

接著搜索隊伍左轉，吃力地緩緩下山，往湖邊推進。

姜卡羅拿起手機打電話給太太。「煮些好料的。」他說。「我壓力好大，沒頭沒腦的四處搜尋搞得我好煩。」

然後他跟在隊員及狗群後面，逐漸往巢穴山莊邁進。

95

小揚在夢中試著把手指伸出鐵欄杆外，壞巫婆不斷咬他的食指，還把痰吐到他臉上，對他大吼：「你這討厭的臭東西，怎麼一直這麼瘦，搞這麼久都不會胖！」

他還要在這裡躺著等多少星期、多少個月，巫婆才要吃他？他也很想聽巫婆的命令去做，很想大吃特吃，可是沒有東西啊，只有冷風和黑暗，暗到他連數手指頭都沒辦法。這樣叫他怎麼胖得起來？

他醒來時，在一片昏黃下看到那男人在睡覺。他不太敢呼吸，以免把那人吵醒。他的胃已痙攣到揪成一團，讓他很不舒服。他不知道自己是不是頭暈，因爲早已分不清上下。

瑪萊珂和貝蒂娜呢，他的兩個媽咪呢，她們都不見了，她們是不是死了，不然早就來接他，讓他不再遭人囚禁了。他還活著，可是只剩他獨自一人，這樣比死還慘。

他試圖身體坐直，可是沒辦法，手腳都動彈不得。這時再度想起來爲什麼動不了。這個叔叔是醫生，把他綁起來開了刀，原因是一條蛇鑽進他屁股裡去，卡在他肚子裡。

「好痛喔。」他大叫一聲，整個人彈了起來，接著再度昏厥過去。

安利可嚇一大跳，迅速站起來，透過牆縫看外面的動靜。天色已亮，他把曾經擁有的寶貴時光白白睡掉了。他一氣之下用頭撞牆，轉頭往小揚方向看去，小揚躺著，身體直接靠在潮濕的牆壁，脖子拉長，嘴巴微張，手指屈抓成爪，眼瞼急速閃動，氣若遊絲。

安利可直覺認為時間不多了，遂心急如焚地思索該怎麼做。把小揚放著不管？試著和小揚一起逃？可是要逃去哪裡？他們一旦找起這個孩子，就會天涯海角四處尋找，那樣他逃到哪裡都不安全。

他們逮不到我的，他邊想邊自我安慰，他們前幾次都沒抓到我，這次也抓不到。

他突然僵了一下，接著趕緊靜止不動，讓自己能聽得更清楚。遠處傳來人聲，聲音緩緩靠近，非常非常緩慢。有狗在叫，另外偶有人吹短聲口哨。

安利可點頭微笑。現在要逃顯然已嫌太遲，他們會槍斃他，如果他這一生有什麼是想自行決定的，那麼就是他的死，他要決定自己的死。假如他不是因為完全無法預知的意外死去，那麼他最不希望的，就是生了一場重病，把他對死亡時間和死法所握有的決定權奪走，至於那些渴望能在有生之年至少用過手上武器一次的野蠻憲兵隊，更休想奪走他的死亡決定權。他也不會把小揚留給他們，小揚現在是屬於他的，正如同其他男童死前都只專屬他一人。不能讓小揚被送進醫院接在機器上，經由暴力救活。小揚得走。在他眼前走。也許走得比其他男孩快，他會賜予他安詳，他會解救他。

小揚已經感覺不到現在正有一隻手含情脈脈放在他脖子上，接著用力一勒。那力道突然一鬆，很快重新勒緊。他已經沒機會再跟親愛的上帝祈禱，也沒機會呼喊兩個母親，或請姊姊原諒之前發生過的許多小爭執。他無法哭，無法反抗，感受不到痛苦和恐懼。他完全陷入兇手的掌控之中。

96

稱之爲命運的諷刺應不爲過：首先在一道黑莓樹籬後面發現巢穴山莊牆上有個洞的人，不是別人，正是姜卡羅。他對同事打了一個暗號，要他們退後，然後他打開手槍保險，放狗先行，狗馬上一隻隻跳進漆黑的屋內。

姜卡羅心裡暗數——二十一，二十二，二十三——正想把槍收回槍套時，突然傳來震耳欲聾、令人心驚膽戰的狗叫聲，緊接著是一陣狂吠猛吠。

姜卡羅勉強擠過牆洞，後面跟著另兩名警察。他心臟爆衝，幾乎喘不過氣來。在兩名員警的強力手電筒照射下，只見安利可身體躬在一個小軀體上方，毫不理會周圍發生的事情。狗蹲坐在他身邊，不斷發出威嚇的喉音，但已不再大聲吠叫。姜卡羅見狀毫不遲疑衝向安利可，用力把他往後推。安利可倒地矯健地滾了一圈，甚至來回搖晃了幾下，彷彿挑釁警方。接下來一切進行得非常快速。姜卡羅訓練有素地握住安利可兩隻手腕，隨即銬上手銬。

其中一名警察負責查看小揚的狀況。「快點去叫醫生！」他大叫。「我覺得，這孩子還有脈搏，很輕微。媽的，他還活著！」

「哦，」安利可小聲說，「和我本來想的不一樣。」他的冷峻傲慢瞬間化爲眞正的錯愕。

97

瑪萊珂回到家時，貝蒂娜和艾達像兩尊石膏像靜靜不動坐在陽台上。瑪萊珂一言不發，貝蒂娜也一句不問，因爲一切都寫在瑪萊珂臉上：沒找到小揚。沒消沒息，毫無線索，仍找不到安利可和小揚。

瑪萊珂坐下，貝蒂娜雙手顫抖著爲她倒一杯溫咖啡。

「目前我們什麼事都不能做。」瑪萊珂說。「完全不能，只能等，還有希望他們快找到他，希望他能活著回來。」她兩手捧住杯子，彷彿想爲快冷掉的咖啡加熱。「難怪他這麼多年來都沒在德國犯案殺人，因爲他跑到義大利這裡來了。因爲他藏在這片山裡，假裝偉大藝術家和隱士。他在這裡完全大搖大擺，直到現在才犯下一個致命錯誤。」

「什麼樣的錯誤？」

「他千不該萬不該，就是不該把他殺人藏屍的房子賣給受害人的母親。」

「爲什麼偏偏是小揚？爲什麼還要找上小揚？」貝蒂娜站起來抱住瑪萊珂脖子。「抱緊我，」她氣虛地說，「我已經快撐不住了。」

「我們還沒輸。」瑪萊珂喃喃說著，緊緊抱住貝蒂娜數秒，這一刻對兩人猶如永遠。

手機響起。貝蒂娜和瑪萊珂兩人同時嚇一大跳。艾達接起電話。「不行，小米，」她說，「我們現在不行講電話，電話不能佔線，我弟弟失蹤了，警察正在找。——好，等找到他，我們可以講電話以後，我會馬上打給你。——當然嘍，拜拜。」

她按下結束鍵，把手機放回桌上。

瑪萊珂過去坐在她身邊，一手搭在她肩上。她說：「希望妳很快就能再跟小米講電話。」

九點，安娜、哈拉德和凱伊來到山羊山莊。他們在王冠谷待不住，原因是那裡無法用電話聯絡，全然無從得知外界發生的事情。

艾柳諾蕾服用兩顆心臟病藥，然後為焦急等待的一群人泡新鮮熱咖啡、烤香腸乳酪三明治。小揚失蹤，加上目前幾乎百分之百篤定多起殺童案兇手就是友善、向來樂於助人的安利可，讓艾柳諾蕾癱軟無力，並引發強烈心悸。

安娜極為沈默，但給人的印象是平和鎮靜。心中的不確定終於畫上句點。她兒子死了，死得非常悽慘，但已成往事，現在她已幫不了他，只希望給他一個莊嚴的墳墓，讓她可以陪伴著他。與世隔絕，不受打擾。在那裡的他將繼續活在她的腦海裡，歷歷在目的他，會跟一九九四年耶穌受難日之前一模一樣。

哈拉德根本靜不下心。向來以醫德為最高行事準則的他，當夜全然籠罩在暴力幻想中，生平頭一遭興起殺人的念頭。他不在乎後果。假如安利可被他逮到，他就會這麼做。

太陽更往上升，露台幾乎灑滿陽光，天氣似乎回暖，好比漢堡的盛夏。

十一點二十三分，瑪萊珂手機響起。憲兵司令在電話另一頭，瑪萊珂默默把手機轉給凱伊，她生怕聽錯或根本聽不懂司令要對她說的話。另外，她覺得自己已恐懼到胃痙攣。

無論消息是好是壞，她都無法好好面對。

凱伊仔細聽，偶爾用義大利文說「了解」或「馬上」或「當然」，但大半時間只見他呼吸沈重，用手撥弄頭髮以及默默對電話裡點頭。其他人全都靜止不動，時間暫停，連風也止住。這一刻世界停止轉動。

等到凱伊終於切掉電話，望向瑪萊珂和貝蒂娜時，可以看到他雙眼泛紅，彷彿喝酒喝了三天三夜。

「他們找到他了。」他小聲地說。「在一棟廢棄屋裡，那裡已經空著好幾年了，離王冠谷不遠。」

「小揚呢？還活著嗎？」貝蒂娜說這幾個字說得快窒息。

「他還活著。」凱伊點頭。「可是身體狀況非常非常糟，仍處於昏迷狀態。不確定他能不能撐過來，救護車正載他去蒙特瓦爾齊。」

艾達雙手掩面，失聲痛哭起來。

「我載妳們去。」艾柳諾蕾邊說邊站起來。貝蒂娜和艾達立即奔向車子。瑪萊珂撐著枴杖跛在後面盡力跟上。

「那頭畜生在哪裡？」哈拉德問。

凱伊聳聳肩。「我猜他們把他送去艾列佐羈押起來了，可是詳情我不清楚。」

哈拉德一拳打在桌上，在露台上來回踱步，像極了一頭籠裡的老虎。

「小揚還活著。」安娜喃喃自語。「這是當前最重要的，至少有一個人逃過一劫。」

後記

二〇〇五年十一月，柏林，莫阿比特區

他住在莫阿比特已有六年，公寓緊鄰後院、花圃，大小三十八平方米。他和滿坑滿谷的蟑螂老鼠分享這個窩，這些室友專吃他的廚房垃圾，但除此之外很低調，顯然牠們不願危害這舒適的共居生活。他只偶爾晚上聽到老鼠嘰嘰喳喳，代表牠們正在搶食廚餘而發生爭執。他很喜歡聽到這些嘰嘰喳喳聲，聽著這些聲音，他很欣慰自己至少不是一個人。

自從他搬到莫阿比特來，就從沒清理打掃過，讀過的報紙從不丟，空啤酒瓶不曾放進回收車裡，空披薩盒也從未丟進垃圾車。這亂七八糟逐漸變得無法掌控，說他被淹沒在垃圾堆裡已經不是誇飾，他已無力改變。家裡垃圾堆得半公尺高，東西散落在整間公寓地板上，他只能盡量去記最重要的東西被埋藏在哪個角落。

他有一個棲身之所，除此之外一無所有。有時他光想到這裡已能稍感滿足。

他走出房子時，總會親切地跟別人打招呼，對方也都親切回禮。但他從不跟別人說話，所以也沒人認識他，沒有人知道他的過去、他的悲慘命運。他是安靜和善的房客，頭髮華白稀疏，看起來像七十歲，實際上才五十四歲。公寓大樓的住戶都很尊重他，因爲他從不在家辦聚會，從不開大聲吵鬧的音樂，也不會把垃圾桶塞爆。

他很重視窗簾是不是隨時緊閉，以免被人看見他幫全棟住戶省下處理費的垃圾堆在哪裡。

若他人生在世有所謂眞正喜歡做的事，那一定是他的工作。三年來，他在州法院當清潔工，在眾多清潔工當中，他是最乾淨整齊、做事最徹底最值得信賴的一員。

挑高的入口大廳總是涼爽宜人，走在裡面對他而言是一大樂趣。每天清早，除了清潔小組外，尚未有人進入法院時，他很喜歡聽自己走在大廳的腳步聲，甚爲享受。這裡空間寬敞，廳柱高聳，站在側翼長廊往下看入口區時，他會頭暈目眩，樓梯寬闊，台階極其平坦，在上面跑跳都沒問題……彷彿他獲准在神聖殿堂工作般，這給了他自由的感覺。

他也喜歡裡面一條條的長走道，走在上面，地板傳來拋光蠟的味道，他的膠鞋每踩一步都會發出尖銳摩擦聲。在法庭裡，他用濕抹布擦過拋光拋得亮晶晶的桌子，他想不出比這個更棒的工作，而且如果被他發現某個角落有灰塵，他絕對會樂不可支。他一絲不苟檢查每個座位、每張斜面桌，把別人遺忘的檔案夾、原子筆、打火機甚至紙巾、半包香煙，全部仔細交給警衛。

只要他在法院，吸著清潔劑的氣味，他就會忘記自己那個堆滿垃圾的惡臭房子。他回到家，只能無所事事，不停發呆，等待隔天上工。

他自稱彼特。彼特永遠值得百分之百信賴。他是很好的工作伙伴，可是下班後從不跟同事去喝一杯，法院同事也都不知道他住哪裡，大夥壓根不曉得他眞實身分爲何。

這天早上出現了大轉變。彼特凌晨四點就滾下沙發，老鼠嚇得紛紛走避，躲到一座枕頭山後面。這麼早起，是爲了有充裕時間找出他那件白襯衫。他知道自己絕對有這麼一件衣服，從沒穿過的，放在塑膠套裡，是他已過世十八年的太太某年送的耶誕禮物。他的身材幾乎沒什麼變，甚至自從他少喝酒之後變得更瘦了。少喝只是因爲錢不夠讓他喝更多的啤酒。過去這麼多年，這件白襯衫一直沒機會派上用場，但他今天得穿上，非穿這件不可。

五點半，他在一個櫃子的底層找到那件襯衫，櫃子上幾層抽屜早已垮得一塌糊塗，要把襯衫從最底層抽屜拿出來，得先把櫃子清理一番，這工作困難又麻煩，而且還將沙發後面的垃圾山增高將近一公尺，但最後他辦到了。

他一穿上嶄新的襯衫，馬上覺得內在湧起一股能量，宛如一道熱流源源灌進他委靡的骨頭。他已多年不曾有過如此振奮的感受。

他迫不及待去上班。假如一切順利，今天將是他悲慘人生當中最重要的日子。

刑事法庭

瑪萊珂緊張煩躁得頻頻發抖，這是審理艾弗雷．費雪案第一次開庭，被告又名安利可．佩斯卡多雷，是殺害她養子小揚的兇手。小揚被警方從那棟封死的房舍裡救出來後，一直昏迷不醒，五天後在蒙特瓦爾齊的醫院過世。

事後瑪萊珂試圖藉由埋首工作消除喪子之痛，在後續辦案過程中盡可能地協助義大利警方。拉斯科內之家和岩石山莊的泳池都被挖開，分別發現菲利普和馬爾科的屍體。

全部七起命案所採得的DNA樣本，經與安利可的DNA比對後，結果確定殺害那些孩子的兇手正是安利可，又名艾弗雷．費雪。而那些犬齒經鑑定也確實分屬各受害者。

瑪萊珂把所剩不多的力氣投入這件案子的訴訟上，貝蒂娜則陷入重度憂鬱，不斷以越來越強的藥物來麻痺絕望。雖然她和瑪萊珂同列附帶上訴人，但她精神狀況極不穩定，導致無法出席審判。

瑪萊珂每天數次打電給貝蒂娜，因為她一直害怕不知何時貝蒂娜會屈從內心壓力，做出不經考慮的傻事。

這天早上，開庭前幾分鐘，瑪萊珂在法院走道裡面走上走下，手機緊抵耳朵，試圖爲女友鼓勵打氣。艾弗雷一定會遭應有的懲罰，絕對會的。同樣的話瑪萊珂已經對女友講了上千次。一連串的證據完整周密，而且艾弗雷也坦承不諱——雖然他毫無悔意。儘管懲罰艾弗雷並不能讓受害兒童起死回生，但至少可以確定，他日後再也無法殘害其他孩子。

還要等二十分鐘，法庭才開門，但民眾已不斷湧入走道，守候在依然深鎖的大門前。

正因如此，瑪萊珂對於一旁的男性清潔工也沒多留意。這位清潔工穿著綠色工作服，低著頭，拿著拖把，緩慢熟練地擺動身體，來回拖著塑膠貼皮地板。瑪萊珂雖然自問片刻：走道人來人往，這麼多人踩來踩去，在那邊拖地不是很無意義嗎？但她隨即把這個念頭拋在腦後。

彼特低頭看錶。他把打掃工具收進一間窄小的打掃用品室，脫掉身上的工作服，朝法庭門口走去。

門口站著一名法警，名叫柯柏，彼特和他認識多年。彼特客氣地向柯柏打招呼。

「瞧你，這是怎麼一回事？」柯柏指著彼特那身隆重的打扮問。「你生日嗎？」

「沒有啦，」彼特笑了，「我下班了，這個案子很吸引我，我可以不穿工作服進去坐嗎？」

「你說可以就可以。」柯柏回答。「但是還要等一等，再十分鐘，我就把門打開。」

平面媒體和電視記者也逐漸來到法庭門前。安娜．郭隆貝克、丹尼爾．多爾的父親和卡斯騰．許維爾斯接受了SAT1和RTL電視台的簡短訪問，唯有瑪萊珂躲過媒體，悄悄閃到走道末端，這樣才能不受干擾繼續和貝蒂娜通電話，這時的貝蒂娜早已哭得停不下來。

幾分鐘後，柯柏打開法庭門。彼特排第一個，他先經過安全人員搜身檢查，還通過了金屬探測器觸檢，接著走進法庭，挑了最右邊靠窗座位，緊鄰暖氣葉片和滅火器坐下。

貝蒂娜仍哭個不停，但瑪萊珂不得已結束通話，成了最後一個進法庭的人。她也坐在右側，隔壁坐著梅騰斯律師，他是附帶上訴人這一邊的委託律師。

第十七A法庭

瑪萊珂坐下時，對安娜．郭隆貝克親切地輕輕點頭致意，安娜也名列附帶上訴人，與瑪萊珂隔了三個座位。過去數月以來，兩人之間的聯繫從沒間斷。安娜搬回許雷斯維希霍斯泰州和先生哈拉德一起住，一直想把王冠谷賣掉，可是連凱伊這麼老練的仲介都拿這房子沒轍，畢竟人們對那件事記憶猶新，沒有人會想買下有孩子被殺的凶宅。瑪萊珂還聽說安娜再度懷孕，正滿心期待孩子到來。

被告被帶進來時，法庭頓時鴉雀無聲。艾弗雷昂首闊步，一點都不想遮掩他的臉，反而很明顯地在享受眾人投注的目光。不過他臉色蒼白，經過長期羈押，健康的小麥膚色已經消退，人顯得比較蒼老。唯有他的自信似乎不曾稍變。

在確認他個人資料，以及檢方開始宣讀長達數頁的起訴書時，他全程神態輕鬆自若，整個人靠在椅背上。

瑪萊珂瞪視他那雙藍色冷酷的眼睛，他則回以近似傲慢輕蔑的微笑。這場訴訟，或說能將這個連續殺人魔定罪，原本是她這個刑事小隊長職業生涯上的最大勝利，但現在法庭上正在談論的是她私人生活的最大挫敗。最後是他贏了，贏在把她兒子給殺了。

卡拉坐在最後一排旁聽席。她穿著毛紡斗篷，還用一條羊毛圍巾層層裹住脖子和臉，讓人只能看見她的眼睛。法庭裡沒人與她交談，她也確定，就算艾弗雷也料不到她會出現在這裡。

她明知道檢察官說的都是眞的，可是她仍無法相信。他曾是她的艾弗雷，她爲了他拋棄一切，和他共度十四個年頭。這個男人，有著溫柔的聲音，喜愛大自然、尊重大自然，看到螢火蟲的一閃一閃會很興奮，可以仰望天空好幾個小時，指出雲端上千變萬化的角色，自己從中編出故事。

瑪萊珂很難專心聆聽庭訊。她知道所有細節，受害兒童包括她兒子小揚所受的苦，他們悽慘的死，一再出現在她腦海，她努力不去聽，試著想別的事情。假如要她再次經歷這點點滴滴，她將無法在這場訴訟中撐到最後。

她開始遊移視線，在旁聽席上四處張望。她認得很多張臉。丹尼爾・多爾的父親顯得極度專心，盡量避免去看艾弗雷，全程閱讀手中的檔案。安娜臉部表情保持不變，令人無法解讀，她對艾弗雷也不屑一顧，只是偶爾把右手的戒指轉來轉去。弗羅里安・哈德維希的雙親聯袂出席，全程手牽著手。

暖氣葉片旁坐著一個男的，瑪萊珂也覺得這個人很眼熟，可是怎麼想都想不出他的身分。他翹著二郎腿，頭整個撐在手上，以致臉部難以辨識。

瑪萊珂不斷往那個男子看去，當檢察官一念到本雅明・華格納時，那人僵硬的動作鬆動了剎那，然後眼神死盯著被告。這時瑪萊珂認出他來，他是彼得・華格納，本雅明的父親。

檢察官提到菲力克斯・郭隆貝克時，瑪萊珂看到彼得・華格納把手伸到滅火器後，抓了某樣東西，隨即迅速藏進西裝口袋。瑪萊珂暫停呼吸，她知道彼得現在西裝口袋裡放了什麼，不只是猜測而已，幾乎百分之百確定。但她沒採取任何行動，仍靜靜坐在原位，眼睛一直盯著彼得・華格納。

彼得・華格納環顧四周，打量是否確實沒人注意到他的動作。他們兩人目光瞬間接觸。

彼得・華格納認出對方是刑事小隊長瑪萊珂・柯思維希，她那直透人心的銳利眼神讓他心慌意亂。他在想，她是否從開始到現在都這樣盯著他看。但緊接著她嘴角出現一抹淡淡的微笑，彼得・華格納頓時鬆了一口氣，也回以微笑。他暗想，假如她眞的看到，早就採取行動了。

彼得・華格納重新把注意力集中在艾弗雷身上。

他又等了兩分鐘。接著起身，慢慢朝出口方向走。瑪萊珂額頭冒出冰汗。彼得正走到她這個高度，幾乎跟她擦肩而過，原本可以輕而易舉阻止他的計畫的。她甚至曾在百分之一秒當中閃過這個念頭，但她沒去阻止。

彼得・華格納走過被告席，接著轉身，此時手裡拿著一把槍。他火速跨了兩步，衝到艾弗雷面前，直視他那雙清澈天藍的眼睛，艾弗雷不敢相信雙眼所見。彼得・華格納持槍瞄準著他。一槍擊中艾弗雷額頭中央。

收集孩子的人/ 莎賓娜·提斯勒（Sabine Thiesler）著；
張志成譯.
-- 初版. -- 臺北市：小異出版：
大塊文化發行, 2008.11
面； 公分. -- (SM；4)
譯自：Der Kindersammler
ISBN 978-986-84569-1-4(平裝)

875.57　　97017248

10550 台北市南京東路四段25號11樓

廣　告　回　信
台灣北區郵政管理局登記證
北台字第10227號

大塊文化出版股份有限公司　收

地址：□□□□□ ＿＿＿＿市／縣＿＿＿＿鄉／鎮／市／區

＿＿＿＿＿＿路／街＿＿段＿＿巷＿＿弄＿＿號＿＿樓

請沿虛線撕下後對折裝訂寄回，謝謝！

編號：TSM004　書名：收集孩子的人

讀者服務卡

謝謝您購買本書！

如果您願意收到大塊最新書訊及特惠電子報：

— 請直接上大塊網站 locuspublishing.com 加入會員，免去郵寄的麻煩！

— 如果您不方便上網，請填寫下表，亦可不定期收到大塊書訊及特價優惠！
請郵寄或傳真 +886-2-2545-3927。

— 如果您已是大塊會員，除了變更會員資料外，即不需回函。

— 讀者服務專線：0800-322220；email: locus@locuspublishing.com

姓名：________________________ 姓別：□男　□女

出生日期：____年____月____日　聯絡電話：____________

E-mail：____________________

您所購買的書名：____________________

從何處得知本書：

1.□書店　2.□網路　3.□大塊電子報　4.□報紙　5.□雜誌
6.□電視　7.□他人推薦　8.□廣播　9.□其他

您對本書的評價：
（請填代號　1.非常滿意　2.滿意　3.普通　4.不滿意　5.非常不滿意）
書名____內容____平面設計____版面編排____紙張質感____

對我們的建議：____________________

Trans+

Trans+

Trans+

Trans+